젊은 예술가의 초상

A Portrait of the Artist as a Young Man

세계문학전집 45

젊은 예술가의 초상

A Portrait of the Artist as a Young Man

제임스 조이스

이상욱 옮김

민음사

일러두기

1 최초 번역(1976년)의 저본은 *A Portrait of the Artist as a Young Man*(The Viking Press, 1947)이었고, 개고(2001)할 때는 결정판 텍스트로 알려진 펭귄북스 판본 (Penguin Books, 1976)을 참조했다.

2 본문의 각주는 모두 옮긴이 주이다.

차례

그리고 그는 미지의 기술에 마음을 쓰고자 한다.
Et ignotas animum dimittit in artes.
— 오비디우스, 『변신 이야기』, VIII, 188

영혼의 자유와 힘을 밑천으로 하나의 살아 있는 것,
아름답고 신비한 불멸의 새 비상체(飛翔體)를 오만하게 창조해 보리라.

1장

옛날에 아주 살기 좋던 시절 음매 하고 우는 암소 한 마리가 길을 걸어오고 있었단다 길을 걸어오던 이 음매 암소는 턱쿠 아기라는 이름을 가진 예쁜 사내아이를 만났어……．

　아버지가 그에게 그 이야기를 해주었다. 단안경(單眼鏡)을 낀 아버지가 그를 보고 있었는데 얼굴에는 수염이 텁수룩했다.

　그가 바로 턱쿠 아기였다. 그 음매 하고 우는 암소는 베티 번이 살고 있던 길에서 오고 있었는데 그 애는 레몬 냄새가 나는 보리 꽈배기를 팔고 있었다.

　　오, 그 작은 풀밭에
　　들장미 곱게 피고.

그는 혀짤배기 소리로 그 노래를 불렀다. 그것은 그가 좋아하는 노래였다.

오, 그 파얀 잔니꼬 피고.

잠자리에 오줌을 싸면 처음에는 따뜻하지만 이내 싸늘해진다. 어머니는 자리에 유지(油紙)를 깔아주었는데 거기서는 고약한 냄새가 났다.

어머니 냄새는 아버지 냄새보다 더 좋았다. 어머니는 그가 춤을 출 수 있도록 피아노로 선원들의 각적(角笛) 무도곡을 쳐주었다.

트랄랄라 랄라
트랄랄라 트랄랄라디
트랄랄라 랄라
트랄랄라 랄라.

찰스 아저씨와 단티[1]가 손뼉을 쳤다. 두 분은 아버지나 어머니보다 나이가 많았지만 찰스 아저씨는 단티보다 나이가 더 많았다.

단티의 옷장 속에는 솔이 두 개 있었는데, 밤색 벨벳으로

---

1) 단티(Dante)는 여자의 이름이 아니고 '아줌마'라는 뜻을 가진 '안티(Auntie)'를 아이들이 잘못 발음한 것이다.

등을 싼 솔은 마이클 대비트[2]를 기리기 위한 것이었고 녹색 벨벳으로 등을 싼 솔은 찰스 스튜어트 파넬[3]을 기리기 위한 것이었다. 그가 단티에게 박엽지(薄葉紙)를 한 장씩 가져다줄 때마다 그녀는 그에게 캐슈너트 캔디를 한 알씩 주곤 했다.

반스네는 7호 집에서 살고 있었다. 그 애들에게는 그의 부모와는 다른 부모가 있었다. 그들은 아일린의 아버지요 어머니였다. 어른이 되면 그는 아일린과 결혼할 작정이었다. 그는 식탁 아래 숨었다. 어머니가 말했다.

"아, 스티븐은 잘못을 빌 거예요."

단티가 말했다.

"아, 안 그러면, 독수리들이 와서 눈알을 빼버릴걸."

> 눈알을 뺄 테다,
> 잘못을 빌어라,
> 잘못을 빌어라,
> 눈알을 뺄 테다.

> 잘못을 빌어라,
> 눈알을 뺄 테다,
> 눈알을 뺄 테다,
> 잘못을 빌어라.

---

2) 1846~1906, 아일랜드의 정치가다.
3) 1846~1891, 아일랜드의 정치가로서 대비트의 동지였지만 훗날 두 사람은 대립한다.

* * *

　그 넓은 운동장에 소년들이 득실거리고 있었다. 모두들 함성을 올렸고 생도감(生徒監)들은 힘을 내라고 소리 치고 있었다. 저녁 공기는 파리하고 쌀쌀했는데, 축구⁴⁾ 선수들이 서로 쿵쾅 부딪히며 공격할 때마다 기름기 도는 가죽 공이 육중한 새처럼 잿빛 허공을 날아갔다. 그는 자기 반 학생들의 가장자리에 서서 생도감들의 눈길과 선수들의 거친 발길을 피하며 이따금 뛰는 시늉을 하고 있었다. 그는 선수들 틈에 낀 자기의 몸집이 너무 작고 연약하다는 것을 절감하고 있었으며, 눈은 시력이 약한 데다 눈물까지 돌고 있었다. 로디 키컴은 그렇지가 않았다. 모든 애들은 그가 하급반⁵⁾의 주장이 될 거라고 했다.

　로디 키컴은 점잖은 녀석이었지만 심술쟁이 로춰는 고약한 놈이었다. 로디 키컴은 사물함에 축구 선수용 정강이 싸개가 있었고 식당에 가면 사식을 담은 광주리도 있었다. 심술쟁이 로춰는 손이 컸다. 그는 금요일 저녁에 나오는 푸딩을 '도그 인

---

4) 19세기에 부활된 아일랜드의 전통 축구로, 게일릭 풋볼(Gaelic football)로 별도 구분되는 구기 종목이다. 15명의 선수들이 공을 차거나 치면서 공격한다.
5) 클롱고우스 우드 학교의 학생들은 나이에 따라 세 반으로 나뉘어 있었는데 하급반에는 13세 이하의 아이들이 속해 있었다. 13세에서 15세까지는 중급반에, 15세에서 18세까지는 상급반에 각각 속했다. 스티븐은 하급반에서도 가장 나이가 어린 학생이다.

더 블랭킷'6)이라고 불렀다. 그런데 어느 날 그가 물었다.

"네 이름이 뭐니?"

스티븐이 대답했다.

"스티븐 디덜러스7)야."

그러자 심술쟁이 로취가 말했다.

"무슨 놈의 이름이 그러니?"

이 물음에 스티븐이 대답을 하지 못하고 있는데 심술쟁이 로취는 다시 물었다.

"네 아버지는 무얼 하니?"

스티븐이 대답했다.

"젠틀맨8)이야."

그러자 심술쟁이 로취가 물었다.

"치안판사니?"

그는 자기 팀의 가장자리에서 이리저리 기다시피 다니면서 이따금 조금씩 뛰기도 했다. 그러나 그의 손은 추위 때문에 시퍼렇게 되어 있었다. 그는 혁대를 두른 회색 양복의 옆주머니에 두 손을 집어넣고 있었다. 그것은 주머니 둘레에 매는 혁대였다. 그리고 그 혁대는 애들을 때리는 데 쓰이기도 했다.

---

6) '담요에 싼 개'라는 별명을 가진 푸딩의 일종이다.

7) 디덜러스(Dedalus 또는 Daedalus)는 희랍 신화에 등장하는 장인(匠人) 다이달로스(Daidalos)를 영어식으로 표기한 것이므로 영국인이나 아일랜드인의 성으로는 생소하게 들릴 수밖에 없다.

8) 귀족과 평민 사이에 속하는 이른바 젠트리(gentry) 계층의 구성원으로 '양반'에 가까운데, 굳이 우리말로 번역한다면 '신사 계층'이라고 할 수 있겠다.

어느 날 한 녀석이 캔트웰에게 말했다.

"네놈을 당장 혁대로 때려 줄까 보다."

캔트웰이 대답했다.

"가서 상대가 될 만한 놈을 골라서 싸우도록 하라고. 세실 선더란 놈이나 때려 보지 그래. 그럴 때 네 꼴을 좀 보고 싶구나. 그 애는 네놈의 궁둥이를 걷어차고 말 테니까."

그런 말은 점잖지가 못했다. 어머니는 학교에서 말씨가 거친 애들과는 얘기를 하지 말라고 그에게 타일렀다. 착한 어머니였다. 처음 입학하던 날, 이 고성(古城)⁹⁾의 현관에서 어머니와 작별 인사를 할 때 어머니는 쓰고 있던 베일을 코까지 접어 올리고 그에게 키스를 해주었다. 그때 어머니의 코와 눈은 빨갰다. 그러나 어머니가 울먹이고 있다는 것을 그는 못 본 척하려 했다. 멋진 어머니였지만 울 때에는 그렇지가 않았다. 아버지는 용돈이라면서 5실링짜리 은화 두 닢을 그에게 주었다. 또 아버지는 필요한 것이 있으면 집으로 편지를 보낼 것이며 무슨 일을 하든 친구를 고자질하지는 말라고 타일렀다. 그러자 성문에서 교장은 검은 수탄 자락을 바람에 펄럭이면서 아버지 어머니와 악수를 했고 아버지 어머니를 실은 마차는 떠나버렸다. 차 속에서 그들은 손을 저으면서 그에게 소리쳤다.

"잘 있거라. 스티븐, 잘 있어!"

---

9) 중세에 세워진 클롱고우스 우드 성은 1814년에 예수회 교단으로 넘어간 후 클롱고우스 우드 학교의 교사로 쓰이고 있다.

"잘 있거라. 스티븐, 잘 있어!"

그는 애들이 뒤엉켜서 소용돌이를 이루고 있는 가운데 갇혔다. 번뜩이는 눈빛이라든가 진흙투성이의 구둣발길에 겁을 먹은 그는 몸을 굽힌 채 애들의 가랑이 사이로 내다보았다. 애들은 맞붙어서 끙끙대고 있었고 그들의 다리는 서로 비비거나 차거나 땅바닥을 쿵쿵 밟고 있었다. 그러자 잭 로튼의 노란 구두가 공을 빼냈고, 다른 모든 구두와 다리들이 공을 따라 뛰어갔다. 그는 잠시 뒤따라가다가 곧 멈췄다. 계속 뛰어보았자 소용없었다. 곧 방학이 되면 모두들 집으로 돌아갈 것이다. 저녁을 먹고 나서 학습실에 들어가면 책상 속에 풀로 붙여놓은 숫자[10]를 77에서 76으로 고쳐야겠다고 마음을 먹었다.

추울 때는 운동장에 있는 것보다 학습실에 있는 편이 한결 나을 것이다. 하늘은 파리한 빛을 띤 채 싸늘했으며 성(城)에는 이미 불이 켜져 있었다. 그는 해밀턴 로언[11]이 어떤 창문에서 은장(隱墻) 위로 모자를 던졌을까 생각해 보았고 그때도 창문 아래에는 꽃밭이 있었을까 궁금했다. 어느 날 그가 성으로 불려 갔을 때 집사는 그에게 나무 문에 병사들이 쏜 탄환의 흔적을 보여주었고 예수회의 성직자들이 먹는 쿠키 한 조각을 맛보인 적이 있었다. 성에 켜진 등불을 보면 멋지고 흐뭇했다. 그것은 책에나 나올 법한 광경이었다. 아마도 레스터 승

---

10) 방학이 될 때까지 남은 날수를 말한다.
11) 1751~1834, 아일랜드의 독립 투사로서 영국군에게 쫓겨 클롱고우스 성으로 피신했다가 이 성의 도서관 창문에서 모자를 벗어던져 추격군을 속인 적이 있다.

원(僧院)이 그러했으리라. 콘웰 박사가 지은 철자법 교과서에
는 멋진 문장들이 있었다. 그 문장들은 시(詩) 같았지만 오직
철자법을 배우기 위한 문장에 불과했다.

> 울시는 레스터 승원에서 죽었고
> 원장은 그를 거기에 매장했다.
> '캔커(근류병)'는 식물의 병이요,
> '캔서(암)'는 동물의 병이다.

벽난로 앞에 깔아놓은 양탄자 위에서 손을 베고 누워 이런
문장들이나 생각하고 있었으면 좋을 텐데. 그는 마치 살갗이
차고 끈적거리는 물에 닿기라도 한 것처럼 몸서리쳤다. 웰스
가 어깨로 밀어 그를 변소의 하수구에 빠뜨린 짓은 비열했다.
웰스가 밤치기 놀이[12]에서 마흔 개나 되는 상대의 밤을 깼다
는 그 길이 잘 든 밤을 내어놓고 스티븐의 예쁜 코담뱃갑과
바꾸자고 했을 때 싫다고 했더니 그런 짓을 했었다. 그 하수구
의 물은 어찌나 차고 끈적거렸던지! 큼직한 쥐 한 마리가 그
더러운 거품 속으로 뛰어드는 것을 본 녀석이 있다고 했어. 어
머니는 단티와 벽난로 앞에 앉아서 차를 들고 들어올 브리지
드를 기다리고 있겠지. 어머니가 발을 난로 망(網) 위에 얹어
놓으면 구슬이 박힌 슬리퍼는 너무 뜨거워져서 향기로운 냄
새를 훈훈히 피우고 있으리라. 단티는 아는 것이 많아. 그녀는

---

12) 끈에 매단 밤으로 상대의 밤을 때려서 깨는 놀이다.

모잠비크 해협은 어디에 있고, 미국에서 가장 긴 강은 이름이 무엇이며, 달에서 가장 높은 산의 이름은 또 무엇인지를 가르쳐주었으니까. 아놀 신부는 성직자였기 때문에 단티보다도 아는 것이 많지만, 아버지와 찰스 아저씨는 입을 모아 단티는 영리한 여자요 박식한 여자라고 했어. 그런데 단티는 식후에 그 묘한 소리를 내며 손을 입에 갖다대곤 했었는데 그것은 아마 신트림 때문이었을 거야.

누군가 멀리 운동장에서 소리쳤다.

"모두들 들어오너라!"

그러자 중급반과 하급반 쪽에서도 고함 소리가 들려왔다.

"모두들 들어오너라! 모두들 들어오너라!"

진흙투성이가 된 선수들이 상기된 얼굴로 모여들었다. 그는 그들 틈에 끼어 안으로 들어가면서 시합이 끝나서 다행이라 생각했다. 로디 키컴은 공의 끈적한 끈을 잡고 있었다. 한 녀석이 그에게 마지막으로 한번 더 차보라고 했지만 그는 들은 척도 않고 걸어갔다. 사이먼 무넌은 그에게 생도감이 지켜보고 있으니 차지 말라고 했다. 그 녀석은 사이먼 무넌을 향해 말했다.

"우리는 네가 말하는 이유를 알고 있다고. 너는 맥글레이드의 '썩'[13]이란 말이야."

'썩'이라니 참 고약한 낱말이군. 그 녀석이 사이먼 무넌을 그

---

13) 학생들 사이의 은어로서 '어린이' 혹은 '아첨꾼'이라는 뜻이다. '빨다'라는 뜻의 'suck'을 오늘날 점잖은 이들은 입에 좀처럼 올리지 않는다.

렇게 부르는 이유는 그가 늘 그 생도감이 입고 있던 수탄의 겹소맷자락을 뒤로 묶어주곤 했는데 그때마다 생도감이 성난 척했기 때문이었다. 그렇지만 '썩'이란 말은 소리가 흉측했다. 언젠가 한번 그가 위클로 호텔의 화장실에서 손을 씻은 적이 있었는데 아버지가 쇠줄을 당겨 마개를 올리니까 더러운 물이 세면기 바닥에 있는 구멍으로 내려갔다. 그런데 물이 천천히 구멍으로 모두 흘러내리자 똑같은 '썩' 소리가 났다. 소리가 좀더 컸을 뿐이다.

그때 들었던 소리와 그 세면대의 하얀 빛깔을 회상하자 그는 한기를 느꼈고 이내 열기를 느꼈다. 수도꼭지가 둘 있었는데 그것을 틀면 찬물과 더운물이 따로 나왔다. 그는 한기를 느꼈다가 곧 약간 열기를 느꼈다. 그 꼭지에 찍힌 명칭들이 눈에 선했다. 그건 참으로 기이한 것이었다.

그런데 복도의 공기 역시 그에게 한기를 느끼게 했다. 이상하게도 습기를 머금은 공기였다. 하지만 곧 가스등불이 켜질 것인데, 가스는 탈 때 예쁜 노래 같은 나직한 소리를 냈다. 늘 같은 소리였다. 아이들이 오락실에서 지껄이다가 멈출 때면 그 소리를 들을 수 있었다.

덧셈을 배우는 시간이었다. 아놀 신부는 칠판에 어려운 문제를 써놓고 말했다.

"자, 어느 쪽이 이길까? 요크 편이 풀어볼까, 랭카스터 편이 풀어볼까."[14]

---

14) 1455~1485년에 걸친 장미전쟁에서 요크 가문과 랭카스터 가문은 왕위

스티븐은 최선을 다했지만 그 문제는 너무 어려웠고 머리가 어지러워졌다. 백장미가 박힌 작은 실크 배지가 그의 저고리 가슴에 핀으로 꽂힌 채 떨리기 시작했다. 그는 산수를 잘하지 못했지만 요크 군이 패하지 않도록 최선을 다했다. 아놀 신부의 얼굴은 아주 어두워 보였지만 화를 내고 있지는 않았다. 오히려 그는 웃고 있었다. 그러자 잭 로튼이 손가락으로 탁 소리를 냈다. 아놀 신부는 그의 공책을 보고 말했다.

"맞았다. 브라보, 랭카스터 편! 홍장미가 이기고 있군. 요크 편은 뭣하고 있나, 힘을 내야지!"

그의 옆에서 잭 로튼이 넘겨다보았다. 홍장미가 박힌 작은 실크 배지가 유난히 화사하게 보였는데 그것은 그가 푸른 세일러 윗도리를 입고 있었기 때문이다. 스티븐은 얼굴이 붉어지는 것을 느꼈다. 초급 과정[15]에서 수석을 차지할 학생이 잭 로튼과 스티븐 중 어느 쪽일까를 놓고 주위의 학생들이 내기를 하고 있다는 사실이 생각났기 때문이다. 몇 주 동안은 잭 로튼이 수석 카드를 받는가 하면 다른 몇 주 동안은 그가 수석 카드를 차지하기도 했다. 그가 다음 문제를 풀면서 아놀 신부의 목소리를 듣고 있을 때 그의 하얀 실크 배지가 사뭇 떨렸다. 그때 그는 모든 열의가 사라지면서 얼굴이 아주 싸늘해

계승권을 놓고 싸웠는데 요크 군은 백장미, 랭카스터 군은 홍장미를 각각 기장으로 썼다. 아일랜드는 패전한 요크 가문을 지지했다. 여기서는 신부가 반을 두 편으로 갈라서 서로 경쟁하게 하고 있다.

15) 철자법, 문법, 쓰기, 셈하기, 지리, 역사 및 라틴어 과목 등을 배우는 과정이다.

지는 것을 느꼈다. 그는 얼굴이 이렇게나 싸늘하니 창백할 것이라고 생각했다. 그는 셈의 답을 얻을 수가 없었지만 그것은 상관없었다. 백장미와 홍장미라니, 모두 아름다운 색깔이었다. 수석과 차석과 삼등에게 주는 카드 또한 아름다운 색깔들이었다. 그것은 각각 분홍색, 크림색 및 라벤더색이었다. 라벤더색, 크림색 및 분홍색의 장미꽃이란 생각만 해도 아름다운 것들이었다. 어쩌면 들장미가 그런 색깔인지도 모를 일이었다. 그는 '그 좁고 파란 풀밭에 들장미 곱게 피고' 어쩌고 하는 노래가 생각났다. 하지만 풀색 장미야 있을라고. 그러나 이 세상 어디엔가 그런 색의 장미가 있을지도 모를 일이 아닌가.

종이 울리자 교실마다 학생들이 줄을 지어 나와서는 복도를 따라 식당으로 갔다. 그는 자리에 앉아 무늬가 찍힌 두 쪽의 버터가 접시 위에 놓인 것을 바라보고 있었지만 그 눅눅한 빵을 도저히 먹을 수 없었다. 식탁보는 축축하게 늘어져 있었다. 그러나 그는 하얀 앞치마를 두른 서투른 하녀가 잔에 부어준 뜨거운 묽은 차는 마셨다. 저 하녀의 앞치마도 축축할까 혹은 흰색으로 된 물건은 모두 차고 축축할까 궁금했다. 심술쟁이 로취와 소린은 집에서 보내온 깡통 코코아를 마셨다. 그들은 그 돼지죽 같은 차를 차마 마실 수가 없다고 했다. 그 애들의 아버지는 치안판사라는 거였다.

모든 소년들이 그에게 아주 이상해 보였다. 그 애들에게는 부모가 있었고 옷과 목소리가 각각 달랐다. 집에 가서 어머니의 무릎을 베고 누워 있으면 좋겠다는 생각이 간절했다. 하지만 그럴 수야 없는 일이었고 그래서 그는 놀이니 공부니 기도니 하는 것들이 어서 끝나서 잠자리에나 들 수 있었으면 좋겠다고 생각했다.

그는 또 한 잔의 뜨거운 차를 들었는데 그때 플레밍이 말을 걸었다.

"무슨 일이니? 어디가 아프기라도 하니?"

"모르겠어." 스티븐이 말했다.

"밥통에 탈이 난 게로구나. 얼굴이 하얀 걸 보니. 괜찮아지겠지." 플레밍이 말했다.

"그럼." 스티븐이 말했다.

그러나 그는 배가 아픈 것이 아니었다. 만약에 마음이란 곳도 아플 수가 있다면 바로 그 마음이 지금 아프다는 생각이 들었다. 플레밍이 어디가 아프냐고 물어오다니, 참 고마운 일이었다. 울고 싶어졌다. 그는 팔꿈치를 식탁에 기댄 채 귓바퀴를 닫았다 열었다 해보았다. 그가 귓바퀴를 열 때마다 식당에서 나는 소리를 들을 수 있었다. 밤에 기차가 요란하게 달리는 소리였다. 귓바퀴를 닫으면 터널 속으로 들어간 기차처럼 그 요란한 소리가 단절되었다. 그날 저녁 돌키[16]에서도 기차는 요란한 소리로 달렸지만 터널 속에 들어가자 그 소리는 그쳤다. 그가 눈을 감으니 기차는 요란한 소리를 내며 달리다가 멎고 다시 요란하게 달리다가 멎고 하기를 계속했다. 기차가 요란한 소리를 내다가 그치고 다시 터널에서 요란하게 나왔다가는 그치곤 하는 것을 듣고 있자니 기분이 좋았다.

---

16) 더블린 남쪽의 작은 마을이다.

그때 상급반 학생들이 식당 한복판에 깔아놓은 매트를 따라 걸어가기 시작했다. 패디 라스, 지미 매지, 흡연 허가를 받은 에스파냐 녀석, 그리고 털모자를 쓴 몸집이 작은 포르투갈 녀석 등이었다. 그러고 나서 중급반과 하급반 식탁에 앉았던 아이들 차례였다. 학생들마다 걷는 모습이 제각기 달랐다.

　　그는 놀이방의 한쪽 구석에 앉아서 도미노 게임을 구경하는 척했는데, 한두 번 가스등이 타면서 내는 나직한 노래를 순간적으로 들을 수 있었다. 문간에는 생도감이 몇몇 애들과 서 있었고 사이먼 무년은 생도감의 겹소맷자락을 매주고 있었다. 그는 아이들에게 툴라벡[17]이라는 곳에 대한 얘기를 들려주고 있었다.

　　그러자 생도감은 문간을 떠났고, 웰스가 스티븐에게 찾아와서 말을 걸었다.

　　"말해 봐, 디덜러스, 너 잠자리에 들기 전에 어머니에게 키스를 하니?"

　　스티븐이 대답했다.

　　"키스해."

　　웰스가 다른 녀석들을 향해 말했다.

　　"애들아, 매일 밤 잠자리에 들기 전에 어머니에게 키스를 한다는 녀석이 여기 있단다."

　　다른 녀석들이 게임을 중단하고 돌아서서 웃었다. 스티븐은 그들의 눈총에 얼굴을 붉히며 말했다.

---

17) 이곳에는 1990년까지 예수회 신참자 학교가 있었다.

"키스 안 해."

웰스가 말했다.

"얘들아, 잠자리에 들기 전에 어머니에게 키스를 하지 않는다는 녀석이 여기 있구나."

그들은 모두 다시 한번 웃었다. 스티븐도 그들과 함께 웃으려고 했다. 그 순간 그는 온몸이 달아오르며 혼란스러워지는 것을 느꼈다. 그런 물음에 대한 정답은 무엇일까? 두 가지의 답을 했는데도 웰스는 매번 웃기만 했으니. 웰스는 문법반[18]에 속해 있으니 정답을 알고 있으리라. 그는 웰스의 어머니가 어떤 분일까 생각해 보려고 했지만 감히 눈을 들어 웰스의 얼굴을 쳐다보지 못했다. 그는 웰스의 얼굴이 싫었다. 전날 그를 어깨로 밀어 변소의 하수구에 빠뜨렸던 녀석이 바로 웰스였다. 밤치기 놀이에서 마흔 개나 되는 상대의 밤을 깬 자신의 길이 잘 든 밤과 예쁜 코담뱃갑을 바꾸어주지 않으려 한다는 이유에서였다. 그건 야비한 짓이었다. 모든 애들이 야비하다고 했다. 그때 그 하수구의 물이 얼마나 차고 끈적거렸던가! 게다가 큼직한 쥐 한 마리가 그 거품이 낀 하수구로 퐁당 뛰어드는 것을 본 녀석이 있었다니.

하수구의 그 차고 끈적이는 물이 온몸을 덮는 듯했다. 학습 시간을 알리는 종이 울리고 여러 반 애들이 줄을 지어 놀이방을 빠져나가고 있을 때, 그는 복도와 계단의 차가운 공기가 옷

---

18) 클롱고우스 학교의 하급반은 다시 기초반과 문법반으로 나뉘어 있었는데 스티븐은 기초반 소속이다.

속으로 스미는 것을 느끼고 있었다. 그는 여전히 정답이 무엇일까 생각해 보고 있었다. 어머니에게 키스를 하는 것이 옳은가 잘못인가? 키스한다는 것, 그것은 무슨 뜻일까? '편히 주무세요'라고 말하기 위해 얼굴을 치켜들면 어머니는 그 위로 자기 얼굴을 숙이곤 했지. 그게 키스야. 어머니가 그의 뺨에 입술을 대면 그 부드러운 입술은 그의 뺨을 적시며 나직이 예쁜 소리를 냈어. 그게 키스야. 왜 사람들은 두 얼굴을 맞대고 그런 짓을 할까?

그는 학습실에 앉아 책상 덮개를 연 후 그 속에 풀로 붙여 놓은 숫자를 77에서 76으로 고쳤다. 그러나 크리스마스 방학은 아직도 멀었다. 하지만 지구가 늘 돌고 돌기 때문에 언젠가는 그날이 찾아오리라.

그의 지리책 첫 페이지에는 지구의 그림이 있었다. 구름 가운데 놓인 커다란 공이었다. 플레밍에게는 한 통의 크레용이 있었는데 어느 날 저녁 자습 시간에 그는 지구를 풀색으로, 구름을 밤색으로 각각 칠해 주었다. 그렇게 해놓으니까 단티의 옷장 속에 있던 두 개의 솔 같았다. 파넬을 기리기 위해 녹색 벨벳으로 등을 싸서 만든 솔과 마이클 대비트를 기리기 위해서 밤색으로 싼 솔이 바로 그것이었다. 그렇지만 그가 플레밍더러 그런 색깔로 칠해 달라고 부탁을 한 것은 아니었다. 플레밍 스스로 그렇게 칠했던 것이다.

그는 공부를 하려고 지리책을 폈지만 미국의 지명들을 익힐 수가 없었다. 각각 다른 이름을 가진 서로 다른 곳들이었다. 그 모든 곳들은 서로 다른 나라에 있었고, 여러 나라가 서로 다른 대륙에 있었으며, 그 대륙들은 이 세계에 있는가 하면 이 세계는 우주 속에 있었다.

그는 지리책 권두의 여백을 펴고 그 자신이 거기에 써놓았던 것을 읽어보았다. 그것은 자신의 이름과 소재지였다.

스티븐 디덜러스

기초반

클롱고우스 우드 학교

샐린스 마을

킬데어 군

아일랜드

유럽

세계

우주

이 주소는 그가 손수 써넣은 것이었다. 플레밍이 어느 날 저녁에 장난삼아 그 맞은편 페이지에 다음과 같이 적어넣었다.

스티븐 디덜러스는 내 이름이요,

아일랜드는 내 나라로다.

클롱고우스는 내 거주지요,

하늘은 내 소망이로다.

그는 이 시를 거꾸로 읽어보았다. 그렇게 읽으니까 시가 되지 않았다.[19] 그래서 자기가 그 권두 여백에다 적어놓은 것을 밑에서부터 읽어 올라가니 마지막에 그의 이름이 나왔다. 그 이름은 바로 그 자신이었다. 그는 다시 그것을 읽어 내려갔다. 우주 다음에는 무엇이 있을까? 아무것도 없어. 그러나 이 우주의 주변에는 무엇인가가 있어서 우주가 끝나고 그 아무것도 없음이 시작되는 곳을 가리키고 있어야 할 것이 아닌가? 그것이 일종의 벽일 리야 만무했지만 모든 것을 온통 싸고 있는 하나의 얇디얇은 선은 있을 수 있지. 모든 것과 모든 곳에 대해 생각한다는 것은 아주 엄청난 일이야. 그런 생각은 오직 하느님만 할 수 있어. 그는 그게 얼마나 거창한 생각일까 생각해 보려고 했지만 결국 생각할 수 있는 것은 하느님뿐이었다. 그의 이름이 스티븐이듯이 God(갓)은 하느님의 이름이었다. Dieu(듀)는 God에 해당하는 프랑스어 낱말로서 그것 또한 하느님의 이름이야. 그런데 누군가가 하느님께 기도를 올리면서 Dieu라고 한다면 하느님께선 그 기도자가 프랑스인이라는 것을 대번에 알 테지. 그러나 이 세상에 있는 여러 가지 언어에는 하느님을 가리키는 이름들이 따로 있을 것이고 또 하느님께선 기도자들이 각기 다른 말로 기도하는 내용을 다 알고 계시겠지만, God은 늘 같은 God으로 남아 있고 그래서 God의 진짜 이름은 God인 거야.

그런 식으로 생각한다는 것은 그를 아주 피곤하게 했다. 그

---

19) 플레밍이 쓴 네 줄의 영어 문장은 어설프게 각운과 율격을 갖추고 있지만 시라고 할 수는 없다.

런 생각을 하니 자기 머리가 아주 크게 부풀어오르는 듯한 느낌이 들었다. 그는 그 권두 여백을 넘기고 나서 밤색 구름에 싸인 풀색의 둥근 지구를 지겹다는 듯이 바라보았다. 그는 녹색 편과 밤색 편 중에서 어느 쪽이 옳은지 몰라 어리둥절하고 있었다. 어느 날 단티가 파넬을 상징하던 솔에서 녹색 벨벳을 가위로 찢어낸 후 그에게 파넬은 나쁜 사람[20]이라고 말한 적이 있기 때문이다. 집에서는 아직도 파넬 문제를 놓고 논쟁을 벌이고 있을까 궁금했다. 그게 바로 정치라는 것이었다. 정치에는 두 편이 있었다. 단티가 한 편을 들면 아버지와 케이시 씨는 다른 편을 들었는데 어머니와 찰스 아저씨는 아무 편도 들지 않았다. 신문에서는 매일 그 문제를 떠들고 있었다.

정치의 의미를 잘 알 수 없다든지 우주가 어디서 끝나는지를 모른다는 것이 그에게는 고통이었다. 그는 자기가 작고 약하다는 느낌이 들었다. 언제쯤 시(詩)반이나 수사학반에 속한 애들처럼 될 수 있을까? 그들은 목소리가 높았고 큼직한 구두를 신고 있으며 삼각함수도 배운다. 까마득해 보인다. 우선 방학을 보내고 나면 다음 학기가 시작될 것이고, 다시 방학이 닥쳐온 다음에 다른 학기가 시작되고, 그러고 나면 또다시 방학이 될 것이다. 그것은 마치 기차가 터널을 들락거리는 것과 같고 또 식당에서 귓바퀴를 닫았다 열었다 했을 때 학생들이 법석을 떨던 소리와 같다. 학기와 방학이 바뀌고, 기차가 터널

20) 아일랜드의 독립 투사였던 찰스 파넬은 국민의 우상이었지만 1889년에 오세이 부인과의 추문이 터진 후 실각하고 말았다.

속에 들어갔다 나온다. 법석을 떠는 소리가 들리다가 그친다. 아, 얼마나 까마득한가! 자리에 들어 잠이나 자는 것이 좋겠다. 채플에서 기도하는 일만 남았다. 그러고 나면 자리에 드는 거다. 그는 몸을 떨었고 하품을 했다. 침대의 시트가 약간 더워지기만 하면 침대 속에 누워 있는 것이 아주 기분 좋은 일이 될 게다. 처음 시트 속으로 들어가면 너무 찰 거야. 처음에는 시트가 찰 것이라 생각만 해도 몸서리가 났다. 그러나 결국은 더워질 것이고 잠이 들 게다. 피곤하다는 것은 참 기분 좋은 일이다. 그는 다시 하품을 했다. 저녁 기도만 드리고 나면 자리에 드는 거다. 그는 몸을 떨었고 하품이 났다. 이제 몇 분만 참으면 기분 좋게 될 게다. 그는 싸늘해서 몸서리가 나는 시트로부터 따뜻한 기운이 올라와 점점 더워져서 결국 자신의 온몸이 따뜻해지는 것을 느낀다. 그렇게나 따뜻해졌는데도 그의 몸은 조금 떨리고 있었고 여전히 하품이 났다.

저녁 기도 시간을 알리는 종이 울리자 그는 다른 애들의 뒤를 따라 학습실을 나와서 계단을 내려간 후 복도를 따라 채플로 갔다. 복도와 채플의 조명은 모두 침침했다. 곧 모든 것이 어두워질 것이고 모두들 잠이 들 것이다. 채플 속에는 싸늘한 밤공기가 감돌고 있었고, 대리석은 밤에 보는 바다 색깔이었다. 바다는 밤이나 낮이나 싸늘했지만 밤에는 더욱 싸늘했다. 아버지 집 옆에 있던 방파제 아래의 바다는 싸늘하고 어두웠어. 하지만 벽난로에는 따뜻한 펀치를 만들기 위한 주전자가 얹혀 있었지.

그의 머리맡에서 채플 담당 생도감이 기도를 올렸고, 그는 이에 응답하는 기도문을 외웠다.

> 오, 주여, 우리의 입을 열어주소서.
> 그리하여 우리가 당신을 찬미케 하소서.
> 오, 하느님, 우리를 구원해 주소서!
> 오, 주여, 어서 우리를 도와주소서![21]

채플 속에서는 싸늘한 밤공기 냄새가 났다. 그러나 거룩한 냄새였다. 그것은 주일 미사 때 채플 뒤쪽에 꿇어앉은 늙은 소작인들의 냄새와는 달랐다. 그들에게는 공기와 비와 토탄(土炭)과 코르덴 천의 냄새가 났으니까. 하지만 그들은 아주 경건한 소작인들이었다. 뒤에 꿇어앉은 그들의 숨결을 그는 목덜미에 느낄 수 있었고 그들이 기도하며 내는 가벼운 한숨 소리도 들렸다. 한 녀석이 그러는데 그들은 클레인 마을에 산다고 했다. 그 마을에는 작은 오두막들이 있었다. 샐린스에서 오는 마차들이 지나가는데 한 아낙이 품에 아기를 안고 한 오두막의 쪽문에 서 있는 것을 그가 본 적이 있었다. 벽난로의 불빛밖에 없는 그 어둡지만 포근한 오두막에서 연기를 내며 타는 토탄 불을 쬐고, 그 공기와 비와 토탄과 코르덴 천이 뒤섞인 듯한 농민들의 냄새나 맡으면서 하룻밤을 자보았으면 좋겠다. 하지만, 아, 그 나무 사이로 난 길은 어두울 테지. 어둠 속에서

---

21) 성무일과 중에 드리는 기도문으로 둘째 행과 넷째 행은 응송문(應訟文)이다.

길을 잃을지도 몰라. 그렇게 되면 어쩌나 생각하니 겁이 나는걸.

그는 채플 담당 생도감이 마지막 기도문을 외는 소리를 들었다. 그도 역시 나무 아래에 깃들어 있을 바깥의 어둠을 상대로 그 기도문을 외웠다.

오, 주여, 간원하오니 우리의 거처를 살피시고 이곳으로부터 모든 원수들의 함정을 물리치소서. 당신의 거룩한 천사들이 이곳에 머물며 우리를 보호하고, 우리 주 그리스도를 통해 당신의 축복을 언제나 우리에게 베풀어주소서. 아멘.

기숙사에서 옷을 벗고 있을 때 그의 손가락이 떨렸다. 그는 자기 손가락이 좀 서둘러 움직였으면 좋겠다고 생각했다. 가스등 불빛이 낮아지기 전에 옷을 벗고 꿇어앉아 기도를 드리고 자리에 들어야 했다. 죽어서 지옥에 떨어지지 않기 위해서였다. 그는 스타킹을 돌돌 말아 벗어놓고 재빨리 잠옷을 갈아입고는 떨면서 침대 옆에 꿇어앉아 가스등불이 낮아질까 봐 재빨리 기도문을 외웠다. 그는 어깨가 흔들리는 것을 느끼며 이렇게 중얼댔다.

하느님, 아버지와 어머니께 축복을 내리사 저와 함께 살도록 하소서!
하느님, 어린 동생들에게 축복을 내리사 저와 함께 살도록 하소서!

하느님, 단티와 찰스 아저씨에게도 축복을 내리사 저와 함께 살도록 하소서!

그는 성호를 그은 후 재빨리 침대로 올라가서 잠옷의 끝자락을 두 발 밑으로 접어 넣고는 싸늘한 하얀 시트 아래서 온몸을 웅크리고 누운 채 덜덜 떨고 있었다. 기도를 올렸으니 죽어도 지옥에 떨어지지는 않겠지. 이렇게 몸이 떨리는 것도 몇을 것이고. 기숙사의 소년들에게 잘 자라고 하는 목소리가 들려왔다. 덮고 있던 것 너머로 잠시 내다보니 침대 앞과 사면에서 노란 커튼이 그를 둘러싸고 있는 것이 보였다. 가스등불은 조용히 낮아지고 있었다.

생도감의 발소리가 멀어져갔다. 어디로 가고 있는 것일까? 계단을 내려가서 복도를 따라가는 걸까, 아니면 기숙사 끝에 있는 자기 방으로 가고 있는 걸까? 어둠이 보였다. 밤이면 검정 개 한 마리가 마차의 등불처럼 눈에 불을 크게 켜고 어둠 속을 나돌아 다닌다는데 그게 정말일까? 그 개는 한 살인자의 유령이라는 것이었다. 무서움 때문에 그는 오랫동안 몸을 떨었다. 성의 침침한 현관이 보였다. 옛날 옷을 입은 늙은 하인들이 계단 위에 있는 다리미 방에 있었다. 오래전 일이었다. 그 늙은 하인들은 말이 없었다. 그 방에는 불이 있었지만 현관은 아직도 어두웠다. 누군가가 현관에서 계단을 올라오고 있었다. 그는 원수(元帥)의 제복인 흰 외투를 걸치고 있었는데 얼굴은 창백하고 기이해 보였으며 한쪽 손으로 옆구리를 누르고 있었다. 그는 이상한 눈초리로 하인들을 바라보았다. 하인들은 그를 쳐다보았고, 주인 어른의 얼굴과 외투를 눈여겨 보며 그가 치명상을 입은 것을 알았다. 하지만 그들이 바라본 곳에는 어둠만이 있었다. 오직 어둡고 적막한 밤공기뿐이었다. 주인 어른은 바다 건너 머나먼 프라하의 전쟁터에서 치명상 을 입었던 것이다. 그는 전쟁터에 서 있었고 한쪽 손으로 옆구 리를 누르고 있었다. 그의 얼굴은 창백하고 기이해 보였으며 몸에는 원수의 제복인 흰 외투를 걸치고 있었다.[22)]

그런 것을 생각하니 몸이 오싹해지며 이상한 기분이 들지 않는가! 모든 어둠은 오싹하고 이상한 기분을 불러일으켰다. 어둠 속에는 창백하고 기이한 얼굴들이 있었고, 마차의 등불 같은 커다란 눈도 있었다. 그것들은 살인자들의 유령이요, 바 다 건너 머나먼 전쟁터에서 치명상을 입은 원수들의 모습이었 다. 그렇게나 기이한 얼굴들을 하고 있었다니 대체 무슨 말을 하고 싶었을까?

오, 주여, 간원하오니 우리의 거처를 살피시고 이곳으로부터 모든……

방학이 되면 집에 간다! 애들은 그게 기분 좋은 일이라고들 했다. 초겨울 이른 아침에 성문에서 마차를 탔다. 마차는 자갈

---

22) 18세기에 클롱고우스 우드의 성주였던 폰 브라운 가문의 백작 맥시밀 리안 율리시스는 직업군인으로서 오스트리아군의 원수가 되었으나, 1757년 에 프라하 전투에서 전사하던 날 피투성이의 유령이 되어 돌아와 하인들의 눈에 띄었다는 전설이 있다.

을 깔아놓은 길 위를 굴러가고 있었다. 교장 선생님, 만세!

만세! 만세! 만세!

마차들이 채플을 지나갈 때 모두들 모자를 벗어 치켜들었다. 그들은 시골길을 즐겁게 달려갔다. 마부들은 채찍으로 보덴스타운 마을[23]을 가리켰다. 애들은 환성을 올렸다. 그들은 '즐거운 농부'라는 별명을 가진 농부의 집을 지나갔다. 애들의 환성은 거듭되었다. 그들은 환성을 올리거니 환호를 받거니 하면서 클레인 마을을 지나갔다. 소작농의 아낙들이 쪽문에 서 있었고, 사내들은 여기저기 서 있었다. 겨울 공기 속에는 향기로운 냄새가 있었다. 클레인 마을의 냄새였다. 비와 겨울 공기와 뭉게뭉게 타오르는 토탄과 코르덴 천의 냄새였다.

기차에 애들이 가득했다. 크림색으로 내장한 길고 긴 초콜릿빛 기차였다. 승무원들이 오락가락하면서 문을 열었다 닫았다, 잠갔다 열었다 했다. 그들은 감색과 은색으로 된 제복을 입고 있었다. 그들은 은빛 호루라기를 가지고 있었고, 그들의 열쇠가 쨍그렁, 쨍그렁, 쨍그렁, 쨍그렁, 빠른 음악 소리를 내고 있었다.

그러자 기차는 평지를 계속 달려가다가 앨런 구릉을 지났다. 전봇대가 하나씩 차창을 스쳐갔다. 기차는 줄곧 달리고 있었다. 기차는 갈 길을 알고 있었다. 그의 집 현관에는 색등불이 켜져 있었고 녹색 가지들을 꽂은 밧줄이 걸려 있었다.

---

23) 아일랜드에서 공화제도 이념을 창시한 정치 지도자 울프톤의 무덤이 있는 곳이다.

체경(體鏡) 둘레에는 감탕나무 가지와 담쟁이덩굴이 장식되어 있었다. 샹들리에 주위에도 감탕나무 가지와 담쟁이덩굴이 녹색과 적색으로 뒤감겨 있었다.[24] 벽에 걸린 초상화에도 빨간 감탕나무와 녹색 담쟁이가 장식되어 있었다. 집에 돌아온 그와 크리스마스를 맞이하기 위한 감탕나무요, 담쟁이였다.

아름다웠다…….

온 가족이 모여 있었다. 방학했구나, 스티븐! 수선을 떨며 반겼다. 어머니가 그에게 키스했다. 이런 키스는 해도 괜찮을까? 아버지는 이제 원수(元帥)였다.[25] 치안판사보다도 높았다. 어서 오너라, 스티븐!

떠들썩한 소리들…….

커튼의 걸대에서 고리들이 좌우로 움직이는 소리가 들렸고 세면기에서 물이 튀기는 소리도 났다. 기숙사에서는 애들이 일어나서 옷을 입고 세수를 하느라 부산했다. 생도감이 오가면서 애들에게 민첩하게 움직이라고 손뼉을 쳤다. 희미한 햇빛 속에 밀쳐놓은 노란 커튼들과 젖혀놓은 이부자리들이 보였다. 그의 침대는 아주 더웠고, 얼굴과 몸도 아주 후끈거렸다.

그는 일어나 침대 가에 걸터앉았다. 기운이 없었다. 그는 스타킹을 신으려고 했다. 스타킹은 무서울 정도로 거칠게 느껴졌다. 햇빛은 이상야릇하게 싸늘했다.

---

24) 전통적으로 크리스마스 장식에는 빨간 열매가 달린 감탕나무 가지와 상록 식물인 담쟁이덩굴이 쓰였다.
25) 스티븐의 의식 속에서, 징세관 사무실의 직원이던 부친 사이먼 디덜러스가 클롱고우스 우드의 성주였던 브라운 원수와 혼동되고 있다.

플레밍이 말했다.

"몸이 불편하니?"

잘 알 수가 없었다. 플레밍은 다시 물었다.

"잠자리에 다시 들어가지 그러니. 맥글레이드에게 네가 아프다고 얘기해 줄게."

"얘가 아프대."

"누가?"

"맥글레이드에게 얘기 좀 해줘."

"자리에 다시 들어가 있어."

"아프다니?"

그가 신다가 만 스타킹을 벗고 나서 더운 잠자리 속으로 올라가고 있을 때 한 애가 그의 팔을 잡아주었다.

그는 시트로 몸을 싸고 웅크린 채 그 속이 따뜻해서 다행이라 여겼다. 애들이 미사에 나갈 차림을 하면서 저희들끼리 그에 대한 얘기를 하는 소리가 들렸다. 그를 변소의 하수구에 밀어넣은 짓이야말로 야비하다는 것이었다.

그러자 그들의 목소리가 끊어지고 모두들 나가버렸다. 침대 옆에서 누군가 말을 했다.

"디덜러스, 일러바치진 않겠지?"

웰스의 얼굴이 보였다. 웰스의 얼굴을 바라보니 그가 겁먹고 있다는 것을 알 수 있었다.

"꼭 빠뜨리려고 그랬던 건 아냐. 일러바치지는 않겠지?"

아버지는 무슨 일이 있어도 친구를 고자질하지는 말라고 타일렀다. 머리를 흔들며 일러바치지 않겠다고 약속하고 나니 그의 마음은 후련했다. 웰스가 말했다.

"빠뜨리려고는 하지 않았어. 정말이야. 장난삼아 그랬는데 그만. 미안해."

웰스의 얼굴과 목소리가 사라졌다. 겁이 나니까 미안하다고 하는 거겠지. 병이라도 났을까 봐 겁이 난 거야. 캔커(근류병)는 식물의 병이고, 캔서(암)는 동물의 병이지. 아니, 그 반대일지도 몰라. 오래전에 있었던 일 같았다. 저녁 햇살이 비치는 운동장에서 그가 자기 반 학생들의 가장자리에서 여기저기로 기다시피 조금씩 뛰어다니고 있는데, 희미한 햇빛 속에 육중한 새 같은 축구공이 나지막하게 날아갔었다. 레스터 승원에 불이 켜졌고, 울시는 거기서 죽었지. 수도원장들이 직접 그를 승원에다 묻었어.

웰스의 얼굴이 아니라 생도감의 얼굴이었다. 꾀병을 앓고 있는 게 아니냐고. 아니, 아니에요, 정말 아프다고요. 꾀병을 앓고 있는 것은 아니라고요. 그는 생도감의 손이 이마에 와닿는 것을 느꼈다. 생도감의 차고 축축한 손이 닿자 이마는 뜨겁고도 축축하게 느껴졌다. 끈적거리고 축축하고 싸늘한 것이 마치 쥐를 만지는 기분이었다. 모든 쥐들은 두 개의 눈으로 살핀다. 그 미끈하고 끈적거리는 털, 뛰어오를 때마다 구부리는 그 작은 발, 그리고 밖을 내다보고 있는 검게 반짝이는 그 눈. 쥐들은 뛰는 법을 안다. 그렇지만 쥐의 마음이 삼각함수를 이해하지는 못할 거다. 죽은 쥐는 옆으로 누워 있었다. 죽은 쥐의 털은 바짝 말라 있었다. 죽은 것들일 뿐이다.

생도감이 다시 나타나더니 그를 보고 일어나라고 했다. 부

교장 선생이 일어나서 옷을 입고 진료소로 가라는 말을 했다는 것이었다. 그가 서둘러 옷을 입고 있는 동안 생도감이 말했다.

"배앓이(collywobbles)라면 마이클 수사(修士)에게 달려가야겠구나. 배앓이라니 참으로 끔찍도 하지. 배앓이를 하는 사람은 배를 움켜쥐고 쩔쩔매야(wobble) 하는 법이라고!"

그런 말을 해주다니 고마웠다. 그게 모두 그를 웃기기 위한 말이었다. 하지만 그의 뺨과 입술이 하도 덜덜 떨렸기 때문에 웃을 수조차 없었다. 그래서 생도감은 자기 혼자 웃을 수밖에 없었다.

생도감은 고함쳤다.

"뛰어갓! 하나 둘! 하나 둘!"

그들은 함께 계단을 내려간 후 복도를 따라 목욕탕을 지나갔다. 목욕탕 문을 지나며 그는 토탄 빛깔의 그 덥고 탁한 물이랑, 따뜻하고 습한 공기랑, 물속에 풍덩 뛰어드는 소리랑, 그 약 냄새와 비슷한 수건 냄새 따위를 생각하며 영문 모르게 겁이 나기도 했다.

마이클 수사는 진료소의 문간에 서 있었는데, 그의 오른편에 있던 침침한 캐비닛 문에서는 약 냄새 같은 것이 풍겨나왔다. 선반에 놓인 약병에서 나는 냄새였다. 생도감이 마이클 수사에게 뭐라고 하니까 마이클 수사는 생도감에게 존대말을 쓰며 대답했다. 그의 불그레한 머리카락에는 회색이 섞여 있었고 표정은 이상야릇했다. 그가 늘 수사 신분을 면치 못한다는 것은 이상한 일이었다. 그가 수사이고 또 표정이 좀 다르다고 해서 그에게 존대말을 쓰지 않는다는 것도 이상했다. 그가 아직 종교적으로 수련이 덜 되었기 때문일까? 그렇지 않고야 어찌하여 그는 다른 사람들과 지위가 같아질 수 없단 말인가?

방 안에는 침대가 두 대 있었는데 그중 하나에 한 녀석이 누워 있었다. 그들이 들어서자 그가 불렀다.

"야! 이거 디덜러스 아냐! 무슨 일이니?"

"무슨 일은 무슨 일이야." 마이클 수사가 말했다.

그는 하급 문법반에 있는 애였다. 스티븐이 옷을 벗고 있을 때 그는 마이클 수사더러 버터를 바른 토스트 한 조각만 갖다 달라고 부탁했다.

"좀, 부탁합니다." 그가 말했다.

"네 기분을 맞춰달라고?" 마이클 수사가 말했다. "아침에 의사가 오면 너는 퇴원하게 될 거다."

"그래요?" 그 녀석이 말했다. "아직 다 낫지도 않은걸요."

마이클 수사가 말을 되풀이했다.

"퇴원이야. 두고 보라고."

그는 몸을 구부리고 난로의 불을 긁어 모았다. 그의 기다란 등은 마치 궤도마차를 끄는 말의 잔등처럼 길었다. 그는 부지깽이를 심각하게 흔들며 이 하급 문법반 녀석을 향해 머리를 끄덕였다.

그러고 난 후 마이클 수사는 가버렸고 얼마 뒤에 그 하급 문법반 아이는 벽을 향해 돌아눕더니 잠이 들었다.

그게 바로 진료소였다. 그는 병에 걸렸던 것이다. 학교에서 집으로 편지를 내어 부모님께 알렸을까? 편지보다는 신부님

중에서 한 분이 직접 찾아가시는 편이 훨씬 더 빠를 텐데. 아니면 그가 직접 편지를 써서 신부님께 부탁하여 집에 전하도록 할 수도 있지 않을까.

사랑하는 어머니.
저는 지금 아파요. 집에 가고 싶다고요. 제발 오셔서 저 좀 데리고 가주셔요. 저는 지금 진료소에 있답니다.

어머니의 귀여운 아들
스티븐 올림

부모님은 아주 멀리 계시지 않는가! 창밖에는 싸늘한 햇빛이 비치고 있었다. 그는 이러다가 자기가 죽는 게 아닐까 싶기도 했다. 햇빛이 쨍쨍한 날이라도 그가 죽을 수 있을 것 같았다. 어머니가 오시기 전에 죽을지도 모를 일이었다. 그렇게 되면 채플에서 영결 미사가 있게 되겠지. 애들은 '꼬마'라는 아이가 죽었을 때에도 그런 미사가 있었다고 했다. 모든 애들이 검정 옷을 입고 슬픈 표정을 지으며 미사에 참석하겠지. 웰스도 역시 참석하겠지만, 아무도 그 애를 쳐다보지 않으려 할 거야. 교장 선생은 검은색과 황금색으로 된 제의(祭衣)를 걸치고 나올 것이고 제대(祭臺)와 관대(棺臺) 둘레에는 높다란 노란색 초가 켜져 있겠지. 사람들은 천천히 관을 채플 밖으로 운반해 갈 것이고 결국 그는 보리수나무가 늘어선 한길에서 얼마쯤 떨어진 곳에 있는 교단의 조그마한 묘지에 묻히게 될 거야. 그렇게 되면 웰스도 자기의 소행에 대해 미안하게 생각하겠지.

그리고 천천히 조종(弔鐘)이 울리겠지.

그 종소리가 들리는 듯했다. 그는 브리지드가 가르쳐준 노래를 혼자서 외어보았다.

땡! 땡! 성에서 종이 울리네!
어머니 안녕히 계셔요!
그 오래된 묘지에 묻어주시고,
큰형님 곁에다 묻어주셔요.
저를 검정 관에 넣어주셔요.
제 곁을 지키는 여섯 명의 천사 중,
두 명은 노래하고 두 명은 기도하며,
나머지 두 명은 내 영혼을 데리고 가겠지요.

참으로 아름답고도 슬픈 동요가 아닌가. '그 오래된 묘지에 묻어주시고'라고 하는 대목이 어쩌면 이렇게나 아름다울까. 온몸이 부르르 떨렸다. 참으로 슬프고, 참으로 아름답구나! 그는 조용히 울고 싶어졌지만 자신의 처지가 딱하기 때문은 아니었다. 그보다는 오히려 그 가사가 음악처럼 무척 아름답고 슬펐기 때문이었다. 종소리! 종소리! 안녕히 계셔요! 아, 안녕히 계셔요!

싸늘한 햇빛도 전보다 더 시들해졌고, 마이클 수사는 진한 쇠고기 수프를 한 그릇 들고 침대 옆에 서 있었다. 그는 입이 화끈거리고 바짝 말랐기 때문에 수프를 보자 반가웠다. 애들이 운동장에서 노는 소리가 들렸다. 마치 그 자신도 다른 애들 틈에서 놀고 있는 것처럼 학교에서는 그날 하루도 지나가고 있었다.

마이클 수사가 나가려고 하는데, 그 하급 문법반 아이는 그에게 부탁하기를 꼭 돌아와서 신문에 난 뉴스를 모두 전해 달라고 했다. 그는 스티븐에게 자기 이름이 어사이(Athy)라고 했고, 아버지는 아주 잘 뛰는 경기용 말을 여러 마리 사육하고 있다고 했다. 그리고 마이클 수사는 아주 점잖을 뿐만 아니라 매일같이 성에 배달되는 신문에 난 뉴스를 자기에게 전해 주기 때문에 어느 때건 자기가 원한다면 아버지가 그에게 푸짐한 팁을 줄 것이라고 했다. 신문에는 사고, 파선(破船), 스포츠, 정치 등 온갖 종류의 뉴스들이 실렸다.

"요즈음은 신문에 정치 문제만 난다고." 그가 말했다. "너희 가족들도 정치 얘기를 하니?"

"그럼." 스티븐이 대답했다.

"우리 가족들도 그래." 그가 말했다.

그러고 나서 잠시 생각하더니 그는 말을 이었다.

"디덜러스라니, 네 이름은 이상하구나. 나도 이상한 이름을 가지고 있어. 어사이니까. 내 이름은 어떤 고을 이름이란다. 네 이름은 라틴어 같구나."

그러고 나서 그가 물었다.

"너 수수께끼를 잘 푸니?"

스티븐이 대답했다.

"별로 잘 풀지 못해."

그러자 그가 말했다.

"이 수수께끼를 한번 풀어보겠니? 왜 킬데어 군(郡)이 사내의 바짓가랑이처럼 생겼는지 알아?"

스티븐은 무엇이 답이 될까 생각해 보다가 이렇게 말했다.

"모르겠는걸."

"그건 말이야, 그 속에 넓적다리가 있기 때문이야. 그 농담의 뜻을 알겠니? 어사이(Athy)라는 고을은 킬데어 군에 있는데 '어 사이(a thigh)'라면 바로 넓적다리란 뜻 아니니."

"아, 그래?" 스티븐이 말했다.

"그건 케케묵은 수수께끼야." 그가 말했다.

잠시 후 그는 말을 이었다.

"야!"

"왜 그래?" 스티븐이 물었다.

"그런데 말야." 그가 말했다. "그 수수께끼를 거꾸로 물어볼 수도 있거든?"

"그래?" 스티븐이 말했다.

"바로 그 수수께끼를 말이야." 그가 말했다. "어떻게 문제를 내는지 알겠니?"

"몰라." 스티븐이 말했다.

"다른 방식으로 묻는 법이 생각나지 않니?" 그가 말했다.

그는 그 말을 하면서 이부자리 너머로 스티븐을 바라보았다. 그러더니 베개를 베고 누워서 말했다.

"다른 방식이 있지만 그게 무엇인지 말해 주지 않을 거야."

왜 말해 주지 않겠다는 걸까? 그 많은 경기용 말을 사육하고 있다는 그의 아버지도 소린의 아버지나 심술쟁이 로취의 아버지처럼 치안판사임에 틀림없겠지. 그는 아버지 생각을 해 보았다. 어머니가 피아노를 치면 아버지는 곧잘 노래를 불렀고, 또 6펜스만 달라고 해도 아버지는 늘 1실링이나 주시곤 했지. 그는 자기 아버지도 다른 애들의 아버지처럼 치안판사쯤 되었더라면 좋겠다고 생각했다. 그런데 어찌하여 아버지는 그를 다른 애들처럼 이 클롱고우스 우드 학교로 보내게 되었을까? 하기야 50년 전에 그의 큰할아버지께서 당시 '해방자'라고 호칭되던 분[26]에게 진정서를 올린 곳이 바로 이 성이었으므로, 그가 전혀 인연이 없는 학교에 다니는 것은 아니라고 아버지께서는 말씀하셨지. 그 당시의 사람들은 옷차림만 보아도 알 수가 있었다. 그 시대는 그에게 엄숙한 시대로 보였다. 그는 클롱고우스 우드 학교의 재학생들이 놋쇠 단추가 달린 청색 웃옷에 노란 조끼를 입고 토끼 모피로 만든 모자를 쓰고 다니면서 어른들처럼 맥주나 마시고 토끼 사냥을 할 때 데리고 갈 그레이하운드 사냥개를 제각기 키우고 있던 시절이 바로 그때였을까 하고 생각해 보았다.

그는 창을 바라보면서 햇빛이 더욱 약해진 것을 알았다. 그러니 운동장은 구름에 가린 회색빛이 덮고 있으리라. 운동장에서는 아무 소리도 들리지 않는군. 교실에서는 과제 작문을 하고 있거나 아니면 아놀 신부가 책에 실린 성도전(聖徒傳)이나 읽어주고 있겠지.

---

26) 가톨릭교도들의 민권을 제한하는 악법의 철폐를 위해 영국을 상대로 투쟁한 대니얼 오코너(1775~1847)는 '해방자'라는 애칭을 얻게 되었다.

그에게 약을 주지 않는 것이 이상했다. 마이클 수사가 돌아올 때 약을 가지고 올지도 몰라. 진료소에 입원을 하면 고약한 약을 마시라고 한다는 소문이 있었는데. 하지만 이제는 전보다도 기분이 좋아졌는걸. 낫더라도 천천히 낫는 편이 좋겠어. 그렇게 되면 책을 얻어 읽을 수도 있을 테니까. 도서관에는 네덜란드에 관한 책이 한 권 있었지. 그 책 속에는 아름다운 외국 지명이 있고 이국적으로 보이는 도시와 선박들의 그림도 들어 있거든. 보기만 해도 행복해지는 그런 책이야.

창문에 비치는 빛이 어쩌면 저렇게나 파리할까! 하지만 그런대로 멋지구나. 벽에 비친 난로의 불빛이 솟았다 가라앉았다 하는군. 물결 같아. 누군가가 난로에 석탄을 넣었고 여러 사람의 목소리가 들리는군. 얘기를 하고 있는 거야. 저건 파도치는 소리군. 아니면 파도들이 일면서 저희끼리 소곤대고 있는지도 몰라.

그는 파도가 이는 바다를 보았다. 달빛도 없는 캄캄한 밤에 길고 어두운 파도들이 솟았다 가라앉았다 했다. 배가 들어오고 있는 부두에 조그마한 불이 반짝였다. 항구로 들어오고 있는 그 배를 맞기 위해 무수한 사람들이 물가에 모여든 것이 보였다.[27] 어떤 키 큰 사내가 갑판 위에 서서 평평하고 어두운 대지를 바라보고 있었다. 부둣가의 불빛에 비친 그의 얼굴이 보였는데, 그것은 슬픔에 잠긴 마이클 수사의 얼굴

---

27) 여기서 스티븐은 1891년 10월 6일 영국서 죽은 파넬의 시신이 더블린 항에 들어오고 있는 광경을 마음속으로 그려보고 있다.

이었다.

그가 사람들 쪽으로 손을 쳐드는 것이 보였고 슬픔에 젖은 그 굵직한 목소리가 물결 너머로 들려왔다.

"그분은 돌아가셨습니다. 우리는 관대(棺臺)에 누워 계시는 그분을 보았습니다."

슬픈 울부짖음이 군중 사이에서 터져나왔다.

"파넬! 파넬! 그분이 돌아가시다니!"

그들은 무릎을 꿇고 슬피 울고 있었다.

그리고 그는 밤색 벨벳 드레스를 입고 녹색 벨벳 맨틀을 어깨에 걸친 단티가 물가에 꿇어앉은 사람들 곁을 자랑스럽게 아무 말도 없이 지나가는 것을 보았다.

* * *

벽난로 속에 수북이 쌓인 장작이 시뻘겋게 타오르고 있었고 가지마다 담쟁이덩굴이 휘감긴 샹들리에 아래 크리스마스 식탁이 차려졌다. 가족들이 좀 늦게 돌아온 편인데도 아직 정찬 준비가 끝나지 않았다. 그러나 어머니는 눈 깜빡할 새에 모든 준비가 끝날 것이라고 했다. 그들은 문이 열리고 무거운 금속 뚜껑이 덮인 큼직한 쟁반을 든 하인들이 들어오기를 기다리고 있었다.

모두들 기다리고 있었다. 찰스 아저씨는 유리창 아래 그늘진 곳에 멀찍이 앉아 있었고 단티와 케이시 씨는 벽난로 양편에 놓인 안락의자에 앉아 있었다. 스티븐은 두 사람 사이에 놓인 의자에 앉아 따뜻하게 데워진 발판에 발을 얹고 있었다. 디덜러스 씨는 벽난로 선반 위에 놓인 체경(體鏡)을 들여다보면서 콧수염에 밀랍을 바르더니 저고리 뒷자락을 양쪽으로 가르고 활활 타오르는 난로 불에 등을 쬐며 서 있었다. 이따금 그는 뒷자락을 놓고 손을 쳐들어 콧수염 끝을 다듬곤 했다. 케이시 씨는 머리를 한쪽으로 기울인 채 미소를 지으며 손가락으로 자기 목선(腺) 부위를 톡톡 치고 있었다. 스티븐 또한 웃고 있었는데, 그것은 케이시 씨의 목에 은화 지갑이 들어 있다는 주장이 사실이 아님을 그도 이제는 알기 때문이었다. 그는 케이시 씨가 목구멍에서 은전이 짤랑대는 듯한 소리를 내며 그를 속이곤 하던 일을 생각하고 웃었던 것이다. 혹시 그 은화 지갑이 케이시 씨의 손에 감추어져 있는 것이 아닐까 하고 스티븐이 그의 손을 펴보려고 했을 때 그 손가락들이 펴지지 않는 것을 알게 되었다. 그때 케이시 씨는 자기가 빅토리아 여왕의 생일 선물을 마련하다가 그만 세 손가락만 못 쓰게 되었다는 설명을 해주었다.[28]

케이시 씨는 자기 목선 부위를 톡톡 친 후 졸음에 겨운 눈으로 스티븐을 바라보며 웃었다. 그러자 디덜러스 씨가 그에게 말했다.

"여보게, 정말 좋았어. 참 멋있는 산책을 한 셈이야. 안 그런가, 존? 아무렴…… 그런데 오늘 저녁엔 저녁밥이 나오는 거

---

28) 케이시 씨의 모델은 조이스의 부친과 친교가 깊었던 존 켈리라는 실존 인물이었는데 아일랜드 토지동맹의 일원으로 여러 번 투옥되어 뱃밥을 만드는 중노동을 한 끝에 왼손의 세 손가락을 못 쓰게 되었다고 한다.

야, 안 나오는 거야? 그래······. 오늘은 브레이 곶[岬]까지 가서 오존을 실컷 마시고 온 셈이지. 아이참."

그는 단티를 향해 말했다.

"리오던 부인께선 오늘 꼼짝도 않으셨나요?"

단티는 상을 찌푸리며 퉁명스럽게 말했다.

"네."

디덜러스 씨는 잡고 있던 저고리 뒷자락을 놓고 찬장 쪽으로 갔다. 그는 장에서 위스키가 담긴 큼직한 돌항아리를 끄집어내더니 목이 잘록한 유리병에 옮겨 담으며 이따금 허리를 굽히고 얼마나 찼는지를 살폈다. 항아리를 다시 장 속에 집어넣고 나서 그는 두 개의 유리잔에 위스키를 조금씩 따른 후 약간의 물을 타더니 잔을 들고 벽난로 가로 되돌아왔다.

"조금일세, 존." 그가 말했다. "식욕을 돋우어줄 걸세."

케이시 씨는 잔을 받아들고 마시더니 빈 잔을 자기 곁에 있는 벽난로의 선반 위에 놓았다. 그러고 나서 그는 입을 열었다.

"거참, 우리 친구 크리스토퍼 생각이 나는군. 그 친구가 만든다는 것이 글쎄······."

그는 갑자기 웃음을 터뜨리더니 기침을 하고 말을 이었다.

"그 친구가 글쎄 그 녀석들에게 안겨줄 샴페인[29]을 만들지

---

29) 크리스토퍼가 누구인지 확인된 바 없으나, 아일랜드의 극렬 혁명가 집단이었던 페니언 형제단(Fenian Brotherhood)을 위해 폭탄('샴페인')을 몰래 만들던 어떤 호텔 주인이었으리라 추측된다. 페니언은 아일랜드 말로 '전사(戰士)'라는 뜻이다.

않았겠나."

디덜러스 씨가 큰 소리로 웃어댔다.

"그게 크리스티였던가?" 그가 말했다. "그 친구의 대머리에 달린 사마귀 속에는 약은 재주가 어찌나 많이 들어 있던지, 숫여우떼들도 못 당할 지경이었지."

그는 머리를 기울이고 눈을 감더니 입술을 흠뻑 빨면서 그 호텔 주인의 목소리를 흉내 내며 말했다.

"자네도 잘 알고 있지 않나? 그 친구가 얘기할 때에는 입을 참 잘도 놀려댔지. 그 친구의 턱밑에 늘어진 군살에는 축축하게 물기가 있었고. 맙소사."

케이시 씨는 여전히 그 발작적인 기침과 싸우며 웃고 있었다. 스티븐은 아버지의 얼굴과 말투에서 마치 그 호텔 주인을 보는 듯하여 웃지 않을 수 없었다.

디덜러스 씨는 안경을 끼고서 그를 유심히 내려다보며 조용히 다정한 말투로 얘기했다.

"이 꼬마 녀석은 대체 무얼 안다고 이렇게 웃고 있을까?"

하인들이 들어와서 식탁에 쟁반들을 올려놓았다. 디덜러스 부인이 뒤이어 들어왔고 앉을 자리들이 정해졌다.

"오셔서 앉으세요." 그녀가 말했다.

디덜러스 씨는 식탁 끝으로 가서 앉으며 말했다.

"자, 리오던 부인, 와서 앉으세요. 여보게, 존, 와서 앉게나."

그는 찰스 아저씨가 앉아 있던 쪽을 돌아보며 말했다.

"자, 아저씨, 칠면조 한 마리가 아저씨를 기다리고 있네요."

모두들 자리에 앉자 그는 뚜껑에 손을 댔다가 이내 빼면서 급히 말했다.

"자, 스티븐."

스티븐은 자기 자리에서 일어서서 식전 감사 기도를 드렸다.

주여, 은혜로이 내려주신 이 음식과 우리에게 강복하소서.
우리 주 그리스도의 이름으로 비나이다. 아멘.

모두들 성호를 그었고 디덜러스 씨는 즐거운 듯 한숨지으며
가장자리에 진주 같은 물방울이 반짝이며 매달린 무거운 뚜
껑을 쟁반에서 벗겼다.

스티븐은 날개랑 다리가 묶이고 쇠꼬챙이에 꽂힌 채 부엌
탁자에 놓여 있던, 그 통통하게 살찐 칠면조를 바라본 적이
있었다. 그는 아버지가 돌리어 가(街)에 있는 던스 상회에서
1기니나 주고 그 칠면조를 샀으며, 주인은 그것이 고급품이라
는 것을 보여주기 위해 가슴뼈 부분을 몇 번이나 꾹꾹 찔러
보였다는 것도 알고 있었다. 그것을 사라고 권하던 그 주인의
목소리가 귀에 들리는 듯했다.

"그걸 가져가세요. 정말이지 그건 최고급품이랍니다."

클롱고우스의 배리트 선생은 애들의 손바닥을 때리는 데
쓰는 회초리를 왜 '칠면조'라고 불렀을까? 그러나 먼곳에 있는
클롱고우스 학교 생각은 해서 무엇하랴? 여러 개의 접시와 쟁
반에서는 칠면조와 햄과 샐러리가 그 훈훈하고 진한 냄새를
풍기고 있었고 벽난로에는 수북이 쌓아올린 장작이 활활 타
오르고 있었는데, 파란 담쟁이와 빨간 감탕나무 가지를 바라

보니 행복감이 절로 솟는 판이었다. 식사가 끝나면 큼직한 플럼 푸딩[30]이 들어올 것인데 껍질을 벗긴 아몬드와 감탕나무 가지가 꾹꾹 박혀 있을 것이다. 더욱이 푸딩 주변으로는 시퍼런 불이 흘러내릴 것이며[31] 꼭대기에는 조그마한 풀색 깃발이 나부끼고 있을 것이다.

이번이 그가 처음 참석해 보는 크리스마스 정찬이었다. 그래서 그는 지금 애들 방에서 기다리고 있을 동생들을 생각해 보았다. 바로 작년까지만 해도 그 자신이 그랬거니와 동생들은 지금 아이들 방에서 푸딩이 나오기만을 초조하게 기다리고 있을 것이 아닌가! 그 깊고 낮은 칼라에 이튼 학교식 저고리를 입고 있자니 어쩐지 이상한 기분이 들었고 또 나이가 든 것처럼 느껴지기도 했다. 그날 아침에 어머니가 미사에 나갈 차림을 한 그를 거실로 데리고 내려왔을 때, 그의 아버지는 울었다. 스티븐의 차림을 보자 자기 아버지 생각이 났기 때문이었다. 그런데 찰스 아저씨 또한 그런 말을 했었다.

디덜러스 씨는 쟁반의 뚜껑을 덮고 시장한 듯이 먹기 시작했다. 그러고 나서 그는 입을 열었다.

"가엾은 크리스티 같으니라고! 나쁜 짓을 하느라 그 사람 아주 버린 것 같아."

---

30) 건포도, 과일, 향신료 등이 푸짐하게 든 과자로 영국에서는 크리스마스 식탁에 으레 오른다.
31) 플럼 푸딩은 먹기 직전에 독한 브랜디를 부어 불을 붙임으로써 그 향미를 돋우는 풍습이 있다.

"사이먼." 디덜러스 부인이 말했다. "리오던 부인에겐 소스도 드리지 않았군요."

디덜러스 씨는 소스 그릇을 잡았다.

"그런가?" 그는 큰 소리로 말했다. "리오던 부인, 미안합니다. 내가 눈이 멀었군요."

단티는 두 손으로 자기 접시를 가리며 말했다.

"됐습니다. 치지 않겠어요."

디덜러스 씨는 찰스 아저씨를 향해 말했다.

"잘 잡숫고 계시나요?"

"잘 먹고 있단다, 사이먼."

"존, 자네는?"

"됐어. 자네나 많이 들게."

"메어리, 당신은? 애, 스티븐, 여기 짜릿할 정도로 맛있는 게 있단다."

그는 스티븐의 접시에 소스를 잔뜩 붓고 나서 그릇을 식탁 위에 다시 놓았다. 그러고 나서 그는 찰스 아저씨에게 고기가 연하냐고 물어보았다. 찰스 아저씨는 입에 음식물이 가득했기 때문에 말은 못하고 고개를 끄덕이며 연하다고 했다.

"우리 친구가 교단을 상대로 했다는 그 대답 말일세. 그것 참 멋있는 말이었어. 뭐라고 했더라?" 디덜러스 씨가 물었다.

"난 그 친구가 그 정도의 생각을 하고 있을 줄 몰랐다고." 케이시 씨가 말했다.

"신부님, 신부님께서 이 하느님의 전당을 투표소로 이용하는 짓만 그만두신다면, 저도 신부님께 드려야 할 것을 드릴 용의가 있습니다'[32]라고 했다는 거야."

"거참, 대답 한번 잘했군요." 단티가 말했다. "소위 가톨릭 신자로 자처하는 사람이 자기 신부님에게 그 따위 대꾸를 하다니."

"그야, 성직자 자신들의 탓이죠." 디딜러스 씨가 상냥하게 말했다. "조금이나마 충고를 듣는다면 그들은 종교에만 정신을 쏟고 있을 겁니다."

"그게 바로 종교예요." 단티가 말했다. "신자들에게 경종을 울리는 것이야말로 그들의 임무이니까요."

"우리가 하느님의 전당을 찾아가는 것은 겸허한 마음으로 하느님께 기도를 올리기 위해서이지 결코 선거 연설 따위나 듣기 위해서가 아니랍니다." 케이시 씨가 말했다.

"그게 바로 종교라니까요." 단티가 다시 말했다. "그분들이야 옳다고요. 양 떼들의 길잡이가 되는 것은 그들의 임무랍니다."

"제대에 서서 정치를 설교하는 것도 그들의 임무입니까?" 디딜러스 씨가 물었다.

"그럼요." 단티가 말했다. "공중도덕의 문제입니다. 만약에 성직자가 양 떼들에게 옳고 그른 것을 가려주지 않는다면 성직자라고 할 수가 없지요."

디딜러스 부인이 나이프와 포크를 놓고 말했다.

"제발, 적선하는 셈치고, 오늘만은 정치적 토론을 좀 삼갑

---

32) 이 말의 출처는 미상이나, 아마도 아일랜드 가톨릭 사제단에서 파넬을 비난하기 위해 교회를 정치 논단으로 이용한 데 대한 반발 발언인 듯하다.

시다."

"그건 옳은 말이야." 찰스 아저씨가 나섰다. "자, 사이먼, 이제 그만하지. 그만들 하라고."

"네, 네." 디덜러스 씨가 재빨리 말했다.

그는 대뜸 쟁반 뚜껑을 열면서 말했다.

"자, 칠면조를 더 드실 분 안 계셔요?"

아무도 답이 없었다. 단티가 말했다.

"가톨릭 신자로서 어떻게 저런 말을 할 수 있을까!"

"리오던 부인, 제발 빌겠어요. 이제 그 문제는 좀 덮어두시죠." 디덜러스 부인이 말했다.

단티는 그녀 쪽을 향해 말했다.

"그러면 내가 여기 앉아서 교회의 성직자들이 모욕당하고 있는 것을 가만히 듣고만 있으란 말인가요?"

"그들이 정치에 간여하지만 않는다면, 아무도 그들을 비방하지 않지요." 디덜러스 씨가 말했다.

"아일랜드의 주교나 신부들이 말한 것이면 우리 모두가 따라야 하는 법이에요." 단티가 말했다.

"성직자들은 정치에서 손을 떼야 해요." 케이시 씨가 말했다. "그러지 않으면 신도들이 교회를 버리게 될걸요."

"저 말을 들었지요?" 단티가 디덜러스 부인을 향해 말했다.

"케이시 씨, 그리고 여보, 사이먼, 그만들 하세요." 디덜러스 부인이 말했다.

"정말 너무들 하는구나, 너무해." 찰스 아저씨가 말했다.

"너무 심하다고요?" 디덜러스 씨가 고함 질렀다. "영국인들이 시키는 대로 우리가 그분[33]을 버려야 한단 말입니까?"

"그 사람이야 벌써 지도자로서의 자격을 잃은 지 오래되었죠." 단티가 말했다. "그 사람은 공공연한 죄인이었으니까요."

"그렇다면 우리도 모두 죄인들이지요, 지독한 죄인들이라고요." 케이시 씨가 냉정하게 말했다.

"남을 죄짓게 하는 사람은 참으로 불행하다." 리오던 부인이 외웠다. "이 보잘것없는 사람들 가운데 누구 하나라도 죄짓게 하는 사람은 그 목에 연자맷돌을 달고 바다에 던져져 죽는 편이 오히려 나을 것이다.[34] 성령의 말씀이지요."

"굳이 답해야 한다면, 참 고약한 말씀이라고 해야겠소." 디딜러스 씨가 쌀쌀하게 말했다.

"사이먼, 사이먼." 찰스 아저씨가 말했다. "이 애 앞에서 무슨 말을 그렇게 하나?"

"네, 네." 디딜러스 씨가 말했다. "제가 말하려던 것은……저는 정거장에서 짐꾼들이 쓰는 그 고약한 말씨를 생각하고 있었던 거예요. 자, 이제 그건 그쯤 해두는 것이 좋겠고. 애, 스티븐, 네 접시 좀 보자. 더 먹어야지. 자, 받아라."

그는 스티븐의 접시 위에 음식을 잔뜩 담아주고 나서 찰스 아저씨와 케이시 씨에게도 큼직한 칠면조 토막에 소스를 쳐주었다. 디딜러스 부인은 별로 먹지 않았고, 단티는 무릎에 두 손을 놓은 채 앉아 있었다. 그녀의 얼굴은 빨갛게 되어 있었

---

33) 찰스 파넬을 가리킨다.
34) 「누가복음」 17장 1~2절에서 예수가 제자들에게 한 말이다.

다. 디덜러스 씨는 쟁반 가장자리에 놓인 칠면조 부분을 칼로 찍으며 말했다.

"여기 속칭 교황의 코³⁵⁾라고 하는 맛 좋은 부분이 있습니다. 혹시 여러분 중에 잡숫고 싶은 분이 계시다면……."

그는 고기 한 덩이를 카빙 포크로 찍어 들었다. 아무도 말이 없었다. 그는 그것을 자기 접시 위에 놓고 말했다.

"섭섭하게 생각지 마세요. 권해 보긴 했으니까요. 내 생각으로는 내 건강이 최근에 좋지 않은 것 같아 이건 내가 먹는 것이 좋을 것 같습니다."

그는 스티븐에게 눈을 끔벅해 보이면서 쟁반 뚜껑을 닫고 먹기 시작했다.

그가 먹고 있는 동안에 아무도 말이 없었다. 그러자 그가 입을 열었다.

"하여간, 이번 크리스마스도 즐거웠던 것 같아. 거리엔 낯선 사람들이 많더군."

여전히 아무도 말을 하지 않자, 그가 다시 입을 열었다.

"거리엔 작년 크리스마스 때보다도 낯선 사람들이 더 많이 보이던데."

그는 사람들을 둘러보았다. 모두들 자기네 접시 위로 얼굴을 숙이고 있었다. 아무도 대꾸를 하지 않자 그는 잠시 기다린 후 기분 나쁜 어조로 이렇게 말했다.

---

35) 칠면조의 항문을 덮고 있는 엉덩이 살이 로마인의 매부리코와 닮았다 해서 이런 별명을 가지게 되었다.

"그건 그렇고, 나로서는 이번 크리스마스 정찬을 망친 셈이군."

"교회의 성직자들을 존경하지 않는 집안에는 행운도 은혜도 찾아오지 않을 겁니다." 단티가 말했다.

디딜러스 씨는 접시 위에다 나이프와 포크를 내던졌다.

"존경하라니!" 그가 말했다. "아니, 입만 까진 빌리[36]를 존경하란 말이오? 아니면 아어마[37]에 있는 그 창자통같이 생긴 녀석을 존경하란 말이오? 존경은 무슨 놈의 존경!"

"교회를 지배하고 있는 군주들이라고나 할까." 케이시 씨가 은근히 경멸하는 어조로 말했다.

"리트림 경의 마부 같은 자들이지 뭐야."[38] 디딜러스 씨가 말했다.

"그분들은 모두 천주님의 기름으로 정화된 분들이지요." 단티가 말했다. "조국에 명예가 되는 분들이라고요."

"그 창자통 같은 친구 말입니까?" 디딜러스 씨가 야비하게 말했다. "가만히 있을 때 쳐다보면 점잖게 생기긴 했지요. 그렇지만 추운 겨울날 그 친구가 베이컨이니 캐비지니 하는 것을

---

36) 더블린의 대주교였던 윌리엄 조셉 월쉬(1841~1921)를 가리킨 듯하다. 빌리는 윌리엄의 애칭이다.

37) 아어마(Armagh) 시에는 아일랜드 가톨릭교의 수장이던 마이클 로그(1839~1914) 대주교가 있었다. 이 두 대주교는 파넬을 비난하는 데 앞장섰다.

38) 아일랜드 북서부 지방인 코노트의 대지주였던 영국인 리트림 백작(1806~1878)은 부재지주의 본보기로 악명이 높던 중 1878년에 아일랜드의 폭도들에게 살해되었다. 그때 그의 마부가 그의 살해를 막으려 했으므로 아일랜드 사람들은 이 마부를 당연히 민족 반역자로 여긴다.

핥고 있는 꼴을 본다면! 참, 꼴불견이지요."

그는 얼굴을 찌푸려 사나운 짐승의 표정을 지으면서 입술로 쩝쩝 핥는 소리를 냈다.

"내 참, 사이먼." 디덜러스 부인이 나섰다. "스티븐이 있는 데서 그게 무슨 말투예요? 그러지 말아요."

"아, 저 애도 자라면 이 모든 것을 기억하고 있을 겁니다." 단티가 열기를 띤 목소리로 말했다. "바로 자기 집에서 하느님과 천주교와 성직자들이 모욕당하던 일을 잊지 않을 거예요."

"이왕에 기억하려거든," 식탁 건너편에서 케이시 씨가 그녀를 향해 고함 질렀다. "성직자들과 그들의 앞잡이들이 파넬을 상심케 하고 그를 무덤으로 몰아가기 위해 사용했던 말도 기억하게 합시다. 저 애가 어른이 되었을 때 그런 것도 기억하고 있어야 한다고요."

"개자식들 같으니라고!" 디덜러스 씨가 고함 질렀다. "파넬이 실각하자 모두들 덤벼들어 그분을 배반했고, 마치 하수구 속의 쥐새끼들처럼 그분을 갈기갈기 찢어놓지 않았느냔 말이야! 못된 개 같으니라고. 꼭 못된 개 꼴을 하고 있단 말이야! 정말이지 꼭 그 꼴이라고."

"그분들의 행동은 옳았어요." 단티가 언성을 높였다. "그들은 주교님들과 신부님들께서 시키는 대로 했을 뿐예요. 그분들에게는 명예를 돌려야 한다고요."

"참 진저리가 나는군요. 한 해에서 오늘 하루만이라도 좋으니 이 진저리나는 논쟁을 좀 그만둘 수 없나요?" 디덜러스 부인이 말했다.

찰스 아저씨가 온화하게 두 손을 쳐들고 말했다.

"그만, 그만, 그만들 하라고요. 이렇게 화를 낸다든지 야비한 말을 쓰지 않고도 우리가 자유로이 무슨 견해건 가질 수 있지 않나요? 정말 너무 심하군요."

디덜러스 부인이 단티에게 뭐라고 소곤댔다. 그러나 단티는 큰 소리로 말했다.

"입을 다물고 있을 수는 없어요. 배교자(背敎者)들이 내 교회와 내 종교에 대해 모욕하고 침을 뱉을 때 나는 나서서 지킬 것입니다."

케이시 씨는 무례하게 접시를 식탁 가운데로 밀어붙인 후 두 팔꿈치를 식탁에 기대며 거친 목소리로 집주인에게 말했다.

"침을 뱉는다니 말인데, 잘 알려진 얘기가 하나 있지. 자네에게 그 얘기를 했던가?"

"안 했어. 말해 봐, 존." 디덜러스 씨가 말했다.

"그렇다면 얘기해 줌세." 케이시 씨가 말했다. "아주 교훈적인 얘기라네. 우리가 지금 살고 있는 이 위클로 군39)에서 얼마 전에 있었던 일일세."

그는 얘기를 중단하더니, 단티 쪽을 향해 조용히 분노 어린 목소리로 말했다.

"부인, 부인께선 혹시 저를 지목하고 말씀하셨는지도 모르겠지만, 저는 가톨릭 배교자가 아니랍니다. 저는 제 아버지가 가톨릭 신자였던 것처럼 가톨릭 신자지요. 우리 아버지뿐만

---

39) 더블린 남쪽에 소재하는 군(郡) 이름이다.

아니라 할아버지도, 증조할아버지도 모두 가톨릭 신자였지요. 대대로 우리는 신앙을 배반하느니 차라리 목숨을 버리겠다는 각오로 살아왔답니다."

"그렇다면 오늘 한 말이 그만큼 더 큰 수치가 되는 셈이죠." 단티가 말했다.

"그 얘기나 하게, 존." 디덜러스 씨가 웃으며 말했다. "그 얘기나 좀 들어보자고."

"가톨릭 신자로 자처하다니!" 단티가 빈정대는 말투로 다시 말했다. "세상에서 가장 흉악한 개신교도라고 해도 오늘 저녁에 내가 들은 것 같은 그런 야비한 말은 하지 않았을 거예요."

디덜러스 씨는 시골 가수처럼 고개를 앞뒤로 흔들며 작은 소리로 노래를 흥얼대기 시작했다.

"다시 말해 두지만, 나는 개신교도가 아니거든요." 케이시 씨는 얼굴을 붉히며 말했다.

여전히 머리를 흔들며 흥얼대던 디덜러스 씨가 불평조의 콧소리로 노래를 시작했다.

자, 여러분 이리 와 내 말씀 들어보오,
미사에 가지 않는 가톨릭 신자 여러분[40]

그는 다시 나이프와 포크를 기분 좋게 집어 들고 먹기 시작

---

40) '여러분 이리 와 내 말씀 들어보오'라는 서두로 시작되는 속요(俗謠)가 아일랜드에는 많으나 이 노래만은 디덜러스 씨가 지어낸 것이다.

하더니 케이시 씨에게 이렇게 말했다.

"그 얘기나 들어보세, 존. 그런 얘기는 소화에 도움이 될 거야."

두 손을 맞잡은 채 그 너머로 식탁 건너편을 뚫어지게 바라 보고 있는 케이시 씨를 스티븐은 다정하게 쳐다보았다. 그는 벽난로 가에서도 케이시 씨 곁에 앉아 그 어둡고도 사나운 얼굴을 즐겨 쳐다보곤 했었다. 하지만 그의 시커먼 눈만은 사납게 보인 적이 없었고 그 나지막한 목소리는 언제 들어도 흐뭇했다. 그렇다면 저분이 무슨 이유로 성직자들에게 반대를 하고 있는 걸까? 그때만은 단티의 말이 옳기 때문이 아닐까? 하지만 아버지가 말해 준 바에 의하면 그녀는 수녀가 되려다가 그만두고 나온 여자라는 것이었다. 그녀의 오라버니가 장신구니 흠이 있는 도자기니 하는 것들을 토인들에게 주고 돈을 벌던 시절에 그녀는 알리게니 산맥[41] 속에 있던 수도원으로부터 뛰쳐나왔다는 것이다. 어쩌면 그런 일이 있었기에 그녀가 파넬을 혹평하고 있는지도 모를 일이었다. 그리고 그녀는 그가 아일린하고 놀지 못하게 했는데, 그 이유는 아일린이 개신교도기 때문이었다. 어린 시절에 그녀는 개신교도 애들과 놀던 애들을 알고 있었는데 개신교도 애들은 늘 성모 호칭 기도를 우롱하더라는 것이었다. '상아탑'이니 '황금 궁전'[42]이니를 들먹이면서 우롱했다는 것이었다. 어떻게 여자가 상아탑이나

---

41) 미국 동부에 있는 산맥이다.
42) 가톨릭교의 성모 마리아 호칭 기도에서 하늘나라로 들어가는 문으로서의 성모를 비유하는 말들이다.

황금 궁전이 될 수 있겠느냐고 하면서. 그런데 도대체 어느 편이 옳단 말인가? 그러자 그에게는 클롱고우스의 진료실에서 보낸 하룻밤이 생각 났다. 그 어두운 바닷물이며, 부둣가의 등불이며, 파넬의 죽음을 듣고 백성들이 슬피 울던 일들이 생각났던 것이다.

아일린은 손이 길고 하얗지. 어느 날 저녁에 술래잡기 놀이를 할 때 그녀는 두 손으로 그의 눈을 가린 적이 있었어. 길고 희고 가늘고 차고 부드러운 손. 그게 바로 상아야. 차고 하얀 것이니까. 그게 바로 '상아탑'의 뜻이야.

"이야기는 아주 짧고 재미있다고." 케이시 씨가 말했다. "어느 날 아클로우[43]에서 있었던 일이야. 몹시 추운 날이었는데 그분께서 돌아가시기 조금 전이었지. 아, 하느님, 그분께 자비를 베푸소서!"

그는 지친 듯이 눈을 감고 말을 멈췄다. 디딜러스 씨는 접시에 놓인 뼈 하나를 집어 들고서 거기 붙은 살을 이로 뜯으며 말했다.

"그러니까 그분께서 죽음을 당하시기 전이란 말씀이지?"

케이시 씨는 눈을 뜨고 한숨짓더니 얘기를 계속했다.

"어느 날 아클로우에서 있었던 일이라네. 우리는 어떤 집회에 참석하러 거기로 내려갔었어. 그 집회가 끝나자 우리는 군중을 헤치고 기차 정거장으로 가야만 했어. 세상에서 그처럼 우우하고 야유하는 소리를 듣기는 쉽지 않을 거야. 그들은 우리

---

43) 위클로 군에는 아클로우라는 소도시가 있다.

들에게 온갖 욕을 다 퍼부었거든. 그중에는 어떤 노파가 하나 있었는데, 술에 취한 듯한 이 심술쟁이 노파가 사뭇 나만 노려보고 있는 게 아니었겠나? 그녀는 진창 속에서도 춤을 추듯이 내 곁에 붙어 서서 얼굴을 향해 고함과 비명이 섞인 말을 이렇게 하더라고. '성직자를 못살게 하는 놈! 파리의 신탁자금! 미스터 폭스! 키티 오셰이!'"44)

"그래서 자넨 어떡했나, 존?" 디덜러스 씨가 물었다.

"그녀가 계속 고함을 지르기에 내버려두었지." 케이시 씨가 말했다. "마침 날씨가 추웠기에 기운을 내기 위해 나는 입에다, 부인, 부인 앞에선 실례되는 말씀입니다만, 입에다 탈라모어산(産) 씹는담배를 넣고 있었다네. 내 입에 담배 씹은 물이 가득했으니 한마디도 대꾸를 할 수가 없었던 거야."

"그래서, 존?"

"그래서 그녀가 실컷 고함을 지르게 내버려두었지, 뭐. 그녀는 '키티 오셰이'니 뭐니 하며 떠들어댔는데 결국은 그 부인에 대해 뭐라고 욕을 하지 않겠어? 그때 그녀가 뭐라고 했는지를 여기서 밝힌다면 그야말로 이 크리스마스 식탁이나, 여러분의 귀나 내 입을 더럽히는 결과가 될걸세."

---

44) 이 모두는 파넬을 욕하는 말이다. 파리에서 주로 미국인들의 기부금으로 된 국민동맹자금이 파넬 등에게 신탁되어 있었는데 파넬은 이 자금을 유용했다는 터무니없는 공격을 받은 바 있다. 그는 '폭스(여우)'를 포함한 여러 가지의 가명을 쓰며 키티 오셰이라는 여인과 내통한 적이 있다. 이 여인은 파넬의 보좌관이던 남편과 이혼한 후 파넬의 아내가 되었다. 이 추문은 파넬이 실각한 결정적 원인이 되었다.

그는 말을 멈췄다. 디덜러스 씨는 뼈를 뜯어먹고 있던 머리를 치켜들고 이렇게 물었다.

"그래서 어떡했느냐고, 존?"

"어떡하긴!" 케이시 씨가 말했다. "그녀가 욕을 하며 흉하게 늙은 얼굴을 내게 들이밀고 있더군. 마침 내 입에는 담배 씹은 물이 가득했거든. 그래서 그녀의 얼굴 쪽으로 고개를 숙이며 퉤! 하고 뱉었지 뭐야."

그는 얼굴을 돌려 침을 뱉는 시늉을 했다.

"똑바로 그녀의 눈을 향해 퉤! 했단 말씀이야."

그는 한 손으로 자기 눈을 찰싹 때리며 거친 고통의 비명을 냈다.

"'오, 예수님, 성모 마리아, 요셉이시여'라고 하더군. '저는 눈이 멀었답니다. 물에 빠졌답니다!'"

그는 발작적인 기침과 웃음의 폭발 때문에 얘기를 멈췄다가 되풀이했다.

"'눈이 완전히 멀었답니다'."

디덜러스 씨는 웃음을 터뜨리며 자기 의자에서 몸을 뒤로 벌렁 젖혔고 찰스 아저씨는 머리를 저었다.

단티는 무섭게 화가 난 듯했으며, 그들이 웃고 있는 동안 이렇게 되풀이했다.

"참 잘도 했네요! 하! 참 잘도 했어!"

그 여인의 눈에다 침을 뱉은 짓이야 결코 잘했다 할 수가 없지. 그러나저러나 그 여인이 키티 오셰이를 무엇이라고 불렀기에 케이시 씨가 차마 그 말을 입에 담지 못하겠다고 했을까? 그는 군중 사이를 걸어다니거나 조그마한 마차에서 연설하고 있는 케이시 씨를 생각해 보았다. 그런 일을 한 죄로 그가 감옥살이까지 했던 것이다. 어느 날 밤에 오닐 경사가 집으로 찾아와서 현관에서 아버지와 나직한 소리로 소곤대며 겁을 먹은 듯이 제모(制帽)의 턱걸이 띠를 잘근잘근 씹고 있던 일이 생각났다. 바로 그날 밤 케이시 씨는 기차를 타고 더블린에 가지 않고, 그 대신에 문 앞에 마차가 와 닿자 아버지가 캐빈틸리로(路)⁴⁵⁾가 어쩌고 하던 일이 생각나기도 했다.

케이시 씨는 아일랜드의 독립과 파넬을 지지하고 있었고 아버지 또한 그러했다. 단티 또한 아일랜드의 독립을 원한다는 데 있어서는 마찬가지였다. 어느 날 밤 광장에서 악대가 마지막으로 "신이여, 여왕을 도우소서."⁴⁶⁾를 연주하고 있을 때, 한 신사가 모자를 벗으니까 단티는 들고 있던 우산으로 그의 머리를 갈긴 적이 있었으니까.

디덜러스 씨는 경멸조의 콧소리를 냈다.

"그래, 존." 그가 말했다. "정말이야. 그들이 모두 잡고 있어. 우리는 불행히도 성직자들에게 얽매여 살고 있는 거야. 과거에 내내 그러했고 앞으로도 언제까지나 그 꼴을 면하지 못할 거야."

찰스 아저씨가 머리를 저으면서 말했다.

"이럴 수가 있을까. 이럴 수가!"

---

45) 브레이에서 더블린으로 갈 때에 사람들이 별로 이용하지 않는 우회로다.
46) 영국의 국가. 여기서 여왕은 빅토리아 여왕이다.

디덜러스 씨는 한 말을 되풀이했다.

"성직자들에게 얽매인 채 하느님의 버림까지 받은 민족이지!"

그는 자기 오른편 벽에 걸려 있던 자기 조부의 초상화를 가리켰다.

"자네, 저기 걸린 저 노인이 보이지?" 그가 말했다. "저 양반은 아일랜드인이 되어보았자 아무런 금전적 이득이 없었던 그런 시절에도 훌륭한 아일랜드인이었다네. 그는 백의당(白衣黨)[47])의 당원으로서 사형선고까지 받았어. 그가 늘 성직자 친구들에 대해서 한 말이 있다네. 무슨 일이 있어도 자기 집 마호가니 식탁에서 성직자들과 동석하지는 않겠다고 말이야."

단티가 화를 내며 말을 가로챘다.

"우리가 만약 성직자들에게 얽매여 산다면 우리는 그것을 자랑스럽게 여겨야 합니다. 그들은 야훼의 눈동자[48]) 같은 분들이지요. 그리스도께선 말씀하셨어요. '그들을 범하지 말라. 그들은 내 눈동자니라'[49])라고요."

"그러니까 우리가 조국을 사랑할 수도 없단 말입니까?" 케이시 씨가 물었다. "우리들의 지도자가 되기 위해 태어나신 분을 우리가 따라서는 안 된단 말입니까?"

---

47) 1760년대에 토지 및 조세 개혁을 주장하고 나온 아일랜드의 비밀결사로서, 당원들은 야간에 서로를 분간하기 위해 흰옷을 입었으므로 '화이트 보이(Whiteboy)'라고 불리게 되었다.
48) 「신명기」 32장 10절 및 「시편」 17장 8절 등 참조.
49) 「스가랴」 2장 8절, 혹은 공동번역 성서 「즈가리야」 2장 12절. '너희를 건드리는 것은 하느님의 눈동자를 건드리는 것이다.'

"조국을 배반한 자니까!" 단티가 대답했다. "배반자요, 간음자니까! 성직자들이 그를 버렸다면 그건 잘한 것이지요. 성직자들이야말로 늘 우리 아일랜드의 진정한 친구니까요."

"진정으로 하는 소리요?" 케이시 씨가 물었다.

그는 주먹을 식탁 위로 내던지며 성이 나서 찌푸린 얼굴을 한 채 손가락을 하나씩 내밀었다.

"라니건 주교가 콘윌리스 후작[50]에게 충성을 맹세했던 그 의회통합 시절에도 아일랜드의 주교들은 백성들을 배반하지 않았던가요?[51] 1829년에 주교들과 신부들은 가톨릭 해방[52]의 대가로 다시 한번 백성들의 소망을 저버리지 않았던가요? 그들은 또 제단과 고해소에서도 페니언 형제단의 혁명 운동을 비난하지 않았습니까? 게다가 그들은 테런스 벨로우 맥매너스의 유해마저 푸대접하지 않았습니까?"[53]

그의 얼굴은 분노로 인해 이글거렸고, 이 말을 듣고 전율을 느끼고 있던 스티븐은 그 열기가 자기 얼굴에까지 번지고 있는 것을 느꼈다. 디덜러스 씨는 거친 조소가 섞인 너털웃음을 웃었다.

---

50) 영국의 장군 정치가로서 1789~1801년에 아일랜드의 총독을 지냈다.

51) 1799년 영국 정부는 아일랜드의 의회를 해산하고 영국 의회와 통합하려 했는데, 이때 아일랜드의 주교들은 이 통합 정책에 찬성했다.

52) 1829년 아일랜드의 가톨릭 신자들을 정치적 교육적으로 해방하는 법이 시행되었다.

53) 아일랜드의 애국운동가였던 맥매너스가 샌프란시스코에서 죽어 그의 유해가 귀국했을 때 가톨릭 측에서는 그를 공동묘지에 묻지 못하게 했다.

"아 참, 내가 잊었네." 그는 소리쳤다. "그 폴 킬렌[54]이란 늙은이 또한 야훼의 눈동자로는 빼놓을 수 없는 인물이지!"

단티는 식탁 위로 몸을 굽히며 케이시 씨에게 고함 질렀다.

"옳았다고요! 옳아! 그분들은 늘 옳았단 말예요! 하느님과 도덕과 종교가 늘 무엇보다도 앞서니까요."

그녀가 흥분한 것을 보고 디덜러스 부인이 그녀에게 말했다.

"리오던 부인, 저이들에게 대꾸하느라 흥분하지 마세요."

"하느님과 종교는 다른 모든 것보다 앞선단 말예요!" 단티는 소리쳤다. "하느님과 종교는 이 세속보다 앞선다고요!"

케이시 씨는 주먹을 불끈 쥐더니 식탁을 꽝 내리쳤다.

"좋소." 그는 거친 목소리로 고함 질렀다. "그게 그렇다면 아일랜드에 하느님은 필요없소!"

"존! 존!" 디덜러스 씨가 손님의 소매를 잡으며 소리쳤다.

단티는 뺨을 부르르 떨면서 식탁 너머로 노려보았다. 케이시 씨는 앉은자리에서 애를 쓰며 일어서더니 마치 거미줄이라도 걷어치우듯이 눈앞의 허공을 한 손으로 휘젓고 있었다.

"아일랜드에 하느님은 필요없소!" 그는 소리쳤다. "아일랜드는 그간 하느님 때문에 신물이 났단 말이요. 하느님 같은 건 없어졌으면 좋겠단 말이오!"

"신을 모독하는 자! 악마!" 단티는 비명을 올리며 벌떡 일어서더니 그의 얼굴에 침이라도 뱉을 듯했다.

---

54) 1852~1878년에 더블린의 대주교였던 그는 페니언 형제단의 운동을 비난했고 영국 정책의 많은 부분을 지지해 백성들의 원망을 샀다.

찰스 아저씨와 디딜러스 씨가 케이시 씨를 다시 의자에 앉히고 나서 양쪽에서 그에게 진정하라고 타일렀다. 그는 불타는 검은 눈으로 앞을 노려보면서 같은 말을 되풀이했다.

"하느님은 없어져야 한다, 이 말씀이야!"

단티는 미친 듯이 의자를 밀어젖히고 식탁을 떠났다. 그 통에 그녀의 냅킨 고리가 뒤집혀서 양탄자 위로 천천히 굴러가더니 안락의자 다리에 부딪혀서 멈췄다. 디딜러스 부인은 재빨리 일어나서 문간까지 그녀를 따라갔다. 문간에서 단티는 미친 듯이 돌아서서 상기된 얼굴을 하고 분노 때문에 온몸을 부르르 떨면서 방을 향해 소리쳤다.

"지옥에서 갓 나온 악마 같으니라고! 우리는 이겼단 말이야! 그놈을 짓눌러 죽였단 말이야! 악마 같으니라고!"

그녀는 문을 쾅 닫고 나가버렸다.

케이시 씨는 자기의 팔을 잡고 있던 사람들을 뿌리친 후 갑자기 두 손으로 자기의 숙인 얼굴을 가리며 고통스럽게 흐느꼈다.

"가엾은 파넬!" 그는 소리치며 말했다. "나의 죽은 왕[55]이시여!"

그는 큰 소리를 내며 가슴 아프게 흐느꼈다.

스티븐이 겁에 질린 얼굴을 치켜들자 아버지의 눈에는 눈물이 가득히 고여 있었다.

---

55) 파넬은 흔히 '무관(無冠)의 아일랜드 왕'이라 불리곤 했다.

애들이 삼삼오오 모여서 얘기하고 있었다.

한 애가 말했다.

"그 애들이 라이언스 구릉[56] 근처에서 붙잡혔대."

"누가 애들을 붙잡았다니?"

"글리슨 선생과 부교장이야. 애들은 마차를 타고 있었대." 같은 애가 덧붙여 말했다. "상급반 애가 말해 줬어."

플레밍이 물었다.

"그런데 왜 도망갔을까? 이유를 아니?"

"내가 그 이유를 알지." 세실 선더가 말했다. "그 애들이 교장실에서 현금을 쓱싹했기 때문이야."

"누가 그랬어?"

"키컴의 형이 그랬대. 그러곤 모두 나누어 가졌다는 거야."

쓱싹했다니 도적질을 했단 말이 아닌가? 어떻게 그런 짓을 할 수 있을까?

"너 참 잘도 알고 있구나. 선더!" 웰스가 말했다. "나는 그 애들이 도망친 진짜 이유를 알아."

"말해 봐."

"말하지 말랬어." 웰스가 말했다.

"그러지 말고 말해 봐." 모두가 말했다. "우리에겐 얘기해도

---

56) 라이언스 구릉은 클롱고우스 동쪽 10킬로미터 지점에 있는데 그곳에서 더블린까지는 18킬로미터. 여기서 생도들이 더블린으로 도망치려고 했다.

좋아. 누설하지 않을게."

스티븐은 얘기를 들으려고 머리를 앞으로 숙였다. 웰스는 누가 오지나 않나 살피기 위해 사방을 둘러본 후 은밀히 얘기했다.

"제의실 장 속에는 성찬에 쓸 포도주가 보관되어 있는 걸 알지?"

"그래."

"애들이 그걸 마셨는데, 냄새 때문에 누가 마셨는지 곧 탄로가 났다는 거야. 그래서 애들이 도망쳤다는 거야. 알고나 있어."

그러자 처음 말을 시작했던 녀석이 말했다.

"맞아. 나도 상급반 애한테서 그렇게 들었어."

애들은 모두 잠잠했다. 스티븐은 그들 틈에 섞여 있었지만 겁이 나서 말은 못하고 듣고만 있었다. 두려움에서 오는 그 희미한 불쾌감 때문에 그의 몸에서는 기운이 빠졌다. 어떻게 그런 짓을 할 수 있을까? 침침하고 조용한 제의실을 생각해 보았다. 그 방에는 침침한 목제 장들이 있었고, 그 장에는 주름잡힌 제의들이 고이 접혀 있었다. 그곳은 채플이 아니었지만 숨을 죽이고 조용히 말해야 했다. 성스러운 곳이었다. 어느 여름날 저녁에 그곳에 갔던 기억이 났다. 숲속에 차려놓은 작은 제대로 가는 행렬에서 향그릇을 잡는 아이의 차림을 하기 위해 갔던 것이다. 낯설고도 성스러운 곳이었다. 문간에서 향로를 들고 있던 소년은 가운데 달린 쇠줄을 잡고 그 뚜껑을 쳐든 채 가만히 향로를 앞뒤로 흔들어 그 속에 피워놓은 탄불이 꺼지지 않게 하고 있었다. 향로에서 타고 있는 것을 숯이라고들 했다. 소년이 향로를 가만히 흔들고 있을 때 그 숯은 조용히 타면서 희미하게 시큼한 냄새를 풍기고 있었다. 모두들 옷을 차려입었을 때 그는 그 향그릇을 교장 쪽으로 내밀며 서 있었고 교장이 향로에 향 한 숟가락을 집어넣으니까 향은 빨간 숯불 위에서 틱틱 소리를 내며 탔다.

운동장에서도 애들은 여기저기 삼삼오오 모여서 이야기를 하고 있었다. 그 애들의 키가 전보다 더 작아진 것처럼 보였다. 그 이유인즉, 바로 전날 그는 제2문법반 자전거 선수에게 부딪혀서 쓰러진 일이 있었기 때문이다. 그 애의 자전거에 부딪혀 탄재가 깔린 길 위에 살짝 뒹굴었는데, 그 통에 쓰고 있던 안경은 세 동강이가 났고 입에 약간 재가 들어가기까지 했다.

바로 그런 이유에서 그 애들이 어느 때보다도 더 작고 더 멀어 보였고, 운동장의 골포스트는 그처럼 가늘고 먼 물체로 보였으며, 부드러운 잿빛 하늘도 그처럼 드높아 보였던 것이다. 축구장에는 아무런 경기도 없었다. 크리켓 시즌이 다가왔기 때문이었다. 반스가 크리켓 팀의 주장이 될 것이라는 애들이 있는가 하면, 주장 자리는 프라우워즈의 차지가 될 것이라는 애들도 있었다. 애들은 운동장에 흩어져서 라운더스[57] 놀이라든지 커브 공과 느린 공 던지기[58] 놀이 등을 하고 있었다. 여기저기서 크리켓 방망이 소리가 부드러운 잿빛 공기를

---

57) 일종의 야구 비슷한 놀이다.
58) 크리켓에서는 야구의 피칭에 해당하는 여러 성질의 공 던지기를 한다.

통해 들려왔다. 방망이들은 픽, 팩, 폭, 퍽 소리를 내고 있었는데, 그것은 마치 분수대의 철철 넘치는 낙수반(落水盤) 위로 물방울들이 천천히 떨어지며 내는 소리 같았다.

그동안 말이 없던 어사이가 조용히 입을 열었다.

"너희들은 모두 잘못 알고 있어."

모두들 몹시 궁금해하며 그를 향했다.

"무슨 소리야?"

"넌 알고 있니?"

"누구한테서 들었는데?"

"말해 봐, 어사이."

어사이는 운동장 건너편에서 돌멩이를 걷어차며 혼자 걸어가고 있던 사이먼 무넌을 가리켰다.

"저 애한테 물어봐." 그는 말했다.

애들은 그쪽을 바라보며 말했다.

"어째서 저 애가 알고 있다는 거니?"

"저 애도 가담했니?"

"말해 봐, 어사이. 자, 어서. 알고 있으면 얘기해 주어야 할 것 아니니?"

어사이는 목소리를 낮추며 말했다.

"그 애들이 왜 도망친 줄 알기나 아니? 얘기해 줄게. 하지만 안다고 떠들진 말란 말이야."

그는 한동안 말이 없다가 애들의 궁금증을 부채질하며 이렇게 말했다.

"어느 날 밤에 그 애들이 학교 변소에서 사이먼 무넌이랑

터스커 보일과 함께 있다가 들켰대."

애들은 그를 바라보며 물었다.

"들키다니?"

"무슨 짓을 하다가 들켜?"

어사이가 말했다.

"몰래 그짓[59]을 했던가 봐."

모든 애들은 말문이 막혔다. 그러자 어사이가 말했다.

"그게 바로 도망친 이유라고."

스티븐은 애들의 얼굴을 쳐다보았다. 모두들 운동장 건너편을 바라보고 있었다. 그는 누구에게든 그걸 물어보고 싶었다. 변소에서 몰래 그짓을 하다니 그게 무슨 뜻일까? 왜 상급반 아이 다섯 명이 그 일로 인해 도망쳐야 했을까? 그는 그게 무슨 농담인가 보다고 생각했다. 사이먼 무넌은 좋은 옷을 입고 다녔는데, 어느 날 저녁엔 크림 사탕이 든 공을 그에게 보여준 적이 있었다. 자기가 문간에 서 있는데 축구팀에 속해 있던 애들이 식당 중간에 깔아놓은 양탄자 위로 그에게 굴려보낸 것이라고 했다. 벡티브 레인저스 팀과의 시합이 있던 날 밤이었다. 그 공은 빨갛고 파란 색을 띤 사과처럼 생겼는데 열어볼 수 있게 되어 있었고 속에는 크림 사탕이 가득했다. 그런데 어느 날 보일이라는 아이는 코끼리에게 두 개의 '엄니(tusks)'가 있다고 해야 할 것을 그만 두 개의 '엄니 동물(tuskers)'이 있

---

59) 동성연애 행위. 영국의 남자 기숙사에서 흔히 저질러지는 비행으로 알려져 있다.

다고 잘못 말했고, 그후에 그에게는 터스커 보일이라는 별명이 붙게 되었다. 그러나 어떤 애들은 그를 레이디 보일이라고 부르기도 했는데 그것은 그가 늘 손톱을 다듬고 있기 때문이었다.

아일린은 소녀이므로 손이 길고 가늘며 싸늘하고 하얬어. 그 손은 꼭 상아 같았는데 다른 점이 있다면 부드럽다는 것뿐이었지. 성모 마리아를 '상아탑'에 비유하는 것도 바로 그런 뜻이겠지만, 개신교도들은 그 점을 이해하지 못하고 오히려 우롱하고 있어. 어느 날 그는 그녀 옆에 서서 호텔 마당을 들여다본 일이 있었다. 웨이터가 깃대에 한 줄의 휘장을 올리고 있었고 폭스테리어 한 마리가 양지 바른 잔디밭에서 오락가락 질주하고 있었다. 그가 한쪽 손을 집어넣고 있던 주머니 속으로 아일린이 자기 손을 넣었는데 그는 그녀의 손이 무척 차고 가늘고 부드럽다는 것을 알 수 있었다. 소녀는 주머니란 아주 맹랑한 것이라고 말한 뒤에 갑자기 그의 손을 뿌리치고는 굽은 비탈길을 따라 웃으며 달아나버렸다. 그 노란 머리카락은 햇빛을 받아 황금빛을 내며 등뒤로 흘러내리고 있었지. '상아탑'이니 '황금 궁전'이라는 말을 실감나게 했어. 사물은 생각해 보면 결국 이해되는 법이야.

하지만 하필이면 변소에서였을까? 변소란 볼일을 보고 싶을 때에나 찾아가는 곳이 아닌가? 그곳은 온통 두꺼운 슬레이트 판으로 되어 있었는데, 온종일 작은 구멍에서 물이 떨어지고 있었고 물이 썩는 퀴퀴한 냄새가 났다. 어떤 칸막이의 문을 열어보면 붉은 연필로 그림이 그려져 있었다. 로마 시대의 의상을 입은 그 턱수염 사내는 두 손에 벽돌 한 장씩을 들고 있었는데, 그림 바로 밑에는 제목이 있었다.

'발부스는 벽을 쌓고 있었다.'

어떤 녀석들이 거기다 장난삼아 그 그림을 그려놓았던 것이다. 우스꽝스러운 얼굴이었지만 턱수염을 가진 얼굴로는 그럴싸하게 그린 셈이었다. 그리고 다른 칸막이를 열어보면 왼쪽으로 기울어진 필체로 예쁘게 써놓은 낙서가 있었다.

"줄리어스 시저가 『흰 무명천 같은 배』를 저술하다."[60]

변소란 애들이 장난삼아 낙서하는 곳이니까, 아마 그 애들이 거기에 갔던 것도 그런 이유 때문이었을 거야. 하지만 어사이가 말한 내용이나 말투에는 어딘가 심상찮은 데가 있어. 그 애들이 도망친 것을 보면 단순한 장난 같지 않아. 다른 애들처럼 운동장 건너편을 바라보고 있자니 그는 겁이 나기 시작했다.

드디어 플레밍이 입을 열었다.

"다른 애들이 저지른 일 때문에 우리 모두가 벌을 받게 될 거야?"

"그렇다면 방학이 끝난 후 난 돌아오지 않을 거야. 어디 돌아오나 봐." 세실 선더가 말했다. "식당엔 사흘씩이나 잡담 금지령이 내려질 것이고 시시각각 한 명씩 불러서 6·8식 매질[61]을 할 거야."

---

60) The Calico Belly('흰 무명천 같은 배')의 음이 시저의 저서 *De Bello Gallico*(『갈리아 전기』)와 비슷하다는 데 착안한 학생들의 농담이다.
61) 두 손바닥을 각각 세 대씩 때린 후 다시 네 대씩 때리는 벌이다.

"그래." 웰스가 말했다. "게다가 배리트 선생은 처벌 의뢰서를 쓸 때 한번 펴면 다시 제대로 접어놓을 수 없도록 묘하게 접는 법을 고안해 낸 모양이야. 그래서 불려갔을 때 몇 대나 맞게 될지 미리 알 수도 없단 말이야. 처벌만 해봐라. 나도 돌아오지 않을 거다."

"그래." 세실 선더가 말했다. "그런데 오늘 아침에는 학감 선생이 제2문법반에 들어가 있던걸."

"이럴 게 아니라 처벌 반대 운동이나 일으키자꾸나." 플레밍이 말했다. "어때?"

모두들 말이 없었다. 사방이 아주 조용했다. 크리켓 방망이 소리가 들리긴 했으나 그 소리마저 전보다는 느리게 들렸다. 픽, 폭.

웰스가 물었다.

"그 애들이 어떻게 될까?"

"사이먼 무넌과 터스커는 매를 맞게 될 거고." 어사이가 말했다. "또 상급반 애들은 매를 맞거나 퇴학당하거나 둘 중에 하나를 선택해야 할 거야."

"그런데 어느 쪽을 택할까?" 처음 얘기를 끄집어냈던 애가 물었다.

"코리건을 제외하곤 모두들 퇴학 쪽을 택할 거야." 어사이가 대답했다. "코리건은 글리슨 선생한테 매를 맞게 될 거고."

"그 몸집이 큰 아이가 코리건이니?" 플레밍이 물었다. "그 애 같으면 글리슨 같은 이는 두 명이라도 당해 내겠더라."

"난 이유를 알아." 세실 선더가 말했다. "코리건의 생각이 옳고 다른 애들은 모두 잘못이야. 왜 그런고 하니, 매 맞은 일이야 얼마 지나면 잊히지만 학교에서 퇴학당한 일은 일생을 두고 그 사실이 알려질 것이거든. 게다가 글리슨이 그 애들을 심하게 때리지도 않을 테고."

"심하게 때리지 않는 게 좋을걸." 플레밍이 말했다.

"난 사이먼 무넌이나 터스커 꼴이 되고 싶지 않아." 세실 선더가 말했다. "하지만 내 생각으로는 그 애들이 매를 맞을 것 같지 않구나. 기껏해야 불려가서 양 손바닥에 아홉 대씩이나 맞을까."

"아냐, 그렇지 않아." 어사이가 말했다. "그 애들은 모두 아픈 곳에 매를 맞게 될걸."[62]

웰스가 자기 몸을 문지르면서 비명 지르는 시늉을 했다.

"잘못했어요, 선생님. 용서해 주세요."

어사이는 히쭉 웃으며 자기 소매를 걷어올리고 나서 이렇게 말했다.

어쩔 수 없을걸.
매 맞아야 해.
그러니 바지를 내리고
엉덩이를 내밀라고.

---

62) 여기서 '매를 맞는다(flogging)'는 말은 몽둥이로 엉덩이를 맞는다는 뜻이며 회초리로 손바닥을 때리는 것은 해당하지 않는다.

애들은 웃었다. 그러나 그는 애들이 약간은 겁을 먹고 있다는 것을 직감했다. 부드러운 잿빛 공기의 정적을 뚫고 여기저기서 크리켓 방망이 소리가 들려왔다. 폭. 저 소리야 그저 듣기만 하면 되지만 맞으면 아플 거야. 손바닥을 때리는 회초리도 소리가 나지만 저런 소리는 아니지. 그 회초리는 고래 뼈와 가죽으로 만들지만 속에는 납이 들어 있다고 애들이 말했다. 그는 그 회초리가 주는 고통이 어떤 것일까 생각해 보았다. 매 맞는 소리가 각각이니 그 고통 또한 각각이리라. 길고 가는 막대기는 높은 휘파람 소리를 내곤 했는데 그 고통이 어떨지 궁금했다. 그것을 생각하니 몸이 떨리며 오싹해졌다. 어사이가 말한 것을 생각해도 마찬가지였다. 애들은 그 말을 듣고 웃었지만 웃을 일이 아니었다. 생각만 해도 몸서리가 났다. 바지를 벗을 때마다 늘 온몸이 부르르 떨리곤 했기 때문이다. 목욕탕에서 옷을 벗을 때에도 마찬가지였다. 선생과 학생 중에서 어느 쪽이 학생의 바지를 내리게 될 것인지 궁금했다. 오, 그런 일을 두고 어쩌면 저렇게 웃을 수 있단 말인가?

그는 어사이의 걸어 올린 소매와 불거진 뼈마디에 잉크투성이인 손을 바라보았다. 그는 글리슨 선생의 흉내를 내기 위해 소매를 그렇게 걸어 올렸던 것이다. 그러나 글리슨 선생은 둥글고 반짝이는 커프스에 깨끗하고 하얀 소매, 그리고 통통한 흰 손을 가지고 있으며 손톱은 길고 뾰족했다. 어쩌면 그도 역시 레이디 보일처럼 손톱을 늘 매만지고 있는지도 모를 일이었다. 그러나 글리슨 선생의 손톱은 끔찍하게도 길고 뾰족했다. 하얗게 살이 찐 손이야 잔인하기는커녕 점잖게 보였지만, 그 손톱만은 그렇게나 길고 잔인해 보였다. 그 잔인하고 긴 손톱이랑, 휙휙 높은 소리를 내는 매랑, 옷을 벗을 때 셔츠 자락에서 느껴지는 그 오싹한 기분 같은 것들을 생각하면서 그는 한기와 두려움으로 부르르 떨었지만, 그 포동포동한 손이 깨끗하고 힘세고 부드러울 것을 생각하니 마음속으로 이상하게 평온한 즐거움이 느껴지기도 했다. 그리고 그는 세실 선더가 했던 말을 생각해 보았다. 그 애는 글리슨 선생이 코리건을 세게 때리지는 않을 것이라고 했다. 그리고 플레밍은 글리슨 선생이 그를 세게 때리지는 않을 것이며 그 이유는 세게 때리지 않는 것이 최선책이기 때문이라고 말했다. 하지만 그게 이유가 될 수 있을 리야.

운동장 끝에서 누군가 고함을 질렀다.

"다들 들어오너라!"

그러자 다른 사람들도 소리쳤다.

"다들 들어오너라! 들어오너라!"

쓰기 시간에 그는 펜들이 천천히 종이를 긁는 소리를 들으며 팔짱을 낀 채 앉아 있었다. 하트포드 선생은 오락가락하면서 빨간 연필로 자그마한 표시를 해주었고, 때로는 애들 옆에 앉아서 펜대 쥐는 법을 가르쳐주기도 했다. 그는 혼자서 그 제목의 철자를 말해 보려고 했다. 물론 그 제목은 책의 끝부분에 나오기 때문에 그가 이미 알고 있는 것이긴 했다. '신중함이 없는 열정은 표류하는 배와 같다(Zeal without prudence is like a ship adrift)'였다. 그러나 그 글자들을 구성하는 선은 모두 눈에 보이지 않는 가는 실 같았다. 오른쪽 눈을 꼭 감고 왼쪽 눈으로 자세히 들여다보아야 겨우 Z라는 필기체 대문자의 구부러진 부분을 알아낼 수 있었다.

하트포드 선생은 아주 점잖은 분이라 한 번도 화를 내는 일이 없었다. 다른 모든 선생들은 무섭게도 화를 내곤 했다. 하지만 상급반 애들이 저지른 잘못 때문에 왜 우리들까지 고통을 당해야 할까? 웰스는 상급반 애들이 제의실의 장 속에서 끄집어낸 성찬용 포도주를 마셨지만 냄새 때문에 그짓을 한 애들이 적발되었다고 했다. 어쩌면 그 애들이 성광(聖光)을 훔쳐가지고 어딘가로 도망가서 팔아치우려고 했을지도 모를 일이었다. 밤에 몰래 거기 들어가서 컴컴한 장을 열고 그 번쩍이는 금빛 제기를 훔쳐냈다면 그야말로 끔찍한 죄악임에 틀림없었다. 성체강복(聖體降福) 때에 꽃과 촛불로 장식한 제대 위에다 성체를 현시할 때 쓰는 성광이 아닌가. 그럴 때면 으레 복사가 향로를 흔들었고 향연(香煙)이 좌우로 솟아올랐으며 도미닉 켈리는 합창단에서 성가의 첫부분을 혼자 부르곤 했었다. 그러나 물론 애들이 그것을 훔쳐낼 때에는 성체가 거기 들어 있지는 않았다. 하지만 성광을 만진다는 것만으로도 해괴한 죄가 될 터였다. 그는 그 죄를 생각하니 몹시 두려웠다. 참으로 끔찍하고 해괴한 죄였다. 애들이 펜으로 종이를 가볍게 긁적이고 있는 그 조용한 시간에 그런 일을 생각하니 몸이 떨렸다. 그런데 성찬용 포도주를 장에서 훔쳐냈다가 냄새 때문에 발각된 것 또한 죄가 되었다. 그러나 그 죄는 끔찍하거나 해괴하진 않았다. 포도주 냄새를 생각하니 약간 메슥거리는 것이 고작이었다. 채플에서 첫 영성체를 하던 날 그는 눈을 딱 감고 입을 벌리고 혀를 약간 내밀고 있었다. 그런데 교장이 그에게 성찬을 주기 위해 허리를 굽혔을 때 미사 포도주를 마신 교장의 숨결에서는 희미하게 포도주 냄새가 났다. 포도주라니, 정말 아름다운 낱말이었다. 그리스에서 하얀 신전(神殿)같이 생긴 집 주위에서 자라는 포도는 색깔이 검붉기 때문에 포도주 하면 검붉은 색이 생각났다. 그러나 교장의 숨결에 섞인 그 희미한 냄새는 첫 영성체를 하던 그날 아침에 그로 하여금 메스꺼움을 느끼게 했다. 첫 영성체를 하는 날은 일생에서도 가장 행복한 날이라고들 했다. 언젠가 한번 여러 장군들이 나폴레옹에게 일생에서 가장 행복했던 날이 언제였더냐고 물은 적이 있다고 한다. 그들은 큰 전투에서 승리를 거둔 날이나 아니면 자신이 황제가 되던 날이었다는 대답이 나오리라 기대했었다. 그러나 나폴레옹은 말했다.

"여러분, 내 일생에서 가장 행복했던 날은 내가 첫 영성체를 하던 날이었다오."

아놀 신부가 들어오고 라틴어 공부가 시작되었는데 스티븐은 팔짱을 끼고 책상에 기댄 채 가만히 앉아 있었다. 아놀 신부는 작문 숙제한 것을 되돌려주면서 모두들 아주 형편없으니 당장에 고쳐놓은 대로 다시 써보라고 했다. 그중에서도 가장 못한 것은 플레밍의 것이었다. 지운 부분의 종잇장이 서로 달라붙어 있었기 때문이다. 아놀 신부는 그 숙제장의 한쪽 귀퉁이를 잡고 쳐들더니 이런 지저분한 숙제물을 제출한다는 것은 선생을 모욕하는 일이라고 했다. 그러고 나서 그는 잭 로튼에게 mare(마레)[63]의 격변화를 말해 보라고 했다. 잭 로튼은 탈격(奪格) 단수형까지 말한 뒤에 복수형을 계속하지 못했다.

"부끄럽지도 않니?" 아놀 신부가 엄하게 나무랐다. "그래 가지고도 반장이라니!"

그러고 나서 그는 다음 애에게 물었고 다시 다음, 그다음 애에게 차례로 물어나갔다. 아무도 변화를 말하지 못했다. 아놀 신부는 목소리가 아주 차분해졌다. 애들이 매번 대답을 하려다 하지 못하고 말 때마다 그의 목소리는 더욱더 차분해졌다. 하지만 그의 얼굴은 험상궂어졌고, 차분한 목소리에도 불구하고 눈은 날카롭게 노려보고 있었다. 이윽고 그가 플레밍에게 물었고 플레밍은 그 낱말에는 복수형이 없다고 대답했다. 아놀 신부는 별안간 책을 덮어버리더니 그에게 고함을 질렀다.

"저기 교실 한복판에 가서 무릎을 꿇어. 너처럼 게으른 애는 처음 봤다. 나머지 애들은 숙제장이나 다시 베껴 써."

플레밍은 무거운 동작으로 제자리에서 일어서더니 맨 뒤에 놓인 두 벤치 사이에 꿇어앉았다. 다른 애들은 숙제장을 들여다보며 쓰기 시작했다. 교실은 조용하였고, 겁을 먹은 채 아놀 신부의 험상궂은 얼굴을 흘낏 쳐다보던 스티븐은 그 얼굴이 노여움 때문에 약간 붉어지는 것을 보았다.

아놀 신부가 화를 낸다는 것은 죄가 될까? 아니면 애들

---

63) 라틴어로 '바다'라는 뜻이다.

이 게으름을 피울 때 화를 내서라도 공부를 더 잘하게 할 수만 있다면 화를 내는 것쯤이야 허용될 수도 있는 걸까? 아니면 화내는 척하지만 실은 화내지 않고 있는 걸까? 그는 화를 내도 괜찮기에 화를 내고 있을 것이다. 성직자니까 무엇이 죄가 되는지를 알고 있을 테고, 또 죄가 되는 짓은 하지 않을 거니까. 만약에 그가 잘못하여 죄를 짓게 된다면 그는 어떤 식으로 고해를 하게 될까? 아마 부교장을 찾아가서 고해를 하게 되겠지. 만약에 부교장이 죄를 지으면 그때는 교장에게 가서 고해를 하게 될 것이고. 교장은 관구장(管區長)을 찾아가고, 관구장은 다시 예수회의 총장을 찾아가겠지. 그게 바로 예수회의 위계질서라는 것이니까. 언젠가 아버지는 그에게 이분들이 모두 영리한 분들이라고 말한 적이 있었다. 만약에 예수회의 신부가 되지 않았던들 그들은 모두 세상에서 지위 높은 분들이 되었을 것이라고 했다. 아놀 신부나 패디 배리트 같은 분들, 그리고 맥글레이드 선생이나 글리슨 선생 같은 분들이 예수회의 구성원이 되지 않았더라면 어떤 사람들이 되었을 것인지 스티븐은 궁금했다. 이분들이 전혀 색깔이 다른 저고리와 바지를 입고 있을 것이고 또 턱수염이나 콧수염을 기르며 전혀 다른 모자들을 쓰고 다녔을 것이므로 어떤 사람이 되었을 것인지를 상상하기는 어려웠다.

문이 조용히 열리더니 닫혔다. 속삭이는 소리가 온 교실에 재빨리 번져나갔다. 학감 선생이 들어왔던 것이다. 한순간 쥐죽은 듯이 조용하더니 맨 뒤쪽 책상을 회초리로 탁 치는 소리가 요란하게 들렸다. 겁에 질린 스티븐의 가슴은 쿵쿵 뛰었다.

"아놀 신부, 이 반에 매 맞을 짓을 한 애가 있나요?" 학감이 고함 질렀다. "이 반에 매를 맞아야 할 만큼 게으름을 피우며 빈둥대는 애가 있느냐고요."

학감은 교실 한복판에 이르러 플레밍이 무릎을 꿇고 있는 것을 보았다.

"호호." 그는 소리쳤다. "이 애가 누구더라? 왜 무릎을 꿇고 있을까? 애, 이름이 무어냐?"

"플레밍입니다."

"호호, 플레밍이라! 물론 게으름뱅이일 테지. 네 눈에 그렇게 씌어 있구나. 아놀 신부, 이 애가 왜 이러고 있지요?"

"라틴어 작문을 잘 못했습니다." 아놀 신부가 말했다. "게다가 문법 질문에 전혀 대답하지 못했습니다."

"물론, 그럴 테지." 학감이 소리쳤다. "물론, 그럴 테지. 타고난 게으름뱅이니까. 눈구석에 그렇게 씌어 있구나."

그는 회초리로 책상을 탕 내리치면서 소리쳤다.

"일어섯, 플레밍! 애, 일어섯!"

플레밍은 느릿느릿 일어났다.

"손바닥을 내밀어라!" 학감이 말했다.

플레밍은 손을 내밀었다. 찰싹, 찰싹 요란한 소리를 내며 때리고 있었다. 하나, 둘, 셋, 넷, 다섯, 여섯.

"다른 쪽 손을 내밀어!"

회초리가 다시 찰싹찰싹 소리를 내며 여섯 번 내리쳤다.

"무릎을 꿇어!" 학감은 소리쳤다.

플레밍은 두 손을 겨드랑이 속에 넣고 꾹 누르며 꿇어앉았지만 고통으로 인해 얼굴을 찌푸리고 있었다. 플레밍은 늘 손에다 송진을 문지르고 있었기 때문에 그 손이 무척 단단하리라는 것을 스티븐은 알고 있었다. 하지만 회초리 소리가 그처럼 요란했으니 몹시 아팠을 것이다. 스티븐의 심장은 쿵쿵대거나 퍼덕였다.

"모두들 공부를 계속해!" 학감이 소리쳤다. "게으름이나 피우며 빈둥대는 애들은 용서하지 않는다. 빈들거리며 나쁜 짓이나 꾀하는 애들은 용서 못 해. 공부를 해라. 이 돌란 신부는 매일같이 너희들을 살피러 들어올 거다. 이 돌란 신부는 내일도 너희들을 살피러 올 것이니 그리 알아둬."

그는 어떤 애의 옆구리를 회초리로 쿡 찌르며 이렇게 말했다. "얘, 돌란 신부가 언제 다시 찾아오느냐?"

"내일 오십니다." 톰 퍼어롱의 목소리가 들렸다.

"내일 그리고 내일 그리고 내일."[64] 학감이 말했다. "그러니 단단히들 마음먹고 있어야 한다. 돌란 신부는 매일같이 찾아올 테니까. 얘, 너는 누구냐?"

스티븐의 가슴이 별안간 뛰기 시작했다.

"디덜러스입니다."

"왜 다른 애들처럼 쓰고 있질 않니?"

"저는…… 저의……."

그는 겁에 질려 말이 나오지 않았다.

---

64) 셰익스피어의 『맥베스』 5막 5장 19행에서 맥베스 부인이 죽은 후 자신의 마지막 패배를 목전에 둔 맥베스가 삶의 무의미함을 언급하는 구절이다.

"이 애는 왜 쓰지 않는 거죠, 아놀 신부?"

"안경이 깨졌답니다." 아놀 신부가 말했다. "그래서 쓰기를 면제해 주었지요."

"깨졌다고? 그게 무슨 소리야? 네 이름이 뭐라 했지?" 학감이 말했다.

"디덜러스입니다."

"이리 나와, 디덜러스. 빈둥빈둥 나쁜 짓이나 꾀하고 다니는 놈 같으니라고. 네 얼굴에 그렇게 씌어 있다. 안경은 어디서 깼니?"

스티븐은 두려움과 조급함 때문에 눈이 캄캄해진 채 교실 가운데로 비틀거리며 나왔다.

"안경을 어디서 깼느냐고?" 학감이 다시 물었다.

"탄재가 깔린 길에서 깼습니다."

"호호! 탄재가 깔린 길이라구!" 학감이 말했다. "그 속임수를 내가 알고 있지."

스티븐은 영문을 몰라 눈을 쳐들었다. 그 순간 돌란 신부의 젊지 않은 회백색 얼굴이며, 양쪽 가장자리로만 머리털이 엷게 나 있는 회백색 대머리며, 강철 테 안경이며, 안경을 통해 내다보고 있는 빛을 잃은 눈이 보였다. 속임수를 알고 있다는 말을 무슨 근거로 한단 말인가?

"빈들빈들 게으름이나 피우는 녀석 같으니라고!" 학감이 고함 질렀다. "'안경이 깨졌습니다'라니! 예전부터 학생들이 즐겨 쓰던 속임수지 뭐냐! 당장 손을 내밀지 못하겠니!"

스티븐은 눈을 감고 손바닥을 위쪽으로 편 채 허공에 내밀었다. 학감이 손을 바로 펴기 위해 손가락을 만지는 것이 느껴졌고 곧 회초리를 쳐드느라 수탄의 소매가 스치는 소리도 들렸다. 막대기가 딱하고 갈라질 때와 같은 따끔하고 찌릿하고 얼얼한 타격에 그의 떨리는 손은 불붙은 가랑잎처럼 오므라졌다. 그 소리와 고통에 그의 눈에는 뜨거운 눈물이 고였다. 온몸은 겁에 질려 떨리고 있었고 팔도 떨리고 있었다. 화끈거리며 새파랗게 질린 오므라진 손 또한 허공에 떠다니는 가랑잎처럼 떨리고 있었다. 울부짖음이 입술까지 솟구쳤다. 그것은 용서해 달라는 호소였다. 눈물이 그의 눈을 뜨겁게 적시고 고통과 공포로 팔다리가 떨리고 있었지만, 그는 뜨거운 눈물과 목을 태우는 듯한 울부짖음을 억제하고 있었다.

"다른 쪽 손도 내밀어!" 학감이 소리쳤다.

스티븐은 못쓰게 된 듯 떨고만 있던 오른손을 끌어당기고 왼손을 내밀었다. 회초리를 치켜들 때 수탄 소매는 다시 스쳤고 요란하게 내리치는 소리가 났다. 미칠 정도로 강렬하고 얼얼하고 뜨거운 고통 때문에 그의 손은 오므라들었고 손바닥과 손가락은 핏기 없이 떨기만 하는 살덩이로 되어버렸다. 그의 눈에서는 뜨거운 눈물이 쏟아졌다. 수치와 고통과 공포로 불타며 그는 겁을 먹은 채 떨리는 팔을 끌어들인 후 고통의 비명을 터뜨리고 말았다. 그의 몸은 공포로 인해 마비된 채 떨고만 있었고, 수치와 분노에 쌓인 그는 목구멍에 치밀어오르는 뜨거운 울음과 화끈거리는 뺨으로 뚝뚝 흘러내리는 뜨거운 눈물을 느끼고 있었다.

"꿇어앉아!" 학감이 소리쳤다.

스티븐은 매 맞은 손으로 옆구리를 누르며 재빨리 꿇어앉았다. 매를 맞고 아프게 부풀어오른 것을 생각하니 순간적으로 그 손이 불쌍했다. 마치 그 손은 자기 것이 아니고 불쌍하게 여겨야 할 다른 사람 손인 것처럼 느껴졌다. 무릎을 꿇고 목구멍에 치미는 마지막 흐느낌을 진정시키면서 옆구리를 누르고 있던 화끈거리고 얼얼한 손바닥의 고통을 느끼고 있을 때, 손바닥을 위로 한 채 허공에 내밀고 있던 자기 손이랑, 떨고 있는 손가락을 바로잡고 있던 학감의 굳은 손길이랑, 얻어맞고 벌겋게 부풀어오른 살덩이가 된 채 허공에서 어쩔 줄 모르며 떨고 있던 손가락과 손바닥이 생각났다.

"너희들은 모두 공부나 해!" 학감은 문간에서 소리쳤다. "돌란 신부는 날마다 교실에 들러 빈들빈들 게으름을 피우며 매를 맞고 싶어 하는 아이가 있는지 알아볼 거다. 날마다 찾아올 거다. 날마다."

그가 나가고 문이 닫혔다.

숨을 죽이고 있던 학생들은 계속 작문을 베끼고 있었다. 아놀 신부는 자기 자리에서 일어나 애들 사이를 오가며 다정한 말씨로 애들을 도와주거나 잘못 쓴 곳을 고쳐주고 있었다. 그의 목소리는 아주 정답고 부드러웠다. 그는 자기 자리로 되돌아가서 플레밍과 스티븐에게 말했다.

"너희 둘도 이제 자리로 돌아가거라."

플레밍과 스티븐은 일어서서 자기네 자리로 걸어가 앉았다. 수치심 때문에 얼굴이 빨갛게 된 스티븐은 힘이 빠진 손으로 얼른 책을 한 권 펴놓고 책장에 얼굴을 바짝 붙인 채 몸을 굽히고 있었다.

매질을 하다니 부당하고도 잔인한 일이었다. 의사가 안경이 없이는 책을 읽지 말라고 했으며 바로 그날 아침에 그는 아버지에게 편지를 올려 새 안경을 보내달라고 했기 때문이다. 게다가 아놀 신부도 새 안경이 올 때까지는 공부를 하지 않아도 된다고 했던 것이다. 그런데도 반에서 늘 첫째나 둘째를 다투면서 요크셔 편의 반장이기도 한 그가 반 애들 앞에서 꾀나부리는 놈이라는 소리를 들으며 매까지 맞다니! 학감이 어떻게 그의 말을 속임수라고 단정할 수 있단 말인가? 학감이 손가락으로 그의 손을 바로 펴고 있을 때 그 손가락이 아주 부드럽고 단단했기 때문에 처음에 그는 학감이 악수를 하려는 줄 알았다. 그런데도 곧 수탄의 소매가 스치는 소리와 찰싹 매질을 하는 소리가 났던 것이다. 그러고 나서 교실의 한복판에다 그를 꿇어앉힌 처사도 부당하고 잔인했다. 더욱이 아놀 신부까지도 두 학생을 구별해서 대하지는 않고 함께 제자리로 돌아가도 좋다고 했다. 애들의 작문을 고쳐주며 돌아다니던 아놀 신부의 다정하고 나지막한 목소리를 그는 귀담아듣고 있었다. 어쩌면 지금쯤은 미안한 생각이 든 아놀 신부가 애들에게 일부러 다정하게 대하고 있는지도 모를 일이었다. 하지만 부당하고 잔인한 처사였다. 학감이 성직자이긴 하지만 그처사만은 부당하고 잔인했다. 그의 회백색 얼굴이나 강철 테가 둘린 안경 너머의 그 빛깔 없는 눈은 온통 잔인해 보이기만 했다. 왜냐하면 그가 단단하고도 부드러운 손으로 스티븐의 떨리는 손을 바로 폈던 것도 오직 더 아프게, 더 큰 소리가 나게 때리기 위해서였기 때문이었다.

"참 고약하고도 야비한 짓이지 뭐야." 애들이 줄을 지어 식당으로 가고 있을 때 플레밍이 말했다. "아무 잘못이 없는 애를 때리다니!"

"너 정말 사고 때문에 안경을 깬 거지. 안 그러니?" 심술쟁이 로취가 물었다.

스티븐은 플레밍의 말을 듣고 가슴이 복받쳐오르는 것을 느끼면서 아무 대답도 하지 않았다.

"그야 물론 사고 때문이지." 플레밍이 대신 대답해 주었다. "나 같으면 참지 않겠어. 교장 선생님을 찾아가서 돌란 신부를 일러바칠 거야."

"그래." 세실 선더가 열렬히 말했다. "게다가 돌란 신부는 회초리를 어깨 위까지 치켜들었거든. 그건 위반이란 말이야."

"몹시 아프던?" 심술쟁이 로취가 물었다.

"몹시 아팠어." 스티븐이 말했다.

"나 같으면 참지 않겠어." 플레밍은 같은 말을 되풀이했다. "그 대머리가 그랬건, 다른 어떤 대머리가 그랬건 참지 않을 거야. 그야말로 더럽게 야비하고 치사한 짓이지 뭐야. 나 같으면 점심 먹고 당장 교장실로 올라가서 모두 일러바치겠어."

"그래, 그렇게 하렴. 그렇게 해." 세실 선더가 말하였다.

"그래, 그렇게 해. 그러라고. 교장 선생님께 돌란 신부를 일러바치란 말이야. 디덜러스." 심술쟁이 로취가 말했다. "내일도 찾아와서 너를 매질하겠다고 했잖니."

"그래, 그래. 교장 선생님께 말하라고." 모든 애들이 말했다.

그런데 그 이야기를 듣고 있던 제2문법반 애들 가운데 하나가 나섰다.

"원로원과 로마의 시민들은 디덜러스가 부당한 처벌을 받았음을 만천하에 선언하노라."

부당한 처사였다. 불공평하고도 잔인했다. 식당에 앉아서 자기가 받은 모욕을 몇 번이고 마음속으로 떠올리니 괴로웠다. 결국 그는 혹시 자기의 얼굴에 무엇인가 잘못된 곳이 있어서 나쁜 짓이나 꾀할 학생으로 보이는 것이 아닐까 싶었고, 거울을 들여다보고 싶어졌다. 그러나 얼굴에 그런 것이 있을 리 만무했다. 그러므로 그 처사는 잔인하고 부당하고 불공평했다.

사순절(四旬節) 기간에 수요일마다 나오던 그 거무스레한 생선 튀김을 그는 도저히 먹을 수 없었고, 그의 접시에 오른 감자 중 한 개는 삽에 찍힌 자국이 그대로 남아 있었다. 좋아, 애들이 시키는 대로 해야지. 교장실로 찾아가서 부당한 처벌을 받았다고 일러바쳐야지. 역사를 보면 과거에도 누군가가 그런 일을 한 적이 있었어. 어떤 위대한 분이었는데, 그의 얼굴이 역사책마다 나오곤 했지. 교장 선생님께서는 내가 부당한 처벌을 받았음을 선언해 주실 거야. 원로원과 로마의 시민들도 고발당한 사람들이 부당하게 처벌받았음을 늘 만천하에 선언하곤 했으니까. 그분들은 뤼치멀 매그놀의 『문제집』[65]

---

65) 조이스의 재학시에 유행하던 유명한 지리·역사 교과서인데 저자의 이름은 매그놀(Magnall)이 아니고 맹놀(Mangnall, 1769~1820)이었다.

에도 나오는 위대한 분들이었어. 역사란 온통 그런 분들과 그 분들의 행적으로 가득하니까. 피터 팔리가 쓴 희랍과 로마 이야기들[66]의 내용도 바로 그런 것들이었고. 그 책에는 피터 팔리 자신의 얼굴이 첫 페이지 그림 속에 나와 있었지. 황야로 길이 나 있었는데 길가에는 풀과 히스 관목이 약간 보였지. 신교도 목사처럼 널따란 모자에 큼직한 지팡이를 잡은 피터 팔리는 그 길을 따라 그리스와 로마를 찾아가고 있었던 거야.

그가 해야 할 일은 쉬웠다. 식사가 끝나고 자기 차례가 되어 식당에서 나갈 때 복도로 가지 말고 곧장 오른쪽으로 난 계단을 따라 올라가서 성으로 향하기만 하면 되는 것이었다. 그렇게 하기만 하면 되었다. 오른편으로 돌아서 재빨리 계단을 올라가면 일 분도 되지 않아 그 나지막하고 어두운 복도로 가게 될 것이고, 그 복도는 성을 거쳐 교장실로 통해 있었다. 모든 애들이 그건 부당한 처사라고 했고 심지어는 제2문법반에 있는 애도 원로원과 로마 시민들까지 들먹이며 그 부당함을 지적했다.

어떻게 될 것인가? 식당의 첫머리에 앉아 있던 상급반 애들이 일어서서 매트를 밟으며 걸어가는 소리가 들렸다. 패디 래스와 지미 매지와 에스파냐 학생과 포르투갈 학생이 차례로 지나갔고, 다섯 번째 학생은 글리슨 선생에게 매를 맞게 되어 있는 몸집이 큰 코리건이었다. 바로 그 일 때문에 학감은 그를

---

66) 피터 팔리는 아동용 역사책을 쓴 미국의 출판업자 S. G. 굿리치(1793~1860)의 필명이다.

못된 일이나 꾀하는 놈이라 불렀고 또 아무것도 아닌 일을 가지고 그에게 매질까지 했던 것이다. 시력이 약한 데다 눈물로 인해 피로해진 두 눈을 긴장시키면서 그는 몸집 큰 코리건이 벌어진 어깨에 크고 검은 머리를 숙인 채 행렬을 따라 지나가는 것을 지켜보았다. 하지만 코리건이야 어떤 일을 저질렀던 것이고, 글리슨 선생이 그를 세게 때리지는 않을 터였다. 목욕탕에서 코리건의 커다란 몸집을 보던 생각이 났다. 그의 피부는 목욕탕의 얕은 가장자리에 고여 있던 토탄 빛깔의 구정물 같은 색깔이었다. 그가 옆을 걸어갈 때 젖은 타일 바닥 위에서 그의 발은 철썩거리는 소리를 냈고, 몸집이 비대해서 발걸음을 뗄 때마다 넓적다리가 약간 출렁이곤 했다.

식당은 거의 비었고 애들은 여전히 줄을 지어 나가고 있었다. 식당 문 바깥에는 성직자나 생도감이 서 있는 일이 없었기 때문에 그가 계단을 올라가려고 마음먹으면 얼마든지 갈 수가 있었다. 그러나 그는 갈 수 없었다. 교장은 어차피 학감과 한편이 되어 그의 변명을 학생들이 흔히 쓰는 속임수에 불과하다고 생각할 것이기 때문이었다. 게다가 학감은 여전히 날마다 찾아올 것이고 자기를 고자질하러 교장을 찾아간 학생에 대해서는 무섭게 화를 낼 것이므로 사정은 더욱 악화될 것 같았다. 애들은 그를 보고 교장실로 가라고 했지만 정작 그들 자신은 감히 교장실에 가려 하지 않을 것이다. 애들은 이미 그 문제를 잊어버렸겠지. 아니, 그 문제는 잊는 게 상책일 거야. 학감이 매일같이 찾아오겠다고 했지만 그것은 말뿐인지도 모르는 일이고. 아니, 학감이 다시 찾아오면 눈에 띄지 않게 숨어버리지 뭐. 몸집이 작고 어릴 경우에는 그런 식으로 모면할 수도 있으니까.

같은 식탁에 함께 앉아 있던 애들이 일어섰다. 그도 따라 일어서서 그들과 섞여 줄을 지어 빠져나갔다. 그는 결심을 해야 했다. 문간이 가까워지고 있군. 만약 애들과 함께 나간다면 교장실에 가기란 불가능해질 거야. 그런 일로 운동장을 떠날 수는 없어. 교장실을 찾아가고도 여전히 매를 맞는다면 애들은 저 어린 디딜러스란 놈은 교장을 찾아가서 학감의 소행을 일러바친 놈이라며 조롱하지 않을까.

그는 매트를 따라 걸어가면서 앞에 다가오는 문을 보았다. 불가능했다. 할 수 없었다. 그는 대머리 학감이 잔인하고도 빛을 잃은 그 눈으로 자기를 노려보던 것을 생각했다. 또 네 이름이 무어냐고 두 번씩이나 묻던 학감의 목소리가 그의 귀에 쟁쟁 울렸다. 왜 처음 말했을 때 그 이름을 기억하지 못했을까. 처음에는 귀를 기울이고 있지 않았던 것일까, 아니면 그저 그 이름을 우롱하고 있었던 것일까? 역사에 나오는 위대한 사람들이 모두 그런 이름들을 갖고 있었지만 아무도 그 이름을 두고 조롱하지는 않았는데, 조롱하려거든 자기 이름이나 조롱할 것이지. 돌란이라고? 남의 집 빨래나 해주고 사는 여인의 이름 같지 뭐야.

문에 이르자 그는 재빨리 오른쪽으로 돌아서서 계단을 올라갔다. 포기하고 돌아설까 마음을 고쳐먹기도 전에 그는 이미 성으로 통하는 그 낮고 어둡고 좁은 복도에 와 있었다. 복도로 들어가는 문에 들어서면서 그는 고개를 돌리지 않고서도 애들이 줄지어 가면서 자기를 쳐다보고 있다는 사실을 알고 있었다.

그는 그 좁고 어두운 복도를 따라가면서 교단의 성직자들이 거처하는 방문을 지나갔다. 그는 어둠침침한 가운데 앞과 좌우를 살피면서 저기 걸린 것들은 모두 초상화들이겠거니 생각했다. 거긴 어둡고 적막했으며, 눈물로 약해지고 피로해진 눈이라 잘 볼 수도 없었다. 그러나 그는 지나가는 동안 말없이 자신을 내려다보고 있는 얼굴들 모두 예수회의 성인들이나 위대한 분들의 초상화일 것이라 생각했다. 가령 책을 펴든 채 Ad Majorem Dei Gloriam[67]이라는 구절을 가리키고 있는 성 이냐시오 데 로욜라[68]라든지, 자기의 가슴을 가리키고 있는 성 프란치스코 사베리오[69]라든지, 각 반의 담임 생도감처럼 머리에 사각모를 쓰고 있는 로렌초 리치[70]라든지, 모두 젊어서 죽었기 때문에 새파란 얼굴을 하고 있는 성 스타니슬라오 코스트카[71]와 성 알로이시오 곤자가[72]와 복자 요한 베르

---

67) '하느님의 보다 큰 영광을 위하여'라는 뜻의 라틴어 구절로서 예수회의 모토이기도 하다. 학생들은 작문책 서두에 A. M. D. G라는 두문자(頭文字)를 의무적으로 적게 되어 있었다.

68) 1491년에 태어나 1556년에 죽은 에스파냐의 기사. 나중에 성직자가 되어 예수회를 창설, 그 초대 총장이 되었다.

69) 1506~1552, 로욜라의 제자로 인도, 중국, 일본 등지에서 포교했다.

70) 1703~1775, 1758년에 예수회의 총장으로 선출되었다.

71) 1550~1568, 폴란드의 성인으로 학생들의 주보성인이다.

72) 1568~1591, 이탈리아 태생의 성인으로 가톨릭 청년 및 학생들, 특히 클롱고우스 우드 학교 학생들의 주보성인이다.

크만스[73] 같은 경건한 젊은이들을 위한 주보성인(主保聖人)들이라든지, 커다란 외투를 몸에 두르고 의자에 앉아 있는 피터 케니 신부[74] 등의 초상화이리라.

그는 현관 위에 있는 계단의 층계참까지 나와서 주위를 둘러보았다. 거긴 바로 해밀턴 로언이 지나갔던 곳으로 병사들이 쏜 탄환의 흔적이 남아 있었다. 그리고 늙은 하인들이 하얀 원수(元帥)의 외투를 입고 나타난 유령을 보았다는 곳도 바로 거기였다.

한 늙은 하인이 층계참 끝부분을 쓸고 있었다. 그가 하인에게 교장실이 어디 있느냐고 물으니까 하인은 맨 끝에 있는 문을 가리켰다. 그가 거기로 가서 문을 두드리고 있는 동안 하인은 그를 지켜보고 있었다.

아무 응답이 없었다. 그는 다시 더 큰 소리가 나게 두드렸고, 방 안에서 무엇으로 감싸인 듯한 목소리가 들려왔을 때 그의 심장은 뛰었다.

"들어오시오!"

그는 손잡이를 돌려 문을 열고는 그 안에 있던 초록색 베이즈 천으로 된 문의 손잡이를 찾아 더듬었다. 그는 그 손잡이를 찾아서 문을 열고 안으로 들어갔다.

교장이 책상에서 무엇인가 쓰고 있는 모습이 보였다. 책상

---

73) 1599~1621, 벨기에의 성인. 이분은 1888년에 성인의 반열에 올랐지만 스티븐은 이 사실을 모르고 '복자'라고 부르고 있다.
74) 클롱고우스 우드 학교를 창설한 예수회의 신부다.

위에는 두개골[75]이 하나 놓여 있었고 방에서는 낡은 가죽의자가 풍기는 것 같은 그런 기이하고 근엄한 냄새가 났다.

자기가 들어선 방이 아주 엄숙한 곳이었고 또 아주 고요했기 때문에 그의 심장은 몹시 빨리 쿵쿵거리고 있었다. 그는 두개골과 교장의 다정해 보이는 얼굴을 쳐다보았다.

"이거, 어린 학생이군." 교장이 말했다. "무슨 일이냐?"

스티븐은 목이 꽉 메는 것을 꾹 삼키고 말했다.

"전 안경을 깼다고요, 교장 선생님."

교장이 입을 열더니 말했다.

"오, 그러니!"

그러고 나서 그는 미소를 지으며 말했다.

"누구든 안경을 깨면 집에 편지를 써서 새 안경을 보내달라고 해야지."

"교장 선생님, 전 편지를 썼어요." 스티븐이 말했다. "그리고 아놀 신부님께선 안경이 올 때까지 제가 공부를 하지 않아도 된다고 하셨습니다."

"그야 당연하지!" 교장이 말했다.

스티븐은 다시 목이 메는 것을 꾹 삼키면서 다리와 목소리가 떨리지 않게 하려고 애를 썼다.

"그렇지만, 교장 선생님……."

"왜 그러니?"

---

75) 여기서 두개골은 인간이 언젠가 죽게 되어 있으므로 생전에 회개하고 하느님을 잘 섬기라는 뜻의 라틴어구 메멘토 모리(memento mori)를 교훈적으로 형상화하고 있다.

"돌란 신부님이 오늘 들어오셔서 제가 작문을 베끼지 않는 다고 손을 때렸습니다."

교장은 말없이 그를 쳐다보고 있었다. 그는 얼굴에 피가 솟 구치고 눈에 눈물이 고이는 것을 느낄 수 있었다.

교장이 말했다.

"네 이름이 디덜러스지, 안 그러니?"

"네, 그렇습니다."

"그런데 안경은 어디서 깼니?"

"토탄 재가 깔린 길에서 깼습니다. 자전거 창고에서 나오는 애와 부딪쳐서 넘어졌거든요. 그래서 깼습니다. 그 애의 이름 은 모릅니다."

교장은 말없이 다시 그를 쳐다보더니 웃으며 말했다.

"오, 알겠다. 뭔가 잘못되었구나. 돌란 신부님이 정말 잘 모 르고 그러셨을 게다."

"하지만 저는 돌란 신부님께 안경을 깼다고 말씀을 드렸거 든요. 그래도 저를 때리셨습니다."

"새 안경을 보내라는 편지를 집으로 썼다는 말씀도 드렸 니?" 교장이 물었다.

"아녜요."

"오, 그러면 그렇지." 교장이 말했다. "돌란 신부님이 잘 모르 셨던 거야. 내가 며칠 동안 공부를 하지 않아도 좋다는 허락 을 내렸다는 말씀을 드리도록 해라."

스티븐은 자기의 몸이 너무 떨려 말문이 막힐까 봐 얼른 말 했다.

"알겠어요. 교장 선생님. 하지만 돌란 신부님께선 내일도 오셔서 다시 매질을 하시겠다고 하셨는걸요."

"알았다." 교장이 말했다. "잘못 알고 그러시는 거니까, 내가 돌란 신부님께 직접 말하도록 하지. 이제 되었니?"

스티븐은 눈물이 눈을 적시는 것을 느끼며 중얼댔다.

"네, 교장 선생님, 감사합니다."

교장은 두개골이 놓여 있는 책상의 가장자리 너머로 손을 내밀었다. 스티븐은 잠시 동안 자기 손을 교장의 손에 넣고 그 싸늘하고 습한 손바닥을 느끼고 있었다.

"자, 잘 가거라." 교장이 손을 빼고 고개를 조금 숙이며 말했다.

"안녕히 계십시오. 교장 선생님." 스티븐이 말했다.

그는 절을 하고 조용히 교장실을 걸어 나오면서 천천히 조심스럽게 겹문을 닫았다.

그러나 계단의 층계참에 있던 그 늙은 하인을 지나서 다시 낮고 좁고 어두운 복도 속으로 들어가게 되었을 때 그의 걸음은 점점 더 빨라지기 시작했다. 그는 흥분한 나머지 더욱 빠른 걸음으로 침침한 복도를 지나갔다. 복도 끝에 있던 문에 팔꿈치를 부딪힌 후 종종걸음으로 계단을 내려갔고 잰걸음으로 두 복도를 지나 운동장으로 나갔다.

그는 운동장에서 애들의 고함 소리를 들을 수 있었다. 그는 달리기 시작했다. 점점 속력을 더 내며 그는 토탄 재가 깔린 길을 건너 헐떡이면서 하급반 아이들이 놀고 있는 운동장에 이르렀다.

아이들은 그가 달려오는 것을 보고 있었던 것이다. 그들은 그를 빙 둘러싸고 얘기를 들어보려고 서로 밀치고 있었다.

"말해 봐! 말해 보라고!"

"뭐라고 하시던?"

"교장실에 들어갔었니?"

"뭐라고 하시던?"

"말해 봐! 말해 보라고!"

그는 자기가 했던 말과 교장이 하던 말을 애들에게 들려주었다. 그가 그 이야기를 하자, 애들은 모자를 벗어서 뱅글뱅글 하늘 높이 던지며 환성을 올렸다.

"만세!"

애들은 내려오는 모자를 잡고 다시 뱅글뱅글 하늘 높이 던지며 다시 한번 환성을 올렸다.

"만세! 만세!"

애들은 서로 손을 맞잡고 손가마를 만들더니 그를 높이 태우고 돌아다녔다. 그는 빠져나오려고 몸부림쳤다. 그가 도망쳐 나오자 애들은 사방으로 흩어지며 한번 더 모자를 공중에 던지고는 뱅글뱅글 돌며 올라가는 모자를 보고 휘파람을 불거니 환성을 올리거니 하였다.

"만세!"

그리고 그들은 대머리 돌란에 대한 불만의 표시로 세 번 소리를 지르는 한편, 콘미[76]를 위해서는 만세삼창을 했다. 애들

---

76) 교장의 이름. 조이스는 실제로 콘미 신부를 몹시 존경했으며 그의 미덕을 숭상했다고 한다.

은 콘미야말로 클롱고우스의 역대 교장 중에서도 가장 훌륭한 분이라고 했다.

부드러운 잿빛 공기 속으로 환성이 사라졌다. 그는 외로웠다. 그는 행복하고 자유로웠다. 그렇지만 그는 돌란 신부에게 으스대지는 않겠다고 마음먹었다. 오히려 그에게 말없이 복종하리라 생각했다. 그리고 그는 자기가 으스대지 않는다는 것을 돌란 신부에게 보여주기 위해 그의 앞에서 무언가 정다운 행동을 할 수 있었으면 좋겠다고 생각했다.

잿빛 공기는 부드럽고 온화했다. 저녁이 찾아오고 있었다. 공기 속에는 저녁 냄새가 섞여 있었다. 그것은 그들이 바튼 소령네 농장으로 산책을 나가서 무를 캐어 껍질을 벗겨먹던 날 그 시골 밭에서 나던 냄새였고, 정자 너머 오배자나무가 있던 작은 숲에서 나던 냄새였다.

애들은 크리켓 공으로 멀리 던지기라든가 커브 공 및 느린 공 던지기 등을 연습하고 있었다. 그 부드러운 잿빛 공기의 정적 속에서 그는 공이 부딪히는 소리를 들을 수 있었다. 여기저기서 조용한 공기를 뚫고 크리켓 방망이 소리가 들려왔다. 픽, 팩, 폭, 픽. 분수대에서 철철 넘치는 낙수반(落水盤) 위로 물방울이 조용히 떨어지는 소리 같았다.

2장

찰스 아저씨가 검은색 노끈처럼 꼰 담배를 너무 많이 피웠기 때문에 견디다 못한 조카는 아저씨에게 정원 끝에 있는 작은 별채에서 아침 담배를 피우도록 권했다.

"좋다, 사이먼. 그렇게 하지." 노인이 조용히 말했다. "어디든 원하는 데 가서 피우도록 하마. 별채면 담배 피우기에 알맞은 곳이지. 건강에도 훨씬 더 좋을 거고."

"정말 알 수가 없군요." 디덜러스 씨가 솔직한 심경을 말했다. "그런 지독하고 고약한 담배를 어떻게 피우십니까? 꼭 화약 같다고요."

"맛이 아주 좋아, 사이먼." 노인이 대답했다. "아주 시원하게 속을 눅여준단다."

그런 일이 있고 나서 찰스 아저씨는 매일 아침 별채로 가곤 했는데, 가기 전에 반드시 뒷머리에 조심스레 기름을 발라 빗질했고 실크 모자를 솔질해서 쓰곤 했다. 그가 담배를 피우고 있는 동안에 별채 출입문의 곁기둥 너머로 실크 모자의 테와 파이프의 대통이 보였다. 그는 그 냄새 나는 별채를 자기의 정자라고 불렀는데, 정원에서 쓰는 연장을 보관하고 고양이가 살던 이 별채가 그에게는 마치 악기의 공명상자(共鳴箱子)와 같은 구실을 했다. 그는 매일 아침 거기서 「오, 내게 정자를 지어다오」라든가, 「파란 눈과 금발」이라든가, 「블라니의 숲」과 같은 그의 애창곡 중 하나를 흥얼대며 흐뭇해했는데, 그때마다 그의 파이프에서는 회색이 감도는 파르스름한 연기가 꼬불꼬불 솟아올라 맑은 공기 속으로 사라지곤 했다.

블랙록[1]에서 보낸 그해 여름의 처음 얼마 동안 찰스 아저씨와 스티븐은 늘 함께 지냈다. 찰스 아저씨는 건장한 노인으로, 잘 그을린 피부에 거친 얼굴을 하고 있었으며 하얀 구레나룻이 나 있었다. 주중에는 그가 케어리스포트 가(街)의 집과 집에서 거래하던 중심가의 가게들 사이를 왕래하며 심부름을 하곤 했다. 스티븐은 이런 심부름에 기꺼이 따라다녔는데 그것은 찰스 아저씨가 가게의 계산대 바깥에 진열해 놓은 덮개 없는 상자와 통 속에 든 것들을 후하게 한 줌씩 사주었기 때문이다. 그는 포도와 톱밥사탕을 한 줌씩 쥐거나 미국산 사과를 서너 개씩 움켜잡고 종손자에게 너그럽게 들이밀곤 했는데, 그때마다 가게 주인은 불안하다는 듯이 미소를 지어

---

1) 더블린 근교의 마을이다.

보였다. 스티븐이 차마 받기 어렵다는 듯이 주저하고 있으면 찰스 아저씨는 상을 찌푸리며 이렇게 말했다.

"받아둬. 내 말이 들리지 않니? 먹어두면 창자에 좋을걸."

주문서의 장부 기입이 끝나면 두 사람은 공원으로 갔다. 거기에서는 마이크 플린이라는 이름을 가진 스티븐 부친의 옛 친구가 으레 벤치에 앉아서 그들을 기다리고 있었다. 그러면 공원을 일주하는 스티븐의 달리기 연습이 시작되었다. 마이크 플린은 손에 시계를 들고 철도 정거장 근처의 공원 출입문에 서 있었고, 스티븐은 마이크 플린이 선호하는 스타일로 머리를 높이 쳐들고 무릎을 버쩍버쩍 치켜드는 한편, 손을 똑바로 내려 옆구리에 붙인 채 트랙을 돌았다. 오전 연습이 끝나면 이 달리기 트레이너는 논평을 했고, 더러는 시범적으로 설명하려고 청색 천으로 만든 낡은 신을 한두 야드쯤 땅바닥에 질질 끌며 희극적인 꼴을 연출하기도 했다. 이 놀라운 광경에 매혹된 아이들과 유모들이 그를 삥 둘러싸고 지켜보았는데, 그와 찰스 아저씨가 다시 자리에 앉아 체육과 정치 이야기를 하고 있을 때도 그들은 여전히 주변에서 머뭇거리곤 했다. 언젠가 아버지가 마이크 플린은 당대의 가장 우수한 경주 선수 중 몇 사람을 손수 길러낸 일이 있다고 스티븐에게 말한 적이 있었다. 그러나 스티븐은 자기 트레이너가 수염이 텁수룩하고 맥빠진 얼굴을 숙이고 궐련을 마느라 기다란 손가락에 힘을 주고 있는 모습을 흘깃 쳐다보곤 하면서 설마 저분이 그런 일을 했을까 하고 의아해했다. 그가 담배 말기를 중단하고 갑자기 그 온화하고 윤기 없는 파란 눈을 쳐들어 멀리 푸른 하늘을 멍하니 바라볼 때면, 그 길고 통통한 손가락들은 말기를 중단했고 담배 부스러기들이 쌈지 속으로 떨어지곤 했는데 스티븐은 그 광경을 불쌍하다는 듯이 바라보았다.

집으로 돌아오는 길에 찰스 아저씨는 대개 교회에 들렀다. 스티븐의 손이 성수반(聖水盤)에 닿지 않았으므로 노인은 자기 손을 적시어 스티븐의 옷과 교회 출입구 바닥에 휙휙 뿌리며 성호를 그었다. 기도를 드리는 동안 그는 자기의 빨간 손수건 위에 무릎을 꿇고서 페이지 아래마다 다음 페이지의 첫 낱말이 찍혀 있는, 시커멓게 손때 묻은 기도서를 소리 내어 읽곤 했다. 그 옆에서 무릎을 꿇고 있던 스티븐은 그의 경건한 신심(信心)을 존중했지만 동참하지는 않았다. 그는 종조부(從祖父)께서 무엇을 그리 진지하게 기도하고 계실까 궁금했다. 그는 죄를 씻지 못하고 죽어서 연옥(煉獄)에 빠진 영혼들을 위해서 기도하고 있거나, 아니면 모든 죄를 씻고 행복하게 죽을 수 있는 은혜를 내려달라고 기원하고 있거나, 그것도 아니면 자기가 코크[2]에서 탕진해 버린 막대한 재산을 일부나마 되돌려주시길 기구하고 있는지도 모를 일이었다.

일요일이면 스티븐은 아버지랑 종조부와 함께 건강 산책을 나갔다. 노인은 발에 티눈이 박혀 있음에도 불구하고 날쌔게 걸었고 10마일이나 12마일쯤 되는 길을 산책하는 날이 자주 있었다. 스틸오건[3]이라는 작은 마을에는 갈림길이 있었다. 그

2) 아일랜드 남부의 가장 큰 도시로서 상공업의 중심지로 디덜러스 씨의 고향이다.
3) 블랙록 남서방 1마일 반 떨어진 곳에 있다.

들은 거기서 왼편으로 돌아 더블린 산맥을 향해 가거나, 아니면 고츠타운으로 가는 길을 따라 던드럼으로 가서 샌디포드를 거쳐 집으로 돌아오거나 하였다. 뚜벅뚜벅 길을 걷거나 길가에 있는 우중충한 주막에 서서 두 어른은 늘 자기네에게 비교적 편하게 느껴지는 화제를 두고 이야기하곤 했다. 아일랜드의 정치라든가 먼스터,[4] 집안에 내려오는 옛날 얘기 등이 화제였는데, 스티븐은 하나라도 놓치지 않으려고 열심히 귀를 기울였다. 더러 그가 이해할 수 없는 낱말들도 있었지만, 마음속으로 여러 번 되뇌어봄으로써 결국은 그런 말들마저 익힐 수 있었다. 그리고 그런 낱말들을 통해 그는 주변의 현실 세계를 조금씩이나마 볼 수 있었다. 자기 자신 또한 자라나서 그 세계의 삶에 참여하게 될 날이 다가오고 있는 것 같았다. 그래서 당장은 그 내용을 잘 알 수 없었지만, 그의 성장을 기다리고 있다고 여겨지던 커다란 자기 몫의 역할을 수행하기 위해 그는 남몰래 준비하기 시작했다.

저녁 시간은 그의 것이었다. 그래서 그는 조잡하게 번역된 『몬테크리스토 백작』을 탐독했다. 그 침울한 복수자[5]는 그가 어린 시절에 기이하고 무시무시한 일에 관해 들은 바 있거나 상상한 적 있었던 것들을 모조리 대표하는 인물이었다. 밤이면 그는 환승 차표랑, 종이꽃이랑, 채색한 박엽지랑, 초콜릿을 싸던 금박지 은박지 조각 따위를 가지고서 거실의 탁자 위에

---

4) 아일랜드 남부의 군으로서 코크 시는 바로 이 군의 수도. 이 고장은 스티븐의 부친과 종조부가 태어난 곳이기도 하다.
5) 소설의 주인공 에드몽 당테스를 가리킨다.

다 그 경이로운 섬 속의 동굴 모형을 만들었다. 번지르르한 종이 따위를 가지고 노는 데 싫증이 나서 그 동굴을 부수고 나면 그의 마음속에는 밝은 마르세유 풍경이라든지 햇빛이 비치는 격자(格子) 울타리라든지 메르세데스[6]의 모습이 떠오르곤 했다. 블랙록의 외곽에서 산으로 통하는 길가에는 희게 칠한 작은 집이 한 채 있었는데, 그 집 정원에는 많은 장미 숲이 우거져 있었다. 그런데 그는 바로 이 집에 또다른 메르세데스가 살고 있다는 생각을 하고 있었다. 밖으로 나가거나 집으로 돌아올 때에 그는 이 집을 경계표로 삼고서 거리를 쟀다. 그리고 그는 마음속으로 그 책에 나오는 주인공의 모험에 비해 손색이 없을 정도로 경이로운 모험을 스스로 무수히 겪고 있다고 상상했고, 그런 상상 속의 모험이 끝날 무렵에는 이전보다 더 성숙하고 더 큰 슬픔에 잠긴 자신의 모습이 나타나서, 오래전에 그의 사랑을 무시하고 다른 사람에게 시집간 메르세데스와 단둘이서 달빛 어린 정원에 서 있는 것을 상상했다. 그 모습은 슬플 정도로 오만한 거부의 몸짓을 보이며 이렇게 말하고 있었다.

"부인, 나는 머스컷 포도를 먹는 일이 없답니다."[7]

그는 오브리 밀스라는 이름을 가진 소년과 한편이 되어 함

---

6) 에드몽 당테스가 감옥에 가기 전에 사랑하였던 여인의 이름이다.
7) 소설의 71장을 보면 에드몽 당테스는 감옥을 탈출한 후 몬테크리스토 백작이라는 이름으로 나타나서 지금은 원수의 부인이 되어버린 옛 애인 메르세데스를 만나는데, 이때 그는 메르세데스가 권하는 머스컷 포도를 사양한다.

께 거리의 모험자 단체를 만들었다. 오브리는 단춧구멍에 호 각 한 개를 대롱대롱 달고 다녔고, 허리띠에는 자전거 램프를 매었다. 한편 다른 애들은 짤막한 막대기를 마치 단도처럼 허리띠에 차고 다녔다. 나폴레옹이 수수한 옷차림을 하고 다녔다는 사실을 알고 있던 스티븐은 아무런 치장도 하지 않기로 작정했고, 또 그렇게 함으로써 명령을 내리기에 앞서 자기 보좌관들과 협의하는 즐거움을 스스로 높이기도 했다. 모험단원들은 노처녀들이 사는 집의 정원을 공격하거나 성[8]으로 가서 거친 잡초가 무성한 바위 위에서 전투를 벌였다. 전투가 끝나면 그들은 지쳐버린 패잔병처럼 돌아왔는데, 콧구멍에서는 바닷가의 썩은 냄새가 났고 손과 머리카락에는 퀘퀘한 해초 기름이 묻어 있었다.

오브리와 스티븐은 같은 배달원으로부터 우유를 받고 있었기 때문에 이따금 우유 배달차를 타고 캐릭마인스[9]까지 가서 젖소들이 풀을 뜯고 있는 것을 보기도 했다. 어른들이 우유를 짜고 있는 동안 애들은 순하게 길이 든 암말을 번갈아 타며 목장을 돌아다니곤 했다. 그러나 가을이 되자 젖소들은 목장을 떠나 축사로 들어갔다. 더러운 물이 시퍼렇게 고인 웅덩이라든가 축축하게 엉겨 있는 소똥이라든가 김이 무럭무럭

8) 아마도 블랙록의 해변에 세워놓은 마텔로 탑 중의 하나를 가리킬 것이다. 이 탑들은 1798년에 프랑스의 침공이 있은 후에 세워졌는데, 조이스의 『율리시스』도 이 탑을 무대로 이야기가 시작된다. 이 '성'이 다른 곳을 가리킨다는 설도 있다.
9) 블랙록 남쪽 3마일 되는 곳에 있는 마을이다.

나는 밀기울 여물통이 있는 그 더러운 스트래드부룩 축사를 처음 보았을 때 스티븐은 그만 구역질이 났다. 화창한 날 들판에서는 그렇게도 아름답게 보이던 젖소들이 축사에서는 그에게 역겨움을 불러일으켰고 그때부터 그 젖소에서 짜낸 우유는 쳐다보기도 싫었다.

그해는 방학이 끝나도 그가 클롱고우스 학교로 돌아가지 않도록 되어 있었기 때문에 9월이 되어도 걱정할 일이 없었다. 마이크 플린이 입원하게 되자 공원에서의 달리기 연습도 끝장나고 말았다. 오브리는 학교에 다녔기 때문에 저녁에나 한두 시간씩 자유로운 시간을 낼 수 있을 뿐이었다. 모험자 단체도 해산했고 밤에 바위 위에서 공격과 전투를 벌이는 놀이도 더 이상 하지 못했다. 스티븐은 이따금 저녁 우유 배달 차를 따라 돌아다녔다. 싸늘한 공기 속에서 배달차를 타고 다닌 결과, 그가 축사에서 보았던 오물에 대한 기억은 사라졌고 배달원의 옷에 묻은 젖소의 털이나 건초를 보아도 아무런 역겨움을 느끼지 않았다. 우유 배달차가 집 앞에 설 때마다 그는 잘 닦아놓은 그 집 부엌이나 아늑하게 불을 켜놓은 현관을 흘깃 쳐다본다든지 하녀가 항아리를 받쳐들고 우유를 받아서는 문을 닫고 들어가는 모습을 지켜볼 기회를 기다리곤 했다. 그에게 따뜻한 장갑이나 한 켤레 있다면, 그리고 주머니 속에 생강과자 한 봉지를 두둑이 넣고 다니며 먹을 수만 있다면, 매일 저녁 우유나 배달하며 마차를 몰고 다니는 것도 괜찮을 것 같이 여겨졌다. 하지만 공원을 한 바퀴 뜀박질하고 있을 때 갑자기 그의 가슴을 역겹게 하고 다리의 맥이 풀리게 했던 바로 그 예감이라든가, 그의 트레이너가 수염이 텁수룩한 맥빠진 얼굴을 푹 숙인 채 담배를 마느라 기다란 손가락에 힘을 주고 있을 때 스티븐으로 하여금 그 얼굴에 불신의 눈초리를 던지게 했던 바로 그 직관 같은 것들이 자기의 장래에 대한 그 어떤 비전도 무산시키고 말았다. 그의 아버지는 곤경에 처해 있었으며, 또 바로 그런 이유에서 그해는 그가 클롱고우스 학교로 되돌아갈 수 없다는 사실을 막연하게나마 이해하고 있었다. 한동안 그는 집에서 일어나는 미미한 변화들을 감지하고 있었다. 그가 도저히 변화하지 않으리라고 생각했던 것들 속에서 일어난 그 변화들은 세계에 대한 그의 소년다운 관념에 무수히 많은 미미한 충격을 주었다. 자기 영혼의 어둠 속에서 이따금 준동하는 것을 느낄 수 있던 야심은 아무런 배출구도 찾지 못했다. 배달차를 끄는 암말의 발굽이 로크 로(路)의 철길을 뚜벅뚜벅 걸어갈 때, 그리고 그의 등뒤에서 커다란 우유통이 흔들리며 덜컥거리고 있을 때, 외부 세계의 어둠 같은 것이 그의 마음을 흐리게 했다.

그의 마음은 메르세데스에게 되돌아갔다. 그리고 그가 그녀의 이미지를 곰곰이 생각하고 있을 때면 이상한 불안감이 그의 핏속으로 기어들었다. 이따금 그의 마음속에 열기가 쌓여서 조용한 밤거리를 혼자 쏘다니기도 했다. 집집마다 정원에 가득한 평화와 창가에 비치는 정다운 불빛이 안정을 잃은 그의 마음속에 부드러운 기운을 쏟아넣곤 했다. 애들이 노느라고 시끄럽게 떠드는 소리가 그에게는 괴로웠다. 애들의 바보스러운 목소리를 듣고 있자니 자기가 다른 애들과는 다르다는 사실이 클롱고우스 시절보다도 더 민감하게 느껴졌다. 그는 놀고 싶지 않았다. 그는 자기 영혼이 그동안 꾸준히 지켜보고 있었던 그 실체 없는 이미지와 실제 세상에서 맞딱드리고 싶었다. 그는 어디서 어떻게 그것을 찾을 수 있을지 알지 못했다. 그러나 그를 인도하고 있던 어떤 예감은 그가 공공연한 행동을 하지 않아도 결국 그 이미지와 마주칠 수 있을 것임을 말해 주었다. 아마도 어느 집 문간에서 혹은 보다 은밀한 곳에서 오랜 지기(知己)들이 만나듯이, 마치 만나자는 약속을 미리 해두었던 것처럼, 그들은 서로 만나게 될 것이다. 어둠과 정적에 휩싸인 채 단둘이 있게 되리라. 그러면 부드러운 감정이 절정을 이루는 순간에 그는 변신하게 되리라. 그녀의 눈앞에서 그는 무어라 형언할 수 없는 것 속으로 사라지게 될 것이고 그 순간 변신할 것이다. 그 마법의 순간에 연약함과 소심함과 무경험이 그로부터 떨어져 나가게 될 것이다.

* * *

두 대의 노란 포장마차가 어느 날 아침 문 앞에 멈춰 서더니 사람들이 집 안으로 터벅터벅 걸어 들어와 가재도구를 내가기 시작했다. 지푸라기와 밧줄 토막이 널려 있던 앞뜰을 거쳐 요란스럽게 끌어낸 가구들이 문간에 서 있던 커다란 포장마차에 실렸다. 모든 것이 무사히 운반되자 포장마차들은 요란스러운 소리를 내며 길을 떠났다. 울어서 눈이 벌겋게 된 어머니와 함께 타고 있던 객차의 창을 통해서 스티븐은 그 마차들이 메리온 로(路)를 따라 무겁게 덜컥거리며 지나가는 것을 지켜보고 있었다.

그날 저녁, 거실 벽난로의 불은 좀처럼 지펴지지 않았다. 그래서 디덜러스 씨는 난로 쇠난간에 부지깽이를 기대 놓고 불꽃을 피워 올리려고 했다. 찰스 아저씨는 가구가 반으로 줄고 양탄자마저 깔려 있지 않은 거실의 한쪽 구석에서 졸고 있었고, 그 옆으로는 집안 초상화들이 벽에 걸려 있었다. 마부들의 흙발로 더럽혀진 판자 마루 위로 탁자의 등불이 희미한 빛을 던지고 있었다. 스티븐은 아버지 옆에 놓인 발판 위에 앉아 그 긴 요령부득의 독백에 귀를 기울이고 있었다. 처음에 그는 무슨 소린지 종잡을 수 없었지만, 차츰 아버지에겐 원수들이 있었으며 곧 싸움이 벌어질 것임을 알게 되었다. 그는 또한 자신이 그 싸움에 동원될 예정이며 그의 어깨에도 모종의 임무가 부과될 것임을 느꼈다. 블랙록에서의 안락하고 꿈결 같은 생활로부터 갑작스럽게 쫓겨난 일이라든가, 음침하게 안개 낀 도시를 지나쳐 오던 일이라든가, 결국 그들이 와서 살게 된 그 헐벗고 침울한 집에 대한 생각 따위가 그의 마음을 무겁게 했다. 장래에 대한 직관과 예감이 다시 한번 그를 찾아왔다. 스티븐은 어째서 하인들이 그리도 빈번히 현관에서 소곤대고 있었는지 또 어째서 아버지가 그리도 빈번히 벽난로 앞에 깔아놓은 융단 위에 서서 등을 난로 쪽으로 돌린 채 찰스 아저씨에게 큰 소리로 말하고 있었는지를 이해할 수 있었다. 그럴 때면 찰스 아저씨는 아버지에게 어서 앉아서 밥이나 먹으라고 타이르곤 했다.

"얘, 스티븐, 아직도 내겐 힘이 남아 있단다." 디덜러스 씨는 잘 타지 않는 불을 푹푹 쑤시면서 말했다. "얘야, 우린 아직 죽지 않았어. 안 죽었고말고. 주 예수의 이름으로 말하거니와, 하느님, 당신의 이름을 들먹여서 죄송합니다, 우리는 아직 다 죽은 것이 아니란 말이다."

더블린은 신기하고도 복잡한 느낌을 주는 도시였다. 찰스 아저씨는 이제 정신이 맑지 않아서 더 이상 심부름을 보낼 수 없게 되었고, 새로 이사 온 집에 정착하는 데 따르는 혼란 덕분에 스티븐은 블랙록 시절보다도 더 자유로웠다. 처음에 그는 겁이 나서 이웃 광장[10]을 돌아다니거나, 기껏해야 뒷길 가운데 하나를 골라 반쯤 내려가보는 데 만족하고 있었다. 그러나 머릿속에 더블린 시의 윤곽이 잡히게 되자 그는 대담하게도 중심도로 중의 하나를 따라 세관(稅關) 건물[11]까지 내려가기도 했다. 그는 아무런 제지도 받지 않은 채 도크 사이나 부둣가를 지나다녔고, 노란색의 두꺼운 거품이 낀 강 수면에서 아래위로 움직이고 있는 무수한 코르크 부표(浮標)며 무리를 이루고 있는 부두의 짐꾼들, 덜컥거리는 수레들이며 초라한 옷차림에 턱수염이 난 순경들을 놀란 눈으로 바라보았다. 벽을 따라 야적되어 있거나 기선의 선창(船倉)으로부터 높다랗게 매달려 나오는 짐짝들이 암시하는 삶의 광대함과 신기함은 밤마다 이 집 정원에서 저 집 정원으로 메르세데스를 찾

10) 더블린 시의 북동부에 있는 마운트조이 스퀘어를 가리킨다.
11) 도심 지대의 동쪽, 리피 강가에 있다.

아 헤매게 했던 한때 그의 마음의 동요를 다시 한번 일깨웠다. 새롭게 경험하는 혼잡한 삶 가운데서 그는 자신이 마치 또다른 마르세유[12]에 와 있다는 착각을 할 지경이었지만, 더블린에서는 물론 화창한 하늘이나 햇빛이 따뜻하게 내리쬐는 포도주 가게의 격자 울타리 등은 볼 수 없었다. 그가 부두며 강물이며 찌푸린 하늘을 바라보고 있을 때 마음속에서 영문 모를 불만이 솟구쳤지만, 그는 마치 자기를 피해 다니는 누군가를 뒤쫓기라도 하듯 매일같이 그곳을 헤매고 다녔다.

그는 어머니와 함께 친척집을 찾아간 적이 한두 번 있었다. 그들은 크리스마스 장식으로 불을 밝힌 가게들이 즐겁게 늘어선 거리를 지나고 있었지만, 가슴 아프게도 침묵하고 싶은 기분이 그를 떠나지는 않았다. 그의 마음을 아프게 하는 데는 여러 가지 멀고 가까운 이유가 있었다. 그는 자신이 어릴 뿐만 아니라 여러 가지 초조하고 바보스러운 충동에 희생되고 있는 데 대해, 그리고 자기를 둘러싼 세계를 누추함과 불성실함의 비전으로 바꾸어놓고 있던 운세의 변화에 대해 자기 자신에게 분노하고 있었다. 그러나 그의 분노가 그런 비전을 바로잡지는 못했다. 그는 자기 눈에 보이는 것을 참을성 있게 기록하면서 스스로 그 풍경에 대해 초연한 자세를 취하는 한편 그 괴로운 맛을 남몰래 즐기고 있었다.

그는 숙모 집 부엌에서 등받이가 없는 의자에 앉아 있었다. 반사경이 달린 등잔이 옻칠한 벽난로 벽에 매달려 있었고, 숙

12) 『몬테크리스토 백작』은 이 프랑스의 항구 도시에서 얘기가 시작된다.

모는 그 등불에 의지해서 무릎에 놓인 석간신문을 읽고 있었다. 그녀는 신문에 난 어떤 여자의 웃는 사진을 오랫동안 들여다보다가 생각에 잠긴 듯이 이렇게 말했다.

"메이블 헌터[13]는 참 예쁘기도 하군!"

한 곱슬머리 소녀가 살그머니 일어서더니 그 사진을 보고 조용히 말했다.

"어디 출연하는데, 엄마?"

"무언극에 나온단다."

소녀는 곱슬머리를 어머니의 소매에 기댄 채 사진을 바라보더니 매혹된 듯이 말했다.

"메이블 헌터는 참 예쁘기도 하군!"

매혹된 듯, 소녀의 눈은 새침하고 도도한 그 배우의 눈을 한동안 들여다보고 있다가 다시 사모하는 듯한 어조로 이렇게 중얼댔다.

"정말 기막힌 미인이지 뭐야."

그때 6킬로그램 남짓한 석탄 자루[14]를 메고 길에서 비틀대며 들어오던 소년이 소녀의 말을 들었다. 그는 재빨리 자루를 마루에 던져놓고 그 사진을 보러 소녀에게로 갔다. 그러나 소녀는 편안한 자세였던 자기 머리를 쳐들어 소년이 사진을 볼 수 있도록 해주지는 않았다. 그는 추위 때문에 새빨갛게 되고 석탄가루까지 묻은 손으로 신문의 끝자락을 마구 끌어당기는

---

13) 여배우의 이름이다.
14) 이렇게 소량으로 석탄을 산다는 것은 이 집이 가난하다는 것을 암시한다.

가 하면 어깨로 소녀를 밀쳐내면서 잘 보이지 않는다고 불평했다.

그는 침침한 창문이 달린 그 낡은 집 속에 높이 위치해 있던 좁은 조찬실(朝餐室)에 앉아 있었다. 벽에서는 불빛이 번득이고 있었고 창 너머로는 유령 같은 어둠이 강물 위로 모여들고 있었다. 난로 앞에서는 한 노파가 차를 달이느라 바빴는데, 그 일을 하느라 법석을 떨면서도 신부와 의사가 그녀에게 말해 준 내용을 나직한 목소리로 전하고 있었다. 그녀는 최근에 스스로 목격한 몇 가지 변화라든가 자신의 태도와 말이 이상해진 데 대해서도 말했다. 그는 앉아서 그녀의 말에 귀를 기울이는 한편 아치형의 문과 천장이 궁륭(穹窿)으로 된 지하실, 꼬불꼬불한 갱도와 톱니 모양의 동굴 등 석탄과 관련해서 전개되는 여러 가지 모험을 마음속으로 좇고 있었다.

별안간 그는 문간에 무엇인가 나타났음을 알아차렸다. 침침한 문간에서 두개골처럼 생긴 얼굴 하나가 허공에 떠올랐던 것이다. 연약하게 생긴 한 사람이 원숭이처럼 난롯가에서 들려오는 목소리에 이끌려 거기로 왔던 것이다. 문간에서 애처로운 목소리가 들렸다.

"조세핀이 왔나?"

부산을 떨던 노파가 난롯가에서 명랑하게 대답했다.

"아니다, 엘런. 스티븐이 왔단다."

"오, 그래. 잘 있었니, 스티븐?"

그는 인사에 답하면서 문간에 나타난 그 얼굴에서 바보스러운 미소가 번지는 것을 보았다.

"무얼 해주련, 엘런?" 노파가 불가에서 물었다.

그러나 그녀는 물음에는 대답하지 않고 대신 이렇게 말했다. "난 또 조세핀인 줄 알았지. 얘, 스티븐, 난 네가 조세핀인 줄 알았지 뭐니."

이 말을 몇 번이고 되풀이한 후에 그녀는 가냘픈 목소리로 웃기 시작했다.

그는 해롤즈 크로스[15]에서 있었던 어떤 아이들의 파티에 참석하고 있는 중이었다. 조용히 지켜만 보는 태도에 어느새 익숙해졌기 때문에 그는 놀이에 거의 참여하지 않았다. 아이들은 크랙커 봉봉[16]을 터뜨려서 얻은 모자 따위를 쓰고 소란스럽게 춤을 추거나 장난을 치고 있었다. 그는 애들의 즐거운 놀이에 동참하려고 애썼지만, 삼각 모자라든가 햇빛 가리개 모자를 쓰고 있는 애들 틈에서는 그 자신이 한 음울한 형상에 불과함을 절감하고 있었다.

그러나 자기 차례가 되어 노래를 부른 후 방의 아늑한 구석으로 물러섰을 때 그는 고독의 기쁨을 맛보기 시작했다. 그날 초저녁에는 헛되고 보잘것없어 보였던 그 즐거움이 이제는 일종의 무마적인 공기가 되어 그의 감각을 유쾌하게 스쳐가는가 하면, 그의 몸속에서 열띠게 뒤끓는 피를 다른 사람들의 눈에 띄지 않게 가려주기도 했다. 그러는 동안 삥 둘러서서 춤을 추고 있던 애들 사이로, 그리고 음악과 웃음소리 가운데서, 그녀

---

15) 더블린 시 남단의 지명이다.
16) 원통형 폭죽. 양쪽 끝을 잡아당기면 폭음을 내며 터지고 그 속에서 모자, 인형 따위가 튀어나온다.

의 눈초리는 그가 앉아 있던 구석으로 찾아와서 그의 마음을 흐뭇하게 하는가 하면 조롱하기도 했고 탐색하는가 하면 흥분시키기도 했다.

가장 늦게까지 머물렀던 아이들이 현관에서 자기네 옷을 찾아 입고 있었다. 파티가 끝났던 것이다. 그녀는 몸에 숄을 둘렀다. 그들이 함께 궤도마차를 타러 걸어가고 있을 때 그녀의 싱그럽고 따뜻한 숨결은 고깔을 쓴 머리 위로 유쾌히 번지고 있었고, 그녀의 구두는 유리판 같은 길바닥에서 명랑하게 또각또각 소리를 내고 있었다.

마지막 궤도마차였다. 깡마른 갈색 말들이 막차라는 사실을 알리려고 맑은 밤공기를 향해 경고의 방울을 울리고 있었다. 차장은 마부와 이야기를 하고 있었는데 녹색 등불 아래서 두 사람은 자주 머리를 끄덕이고 있었다. 마차 속의 빈자리에는 색종이 차표들이 몇 장 흩어져 있었다. 길에서는 사람들의 발걸음 소리도 들리지 않았다. 깡마른 갈색 말들이 서로 코를 맞비비면서 방울 소리를 내고 있을 뿐 어떤 소리도 밤의 평화를 깨지 않았다.

그는 윗자리에, 그리고 그녀는 아랫자리에 각기 타고 있었는데 두 사람은 모두 귀를 기울이고 있는 듯했다. 그들이 짤막한 말을 주고받는 사이 그녀는 여러 번 그의 자리로 올라왔다가 다시 제자리로 내려가곤 했다. 그리고 한두 번은 그녀가 그의 윗자리 옆에 바짝 다가서서 한동안 머물다 내려가기도 했다. 그의 마음은 마치 조수에 밀린 코르크 부표가 아래위로 일렁이듯 그녀의 움직임에 따라 춤을 추고 있었다. 그는 고깔

아래로 그녀의 두 눈이 자신에게 전하는 말을 듣고 있었으며, 실생활에서였는지 환상 속에서였는지는 잘 몰라도 희미하게 기억되는 지난날 그 두 눈이 전한 이야기를 들은 적이 있음을 알고 있었다. 그는 그녀가 좋은 옷이며 허리띠, 긴 검정색 양말 따위에 허영심을 부리는 것을 보았고, 자기 자신이 그런 것들 앞에 몇백 번이고 굴복한 일이 있음을 알고 있었다. 그러나 내면의 한 목소리가 춤추는 심장의 고동소리 너머로 그에게 묻기를, 손을 내밀기만 하면 차지할 수 있는 그녀의 선물을 받아들일 생각이 없느냐고 했다. 그리고 그는 자기와 아일린이 함께 호텔 마당을 들여다보면서 웨이터들이 한 줄의 휘장을 깃대에 올리고 있는 광경이며 햇볕 쬐는 잔디밭에서 폭스테리어 한 마리가 앞뒤로 질주하고 있던 광경 따위를 지켜보던 날을 회상했다. 그리고 그때 아일린이 갑자기 깔깔 웃음을 터뜨리며 경사진 커브 길을 달려가던 일도 생각났다. 그때와 마찬가지로 지금도 그는 맥이 빠진 채 제자리에 서서 눈앞에서 벌어지는 광경을 조용히 지켜보기만 하는 방관자처럼 보였다.

'이 아이도 내가 자기를 붙잡아주길 바라고 있군.' 그는 생각했다. '그런 이유로 이 애는 나와 함께 궤도마차를 타게 된 거야. 이 애가 내 자리로 올라올 때에 그저 붙잡기만 하면 되는 거야. 아무도 보지 않고 있군. 붙잡고 키스라도 할 수 있겠어.'

그러나 그는 그녀를 붙잡지 않았고 키스도 하지 않았다. 텅 빈 궤도마차 속에 혼자 앉아서 그는 차표를 조각조각 찢어버렸고 골이 파인 발판을 우울하게 응시하고 있었다.

이튿날 그는 아무 장식도 없는 이층 방 자기 탁자에 여러 시간 앉아 있었다. 앞에는 새 펜과 새 잉크병, 그리고 새 에메랄드빛 연습 공책이 놓여 있었다. 습관에 따라 그는 공책의 첫 페이지 윗부분에다 예수회 모토의 두문자(頭文字)인 A.M.D.G.를 적어놓았다. 그 페이지의 첫 줄에는 그가 쓰고자 하는 시의 제목이 나타나 있었다. 「E- C-에게」[17]였다. 그는 바이런의 시집에서도 비슷한 제목[18]을 본 일이 있으므로 이런 식으로 시를 시작해도 괜찮다는 것을 알고 있었다. 이 제목을 써놓고 그 밑에 장식삼아 선을 그은 후에 그는 백일몽에 빠졌고 공책 표지에 여러 가지 도형들을 그리기 시작했다. 브레이에 살던 시절 크리스마스 정찬 식탁에서 열띤 논쟁이 있던 다음 날 아침, 자신의 탁자에 앉아 아버지가 받은 하반기 납세고지서 이면에다 파넬에 대한 시를 쓰려고 하던 자신의 모습이 떠올랐다. 그러나 당시에는 그의 머리가 그런 주제를 감당할 능력이 없었기 때문에, 그는 시를 그만두고 그 대신 그 면에다 몇몇 급우들의 이름과 주소를 썼다.

로데릭 키컴
존 로튼
앤토니 맥스와이니
사이먼 무넌

---

17) 에마 클러리(Emma Clery)에게 바치는 시제(詩題)다. 이 여자에 대해서는 조이스의 미완의 습작 『스티븐 히어로(Stephen Hero)』참조.
18) 이 19세기 초엽의 영국 낭만파 시인은 십대 시절에 쓴 많은 미숙한 시에 'To E- C-'라는 제목을 붙였다.

이번에도 그는 시를 쓰지 못할 것 같았다. 그러나 그는 지난밤에 있었던 일을 곰곰이 생각해 봄으로써 스스로에게 자신감을 불어넣었다. 그 과정에 자기가 범속하고 무의미하다고 느꼈던 모든 요소들이 그 장면으로부터 떨어져 나갔다. 궤도 마차 자체라든지 마부 및 승무원이라든지 마차를 끄는 말들은 흔적조차 남지 않았다. 자기 자신이나 그녀의 모습 또한 생생하게 나타나지 않았다. 시구들은 오직 밤과 향기로운 미풍과 청순한 달빛만 읊고 있었다. 잎이 다 떨어진 나무 아래서 주인공들이 말없이 서 있을 때 그들의 마음속에는 무어라 다 잡을 수 없는 슬픔이 숨어 있었고, 헤어질 시간이 다가오자 그간 한쪽에서 주저하고 있던 키스를 두 사람은 주고받았다. 이런 시를 쓴 후 그는 그 페이지 하단에 L.D.S.[19]라고 적었다. 그 공책을 감추고 나서 그는 어머니의 침실로 들어가 화장대의 거울에 비친 자기 얼굴을 오랫동안 빤히 쳐다보았다.

그러나 그가 이렇게 한가로이 자유롭게 지낼 수 있던 긴 시간도 끝나고 있었다. 어느 날 저녁 그의 부친은 여러 가지 뉴스를 잔뜩 가지고 돌아왔고 만찬 시간 내내 바쁘게 이야기를 늘어놓았다. 그날은 잘게 썬 양고기 요리가 준비되어 있었기 때문에 스티븐은 아버지가 돌아오길 고대하고 있었다. 아버지가 자기더러 빵을 양고기 국물에 담갔다 먹어보라고 권할 것임을 그는 알고 있었다. 하지만 클롱고우스 학교에 대한 언급

---

19) '항상 하느님께 찬미를'이라는 뜻을 가진 라틴어구 Laus Deo Semper의 두문자. 예수회에서 운영하는 학교의 생도들은 전통적으로 이 모토를 작문의 끝에 썼다.

이 나오자 그는 그만 모래를 씹는 기분이 되어 그 요리를 맛있게 먹지 못하고 말았다.

"글쎄, 그분[20]과 딱 마주치지 않았겠니." 디덜러스 씨가 했던 말을 네 번씩이나 거듭했다. "광장 모퉁이에서였어."

"그렇다면 그분께서 주선해 주실 수도 있겠군요." 디덜러스 부인이 말했다. "벨비디어 학교[21] 말예요."

"물론 주선해 주시겠지." 디덜러스 씨가 말했다. "그분께선 지금 예수회의 관구장(管區長)이 되셨단 말을 내가 했던가?"

"애를 크리스천 브라더스 학교[22]에 보낸다는 것은 생각조차 하고 싶지 않아요." 디덜러스 부인이 말했다.

"크리스천 브라더스라니, 말도 말아요." 디덜러스 씨가 말했다. "고약한 냄새를 풍기거나 진흙투성이가 된 아이들이나 다니는 학교지. 거긴 안 돼. 이왕에 예수회 계통의 학교에서 교육을 받기 시작했으니 무슨 일이 있어도 예수회 분들에게 맡기도록 해야지. 그분들은 훗날 이 애에게 도움을 줄 수도 있거든. 직장까지 알선해 줄 수 있는 분들이니까."

"게다가 예수회는 아주 부유한 교단이 아니겠어요, 사이먼?"

"부유한 편이지. 그분들은 잘사신다고. 클롱고우스 학교에

---

20) 클롱고우스 학교의 콘미 교장을 가리킨다.
21) 더블린 북쪽에 있는 예수회에서 경영하는 학교. 클롱고우스가 기숙학교로 학비가 많이 드는 데 비해 벨비디어는 '주간 학교(day school)'이므로 학비가 덜 들었다.
22) 1802년에 결성된 'Christian Brothers'라는 가톨릭 평신도 단체에서 공공 기부금으로 경영하는 학교. 등록금이 아주 저렴해서 빈민 자제들이 많이 다녔고 실업 교육에 중점을 두었다.

서 식탁을 구경했잖아. 정말이지 아이들을 싸움닭처럼 잘 먹인다고."

디덜러스 씨는 자기 접시를 스티븐에게 밀어놓으며 남은 것을 먹어치우라고 했다.

"자, 스티븐." 그가 말했다. "너도 이젠 단단히 힘을 내도록 해야 한다. 오랫동안 실컷 놀기만 했지."

"오, 스티븐은 이제 열심히 공부할 거예요." 디덜러스 부인이 말했다. "더구나 이번엔 모리스[23]까지 함께 갈 테니."

"어이구, 맙소사. 내가 모리스 생각을 하지 않았군." 디덜러스 씨가 말했다. "이봐라, 이 바보 녀석아! 이제 너도 학교에 보내서 '씨, 에이, 티(c, a, t)'라고 써놓으면 그게 곧 '고양이'라는 뜻이 된다는 것을 가르치려고 한단다. 알겠니? 그리고 1전짜리 예쁜 손수건까지 사줘서 콧물을 닦게 할 테다. 그것 참 재미있지 않겠니?"

모리스는 아버지와 형을 차례로 바라보며 히쭉 웃었다. 디덜러스 씨는 단안경을 눈에 끼우고서 두 아들을 곰곰이 들여다보았다. 스티븐은 아버지의 시선을 외면한 채 빵만 우물우물 씹고 있었다.

"그런데 말이야." 디덜러스 씨가 이윽고 입을 열었다. "교장 선생님께서, 아니 관구장님께서 너와 돌란 신부님 사이에 있었던 일을 내게 말씀해 주셨단다. 널 아주 건방진 녀석이라고 하셨어."

---

23) 스티븐의 동생. 조이스의 동생 스타니슬라우스가 모델이다.

"설마 그랬을라고요, 사이먼!"

"그럴 리가 없다고?" 디덜러스 씨가 말했다. "그분께선 그 사건의 전말을 내게 말씀해 주셨다고. 정말이지, 우리는 이런 얘기 저런 얘기를 하고 있었지. 얘기에 얘기가 꼬리를 물었으니까. 그건 그렇고, 신부님께선 누가 더블린 시청의 그 자리를 맡게 될 것인지도 말씀해 주셨는데, 누구일 것 같아? 하지만 그 얘긴 나중에 하기로 하지. 앞서 말한 것처럼, 우리는 아주 정답게 잡담을 나누고 있었는데 신부님께선 우리 집의 이 녀석이 아직도 안경을 쓰고 다니느냐고 물으시며 그 사건의 전말을 내게 들려주시더라고."

"그러곤 화를 내시던가요, 사이먼?"

"화라니! 화를 왜 내겠어! 오히려 '사나이다운 어린 놈'이라고 하시던걸."

디덜러스 씨는 관구장의 점잖은 콧소리를 흉내 내며 말했다.

"돌란 신부와 내가 말씀이에요. 글쎄 정찬 때 나는 그 일을 모든 사람들에게 말했고, 돌란 신부와 나는 한바탕 웃었지 뭡니까. 나는 이렇게 말했다고요. '돌란 신부, 앞으로는 조심하세요. 조심하지 않으면 디덜러스 소년이 당신을 나에게 보내 두 손에 각각 아홉 대씩 매를 맞게 할 겁니다.' 그리고 우리는 한바탕 웃었다고요. 하! 하! 하!"

디덜러스 씨는 아내를 향해 자신의 본래 목소리로 불쑥 이렇게 말했다.

"그런 걸 보면 예수회 사람들이 학교에서 애들을 어떻게 다루는지 그 정신을 알 수 있어요. 외교적인 수완으로 말하자면 아무도 예수회 분들을 당할 수 없지."

그는 다시 관구장의 목소리를 흉내 내면서 같은 말을 되풀이했다.

"정찬 때 모든 사람들에게 그 얘기를 해주었지요. 그리고 돌란 신부와 나뿐만 아니라 모든 사람들이 한바탕 시원하게 웃었답니다. 하! 하! 하!"

* * *

성신강림절(聖神降臨節) 기념 연극을 공연하는 밤이 되었다. 스티븐은 분장실 창을 통해 중국식 등불이 줄지어 늘어져 있는 작은 풀밭을 내다보고 있었다. 그는 손님들이 건물 계단을 내려와 극장으로 들어가는 것을 지켜보았다. 야회복 차림의 안내원들과 벨비디어 학교의 졸업생들이 무리를 지어 극장 입구에서 서성거리면서 격식을 갖추어 손님들을 안내하고 있었다. 갑자기 환해지는 등불 아래서 한 성직자가 미소 짓고 있는 모습이 그의 눈에 들어왔다.

성체는 이미 감실에서 옮겼고 앞줄 벤치들을 뒤로 물림으로써 제대에 마련된 무대와 그 앞의 공간을 시원하게 터놓았다. 벽에는 여러 짝의 바벨과 체조용 곤봉이 세워져 있었다. 한쪽 구석에는 아령들이 쌓여 있었고, 체조화니 스웨터니 속셔츠 따위가 더미더미 담겨 있는 너절한 갈색 상자들 사이에서 튼튼하게 가죽을 씌운 체조용 안마(鞍馬)는 차례가 되어 무대 위로 옮겨질 시간을 기다리고 있었다. 가장자리를 은으로 장식한 큼직한 청동 방패 또한 차례가 되면 무대 위로 옮겨져 체조 시범 경기가 끝났을 때 우승 팀 가운데에 놓일 시간을 기다리고 있었다.

스티븐은 글쓰기에서 이름을 날린 덕분에 체육관의 총무로 뽑히긴 했지만, 그날 행사의 1부에서는 아무 역할도 담당하지 않았다. 그러나 2부 행사였던 연극에서는 주역을 맡았는데, 우스꽝스러운 교육자 역이었다. 그가 그 역을 맡은 것은 키가 큰 데다가 태도가 진지했기 때문이었다. 그 당시 그는 벨비디어 학교에서 두 번째 학년을 마치고 있는 중이었고 중급반에 속해 있었다.[24]

하얀색의 느슨하고 짧은 바지에 속셔츠 차림의 하급생들 스무 명이 탕탕거리며 무대에서 내려와서 제의실을 거쳐 채플로 들어갔다. 제의실과 채플은 열성 어린 선생들과 학생들로 붐볐다. 뚱뚱한 대머리 특무상사는 체조용 안마의 도약판을 발로 시험해 보고 있었다. 복잡한 곤봉 체조의 특별 시범을 보이기로 되어 있던 깡마른 젊은이는 긴 외투를 입은 채 근처에 서서 흥미있게 지켜보고 있었는데, 은빛으로 칠한 곤봉들이 깊숙한 옆주머니 속에서 한 개씩 밖을 내다보고 있었다. 다른 팀이 무대로 올라갈 준비를 하는 동안 목제 아령이 부딪쳐 텅 빈 소리를 덜그럭덜그럭 내고 있었다. 다음 순간 흥분한 생도감이 애들을 마치 거위 떼 몰듯 제의실을 통해 몰아내고 있었다. 그는 수탄 자락을 신경질적으로 펄럭이면서 뒤에 처지는

---

24) 벨비디어 학교는 상급, 중급, 하급, 기초반으로 되어 있었다.

애들에게 서두르지 못하겠느냐고 고함을 지르기도 했다. 채플 끝에서는 나폴리의 농부 차림을 한 소규모 집단의 아이들이 스텝 밟는 연습을 하고 있었는데, 몇몇은 두 팔로 자기네 머리를 감싸고 있었고 다른 몇몇은 제비꽃 조화(造花) 바구니를 흔들면서 무릎을 굽혀 인사하는 연습을 하고 있었다. 채플의 제대에서 복음서를 읽는 침침한 왼쪽 구석에는 건장한 노부인이 부푼 검정 치마에 휩싸인 채 무릎을 꿇고 있었다. 그녀가 일어서자 곱슬곱슬한 금빛 가발에 유행이 지난 밀짚 차양모자를 쓰고 눈썹에 검은 칠을 하고 뺨에는 루즈와 분을 곱게 바른 사람이 분홍색 옷차림으로 나타났다. 이 소녀 같은 모습의 사람이 나타나자 채플 주위에서는 호기심 어린 나지막한 속삭임이 번졌다. 생도감들 중 한 사람이 미소를 짓거나 머리를 끄덕이거나 하면서 그 침침한 구석으로 다가가더니 건장한 노부인에게 절을 한 후 유쾌한 어조로 말했다.

"탤론 부인, 지금 함께 계신 분이 젊고 어여쁜 숙녀입니까, 아니면 인형입니까?"

이렇게 물은 후 생도감은 허리를 굽히고 차양모자 테 아래로 방긋이 웃고 있는 그 화장한 얼굴을 들여다보다가 탄성을 올렸다.

"아니, 이게 누군고 했더니 귀여운 버티 탤론이군!"

스티븐은 창가의 자기 자리에서 노부인과 성직자가 함께 웃는 소리를 들었다. 혼자서 차양모자 춤을 추게 되어 있는 어린 소년을 보기 위해 앞으로 몰려나오면서 소곤대는 애들의 탄성이 등뒤에서 들렸다. 그는 자기도 모르는 사이에 조바심의 몸짓을 드러냈다. 그는 창의 블라인드를 내리고, 그간 서 있던 벤치에서 내려와 채플에서 나갔다.

그는 교사(校舍)에서 빠져나와 정원 옆에 지어놓은 곳간 아래서 멈췄다. 건너편 극장에서 무엇으로 감싼 듯한 관중의 웅성거림과 군악대의 금관악기들이 갑자기 터뜨리는 쿵쾅 소리가 들려왔다. 유리지붕으로부터 불빛이 위로 퍼져 나가고 있었기 때문에 극장은 마치 폐선(廢船)처럼 보이는 건물들 사이에 정박한, 잔치 분위기로 들뜬 방주(方舟)처럼 보였고, 수많은 등불이 매달린 가느다란 밧줄들은 이 방주를 계선소(繫船所)에 연결하고 있는 것 같았다. 극장의 옆문이 갑자기 열리더니 한 가닥 불빛이 풀밭 위로 떨어졌다. 별안간 방주로부터 음악 소리가 울려나왔다. 한 왈츠의 전주곡이었다. 옆문이 다시 닫히자 스티븐은 그 왈츠의 희미한 가락을 들을 수 있었다. 처음 몇 소절이 자아내는 정감과 그 나른함, 그리고 부드러운 율동은 온종일 그를 들뜨게 했을 뿐만 아니라 얼마 전에도 그로 하여금 초조한 동작을 보이게 했던 그 전달하기 어려운 정서를 다시 불러일으켰다. 그의 들뜬 기분은 마치 소리의 파동(波動)처럼 솟아났다. 그리고 방주는 조수처럼 흐르는 음악에 맞춰 앞으로 나아가면서 뒤에 남긴 뱃길 위로 등불 달린 밧줄들을 질질 끌고 있었다. 그러자 난쟁이 나라의 포대(砲臺)에서 나는 듯한 소음이 음악의 흐름을 깼다. 무대로 아령 팀이 입장하는 것을 보고 환호하는 관중의 박수 소리가 터졌던 것이다.

길거리와 인접해 있던 곳간의 끝 쪽에서 가느다란 분홍색

빛이 어둠 속에서 비쳤다. 그 빛을 향해 걸어가면서 그는 희미한 향내를 맡게 되었다. 문간의 후미진 곳에서 두 소년이 담배를 피우며 서 있었는데, 미처 그 애들이 있던 곳에 이르기도 전에 그는 헤론의 목소리를 알아맞힐 수 있었다.

"여기 고귀하신 디덜러스가 오고 있군." 어떤 쉰 목소리가 고함을 질렀다. "믿음직한 친구여, 환영하는 바네."

헤론이 회교도식 인사[25]를 하고 나서 지팡이로 땅을 쿡쿡 찌르기 시작하며 전혀 기쁨이 섞이지 않은 웃음을 조용히 터뜨리자 환영은 끝났다.

"내가 왔다고." 스티븐은 걸음을 멈추고 헤론과 그의 친구를 번갈아 쳐다보며 말했다.

후자는 스티븐이 처음 보는 애였는데 어둠 속에서나마 이글거리는 담뱃불에 비춰보니 파리한 멋쟁이 풍의 얼굴에 미소가 서서히 번지고 있는 것이 보였다. 그는 훤출한 몸매에 외투를 걸치고 실크 모자를 쓰고 있었다. 헤론은 인사시킬 생각은 전혀 않고 그 대신에 이렇게 말했다.

"난, 방금 내 친구 월리스에게 말하고 있던 참이야. 네가 오늘 저녁에 학교 선생님 역할을 할 때 우리 교장 선생의 흉내를 낸다면 얼마나 재미있을 것인가고 말이야. 정말 모두들 포복절도할 농담이 될걸."

헤론은 친구에게 들려주기 위해 교장 선생의 그 현학적인 베이스 음조의 목소리를 흉내 내려 했지만 결과는 변변치 못

25) 허리를 굽히고 오른손을 이마에 대는 절이다.

했다. 그는 자기가 실패하자 웃으면서 스티븐더러 한번 흉내 내 보라고 했다.

"자, 한번 해보라고, 디덜러스." 그는 재촉했다. "멋들어지게 한번 흉내 내 봐. '그가 교회의 말조차 듣지 않거든 그를 이방인이나 세리(稅吏)처럼 여겨라'[26]고 말이야."

물고 있던 물부리에 퀼런이 너무 꼭 끼는 통에 월리스는 가볍게 화를 냈고, 그 바람에 스티븐은 흉내 낼 생각을 하지 못하고 말았다.

"이 우라질 놈의 물부리 좀 봐." 그는 입에서 물부리를 떼내더니 그것을 바라보며 참아야겠다는 듯 싱긋이 웃거니 상을 찌푸리거니 하면서 말했다. "늘 이렇게 꽉 막힌단 말이야. 너도 물부리를 쓰니?"

"난 담배를 안 피워." 스티븐이 대답했다.

"안 피우고말고." 헤론이 말했다. "디덜러스는 모범 청년이거든. 얘는 담배도 안 피우고, 바자에도 안 가고, 계집애들과 시시덕거리지도 않고, 제기랄 아무것도 하는 것이 없단 말이야."

스티븐은 머리를 저었고, 새 부리를 연상시키는 상대방 얼굴이 상기해서 움직이는 것을 보고 미소지었다. 그는 빈센트 헤론이란 애가 새의 이름[27]을 가진 데다 얼굴마저 새를 닮은 것이야말로 참 이상한 일이라고 생각하곤 했다. 그의 파리한

---

26) 「마태복음」 18장 17절. 여기서 헤론은 교장의 말투를 흉내 내고 있으나 그 투를 우리말로 옮기기란 불가능하다. 1898년에 조이스는 실제로 교장 선생의 말투를 흉내 낸 적이 있다고 한다.
27) 헤론(heron)은 왜가리류의 새 이름이다.

머리털은 곡식 가리처럼 이마에 드리워져 있었는데, 꼭 새의 구겨진 볏 같았다. 이마는 좁고 뼈가 튀어나와 있었으며, 서로 가까이 붙어 있어 두드러져 보이는 엷은 색의 무표정한 눈 사이로 얇은 매부리코가 솟아 있었다. 이 경쟁 상대들은 학우 사이였다. 그들은 교실에서 함께 공부했고, 채플에서 함께 무릎을 꿇었으며, 묵주신공(默珠神功)이 끝난 뒤 점심을 함께 먹으며 이야기하는 사이였다. 상급반 애들이 그다지 뛰어나지 않은 멍청이들이었으므로 그해에는 스티븐과 헤론이 사실상 학교에서 학생 대표 자리를 차지하다시피 했다. 교장에게 찾아가서 휴강을 청한다든지 학생 처벌의 면제를 요청하는 것도 바로 그들이었다.

"아, 그런데 말이야." 갑자기 헤론이 말했다. "네 부친께서 들어가시는 걸 봤어."

스티븐의 얼굴에서 미소가 사라졌다. 애들이나 선생들이 부친 얘기를 하는 날이면 그는 대번에 마음의 평정을 잃었다. 헤론이 또 무슨 얘기를 하려는가 싶어 그는 겁을 먹고 침묵하며 기다렸다. 헤론은 팔꿈치로 의미심장하게 그를 쿡 찌르며 말했다.

"넌 약아빠진 놈이야, 디덜러스."

"무슨 소리니?" 스티븐이 물었다.

"너, 시치미를 떼고 있는 거지?" 헤론이 말했다. "하지만 넌 약은 놈이야."

"도대체 무슨 소리를 하고 있는 거냐? 좀 물어보자꾸나." 스티븐이 점잖게 말했다.

"그래 물어봐라." 헤론이 대답했다. "우리가 그 계집애를 보았지. 안 그래, 월리스? 거참, 기막히게 예쁘던데. 게다가 알고 싶은 게 많은 여자더군. '그런데, 디덜러스 씨, 스티븐은 무슨 역을 맡았나요? 디덜러스 씨, 스티븐이 노래는 하지 않습니까?' 너의 아버지는 단안경을 쓰고 그녀를 유심히 쳐다보고 있더라. 그래서 나는 그 양반이 너의 비밀을 모두 알아냈겠다고 생각했지. 나 같으면 그까짓 것은 조금도 개의치 않겠어. 참 기막히게 잘생겼던데, 뭐. 그렇지, 월리스?"

"그리 나쁘지 않게 생겼더군." 월리스가 조용히 대답하면서 자기의 물부리를 다시 한번 입가로 가져가서 조용히 물었다.

낯선 애가 듣고 있는 곳에서 이렇게 무례하게 남의 이야기를 늘어놓는 데 대해 순간적인 분노가 스티븐의 마음을 스쳐 갔다. 그가 보기에 한 소녀의 관심이나 존경 속에는 농담거리가 전혀 있을 수 없었다. 하루 종일 그는 해롤즈 크로스에서 마차 승강구에 서서 그들이 작별하던 일이며, 그 작별로 인해 그의 온몸을 흘러다니던 무거운 감정이며, 그 감정을 읊은 시 등을 제외하고는 아무 생각도 하지 않았다. 그는 그녀가 연극 구경을 올 것임을 알고 있었기 때문에 그녀와 다시 만나게 되리라는 생각도 하루 종일 하고 있었다. 그 파티가 있던 날 밤에 겪었던 것과 똑같은 초조하고 무거운 감정이 이날 저녁 다시 한번 그의 가슴을 가득 메웠지만 그 감정이 시를 통해 배출되지는 않았다. 소년 시절의 2년간 그가 이룬 성장과 지식이 그때와 현재 사이에 가로놓여 있어서 시를 통한 감정의 배출을 가로막고 있었다. 그리고 하루 종일 그의 몸속에 흐르던 우울하고 감미로운 감정이 어두운 흐름과 소용돌이 안에서 밖으로 나갔다가 제자리로 되돌아오며 끝내 그를 지치게 했다. 결국 그는 생도감과 화장한 어린 소년이 주고받는 농담을 견디지 못하고 채플을 뛰쳐나오기까지 했던 것이다.

"이번에는 우리가 네 비밀을 완전히 알아냈다는 걸 너도 인정해야 해." 헤론이 말을 계속했다. "이젠 나에게 성인군자연하면서 점잔을 뺄 수는 없다고. 그 점은 확실해."

그의 입에서는 기쁨이 섞이지 않은 웃음이 또 한번 조용히 터져 나왔다. 그는 이전처럼 허리를 굽히고 장난스럽게 나무라듯 지팡이로 스티븐의 종아리를 가볍게 때렸다.

스티븐이 보이던 분노의 동작은 어느새 사라지고 없었다. 그는 그 희롱으로 인해 기분이 좋아졌다거나 마음이 혼란스러워진 것은 아니고 오직 그 희롱이 끝나기만 고대하고 있었다. 언뜻 보기에 바보스럽고 무례한 언동이었지만 그에게는 별로 불쾌하게 여겨지지 않았다. 왜냐하면 그 따위 언동으로 인해 그의 마음속의 모험이 위태로워지지 않을 것임을 그는 잘 알고 있었기 때문이다. 그래서 그의 표정은 상대방의 거짓 미소를 반영하고 있었다.

"어서 시인해." 헤론은 이렇게 되풀이하면서 다시 지팡이로 그의 종아리를 때렸다.

장난으로 때리는 것이었지만 처음만큼 가볍지가 않았다. 스티븐의 종아리는 얼얼하고 약간 화끈거렸지만 별로 아프지는 않았다. 그래서 그는 친구의 희롱에 영합해 주겠다는 듯이 굴욕적으로 몸을 굽히며 고해기도문을 외우기 시작했다. 이런 불경스러운 언행을 보고 헤론과 윌리스가 한바탕 웃는 통에 그 일은 원만히 끝났다.

그 고백은 입에 발린 말이었을 뿐이다. 그의 입술이 기도문을 외우는 동안 갑자기 그에게는 또다른 장면이 기억되었다. 그가 웃음을 머금은 헤론의 입가에 희미하게 드러난 잔인한 보조개를 보았다든지, 종아리를 때리는 지팡이의 낯익은 타격을 느꼈다든지, 또는 "어서 시인해."라며 타이르는, 그 귀에 익은 말을 듣던 바로 그 순간, 그 장면이 마치 마법에 의하듯 마음속에 환기되었던 것이다.

그가 이 학교에 입학하여 6급 반에서 첫 학기를 끝내고 있을 무렵이었다. 그의 민감한 성격은 예상하지 못했던 더러운 생활 양식의 채찍을 맞으며 언제나 고통을 겪고 있는 중이었다. 그의 영혼은 더블린의 침체 현상으로 인해 언제나 혼란을 겪으며 풀이 죽어 있었다. 그는 2년에 걸친 몽환 기간에서 깨어나 어떤 새로운 환경에 처하게 되었지만, 그 환경에서 마주치는 사건이나 인물 들은 모두 그에게 내밀한 영향을 주며 그를 실망시키기도 했고 유혹하기도 했다. 그리고 그것이 실망이었건 유혹이었건 그에게 불안과 고통스러운 생각을 불어넣었다. 학교 생활 이외의 여가를 그는 불온한 작가들을 읽는 데 보냈고, 이 작가들의 조롱과 난폭한 언사는 그의 머릿속에서 일종의 발효 작용을 거친 후 마침내 머리에서 빠져나와 조잡한 글로 표현되곤 했다.

일주일 동안 하는 과제 중에서도 에세이 쓰기가 으뜸가는 일이었다. 화요일마다 그는 귀가 도중에 겪게 되는 일들을 가지고 자기의 운명을 점쳐보곤 했다. 가령 앞서 가는 사람과 경합하면서 어떤 목표 지점에 도달하기 전에 그를 앞지르기 위해 걸음을 재촉한다든지, 또는 보도 포장석의 문양을 조심스럽게 밟으면서 이번 주에는 자기 에세이가 1등을 할 것인지 못할 것인지를 점쳐보곤 했다.

그러던 어느 화요일, 그가 달리던 승리의 행로가 무참히 깨지고 말았다. 영어를 가르치던 테이트 선생이 손가락으로 그를 가리키며 무뚝뚝하게 말하는 것이었다.

"이 녀석의 에세이에는 이단적인 생각이 들어 있더군."

교실에는 쥐 죽은 듯한 침묵이 내렸다. 테이트 선생은 침묵을 깨지 않았고 포개고 있던 두 가랑이 사이에 손을 끼우고 있었는데 풀을 너무 먹인 리넨 셔츠가 그의 목과 손목에서 바스락 소리를 냈다. 스티븐은 선생을 쳐다보지 않았다. 으슬으슬한 이른 봄날 아침이었는데 그의 눈은 아직도 쓰리고 잘 보이지도 않았다. 그는 자신의 낭패와 탄로남, 자신의 마음과 가정생활의 누추함을 의식하고 있었고, 세운 셔츠 깃이 톱날같이 목에 거슬렸다.

테이트 선생이 큰 소리로 짧은 웃음을 터뜨리자 교실 안의 아이들은 그나마 마음을 놓을 수 있었다.

"아마도 너는 그걸 모르고 있었겠지." 그가 말했다.

"어디 말씀이십니까?" 스티븐이 물었다.

테이트 선생은 가랑이 사이에 끼우고 있던 손을 빼면서 그 에세이를 폈다.

"여기야. 창조주와 영혼을 다루는 대목이 그래. 에……

에…… 에……. 아, 여기군. '언제나 더 가까이 접근할 가망도 없이'라고 쓴 이 대목이 이단적이야."

스티븐은 중얼댔다.

"제가 뜻한 바는 '영원토록 도달할 가망도 없이'였습니다."

이렇게 변명한 것은 일종의 굴복이었다. 테이트 선생은 그의 굴복에 마음을 누그러뜨리고 에세이를 접어 그에게 건네주면서 말했다.

"옳아……. '영원토록 도달할'이라고 한다면 그야 뜻이 전혀 다르지."

그러나 반 애들은 쉽게 그 변명을 받아들이지 않았다. 수업이 끝난 후 아무도 그 문제를 놓고 그에게 말을 걸지는 않았으나, 애들이 주변에서 막연하게나마 악의에 찬 희열을 느끼고 있음을 그는 감지할 수 있었다.

이런 공공연한 견책이 있고 몇 밤이 지나서 그가 편지를 들고 드럼콘드라 로(路)를 걸어가고 있는데 누군가 소리쳤다.

"멈춰라!"

그가 돌아서니 같은 반에 다니는 애들 세 명이 땅거미 속에서 그에게로 걸어오고 있는 것이 보였다. 소리친 녀석은 헤론이었다. 두 수행원을 좌우에 거느리고 앞으로 걸어오면서 그는 자기네 보조에 박자를 맞춰 가느다란 지팡이로 앞쪽 허공을 가르고 있었다. 옆에서 걷고 있던 볼랜드라는 친구는 만면에 히쭉 웃음이 가득했고, 몇 걸음 뒤에서 따라오던 냇시는 보조를 맞추느라 헐떡거리며 그 크고 붉은 머리를 흔들고 있었다.

클론리프 로(路)로 들어서자 그들은 책과 작가들에 대한 얘기를 시작하면서 자기네들이 당시에 읽고 있던 책은 무엇이며 집에 가면 자기 아버지의 서가에 얼마나 많은 책이 꽂혀 있는지에 관해 말하고 있었다. 학교에서 볼랜드는 바보요, 냇시는 게으름뱅이 축에 속했으므로 스티븐은 그들의 화제에 조금은 놀라며 귀를 기울이고 있었다. 아니나다를까, 얼마 동안 자신의 애독 작가들에 대한 얘기 끝에 냇시는 매리어트 선장(船長)[28]이야말로 가장 위대한 작가라고 선언했다.

"말도 안 되는 소리 그만둬." 헤론이 말했다. "디덜러스에게 물어봐. 디덜러스, 누가 가장 위대한 작가니?"

스티븐은 그 질문 속에 조롱이 섞여 있음을 알아차리고 이렇게 말했다.

"산문 작가 말이니?"

"그래."

"내 생각으로는 뉴먼[29]이야."

"뉴먼 추기경 말이니?"

"그래." 스티븐이 대답했다.

냇시는 기미 낀 얼굴에 웃음을 환하게 지으며 스티븐을 향해 말했다.

---

28) 프리데릭 매리어트, 1792~1848. 영국 해군 장교였는데 많은 해양소설을 써서 아동들의 인기를 끌었다.

29) 존 헨리 뉴먼, 1801~1890. 원래는 영국 국교의 성직자였으나 '옥스퍼드 운동'의 중심인물이 된 후 가톨릭교로 개종, 추기경이 되었다. 유명한 『자서전』은 영문학의 일부로 애독되고 있다.

"뉴먼 추기경을 좋아한단 말이지, 디덜러스?"

"하기야 뉴먼의 산문체가 최고라고 말하는 사람들이 많긴 해." 헤론이 다른 두 친구에게 설명조로 얘기했다. "그는 물론 시인은 아니고."

"그렇다면 최고의 시인은 누구니, 헤론?" 볼랜드가 물었다.

"그야 말할 것도 없이 테니슨[30]이지." 헤론이 대답했다.

"아무렴, 테니슨이고말고." 냇시가 말했다. "우리 집엔 한 권으로 된 그의 전집이 있단 말이야."

이 말을 듣자 스티븐은 아무 말도 말고 가만히 있어야겠다는 무언의 다짐을 잊고 소리를 질렀다.

"테니슨이 시인이라고! 겨우 운자(韻字)나 맞출 줄 아는 사람인데!"

"오, 바보 같은 소릴!" 헤론이 말했다. "테니슨이 가장 위대한 시인이란 사실은 누구나 다 알고 있어."

"그렇다면 넌 누가 가장 위대한 시인이라고 생각하니?" 볼랜드가 옆에 있던 친구를 팔꿈치로 슬쩍 찌르며 물었다.

"그야 물론 바이런[31]이지." 스티븐이 대답했다.

헤론이 앞장선 가운데 세 명의 애들은 함께 경멸 어린 웃음을 웃었다.

---

30) 알프레드 테니슨, 1809~1892. 빅토리아 왕조의 대표적 시인 중 한 사람으로 워즈워스에 이어 계관시인의 자리에 올랐다.

31) 조지 고든 바이런, 1788~1824. 그의 생존 시에 영국 사회는 그를 반역아로 간주했으므로, 그의 생활 태도나 사상을 가톨릭교에서는 부도덕하고 이단적이라고 여겼을 수도 있다.

"뭘 비웃고 있는 거야?" 스티븐이 물었다.

"널 비웃는 거라고." 헤론이 말했다. "바이런을 가장 위대한 시인이라고 하다니! 그는 교육을 받지 못한 자들을 위한 시인에 불과하다고."

"아주 멋진 시인일걸!" 볼랜드가 말했다.

"입 다물지 못하겠니?" 스티븐은 대담하게 볼랜드를 향해 말했다. "너 따위가 아는 시는 기껏 변소 슬레이트 판에다 시 랍시고 낙서를 하다가 붙잡혀 벌이나 받게 되는 시시한 것들 아니겠니."

사실 볼랜드는 학교가 파한 후에 보통 조랑말을 타고 집으로 돌아가곤 하던 같은 반 아이에 대한 이행연구(二行連句)를 변소의 슬레이트 판 위에 썼다는 소문이 있었다.

> 타이슨이 말을 타고 찾아간 곳은 예루살렘
> 떨어져서 다쳤으니 그의 알렉 카푸젤름.

스티븐의 이런 공세에 두 보좌관들은 잠잠해졌으나 헤론만은 말을 계속했다.

"어쨌든 바이런은 이단자이고 부도덕하기까지 하다고."

"그가 어떤 사람이건 상관없어." 스티븐이 열띤 어조로 말했다.

"이단자건 아니건 상관없다고 했겠다?" 냇시가 말했다.

"네가 뭘 안다고 그래?" 스티븐이 소리쳤다. "자습서 말고는 평생 책이라고 한 줄도 읽지 않는 주제에. 볼랜드도 마찬가지고."

"바이런이 나쁜 사람이라는 것은 알지." 볼랜드가 말했다.

"자, 이 이단자를 붙잡아라." 헤론이 소리쳤다.

순식간에 스티븐은 사로잡힌 몸이 되었다.

"수일 전에 테이트는 네놈을 살려주었지." 헤론이 말을 이었다. "네 에세이의 이단성에 대해서 말이다."

"내일 그 선생한테 일러바쳐야지." 볼랜드가 말했다.

"그렇게 해보시지." 스티븐이 말했다. "너는 겁이 나서 입을 열지도 못할걸."

"겁을 내?"

"그래, 겁이 나 죽을 지경이겠지."

"점잖게 굴지 못해!" 헤론이 지팡이로 스티븐의 다리를 내리치며 고함 질렀다.

이것을 신호로 그들의 공세가 시작되었다. 냇시는 그의 두 팔을 뒤로 비틀어 잡았고 볼랜드는 하수구에 놓여 있던 기다란 배추 포기를 움켜잡았다. 지팡이와 매듭진 배추 포기의 타격을 받으며 몸부림과 발길질을 하고 있던 스티븐은 어떤 철조망 울타리까지 밀려가게 되었다.

"바이런이 껄렁한 녀석이라는 것을 시인해."

"못 해."

"시인해."

"못 해."

"시인해."

"못 해, 못 해."

한바탕 미친 듯이 밀쳐내고 나서야 그는 빠져나올 수 있었다. 그를 고문하던 자들은 존스 로(路) 쪽으로 도망치면서 그를 향해 비웃거나 야유했다. 엉터러져서 붉게 상기된 얼굴로 헐떡이던 그는 눈물이 앞을 가려 비틀비틀 그들 뒤를 따라가면서 미친 듯이 두 주먹을 움켜쥐고 훌쩍였다.

두 아이가 좋아라고 웃어대는 소리를 들으며 그가 고해기도문을 외우고 있는 동안, 그리고 그 악의에 찬 에피소드의 장면들이 아직도 그의 마음속에서 예리하게 재빨리 지나가고 있는 동안, 그는 자기를 괴롭혔던 그 녀석들에 대해서 어찌하여 자기가 아무런 원한도 품고 있지 않을까 궁금했다. 그는 그들의 비겁함과 잔인함을 조금도 잊지 않았지만 그 기억이 그로부터 어떤 분노도 불러일으키지는 않았다. 그러므로 그가 책을 통해 접할 수 있었던 그 모든 격정적 사랑과 미움의 묘사는 그에게 비현실적인 것으로 보였다. 바로 그날 저녁, 그가 존스 로를 따라 비틀비틀 집으로 돌아가고 있을 때조차도 그는 어떤 힘이 갑자기 형성된 노여움을 그에게서 벗겨내고 있는 것을 느꼈는데 그것은 마치 부드럽게 잘 익은 과실에서 껍질이 술술 벗겨지듯 쉽게 벗겨지고 있었다.

그는 곳간 귀퉁이를 떠나지 않고 그 두 친구와 함께 서서 그들의 얘기에 부질없이 귀를 기울이거나 극장에서 터지는 박수 소리를 듣고 있었다. 그녀는 관중 속에 앉아서 아마도 그가 나타나길 기다리고 있을 것이다. 그는 그녀의 외모를 기억해 내려고 했으나 기억되지 않았다. 기억나는 것이라고는 오직 그녀가 숄을 고깔처럼 머리에 두르고 있었으며 그 시커먼 눈이 그를 사로잡는 동시에 무력하게 했다는 사실뿐이었다. 그는 자기가 그동안 그녀를 생각해 왔듯이 그녀 또한 자기를 생각했을까 궁금했다. 그래서 어둠 속에서 두 친구의 눈에 띄지 않게 그는 한 손의 손가락 끝을 다른 손의 손바닥에 닿을 듯 말 듯 올려놓고 지그시 눌러보았다. 하지만 그녀의 손가락이 주던 압력은 그보다 더 가볍고 더 꿋꿋했었다. 그러자 별안간 그 감촉의 기억이 그의 마음과 몸 속에서 보이지 않는 파도처럼 지나갔다.

한 소년이 곳간 아래로 그들에게 달려왔다. 그는 흥분해서 숨이 가빴다.

"오, 디덜러스." 그는 소리쳤다. "너 때문에 도일이 몹시 화를 내고 있다고. 당장 들어가서 분장하도록 해. 서두르는 게 좋겠어."

"이제 간다고." 헤론이 거만을 떨며 느린 어조로 심부름 온 아이에게 말했다. "가고 싶을 때 갈 거야."

소년은 헤론을 향해 되풀이해서 말했다.

"하지만 도일이 몹시 화를 내고 있다고."

"도일에게 가서 내 인사를 깍듯이 전하고, 내가 그의 눈꼴을 싫어하더라고 전해 주겠니?" 헤론이 응답했다.

"이젠 가봐야겠군." 그런 대결에서 체면 따위는 별로 개의치 않았던 스티븐이 말했다.

"나 같으면 안 가겠다." 헤론이 말했다. "절대로 못 가. 그런 식으로 상급반 아이를 불러들이는 데가 어디 있어? 화를 내고 있다니 말이나 돼? 네가 그놈의 썩어빠진 연극에 나가주는 것만 해도 고맙다고 해야 할 판인데."

이 경쟁 상대에게는 걸핏하면 언쟁을 서슴지 않는 동료애가 있음을 얼마 전부터 스티븐은 눈여겨보았지만, 그는 묵묵히 순종하는 습성을 버리지는 않았다. 그가 보기에 이런 동료애는 딱하게도 성인기의 도래를 예견케 했지만, 그것이 빚을 지 모르는 혼란을 그는 믿지 않았고 그 성실성 또한 의심하고 있었다. 거기서 제기되는 체면 문제는, 다른 모든 문제가 그렇듯이, 그에게 무의미한 것이었다. 그의 마음이 실체 없는 환영(幻影)을 추구하거나 우유부단하게 그 추구를 외면하고 있는 동안, 그는 주위에서 자기더러 무엇보다 먼저 신사가 되고 무엇보다 먼저 독실한 가톨릭 신자가 되라고 촉구하는 아버지나 학교 선생들의 목소리를 끊임없이 들어왔다. 이런 목소리들이 이제는 그의 귀에 텅 빈 소리로 들리게 되었다. 체육관이 문을 열었을 때 그는 또다른 목소리가 그에게 튼튼하고 사내답고 건강한 사람이 되라고 촉구하는 것을 들었다. 그리고 민족부흥 운동[32]이 학교에까지 영향을 미치게 되었을 때 또다른 목소리가 그에게 조국을 참되게 대할 것이며 조국의 언어와 전통을 부활하는 사업을 도와주도록 명령했다. 그가 예

---

32) 19세기 후반에 아일랜드의 고유 언어 및 문학에 대한 관심을 부활시키기 위한 작가 및 학자 들의 노력이 산발적으로 일어나자 1893년에는 이를 조직화하기 위해 게일릭 연맹이 창설되었다. 그 목표는 영국의 영향을 벗어나서 아일랜드 고유의 국민성과 문화적 유산을 부활하여 개발하자는 데 있었다. 이 연맹은 외면적으로 문화 운동을 표방하고 있었으나 실은 정치적 독립을 지향하고 있었다.

상한 대로, 범속한 세계에서는 세속적인 목소리가 그에게 자기 힘으로 노력해서 아버지의 추락한 지위를 높여주도록 명하고 있었다. 한편 학우들의 목소리는 그에게 훌륭한 학생이 되어 다른 애들이 비난당하지 않게 하고 다른 애들이 벌을 받지 않게 용서를 빌어주고 또 최선을 다해 많은 휴강을 얻어내라고 촉구하고 있었다. 그가 환영을 추구할 때 우유부단하게 머뭇거리도록 만드는 것은 바로 속이 텅 빈 이 목소리들이 내는 소음이었다. 그는 이런 목소리들에 대해 잠시 동안만 귀를 기울였을 뿐이며, 이런 목소리로부터 멀리 떨어져서 그것들이 부르는 소리를 듣지 않고 혼자 있거나, 아니면 그 환영들이나 벗삼고 있을 때에만 행복감을 느꼈다.

제의실에서는 뚱뚱하고 싱싱한 얼굴을 한 예수회 회원과 초라한 청색 옷차림의 늙수그레한 남자가 물감과 분필이 든 통을 놓고 노닥거리고 있었다. 분장이 끝난 애들은 오락가락하거나 어색하게 가만히 서서 살며시 손가락을 움직이며 조심스럽게 얼굴을 만지고 있었다. 제의실의 한복판에서는 당시에 학교를 방문 중이던 젊은 예수회 회원 한 사람이 두 손을 옆 주머니에 푹 찔러넣은 채 발가락 끝과 뒤꿈치를 딛고 서는 동작을 번갈아 하면서 율동적으로 몸을 흔들고 있었다. 그의 작은 머리는 윤기 있는 붉은색 곱슬머리로 인해 돋보였고 깨끗이 면도한 얼굴은 티없이 점잖게 차려입은 수탄 및 티없이 닦은 구두와 잘 어울렸다.

그가 이렇게 몸을 흔들고 있는 예수회 회원을 지켜보면서 그 성직자의 조소 어린 미소의 뜻이 무엇일까 해명하려고 하는 동안 그의 마음속에서 아버지에게 들었던 말이 생각났다. 아버지는 그를 클롱고우스 학교로 보내기 전에 예수회 사람들은 옷 입는 스타일만 보아도 언제나 알아맞힐 수 있다고 말했다. 그 순간 그는 아버지의 마음과 옷을 훌륭하게 차려입고 미소 짓는 이 성직자의 마음 사이에는 닮은 데가 있구나 싶었다. 이윽고 그는 그 성직자의 성무(聖務)와 제의실이 약간은 모독당하고 있다는 느낌이 들었다. 고요해야 할 제의실은 시끄러운 잡담이나 농담으로 인해 어지러웠고 실내의 공기는 가스등과 기름 냄새로 인해 맵싸했다.

그 늙수그레한 사람이 이마에 주름살을 그리고 턱에는 검푸른 칠을 해주는 동안, 그는 그 뚱뚱한 젊은 예수회 구성원이 연극 대사는 크게 외워야 하며 요점을 분명히 하라고 당부하는 것을 멍하니 듣고 있었다. 악대가 「킬라니의 백합」[33]을 연주하고 있었기 때문에 그는 곧 막이 오르리라는 것을 알았다. 그는 무대에 오르는 것이 겁나지는 않았으나 맡은 역을 생각하고는 모욕감을 느꼈다. 몇몇 줄의 대사를 생각하니 그의 화장한 얼굴이 갑자기 붉어졌다. 그는 관중 틈에서 자기를 지켜보고 있을 그녀의 진지하고 유혹적인 눈을 보는 듯했고, 그 눈 이미지가 마음속에 떠오르는 순간 망설임은 사라지고 의지는 단단해졌다. 그는 어떤 다른 천성을 새로이 부여받은 듯한 기분이었고, 주위의 흥분과 젊음이 그의 우울한 불신 세계 속으로 감염해 들어와 그것을 일신했다. 그 희귀한 순간 그는

---

33) 줄리어스 베네딕트(1804~1885)가 작곡한 같은 제목의 오페라 서곡이다.

진정한 소년 시대의 의상을 걸치고 있는 듯한 기분이었다. 그래서 다른 출연자들과 섞여 무대 옆에 서 있을 때 그는 모두가 공유하는 유쾌한 기분에 동참할 수 있었다. 그러는 가운데 두 사람의 건장한 성직자들이 늘어져 있던 막을 올렸고 막은 요란하게 덜컥거리는 소리와 함께 온통 비틀리며 올라갔다.

얼마 후에 그는 가스등이 휘황하고 배경이 침침한 무대 위에서 허공 속의 무수한 얼굴들을 향해 연극을 하고 있었다. 연습 때에는 토막토막 나뉘어 생명이 없어 보이던 극이 갑자기 그 고유의 생명력을 얻게 되는 것을 보고 그는 깜짝 놀랐다. 극은 마치 저절로 공연되고 있는 듯했고, 그와 동료 배우들은 각자 맡은 역을 수행하여 극을 도와주고 있을 뿐이었다. 마지막 장면이 끝나고 막이 내려왔을 때 허공은 박수 소리로 가득했다. 무대 옆 틈으로 내다보니 그가 여태껏 상대하며 공연했던 한 덩이의 관중이 마술에 홀린 것처럼 형체가 헝클어지고 있는 것이 보였고 무수한 얼굴들로 가득했던 허공도 사방에서 갈라지며 작은 집단으로 분산되어 바삐 움직이고 있었다.

그는 재빨리 무대를 떠나 분장 의상을 벗어버리고 채플을 거쳐 학교 정원으로 나갔다. 극이 끝난 순간 그의 신경은 더 많은 모험을 갈망하고 있었다. 그는 마치 그 모험을 따라잡아야겠다는 듯이 서둘러 앞으로 나아가고 있었다. 극장의 모든 문들은 열려 있었고 청중도 모두 자리를 비웠다. 방주(方舟)를 계선소에 묶고 있다고 여겨졌던 밧줄에는 몇몇 개의 등불이 매달려 밤바람 속에 흔들리며 맥없이 깜박이고 있었다. 정원에서 그는 마치 먹이를 놓치지 말아야겠다는 듯이 종종걸음으로 계단을 오른 후 현관 속에 가득한 관중과 두 명의 예수회 구성원을 지나갔다. 이 두 사람은 서서 빠져나가는 군중을 지켜보면서 내빈들에게 절하거니 악수하거니 하고 있었다. 그는 신경질적으로 밀치고 나가면서 점점 더 바빠지는 척했고, 자기가 지나온 자리에서 사람들이 분장한 그의 머리를 보고 웃거나 응시하거나 서로 옆구리를 쿡쿡 찌르고 있다는 것을 희미하게 의식하고 있었다.

그가 계단으로 나오자 첫 번째 등이 켜져 있는 곳에서 가족들이 그를 기다리고 있는 것이 보였다. 그 사람들의 얼굴이 하나같이 낯익다는 것을 첫눈에 알고 그는 성이 나서 계단을 뛰어내려갔다.

"조지 가(街)에 가서 전할 말이 있어요." 그는 아버지에게 재빨리 말했다. "먼저 집으로 가세요. 저도 곧 가겠습니다."

무슨 일이냐는 아버지의 물음을 기다릴 새도 없이 그는 길을 뛰어 건넜고 아주 빠른 걸음으로 언덕을 내려갔다. 그는 어디를 걷고 있는지도 거의 의식하지 못했다. 가슴속에서는 오만이니 희망이니 욕망이니 하는 것들이 마치 짓이겨놓은 약초처럼 맹렬한 향기를 그의 마음의 눈앞에 뿜어올리고 있었다. 상처투성이의 오만과 땅으로 떨어진 희망과 좌절해 버린 욕망의 냄새들이 별안간 솟구쳐서 소용돌이치는 가운데 그는 언덕을 성큼성큼 내려갔다. 그 냄새들은 고뇌에 잠긴 그의 눈앞에서 진하고 맹렬한 연기처럼 솟아오르더니 머리 위로 사라졌고 결국 공기는 다시 맑아지고 싸늘해졌다.

그의 눈에는 아직도 얇은 막이 덮여 있었으나 이제는 눈이 더 화끈거리지는 않았다. 이전에 흔히 그에게서 분노와 불만을 떨쳐주곤 했던 힘과 유사한 어떤 힘이 그의 걸음을 멈추게 했다. 그는 가만히 서서 시신안치소(屍身安置所)의 음산한 현관을 응시하다가 돌로 포장한 그 옆 골목으로 눈길을 옮겼다. 그는 그 골목 벽에서 '롯츠'[34]라는 글자를 보았고 그 퀴퀴하고 무거운 공기를 천천히 호흡하고 있었다.

"이건 말 오줌과 짚이 썩는 냄새군." 그는 생각했다. "숨쉬기에 기분 좋은 냄새군. 마음을 가라앉혀줄 거야. 이제는 마음이 아주 가라앉았어. 돌아가야지."

* * *

스티븐은 킹스브리지[35]에서 객차에 올라 다시 한번 아버지 옆에 앉아 있었다. 그는 아버지와 함께 야간 우편열차 편으로 코크에 가고 있는 중이었다. 기차가 증기를 뿜으며 정거장을 벗어나고 있을 때 그는 지난 몇 해 동안 어린이답게 느끼던 경이로움이라든가 클롱고우스에서 첫날 겪었던 일들을 회상했다. 그러나 이제 그는 아무런 경이로움도 느낄 수 없었다. 그는 어두워지는 대지가 미끄러지듯 자기 앞을 스치는 광경과 말없는 전신주들이 매 4초마다 한 개씩 차창을 획획 스치는

---

34) Lotts. 더블린의 도심 지역의 골목 이름이다.
35) 더블린 서부 지역에 있는 기차 종착역이다.

것을 지켜보았다. 몇 사람의 역무원들이 지키는, 불빛 깜박이는 작은 정거장들은 지나가는 우편열차에게 버림받은 채, 달리기 선수가 지나가며 뿌리는 불똥처럼 한순간 어둠 속에서 반짝이다 사라지곤 했다.

아버지가 코크라는 도시와 그곳에서 있었던 젊은 시절의 일들을 회고하고 있을 때 스티븐은 아무 공감도 느끼지 못하며 그저 귀를 기울이고 있었다. 이야기 도중에 죽은 친구의 이미지가 떠오른다든가, 자기가 코크를 찾아가는 목적이 갑자기 생각나게 되면 아버지는 한숨을 짓거나 주머니에서 작은 술병을 끄집어내어 한 모금씩 마셨기 때문에 그 이야기는 중단되곤 했다. 스티븐은 듣고 있었지만 아무런 연민도 느끼지 않았다. 죽은 사람들의 이미지라야 얼마 전부터 차츰 기억에서 사라져가고 있던 찰스 아저씨의 이미지를 제외하고는 그에게 모두 낯설기만 했다. 그러나 그는 아버지의 재산이 경매 처분될 예정이라는 것을 알고 있었고, 이런 식으로 박탈당하는 것을 보고 그는 자기의 환상이 거짓된 것이었음을 세상이 무자비하게 폭로하고 있다고 느꼈다.

메어리버러[36]에서 그는 잠이 들었다. 그가 잠이 깨었을 때 기차는 맬로[37]를 벗어나고 있었고 아버지는 다른 자리에서 몸을 쭉 펴고 잠들어 있었다. 싸늘한 새벽빛이 시골 풍경과, 사람의 자취가 보이지 않는 들판과, 문이 닫힌 오두막들을 비

---

36) 더블린 남방 50마일 지점에 있는 지명이다.
37) 코크에서 19마일 떨어진 고을이다.

추고 있었다. 조용한 시골 풍경을 지켜보거나, 이따금 아버지의 깊은 숨소리와 잠결에 갑자기 몸을 뒤치는 소리를 들을 때면 잠은 무서운 것이라는 생각이 그의 마음을 사로잡았다. 눈에 보이지는 않았지만 잠을 자는 사람들이 이웃에 있다는 사실은, 마치 그 사람들 때문에 그가 해를 입게 될 것처럼, 그에게 이상한 두려움을 불어넣었다. 그래서 그는 어서 날이 밝기를 기도했다. 차가운 아침 바람이 객차 문틈으로 스며들어와 그의 발에 이르렀을 때 하느님이나 한 성인(聖人)을 상대로 하지 않는 그의 기도가 떨리며 시작되었고 결국 그 기도는 기차바퀴의 끈질긴 율동에 맞추어 중얼댄 한 줄의 바보스러운 말로 끝났다. 4초의 간격으로 말없이 지나가는 전신주들은 정확히 박자를 지키는 악보의 소절 구분선(區分線) 사이에 놓인 율동적인 음악 같았다. 이 격렬한 음악이 잠에 대한 그의 두려움을 경감해 주었기 때문에 그는 차창에 기대어 다시 눈을 감았다.

그들이 이륜마차를 타고 코크 시내를 횡단하고 있을 때는 아직도 이른 새벽이었다. 스티븐은 빅토리아 호텔의 침실에서 모자라는 잠을 채웠다. 밝고 따뜻한 햇빛이 창으로 쏟아져 들어왔고 차량이 왕래하는 소음이 들렸다. 아버지는 화장대 앞에 서서 머리카락과 얼굴과 코밑수염을 아주 조심스럽게 살피고 있었는데 세숫물 항아리 너머로 목을 길게 빼기도 하고 또 더 잘 볼 수 있도록 목을 옆으로 끌어당기기도 했다. 그러고 있는 동안 그는 혼자 조용히 노래하고 있었는데 그 노래의 강세법(强勢法)과 구절법(句節法)이 기이했다.

젊고 어리석기에
젊은이들은 결혼을 하지.
그대여, 나는 더 오래
이곳에 머물지 않으리.
고칠 수 없다면
정녕 견뎌야 하나니.
그러니 나는 떠나리
아메리카로.

내 사랑 그녀는 어여쁘고
내 사랑 그녀는 아름답구나.
그녀가 좋은 위스키라면
싱싱한 위스키.
하지만 늙어
식어버리면
시들어 죽을 몸
산에 내린 이슬 같네.

창밖에 따뜻하게 햇볕이 내리쬐는 도시가 있음을 의식하는
한편, 아버지가 달콤한 진동을 일으키는 목소리로 귀에 설고
슬프지만 행복한 노래를 장식하는 것을 듣고 있자니, 간밤에
그의 머릿속에 안개처럼 끼어 있던 불쾌한 기분은 모두 사라졌
다. 그는 재빨리 일어나 옷을 입었고, 그 노래가 끝나자 말했다.
　"'여러분 이리 와 내 말씀 들어보오'란 가사로 시작되는 노

래 중의 어떤 것보다도 방금 부르신 노래가 훨씬 더 낫군요."

"그러냐?" 디덜러스 씨가 물었다.

"마음에 드는데요." 스티븐이 말했다.

"아름다운 옛 노래지." 디덜러스 씨는 코밑수염 끝을 비틀면서 말했다. "하지만 믹 레이시가 이 노래를 부르는 걸 들어보았어야 한다고. 가엾은 믹 레이시! 그 친구야 이 노래에다 약간의 회음(回音)을 붙여 불렀지만 나야 어디 그런 장식음(裝飾音)을 넣어 부를 수가 있어야지. '여러분 이리 와 내 말씀 들어보오'조의 노래라면 그 친구가 불러야 해."

디덜러스 씨는 드리신즈 소시지[38]를 조반으로 주문해 놓고 식사 중에 웨이터에게 그 지방 소식을 낱낱이 캐물었다. 어느 지명이 언급될 때마다 아버지와 웨이터가 이야기하는 내용은 대체로 엇갈리곤 했다. 그 이유는 웨이터가 현재의 소유주를 염두에 두고 있는 데 반해 아버지는 자기 부친이나 어쩌면 조부까지 생각하고 있었기 때문이다.

"그건 그렇고, 퀸스 칼리지[39]나 다른 곳으로 옮기지 않았길 바란다네." 디덜러스 씨가 말했다. "이 녀석에게 보여주고 싶은 곳이니까."

마다이크 산책로를 따라 가로수들이 꽃을 피우고 있었다. 그들은 대학 교정으로 들어가서 수다스러운 수위의 안내를

---

38) 양의 창자에 피와 우유와 양념을 채워 만든 소시지 푸딩으로 코크 근처의 명산물이다.

39) 1849년에, 그러니까 빅토리아 여왕 재위 시에 개교한 대학으로 지금의 유니버시티 칼리지다.

받아 사각 중정(中庭)을 건넜다. 그러나 이 잔돌을 깔아놓은 길을 건너는 도중에 그들은 여남은 걸음마다 한 번씩 멈춰 서서 수위의 대답을 들어야 했다.

"하, 그게 무슨 소리요? 그렇다면 가엾은 포틀벨리가 죽었단 말이오?"

"그렇답니다. 죽었지요."

이렇게 걸음을 멈추고 있는 동안 스티븐은 두 사람 뒤에 어색하게 서서 그런 화제를 지겨워하며 느린 행보나마 다시 계속되기를 초조히 기다리곤 했다. 그들이 중정을 모두 건넜을 무렵 그의 초조감은 열병이 되어 있었다. 그는 아버지처럼 약삭빠르고 의심 많은 사람이 어떻게 그 수위의 굽실거리는 태도에 넘어갈 수 있을까 싶었다. 그 생기발랄한 남부지방 사투리를 그는 아침 내내 재미있다고 생각했지만 이제는 그런 말투도 귀에 거슬리기 시작했다.

그들은 계단식 해부학 교실로 들어갔다. 디덜러스 씨는 수위의 도움을 받아 자기 이름의 두문자가 새겨진 책상을 찾았다. 스티븐은 뒷전에 남아 있었는데 교실 내부의 어둠과 정적 그리고 교실이 띠고 있는 따분하고 형식적인 학습 분위기에 눌려서 전보다 더 의기소침해졌다. 시커멓게 때가 묻은 나무 책상 위에 'Foetus(태아)'라는 단어가 여러 번 새겨져 있는 것이 보였다. 그 뜻이 갑자기 그의 피를 곤두서게 했다. 그는 학교를 떠나고 없는 학생들이 자기 주위를 둘러싸고 있는 듯해서 몸이 움츠러드는 기분이었다. 아버지가 아무리 말로 설명해도 환기하지 못했던 학창 시절 삶의 비전이 그 책상에 새겨진 단어에서 자기 앞으로 불쑥 떠올랐다. 벌어진 어깨에 코밑 수염을 기른 학생이 잭나이프를 들고 진지하게 그 글자들을 새기고 있었다. 다른 학생들은 그 주변에 서거나 앉아서 그의 손놀림을 보고 웃고 있었다. 한 녀석이 그의 팔꿈치를 살짝 밀었다. 그 키 큰 학생은 그를 향해 상을 찌푸렸다. 그는 느슨한 회색 옷을 입고 황갈색 반장화를 신고 있었다.

스티븐의 이름을 부르는 소리가 들렸다. 그는 그 비전으로부터 되도록 멀리 벗어나기 위해 교실 계단을 종종걸음으로 내려갔고, 아버지 이름의 두문자가 새겨진 것을 빤히 들여다보며 얼굴을 붉혔다.

그러나 그가 중정을 가로질러 교문으로 걸어가고 있는 동안 그 단어와 그것이 떠올린 비전이 눈앞에서 사뭇 어른거리고 있었다. 그때까지 자기 마음속에 생긴 야비한 개인적 병이라고 여겨지던 것의 흔적을 이렇게 외부 세계에서 마주치게 되자 그는 충격을 받았다. 얼마 전에 가졌던 흉측한 몽상들이 그의 기억 속으로 몰려왔다. 그런 몽상들 또한 한갓 낱말에 불과한 것들로부터 갑자기 격렬하게 그의 앞에 솟아올랐던 것이다. 그는 곧 그 몽상들 앞에 굴복하고 말았고, 그것들이 기승을 부리면서 그의 지성을 손상하거나 말거나 내버려두었다. 한편 그는 이런 몽상들이 어디서 나왔으며, 어떤 끔찍한 이미지들의 소굴이 있기에 이런 것들이 생겨날 수 있었을까 사뭇 의아해하고 있었다. 이 몽상들이 그를 휩쓸고 갈 때면 그는 자기 자신에 대해서 조바심을 내고 역겨워하면서도 다른 사람들에게는 약하고 비굴해졌다.

"아무렴. 그 그로서리즈[40]라는 곳도 있었지." 디덜러스 씨가 소리쳤다. "스티븐, 내가 자주 그 그로서리즈라는 곳 얘기를 하지 않더냐? 대학에 가서 출석 표기만 하고 우리가 그 술집으로 간 적이 여러 번 있단다. 여러 명이 몰려갔었지. 해리 피어드, 몸집이 작은 잭 마운틴, 봅 다이어스, 프랑스 학생 모리스 모리아르티, 그리고 톰 오그라디 그리고 오늘 아침에 내가 말한 그 믹 레이시, 그리고 조이 코베트와 탠타일즈[41] 출신의 어리고 착한 조니 키버즈 같은 친구들이었지."

마다이크 산책로의 가로수 잎은 햇빛을 받으며 바스락거리거나 살랑대고 있었다. 플란넬 바지에 화려한 블레이저 코트를 입은 날쌘 젊은이들로 구성된 크리켓 팀이 지나갔는데 선수 중의 한 사람은 긴 녹색의 위켓[42] 가방을 들고 있었다. 조용한 옆 골목에서는 다섯 명의 연주자로 구성된 독일 악단이 퇴색한 제복을 입고 찌그러진 금관악기를 취주하고 있었는데 청중은 길거리의 건달배들과 한가한 심부름꾼 애들뿐이었다. 하얀 모자를 쓰고 앞치마를 두른 하녀가 따뜻한 햇살을 받아 석회암 판처럼 번쩍이는 창틀 위에 놓인 화분에 물을 주고 있었다. 열어놓은 다른 창문에서는 고음(高音)을 향해 점점 높아지는 음계(音階)를 치고 있는 피아노 소리가 들려왔다.

스티븐은 아버지 옆에서 걸으며 과거에 들었던 얘기를 다

---

40) 그로서리즈(the Groceries)는 술집 이름인데 물론 식료품 가게를 겸하고 있었다.
41) 탠타일즈(the Tantiles)는 코크의 서쪽에 있는 지역으로 알려져 있다.
42) 크리켓 경기에 쓰는 막대기 같은 말뚝들을 가리킨다.

시 들었고 젊은 시절 아버지의 친구였다가 지금은 흩어져 죽은 옛 술꾼들의 이름도 다시 들었다. 그러자 그는 가슴속의 희미한 욕지기 때문에 한숨지었다. 그는 벨비디어 학교에서 자신이 차지하고 있던 애매한 위치를 생각해 보았다. 학비 전액 면제의 특대생이요, 학생 간부이면서도 그 자신의 권위를 두려워했고, 오만하고 민감하고 의심이 많았으며, 자기 삶의 추잡함이나 마음속의 반란을 상대로 싸우고 있는 자신의 모습이었다. 때문은 나무 책상에 새겨진 글자들이 그를 노려보면서 그의 육체적 나약함과 허망한 열정을 조롱하는가 하면 자기 자신이 빠지곤 하던 광기 어린 추잡한 탐닉을 혐오하게 했다. 그의 목구멍에 걸린 침은 쓰고 더러워서 삼킬 수가 없었고 가슴속의 그 희미한 욕지기가 두뇌까지 치미는 통에 한동안 그는 눈을 감고 어둠 속을 걷고 있었다.

그는 여전히 아버지의 목소리를 듣고 있었다.

"스티븐, 네가 혼자 힘으로 세상살이를 하게 되거든, 너야 곧 그렇게 될 테니까 말이다만, 무슨 일을 하든 신사들과 어울리도록 해라. 젊었을 때 나는 정말 즐겁게 살았단다. 멋지고 점잖은 녀석들과 어울렸었지. 각자가 무슨 재주건 한 가지씩 갖고 있었어. 목소리가 좋은 녀석이 있는가 하면 훌륭한 배우도 있었고, 우스운 노래를 잘 부르는 녀석이 있었지. 또 노를 잘 젓는 녀석이 있는가 하면 라켓 놀이[43]의 명수라

---

43) 벽으로 둘러싸인 마당에서 두 사람이 라켓으로 공을 벽에다 치는 놀이다.

든가 훌륭한 이야기꾼도 있었어. 어쨌든 우리는 줄곧 놀 수 있었고 삶을 즐기며 인생이 무엇인지도 조금은 알게 되었지만 그런 생활로 인해 해를 입지는 않았단다. 우리는 모두 신사들이었어, 스티븐. 아니 적어도 나는 우리들이 모두 신사였길 바라. 게다가 모두 착하고 정직한 아일랜드인들이었지. 너도 그런 친구들을 사귀었으면 한다. 성품이 올바른 녀석들 말이다. 난 지금 한 사람의 친구로서 네게 이런 말을 하고 있단다, 스티븐. 난 엄한 아버지 노릇은 하고 싶지 않구나. 아들이 아버지를 무서워해서야 안 되지. 안 되고말고. 나는 어렸을 때 네 할아버지께서 나를 대해 주시던 것과 똑같이 너를 대하고 싶구나. 우리는 부자지간이라기 보다 형제처럼 지냈다고 하는 것이 더 옳을 거야. 내가 담배를 피우다가 처음으로 들켰던 날을 나는 잊지 못하고 있어. 어느 날 나는 사우스 테라스의 끝자락에서 나 같은 녀석들 몇 놈과 서 있었어. 우리들은 모두 입에 파이프를 물고 있었는데 마치 대단한 사람들이라도 된 것처럼 으스대고 있었지. 그때 난데없이 아버지가 지나가시는 게 아니겠니. 아버지는 아무 말도 하시지 않았고 심지어는 걸음도 멈추시지 않았단다. 그러나 이튿날, 마침 일요일이었어. 우리는 함께 산책을 했어. 집으로 돌아오는 길에 그는 여송연 통을 끄집어내면서 이렇게 말씀하셨어. '그런데 말이다, 사이먼, 난 네가 담배 피우는 걸 몰랐지 뭐니' 뭐, 그런 말씀이었어. 물론 나는 그 곤경을 슬쩍 넘어가려고 애를 썼지. 그런데 아버지는 '너 진짜로 좋은 담배를 맛보고 싶거든 이 여송연을 한번 피워봐라. 간밤에 퀸스타운[44]에서 어떤 미국인 선장이 내게 선물로 준 것이란다'라고 말씀하시잖겠니."

아버지는 웃음을 터뜨렸는데 스티븐이 듣기에 그것은 흐느낌에 가까웠다.

"당시에 그분은 코크에서도 가장 잘생긴 분이셨단다. 정말 잘도 생기셨지. 길거리에서는 아낙네들이 서서 그분의 뒤를 돌아다보곤 할 정도였으니까."

아버지가 흐느낌을 목구멍 너머로 꿀꺽 삼키는 소리를 듣고 그는 민감한 충동을 받으며 눈을 떴다. 그의 시야에서 갑자기 부서지는 햇살로 인해 하늘과 구름은 호수 같은 어두운 장밋빛 공간이 산재해 있는 어둑한 덩어리의 환상적 세계로 바뀌었다. 그의 두뇌는 역겨움으로 무력해졌다. 가게 간판 글자들의 뜻마저 거의 해독되지 않았다. 자신의 흉측한 삶의 방식이 그 자신을 현실의 한계 밖으로 밀어내 버린 것 같았다. 현실 세계 속에서 어떤 것이 그를 감동시키거나 그에게 말을 걸어올 경우에 그는 으레 그 속에서 자기 내면의 격분한 절규가 메아리치는 것을 들었다. 아버지의 목소리 때문에 지치고 의기소침해진 그는 여름, 환희 및 우정의 부름에 귀가 먹은 채 무감각했기에 세속적이거나 인간적인 호소에 아무런 응답도 할 수 없었다. 그는 자기 자신의 생각마저 자기 것으로 알아볼 수가 없을 지경이었고, 그래서 자신에게 천천히 되풀이해서 말했다.

---

44) 코크 근처의 항구다.

"나는 스티븐 디덜러스. 나는 사이먼 디덜러스라는 이름을 가진 아버지 옆에서 걷고 있다. 우리는 지금 아일랜드의 코크에 와 있다. 코크는 도시다. 우리 방은 빅토리아 호텔에 있다. 빅토리아와 스티븐과 사이먼. 사이먼과 스티븐과 빅토리아. 이름들이다."

어린 시절에 대한 기억이 갑자기 흐려졌다. 생생히 기억되던 몇몇 순간들을 회상해 보려고 했으나 회상되지 않았다. 회상되는 것은 오직 이름들뿐이었다. 단티, 파넬, 클레인, 클롱고우스. 한 어린 소년이 늙수그레한 여자로부터 지리를 배웠는데 그녀의 옷장에는 솔이 두 개 있었지. 그때 그는 집을 떠나 학교로 가게 되었어. 학교에서 그 애는 처음으로 영성체를 했고, 크리켓 모자에서 슬림짐45) 과자를 끄집어내어 먹었지. 진료소의 작은 병실 벽에서 뛰노는 듯 춤추는 벽난로의 불빛을 지켜보았고, 자기가 죽었다든가, 검정색과 금색의 제의를 입은 교장이 자기를 위해 미사를 올린다든가, 보리수나무가 늘어선 중앙로에서 얼마쯤 떨어진 곳에 있는 예수회의 작은 공동묘지에 묻히게 된다든가 하는 꿈도 꾸었지. 하지만 그때 그는 죽지 않았어. 파넬이 죽었다고. 채플에서는 망자를 위한 미사가 없었고 장례 행렬도 없었어. 그는 죽었던 것이 아니고 햇빛 속의 얇은 막처럼 사라졌던 거야. 그는 더 이상 존재하지 않았기 때문에 없어진 것이고 존재의 영역을 벗어나 헤매고 있었던 거야. 죽은 것이 아니고 햇빛 속에서 사라짐으로써, 또 이

---

45) 마시멜로와 설탕 가루로 만든 과자다.

우주의 어딘가에서 상실되어 잊혀짐으로써, 이렇게 존재의 영역을 벗어났다고 생각하니 얼마나 신기한가. 자기의 자그마한 체격이 잠시 동안 다시 나타난 것을 보니 신기했다. 허리띠가 달린 회색 양복을 입은 작은 소년이었다. 그는 두 손을 옆주머니에 넣고 있었고, 그의 바지는 무릎 부위가 탄력 밴드로 접혀 있었다.

재산이 매각되던 날 저녁에 스티븐은 시내의 술집들을 여기저기 찾아다니는 아버지를 순순히 따라다녔다. 장터의 장사꾼들이랑, 술집 주인과 색시들이랑, 한푼 줍쇼 하고 귀찮게 구는 거지들에게까지 디딜러스 씨는 같은 말을 되풀이했다. 자기는 코크 출신이라든지, 더블린으로 가서 30년이나 살며 코크 지방의 악센트를 떨쳐버리려고 애를 썼다든지, 옆에 따라다니는 못난이는 자기의 장남이지만 아주 뻔뻔스러운 더블린 사람일 뿐이라는 내용이었다.

그들은 이른 아침에 뉴콤의 커피하우스에서 하루를 시작했는데 디딜러스 씨의 찻잔은 잔받이 위에서 요란스럽게 떨그럭거리고 있었다. 스티븐은 자기의 의자를 움직인다든가 헛기침을 함으로써 간밤에 아버지가 과음했음을 알리는 이 수치스러운 증거를 은폐하려 했다. 모욕적인 일이 꼬리를 물고 일어났다. 장터 장사꾼들의 거짓 미소라든가, 아버지가 희롱한 술집 색시들이 던진 농담과 추파라든가, 아버지 친구들의 찬사와 격려의 말 따위가 모두 모욕적이었다. 친구들이 그에게 어쩌면 스티븐이 조부를 그렇게나 닮았느냐고 하면 그는 닮아도 흉하게만 닮았다고 맞장구쳤다. 사람들은 스티븐의 말

속에 코크 지방 말투의 잔재가 들어 있는 것을 꼬집어내면서 리[46] 강이 리피 강보다도 훨씬 더 아름답다는 것을 인정하도록 강요했다. 그 친구들 중의 한 사람은 스티븐의 라틴어 실력을 시험해 보기 위해 『딜렉투스』라는 라틴어 발췌문집에 나오는 짧은 구절을 번역해 보게 했고, 또 'Tempora mutantur nos et mutamur in illis'라는 구절이나 'Tempora mutantur et nos mutamur in illis'라는 구절이 어법에 맞는가를 물어보기도 했다.[47] 디덜러스 씨가 조니 캐시먼이라고 부른 아주 발랄한 노인이 있었는데 그는 더블린 소녀들과 코크 소녀들 중 어느편이 더 예쁘냐고 물음으로써 스티븐을 어리둥절케 했다.

"이 애는 그런 걸 모른다네." 디덜러스 씨가 말했다. "내버려 두게나. 워낙 지각이 있는 애라, 그 따위 난센스에는 머리를 쓰지 않는다네."

"그렇다면 그 아버지에 그 아들이 아니군." 작은 몸집의 노인이 말했다.

"그건 모르겠네." 디덜러스 씨가 만족스럽다는 듯이 웃으며 말했다.

"네 아버지 말이다." 작은 몸집의 노인이 스티븐에게 말했

---

46) 코크 시내에 흐르는 강 이름. 리피는 더블린 시내에 흐르는 강이다.
47) 후자가 운율상으로는 옳다. 그러나 두 구절이 문법적으로는 모두 정확하고 다만 뜻이 약간 다를 뿐이다. 전자는 '세월은 우리를 변하게 하고 우리는 세월 속에서 변한다.'라는 뜻이고 후자는 '세월은 변하고 우리는 세월과 더불어 변한다.'라는 뜻이다. 그러므로 이는 꽤 현학적인 물음이라 할 수 있다.

다. "한창 시절엔 코크 시내에서도 가장 대담한 바람둥이였어. 그걸 알고 있니?"

스티븐은 고개를 숙이고 그들이 어쩌다가 굴러들어 오게 된 그 술집의 타일 바닥을 곰곰이 쳐다보고 있었다.

"이 애의 머릿속에 부질없는 생각을 넣지 말게나." 디딜러스 씨가 말했다. "이 애가 창조주의 뜻대로 살도록 내버려두는 것이 좋겠어."

"뭐라고? 이 애의 머리에 부질없는 생각을 넣지는 않을 거야. 나도 이젠 나이가 먹어 이 애의 할아버지 뻘이 되었어. 그런데 말이다. 난 할아버지란다." 노인은 스티븐에게 말했다. "그걸 알고 있니?"

"정말이세요?" 스티븐이 물었다.

"정말이고말고." 노인이 말했다. "선데이즈웰[48]에 가면 손자가 두 놈이나 뛰어다니고 있지. 자, 어떠니! 내 나이가 얼마나 될 것 같으냐? 나는 빨간 코트를 입은 네 할아버지가 말을 타고 사냥개 뒤를 따라가던 것을 기억하고 있단다. 그게 그러니까 네가 태어나기도 전이었지."

"아무렴. 이 애를 낳을 생각도 하기 전이었지." 디딜러스 씨가 말했다.

"기억하고 있고말고." 작은 몸집의 노인이 되풀이해서 말했다. "그것뿐이겠니. 너의 증조부이신 존 스티븐 디딜러스도 기억하고 있단다. 정말 성미가 불같은 분이셨어. 자, 어떠니? 이

---

48) 코크의 서부 교외에 있는 상류 주거 지역이다.

만하면 굉장한 기억력이 아니니?"

"그러면 3대째 알고 있단 말인가? 아니 4대째군." 함께 있던 사람들 중의 한 사람이 말했다. "그러면, 조니 캐시먼, 자네는 한 백 살쯤 되는 모양이군."

"말해 줄까?" 작은 몸집의 노인이 말했다. "겨우 스물일곱 살이라네."

"우리는 스스로 느끼는 것만큼 늙는 법이지, 조니." 디덜러스 씨가 말했다. "자, 그 잔을 비우게나. 한 잔 더 해야지. 여보게, 팀, 톰, 자네 이름이 무엇이든 상관없지. 같은 것으로 한 잔씩 더 주게나. 지금 기분으로는 내가 열여덟 살밖에 되지 않은 것 같대도. 저 아들놈은 내 나이의 반도 되지 않지만, 아직은 무엇을 해도 저 애보단 내가 낫지."

"말을 함부로 하지 말게나, 디덜러스. 자네도 이젠 뒷전에 물러나 앉을 때가 되었어." 앞서 입을 열었던 신사가 말했다.

"아냐." 디덜러스 씨가 주장했다. "저 애를 적수로 삼고 테너 목소리의 노래 시합을 한다든지, 다섯 개의 막대기를 걸쳐놓은 장애물 넘기 시합을 한다든지, 사냥개의 뒤를 따라 들판을 뛰어가는 시합을 해볼 용의가 있어. 30년 전에 케리[49] 소년과 벌였던 것 같은 그런 시합 말일세. 그 녀석은 정말 그 방면에서는 일인자였었지."

"하지만 자네도 여기 이 부분에서는 아들을 당하지 못할걸세." 몸집 작은 노인이 자기 이마를 툭 친 후 술잔을 비우려고

---

49) 아일랜드 서남부의 군 이름이다.

치켜들면서 말했다.

"하여간 나는 이 애가 제 애비만큼이라도 훌륭한 사람이 되어주길 바라고 있어. 내가 말하고 싶은 건 그것뿐이야." 디덜러스 씨가 말했다.

"자네만큼만 된다면 괜찮은 편이지." 몸집 작은 노인이 말했다.

"여보게 조니, 다행스러운 건 말일세." 디덜러스 씨가 말했다. "우리가 이토록 오래 살면서도 남에게 별로 해를 끼치지 않았다는 거야."

"해를 끼치기는커녕 좋은 일을 많이 했지." 몸집 작은 노인이 진지하게 말했다. "우리가 이토록 오래 살면서 좋은 일을 그렇게나 많이 할 수 있다는 건 정말 다행이지 뭔가."

스티븐은 아버지와 그의 두 친구들이 지난날을 회고하며 축배를 들기 위해 세 개의 유리잔을 카운터에서 치켜드는 것을 보았다. 운명과 기질의 차이가 그 자신과 그들을 심연처럼 갈라놓고 있었다. 그의 마음이 그들의 마음보다 더 나이 들어 보였다. 달이 마치 자기보다 연소한 지구를 비추듯이 그의 마음은 그들의 갈등과 행복과 회한을 싸늘하게 비추고 있었다. 그들에게서 찾을 수 있는 활발한 생명력과 젊음이 그에게는 없었다. 그동안 그는 다른 애들과 사귀는 즐거움이라든가, 야성적인 남성의 건강한 힘이라든가, 효심 따위를 알지 못하고 있었다. 그의 영혼 속에서는 차갑고 잔인하고 애정을 곁들이지 못한 욕정만이 격동하고 있었다. 그의 아동기는 죽었거나 상실되었고, 순박한 환희를 누릴 수 있는 영혼 또한 아동기와 함께 사라졌다. 그래서 그는 불모의 껍질로 남은 달처럼 되어 삶 속을 떠돌고 있었다.

> 그대의 얼굴이 창백함은
> 하늘을 오르며 땅을 굽어보며
> 외로이 떠도는 데 지쳤기 때문인가?[50]

그는 셸리의 이 단편적인 시구를 혼자 되풀이해 보았다. 그 단편에서 암울한 인간의 무위성(無爲性)과 광대하게 순환하는 비인간적 활동의 교차는 그의 마음을 냉랭하게 했다. 그래서 그는 자기 자신의 인간적이면서도 무위한 슬픔을 잊고 말았다.

* * *

스티븐의 어머니와 동생 그리고 사촌들 중의 하나가 조용한 포스터 플레이스의 모퉁이에서 기다리고 있는 동안 그는 아버지를 따라 계단을 올라가서 하일랜드 보초가 격식을 갖춰 오락가락하고 있는 주랑(柱廊)으로 갔다. 그들이 넓은 홀로 들어가서 카운터 앞에 섰을 때 스티븐은 아일랜드 은행 총재 명의의 30파운드짜리와 3파운드짜리 수표를 끄집어냈다. 이 돈은 경시에서의 우수상과 에세이 상으로 받은 것인데, 출

---

50) 퍼시 셸리(1792~1822)의 미완성 시 「달에게」(1824)의 첫 부분이다.

납계를 통해 각각 지폐와 주화로 재깍 지불되었다. 스티븐은 일부러 침착한 척하면서 돈을 주머니 속에 챙겼다. 아버지와 잡담을 하고 있던 정다운 출납계원이 넓은 카운터 너머로 손을 내밀며 훗날 대성하라는 당부를 했을 때 그는 그 손을 잡아주었다. 그들이 주고받는 말을 견디기 어려워 그는 제자리에 가만히 서 있을 수가 없었다. 그러나 출납계원은 다른 고객들에 대한 봉사를 미뤄두고 자기가 사는 시대는 옛날과 다르다느니, 아들에게는 돈을 주고 살 수 있는 최선의 교육을 받게 하는 것이 최고라느니 하며 떠들고 있었다. 디덜러스 씨는 홀에서 머뭇거리며 주위와 지붕을 살펴보고 있었고, 어서 나가자고 재촉하는 스티븐에게는 자기네가 서 있는 곳이 한때는 아일랜드의 하원이었음을 일러주었다.

"하느님의 가호가 있길!" 그는 경건하게 말했다. "스티븐, 그 당시의 사람들을 한번 생각해 보자고. 힐리 허친슨이니, 플러드니, 헨리 그래턴이니, 찰스 켄돌 부쉬니 하는 분들[51]과 요즈음 나라 안팎을 돌아다니며 아일랜드 민족의 지도자랍시고 귀족처럼 처신하는 사람들을 비교해 봐. 요즈음의 귀족들은 죽어서도 옛날 분들의 근처에 묻힐 자격이 없다고. 없고말고, 스티븐. 대단히 안된 이야기지만 요즈음 지도자들이야 향기롭고 아름다운 7월이 되었을 때 '화창한 5월 아침, 내 떠돌며 나왔으니'[52] 어쩌고 하며 민요나 부르고 있는 격이지 뭐냐."

---

51) 이들은 모두 18세기 말엽의 아일랜드 의회 의원들로서 유명한 웅변가들이기도 했다.

52) 많은 아일랜드 민요가 이와 유사하게 시작되기 때문에 이 구절은 믿음

은행 주변에는 시월의 쌀쌀한 바람이 불고 있었다. 진흙투성이의 길 가장자리에 서 있던 세 사람은 얼굴이 냉기로 꼬집힌 듯했고 눈에는 눈물이 글썽거리고 있었다. 스티븐은 어머니가 얇은 옷을 입고 있는 것을 보고 며칠 전에 바나도즈 상회[53]의 진열창에서 보았던 20기니[54]짜리 외투를 생각했다.

"이제 돈도 찾았고." 디딜러스 씨가 말했다.

"정찬(正餐)이나 하러 가시지요." 스티븐이 말했다. "어디로 갈까요?"

"정찬이라?" 디딜러스 씨가 말했다. "어디로 가는 게 좋을까?"

"그리 비싸지 않은 곳으로 가요." 디딜러스 부인이 말했다.

"언더던이라는 곳이 어떨까?"

"네, 어디든 조용한 곳이면 좋겠어요."

"따라오세요." 스티븐이 재빨리 말했다. "값은 따지지 마세요."

그는 신경질적인 종종걸음으로 앞장서며 미소 지었다. 나머지 사람들은 스티븐이 이렇게 열을 올리는 것을 보고 웃으면서 애써 그를 따라가고 있었다.

"얘, 점잖은 젊은이답게 느긋이 굴어." 그의 아버지가 말했다. "우리가 어디 반 마일 달리기 경주라도 하는 거니?"

흥청망청 돈을 쓸 수 있는 계절이 재빨리 지나가고 있는 동안 상금은 그의 손가락을 술술 빠져나갔다. 식료품이니 과자

성이 없는 사람을 암시하게 되었다고 한다.

53) 더블린의 번화가에 있는 고급 모피점이다.

54) 1기니는 21실링이고 20실링이 1파운드이므로 20기니는 곧 21파운드다. 영국에서는 고급 상품의 가격을 흔히 기니로 표시했다.

니 말린 과일이니 하는 것들을 큼직하게 포장한 꾸러미들이 시내로부터 배달되어 왔다. 매일같이 그는 가족들을 위한 메뉴를 작성했고, 매일 저녁 서너 사람씩 데리고 극장에 가서 「잉고마르」[55]니 「리옹의 귀부인」[56]이니 하는 연극을 보았다. 저고리 주머니 속에는 손님들에게 나누어줄 네모진 비엔나 초콜릿을 넣고 다녔고, 바지 주머니는 동전이니 은전이니 하는 것으로 불룩했다. 그는 모든 사람들에게 선물을 사주었고, 자기 방을 새로 칠했고, 여러 가지 결심을 써두었고, 책꽂이의 책을 아래위로 재정돈했고, 또 온갖 물건의 가격표를 곰곰이 들여다보았다. 그는 또 일종의 가족 공동체를 만들어 모든 구성원들이 각기 모종의 직분을 갖게 했고, 가족들을 위한 대출 은행을 개설해 놓고 원하는 사람에게 억지로 돈을 빌려주고는 영수증을 발행한다든지 대출금의 이자를 계산하는 즐거움을 누렸다. 더 이상 할 일이 없게 되자 그는 궤도마차를 타고 시내를 오락가락했다. 그러자 이 환락의 계절도 끝났다. 분홍색 에나멜 페인트 통은 바닥을 드러냈고 그의 침실 징두리는 칠이 끝나지 않은 상태로 남게 되었다.

　그의 가정은 여느 때의 생활 방식을 되찾았다. 어머니가 돈을 낭비한다고 그를 꾸짖을 이유도 이젠 없게 되었다. 그 역시 이전의 학교 생활로 되돌아갔고 그가 운영하던 기이한 사업들은 조각조각 부서지고 말았다. 가족 공동체는 무너졌고, 대

---

55) 프리드리히 한이 쓴 독일 멜로드라마다.
56) 에드워드 불워리튼이 쓴 로맨틱한 희극이다.

출은행은 금고를 폐쇄했으며, 은행 장부는 상당한 결손을 기록했다. 이리하여 그가 주변에 마련했던 생활 규범은 폐지되고 말았다.

그가 노린 목표는 얼마나 어리석었던가! 그는 자신의 바깥에 흐르는 삶이라는 추잡한 조류를 막아내기 위해 질서와 우아함으로 방파제를 세우려고 했으며, 행위의 규범과 능동적인 관심과 부모와 자식 간의 새로운 관계를 방편삼아 그 추잡한 조류가 그의 내부에서 다시 강하게 격동하는 것을 방지해 보려고 했던 것이다. 하지만 쓸데없는 일이었다. 그의 내부에서와 마찬가지로 바깥에서도 그 더러운 물은 그가 세운 방벽 너머로 흘렀고, 허물어진 방파제 위로 그 추잡한 조수는 다시 한번 거세게 밀려들었다.

그는 자신의 무익한 고립 상태도 빤히 보고 있었다. 그는 자기가 접근해 보려고 했던 종류의 삶에 한 걸음도 가까워지지 못했고, 어머니와 남동생 및 여동생들부터 그 자신을 갈라놓고 있던 그 걷잡을 수 없는 수치와 원한의 감정을 건널 다리를 놓지도 못했다. 그는 자신이야말로 그들과 한 혈육이라 할 수 없으며 양자나 양형제 같은 정체불명의 양육 관계를 맺고 있을 뿐이라고 생각했다.

그는 다른 모든 것을 부질없고 무관한 것으로 만들어버리던 마음속의 격렬한 갈망들을 진정시키고자 열렬히 노력했다. 그는 자기가 지옥에 떨어질 큰 죄를 저지르고 있다든지 자기의 생활이 둔사(遁辭)와 허위투성이라는 사실을 별로 개의치 않았다. 그가 심사숙고하고 있던 그 극악무도한 짓들을 실현해 보려는 마음속의 야만적 욕망 곁에서는 아무것도 신성할 수 없었다. 자기 눈에 매력적으로 비치는 이미지이면 무엇이든 기를 쓰고 더럽히는 데서 희열을 느끼게 하던 그 은밀한 격정에는 수치스러운 면면이 있었지만 그런 것들에 대해서 그는 냉소적으로 관대했다. 밤낮을 가리지 않고 그는 외부 세계의 왜곡된 이미지들 사이를 쏘다녔다. 낮에는 새치름하고 순진해 보이던 여인의 모습도 밤이 되어 수면 세계라는 그 꾸불꾸불한 어둠을 통해 나타날 때는 음란한 간계로 인해 얼굴이 이지러져 있었고 야수적인 환희로 눈은 빛나고 있었다. 아침이 되어서야 비로소 그는 그 어둠 속에서의 격정적 도취에 대한 희미한 기억이라든가 그 예리하고 굴욕적인 탈선감 때문에 괴로워하곤 했다.

그는 다시 헤매고 다니기 시작했다. 베일에 싸인 듯한 가을 저녁은 여러 해 전에도 그로 하여금 브랙록의 조용한 길거리를 쏘다니게 한 적이 있거니와, 지금 다시 그를 이 길 저 길 헤매고 다니게 했다. 그러나 블랙록 시절과는 달리 이제는 깔끔한 앞뜰과 불 켜진 창문의 비전이 그에게 다감한 영향을 쏟아 놓지 않았다. 이따금 그의 욕정이 가라앉고 그를 소모시키고 있던 사치스러운 감정이 보다 부드러운 나른함으로 바뀔 때에만 메르세데스의 이미지가 기억의 뒷전을 스쳐갈 뿐이었다. 그는 그 작은 하얀 집과 산으로 올라가는 길목에 있던 장미 숲 우거진 정원을 다시 보았고, 여러 해 동안의 소외와 모험 끝에 그 달빛 어린 정원에서 그녀와 단둘이 서서 슬프고 오만한 사절(謝絶)의 몸짓을 하고 있어야 할 자신의 모습을 그려보았다. 그런 순간에는 클로드 멜노트[57]의 다정한 말들이 그의 입술까지 솟아올라 그의 들뜬 마음을 진정시키곤 했다. 그 당시 그가 고대하고 있던 그 밀회의 약속에 대한 애틋한 예감이 그의 마음을 건드렸다. 그리고 그것은, 지난날의 희망과 지금의 희망 간에 가로놓인 그 무서운 현실에도 불구하고 그가 상상해 왔던 거룩한 상봉(相逢)은 이루어질 것이며 그 순간 연약함과 소심함과 무경험 상태가 그 자신으로부터 떨어져나갈 것이라는 예감이기도 했다.

이런 순간들은 사라지고 심신을 소모하는 욕정의 불길이 다시 솟구쳤다. 시구가 그의 입술에서 사라졌고, 분명치 않은 부르짖음과 발언되지 않은 야수적 언어가 그의 두뇌를 밀치고 나왔다. 그의 피는 반란을 일으키고 있었다. 그는 어둡고 더러운 거리를 헤매면서 음침한 골목들과 문간들을 기웃거리거나 무슨 소리건 들으려고 했다. 좌절한 채 어슬렁거리며 다니는 야수처럼 그는 혼자 신음 소리를 내고 있었다. 그는 자기와 동류인 사람과 함께 죄를 짓고 싶었고, 다른 사람에게 함께 죄를 짓자고 강요하고 싶었으며, 죄를 지으며 그녀와 함께 희열하고 싶었다. 그는 어떤 어두운 실재가 암흑으로부터 거

---

57) 「리옹의 귀부인」에 나오는 남자 주인공 이름. 정원사의 아들이며 가난한 시인이었던 그는 코모 공(公) 행세를 하며 폴린 데샤펠이란 여주인공의 마음을 사로잡으나 정체가 탄로나 그녀에게 버림받는다. 그는 나폴레옹 군대에서 크게 출세하여 거액의 돈을 번 후 귀국해서 곤경에 처한 그녀의 아버지를 구하고 그녀와 다시 결합한다. 여기서 스티븐은 자기 자신을 멜노트와 동일시하고 있는 듯하다.

역할 수 없게 그를 엄습하고 있음을 느꼈다. 그 실재는 전적으로 그 자체로 그를 가득 채우는 물살처럼 미묘하게 쫄쫄거리고 있었다. 그 쫄쫄거림은 잠결에 들은 군중의 웅얼거림처럼 그의 귀를 공략하고 있었고, 그 미묘한 흐름이 그의 몸속으로 침투해 들어왔다. 그는 그 침투로 인한 고통을 겪으면서 두 손으로 불끈 주먹을 쥐었으며 이를 악물기도 했다. 길거리에서 그는 자기를 살살 피해 다니면서 흥분시키고 있는 그 가냘프고 실신하는 듯한 자태를 꼭 붙잡으려고 두 팔을 펼쳤다. 그러자 그토록 오랫동안 목구멍 속에 억눌러 두었던 부르짖음이 입으로 발산되었다. 그 부르짖음은 수난자들로 가득한 지옥에서 들려오는 절망의 비명처럼 그의 입에서 터져나와 분노에 찬 애원의 울음이 되어 사라졌다. 그것은 또한 사악한 자기 방기(自己放棄)의 부르짖음이요, 어떤 변소의 질척한 벽 위에서 읽었던 음란한 낙서의 메아리에 불과한 부르짖음이기도 했다.

그는 미궁처럼 널려 있는 좁고 더러운 거리로 헤매며 들어갔다. 추잡한 골목에서는 거친 목소리로 소란을 피운다든지 말다툼을 한다든지 취객들이 길게 늘인 목청으로 노래하는 소리가 들렸다. 그는 아무런 불안감도 없이 앞으로 나아가면서 자기가 혹시 유대인들의 주거 구역으로 잘못 들어온 것이나 아닌가 하고 생각했다. 발랄한 색의 긴 가운을 입은 아낙네들과 소녀들이 이 집 저 집으로 길을 건너고 있었다. 그들은 느긋해 보였고 향수 냄새가 났다. 그의 몸은 온통 떨리고 있었고 눈은 흐릿해졌다. 그의 산란한 시야에서는 노란 가스등이 마치 제대(祭臺) 앞에서처럼, 증기로 가득한 하늘을 배경으로 타오르고 있었다. 문 앞이라든가 불이 켜진 현관에는 여러 패거리의 사람들이 마치 어떤 의식을 위해 준비한 듯한 차림으로 모여 있었다. 그는 딴 세상에 와 있었다. 그는 수백 년에 걸친 긴 잠에서 깨어났던 것이다.

그는 여전히 길 한복판에 서 있었는데 가슴에서는 심장이 요란하게 쿵쿵 뛰고 있었다. 기다란 분홍빛 가운을 입은 젊은 여인이 손으로 그의 팔을 붙잡고 얼굴을 빤히 들여다보았다. 그녀는 유쾌하게 말했다.

"안녕하세요, 윌리[58] 디어."

그녀의 방은 따뜻하고 환했다. 침대 옆에 놓인 큼직한 안락의자에는 커다란 인형이 다리를 벌리고 앉아 있었다. 그녀가 가운을 벗는 것을 지켜보면서 그리고 그 향수 뿌린 머리를 일부러 오만하게 움직이는 것을 주의해 보면서, 그는 자기가 조금도 불안하지 않다는 것을 보여주기 위해 무슨 말이건 하려고 애를 썼다.

그가 방 한가운데에 가만히 서 있자 그녀는 그에게로 와서 유쾌하고 진지하게 그를 껴안았다. 그녀는 포동포동한 팔로 그를 자기 쪽으로 꼭 끌어당겼다. 진지하고 침착하게 그를 쳐다보는 그녀의 얼굴을 보면서, 그리고 그녀의 따뜻한 가슴이 조용히 솟았다 가라앉았다 하는 것을 느끼면서, 그는 히스테리컬한 울음을 터뜨릴 뻔했다. 그의 즐거운 눈에는 환희와 안

---

58) 윌리(Willie)는 윌리엄(William)의 축약형인데, 윌리엄에는 전통적으로 남근 혹은 욕정이라는 비속한 의미가 함축되어 있다.

도의 눈물이 반짝이고 있었고, 아무 말도 하지 않으려 했으나 입술은 벌어졌다.

그녀는 팔찌가 쨍그렁거리는 손으로 그의 머리카락 속을 더듬으며 그를 악동이라고 불렀다.

"키스해 줘요." 그녀가 말했다.

그의 입술은 좀처럼 키스를 하려 하지 않았다. 그는 차라리 그녀의 품에 꼭 안겨서 천천히, 천천히, 천천히 애무나 받고 싶었다. 그녀의 품에 안긴 채 그는 갑자기 힘이 솟는 것을 느꼈고 겁이 나지 않았으며 자신감마저 생겼다. 그러나 그의 입술은 좀처럼 그녀에게 키스하려 하지 않았다.

갑작스러운 동작으로 그녀는 그의 머리를 아래로 끌어당겨 자기의 입술을 그의 입술에 맞추었다. 그는 치켜 뜨고 있는 그녀의 솔직한 두 눈에서 그 동작의 의미를 읽었다. 그것은 그에게 너무 벅찬 것이었다. 그는 온몸과 마음을 그녀에게 내어 맡기면서 눈을 감은 후, 그 다정하게 갈라지는 입술의 어두운 압력만 느낄 뿐 이 세상의 어느 것도 의식하고 있지 않았다. 그녀의 입술은 어떤 모호한 언어를 전달하는 매개체인 양 그의 입술뿐만 아니라 두뇌까지 누르고 있었다. 그리고 그 두 입술 사이에서 그는 어떤 미지의 소심한 압박을 느끼기도 했는데, 그것은 죄로 인한 혼절 상태보다 더 어둡고 소리나 냄새보다 더 부드러운 것이었다.

3장

음산한 12월 어느 날 낮이 기울자 날쌘 땅거미가 익살스럽게 뒹굴며 찾아들었다. 그가 교실의 흐릿한 네모꼴 창문을 통해 밖을 응시하고 있을 때, 그의 배에서는 음식을 찾는 쪼르륵 소리가 났다. 저녁 식사로 그는 스튜 요리를 먹고 싶었다. 무, 당근, 잘게 썬 감자, 기름기 많은 양고기 조각 등을 후추 친 진한 밀가루 소스에 담아 국자로 떠주기를 바랐다. 공복감이 그에게 그런 것을 실컷 먹으라고 타이르고 있었다.

음울하고 은밀한 밤이 될 것 같군. 때 이른 밤이 찾아오면 추잡한 사창가 여기저기에 노란 등불이 밝혀지겠지. 한길을 따라 우회하며 오락가락하다가 두려움과 기쁨의 전율을 느끼며 점점 더 가까이 다가가서는 결국 어떤 어두운 모퉁이를 갑자기 돌아서게 되겠지. 집에서 갓 나온 창녀들은 밤을 위한 준비를 하고 있을 것이고, 이제 막 낮잠에서 깨어났기에 맥빠진 하품이나 하며 머릿단에 핀을 꽂고 있을 거야. 침착하게 창녀들을 지나치면서 갑자기 마음이 동할 때를 기다리거나 향수 냄새 풍기는 창녀들의 연한 살결이 죄짓기를 바라는 내 영혼을 갑자기 불러들일 때를 기다리고 있겠지. 그러나 그런 부름을 찾아서 어슬렁거리고 있을 때면 오직 욕정 때문에 둔감해진 오관(五官)은 그것을 손상하거나 부끄럽게 하는 것들을 모조리 예의 주시하고 있을걸. 눈은 식탁보가 덮이지 않는 식탁 위에 동그랗게 남아 있는 포터[1] 거품이라든지 차렷 자세의 군인 두 사람의 사진이라든지 번지르르한 연극 광고 따위를 주목하고 있을 것이고, 귀는 느릿느릿한 창녀들 고유의 인사말이나 듣고 있을 테지.

"헬로, 버티, 뭐 신통한 일 없어?"

"이거 풋내기 아냐?"

"10번이에요, 싱싱한 넬리가 시중들어 드릴까."

"여보, 어서 오세요. 쇼트 타임을 원하세요?"

그의 잡기장 페이지 위에서 방정식이, 점점 벌어지는 공작의 꼬리처럼 눈과 별 무늬를 가진 꼬리를 펴기 시작했다. 눈과 별을 이루고 있던 지수(指數)를 제거하니까 방정식은 다시 천천히 접혀지기 시작했다. 나타났다가 사라지는 지수는 떴다가 감기는 눈이었고, 떴다가 감기는 눈은 태어났다가 식어버리는 별이었다. 이 별이 있는 삶의 광대한 주기(週期)가 그의 지친

---

1) 값싸고 독한 흑맥주다.

마음을 밖으로는 그 가장자리까지 또 안으로는 그 중심까지 싣고 갔는데, 그가 안쪽을 향하든 바깥을 향하든 늘 은은한 음악소리가 그를 수반하고 있었다. 무슨 음악일까? 그 음악이 점점 가까워지자 가사가 생각났다. 그 가사는 지쳐서 파리한 얼굴로 외로이 떠도는 달을 노래한 셸리의 단편(斷片)이었다. 별들은 허물어지기 시작했고 먼지처럼 고운 성운(星雲)이 허공으로 떨어졌다.

다른 하나의 방정식이 천천히 펼쳐지면서 차츰 넓어지는 꼬리를 활짝 펴기 시작하는 잡기장 위로 흐릿한 빛이 전보다 더 희미하게 비치고 있었다. 그것은 체험을 찾아나선 그의 영혼으로서, 죄짓기를 거듭하며 그 자체를 펴고 있거나, 타오르는 별들의 화톳불을 밖으로 뿌리거나, 그 자체를 접어서 서서히 사라지면서 지니고 있던 빛과 불을 끄고 있었다. 그 빛과 불은 모두 꺼졌고 싸늘한 어둠이 혼돈을 가득 채웠다.

싸늘하고 투명한 냉담함이 그의 영혼 속을 지배하고 있었다. 처음으로 끔찍스러운 죄악을 저질렀을 때 그는 생명력이 자신으로부터 물결처럼 빠져나가는 것을 느꼈고 그 과다한 유출로 인해 그의 육체와 영혼이 손상되면 어쩌나 겁을 내기까지 했다. 그러나 실은 그 생명의 물결이 그를 품에 싣고서 그 자신 밖으로 데리고 갔다가 물이 빠지자 다시 제자리에 옮겨다 놓았다. 그래서 육체나 영혼의 어떤 부분도 손상되지 않았고 오히려 그들 사이에는 일종의 어두운 평화가 성립되었다. 그의 욕정이 소진된 자리에 남은 혼돈은 일종의 냉철하고 냉담한 자기 인식이었다. 그는 지옥에 떨어질 죄[2]를 한 번이 아니고 여러 번 범했다. 처음 범한 죄만으로도 그는 영원한 지옥의 벌을 받을 위험에 처해 있었거니와, 그 죄를 거듭 범함으로써 자기의 죄와 그 벌을 몇 곱으로 늘렸다는 사실을 그는 잘 알고 있었다. 이제는 죄를 깨끗이 씻어줄 은혜의 샘이 그의 영혼을 새롭게 해주지 않기 때문에, 나날의 삶과 일과 사념 따위는 그를 위해 아무런 속죄도 할 수 없었다. 기껏해야 거지에게 동냥을 주고 그의 축복을 마다하고 도망침으로써 어느 정도의 현실적 은혜를 받게 되길 쓸쓸히 희망할 수 있을 뿐이었다. 기도도 사라지고 말았다. 그의 영혼이 파멸을 갈망하고 있다는 것을 알고 있는 터에 기도를 올린다는 것이 무슨 소용이 있었을 것인가? 하느님께선 그가 자는 동안에 그의 생명을 빼앗을 수도 있고 또 미처 그가 용서를 빌기도 전에 그의 영혼을 지옥에 떨어뜨릴 수 있다는 것을 그는 잘 알고 있었지만, 모종의 오만과 위구심(危懼心)으로 인해 그는 밤에 하느님께 한 번도 기도를 올리지 못했다. 자기의 죄악에 대해 느끼는 오만과 하느님에 대한 사랑을 결한 위구심은, 그가 범한 죄가 너무 무거운 것이어서 전지하시고 전능하신 하느님에게 거짓된 기도를 올린다고 해서 전적으로 아니 부분적으로도 속죄될 수 없을 것이라고 그에게 일러주었다.

　"얘, 에니스, 너에게 머리가 달려 있는 거니? 차라리 내 지

---

2) 스티븐이 사창가에 들른 죄를 가리킨다. 기독교에서는 일곱 가지의 지옥에 갈 죄를 열거해 놓고 이를 경계하라고 한다. 색정(色情), 탐식(貪食), 탐욕, 시기, 오만, 나태 및 분노 등이 바로 그것들이다.

팡이에 머리가 달려 있다고 하는 게 낫겠다. 그래, 무리수(無理數)가 무엇인지 모르겠단 말이냐?"

그 애가 대답을 제대로 못하자, 자기 반 애들에 대해 스티븐이 품고 있던 경멸의 불씨가 다시 타오르기 시작했다. 다른 애들에 대해서는 그가 수치심도 두려움도 느끼지 않았다. 일요일 아침에 교회 문을 지나갈 때면 그는 교회 바깥에서 모자를 벗은 채 네 줄로 서 있는 예배인들을 냉랭한 눈초리로 흘깃 쳐다보곤 했었다. 그들은 눈으로 보지 못하고 귀로 들을 수도 없는 미사에 정신적으로만 참여하고 있었던 것이다. 기도를 올리고 있는 사람들의 멍청한 신앙심이라든가 그들이 머리에 처바른 값싼 머릿기름이 풍기는 역겨운 냄새 때문에 그는 제대에서 물러나지 않을 수 없었다. 그는 마음만 먹으면 쉽게 농락할 수 있는 다른 사람들의 순진함을 수상쩍게 여기고 있었기에 몸을 굽혀 그들을 상대로 위선을 저질렀다.

그의 침실 벽에는 채색을 한 족자가 하나 걸려 있었는데 그것은 그의 학교 성모 마리아 신심회(信心會)의 회장직[3] 증서였다. 토요일 아침마다 신심회가 채플에 모여 소성무일과(小聖務日課)를 낭송할 때면 그의 자리는 제대 오른쪽에 놓인 쿠션이 달린 장궤(長跪)틀이었고 거기서 그는 자기 편 애들의 응송(應頌)을 선도했다. 이러한 거짓된 역할이 그에게 고통스럽지는 않았다. 이따금 그는 그 명예로운 자리에서 일어나서 모든 애들 앞에 자신의 자격 없음을 고백하고 채플을 떠나고 싶

---

3) 벨비디어 학교의 학생이 누릴 수 있는 최고의 명예직이었다.

다는 충동을 받기도 했지만 애들의 얼굴을 쳐다보면 그런 충동을 억제하지 않을 수 없었다. 예언에 관계되는 시편들[4]이 주는 심상(心像)이 그 불모의 오만을 무마해 주었다. 마리아의 영광이 그의 영혼을 사로잡았다. 성모의 영혼을 위해 신이 주신 선물의 소중함을 상징하는 감송향(甘松香)이니, 몰약이니, 유향이니 하는 것들이라든지, 성모의 거룩한 혈통을 상징하는 화려한 의상들이라든지, 오랜 세월을 두고 사람들 간에 성모에 대한 경배가 점점 더 커지고 있었음을 상징하는 늦게 꽃 피우는 화초 및 나무와 같은 징표들이 바로 그런 것들이었다. 성무일과가 끝날 무렵, 그가 다음과 같은 라틴어 구절을 읽을 차례가 되면, 그는 음악처럼 흐르는 가락에 맞춰 양심을 달래면서 위장된 목소리로 읽어나갔다.

나는 레바논의 송백처럼, 헤르몬산의 삼나무처럼 자랐고, 엔게디의 종려나무처럼, 예리고의 장미처럼 자랐으며, 들판의 우람한 올리브나무처럼, 또는 물가에 심긴 플라타너스처럼 무럭무럭 자랐다. 나는 계피나 아스파라거스처럼, 값진 유향처럼 향기를 풍겼다. 풍자향이나 오닉스향이나 또는 몰약처럼, 장막 안에서 피어오르는 향연처럼 향기를 풍겼다.[5]

하느님의 시야에서 그를 가리고 있었던 죄가 그를 인도하

---

4) 「시편」 8, 19, 24, 45, 46, 87, 96~98편 참조.
5) 공동번역 성서 「집회서」 24장 13~15절 참조.

여 죄인들의 피난처[6]로 점점 더 가까이 가게 했다. 성모의 눈이 온화한 연민으로 그를 바라보고 있는 것 같았다. 그 연약한 몸에서 희미하게 이글거리는 신기한 빛으로 나타나는 성모의 거룩하심은 성모에게 가까이 가려는 죄인을 면박하지 않았다. 만약 그가 자기 몸에서 죄악을 떨쳐버리고 회개하고자 했다면, 그를 움직이게 한 충동은 바로 성모 마리아의 기사(騎士)가 되려는 소망이었다. 만약에 미친 듯한 육신의 욕정을 모두 태워버린 후에 수줍게 성모 마리아의 거처를 다시 찾아가면서 그의 영혼이 '밝고 음악적이며 하늘을 말하고 평화를 불어넣는'[7] 샛별을 징표로 삼고 있는 성모 마리아를 향했다면, 그것은 곧 더럽고 수치스러운 말과 음란한 키스의 뒷맛이 아직도 남아 있는 그의 입술이 조용히 성모의 이름들을 속삭여 보는 순간이기도 했다.

신기한 일이었다. 그는 어떻게 그럴 수 있는지를 생각해 보려 했다. 그러나 교실에서 점점 깊어가고 있는 으스름이 그의 사념들을 덮어버렸다. 종이 울렸다. 선생은 다음 시간에 학습할 수학의 공리들을 표시해 주고 나갔다. 스티븐 옆에서 헤론은 곡조도 없이 흥얼거리기 시작했다.

내 멋들어진 친구 봄베이도스.

---

6) 성모 마리아를 가리킨다.
7) 뉴먼의 『성모 마리아의 영광들』에 나오는 구절이다.

운동장에 나갔던 에니스가 돌아와서 말했다.

"사택에서 사환 아이가 교장 선생님을 부르러 오고 있어."

스티븐 뒤에서 한 키 큰 소년이 두 손을 비비면서 말했다.

"휴강이군. 한 시간 내내 놀 수 있겠어. 교장은 1시 반은 지나야 돌아올 테니까. 교장이 돌아오거든, 디덜러스, 네가 교리 문답에 대한 질문이나 해라."

스티븐은 몸을 뒤로 젖히고 잡기장 위에다 빈둥빈둥 그림이나 그리면서, 주위에서 애들이 떠드는 소리를 듣고 있었다. 헤론은 이따금 애들이 떠들지 못하게 하면서 이렇게 말했다.

"입을 다물지 못하겠니? 소동을 벌이지 말래도!"

교회의 교리라는 그 엄격한 노선을 끝까지 추종하는 데에서, 그리고 기껏 자신의 파멸이나 더 절실히 듣고 느끼게 해줄 어두운 침묵의 세계 속으로 뚫고 들어가는 데에서 메마른 즐거움을 찾을 수 있었다는 것 또한 이상한 일이었다. 누구든지 율법을 하나라도 범하면 결국 모든 율법을 범하는 셈이라고 한 「야고보서」[8]의 구절도, 그가 자기 자신의 암흑 상태 속에서 방황을 시작하기 전까지는 한갓 하나의 과장된 말처럼 보였었다. 색욕이라는 죄악의 씨로부터 다른 모든 파멸적인 죄악이 솟아올랐던 것이다. 자만심에 빠져서 남을 경멸한다든지, 율법에 어긋나는 쾌락을 사기 위해 돈을 쓰면서 탐욕을 부린다든지, 스스로 다른 사람들의 죄악에 미치지 못하면 그들을 시기하는 반면에 신심이 깊은 사람들을 중상한다든

---

8) 2장 10절 참조.

지, 음식물을 탐한다든지, 둔하고 험상궂은 표정의 분노 속에서 자기가 갈망하는 것들만 곰곰이 생각한다든지, 몸과 마음을 나태의 늪 속에 빠뜨려 헤어나지 못하게 한다든지 하는 것이 바로 그런 것들이었다.[9]

그가 자기 벤치에 앉아서 교장의 기민하고 준엄한 얼굴을 조용히 바라보고 있을 때, 그의 마음은 그 자체에게 제시된 궁금한 물음들을 안팎으로 뒤지고 있었다. 만약 어떤 사람이 젊은 시절에 1파운드의 돈을 훔쳐서 그것을 밑천 삼아 훗날 큰 재산을 모을 수 있었다면 얼마만큼 되돌려주어야 옳을까? 1파운드를 훔쳤으니 그것만 돌려주면 될까, 아니면 그 돈에다 복리로 계산한 이자까지 붙여서 돌려주어야 할까, 그것도 아니면 그 많은 재산을 모두 내어놓아야 할까? 영세를 받을 때에 기도의 말씀이 있기 전에 평신도가 물을 붓는다면 그 아이는 영세를 받은 셈이 될까? 광천수(鑛泉水)로 영세를 받아도 효력이 있을까? 산상수훈(山上垂訓)의 진복팔단(眞福八端) 중에서 첫 복음은 마음이 가난한 사람에게 천국을 약속하는데, 두 번째 복음[10]에서는 온유한 사람이 땅을 차지할 것이라 약속한다는 것은 어떻게 된 영문일까? 만약에 예수 그리스도가 살과 피, 영혼과 신성(神性)으로서 빵 속에만 계시고 또 포도주 속에만 계신다면, 어찌하여 영성체를 빵과 포도주 이렇

---

9) '영혼의 파멸을 가져오는 일곱 가지 죄악(the seven deadly sins)'이 여기에 모두 나열되어 있다.

10) 공동번역 성서와 개역 성서에서는 세 번째 복음이다. 「마태복음」 5장 참조.

게 두 가지로 하도록 제도화되어 있을까? 축성(祝聖)된 빵 한 조각에는 예수 그리스도의 살과 피가 모두 들어 있을까 아니면 그 일부분만이 들어 있을까? 만약 축성된 후에 포도주가 식초로 변했다든가 빵이 썩어서 부서진다고 하더라도 예수 그리스도는 여전히 이 두 가지 속에 하느님과 인간으로 존재하고 계시는 것일까?

"오신다! 저기 오신다!"

창가에 앉아 망을 보던 애가 사택에서 나오는 교장을 보았던 것이다. 애들은 교리문답서를 펴놓고 말없이 머리를 숙이고 있었다. 교장이 들어와서 교단 위의 자리에 앉았다. 뒷자리에 앉아 있던 키다리가 스티븐을 발로 가만히 차면서 어서 어려운 질문을 던져보라고 재촉했다.

교장은 교리문답을 통해 학생들이 익힌 내용을 알아보려고 하지 않았다. 그는 책상 위에 두 손을 모아 쥔 채 이렇게 말했다.

"성 프란치스코 사베리오를 추념하는 피정(避靜)이 수요일 오후에 시작된다. 이 성인의 축일은 토요일이다. 피정은 수요일부터 금요일까지 계속되는데 금요일에는 묵주신공을 드린 후에 오후 내내 고백을 듣게 될 것이다. 여러분 중에서 특히 고해신부님을 따로 정해 놓은 사람들이 있다면 바꾸지 않는 것이 좋을 것이다. 토요일 오전에는 9시에 미사가 있을 것이고 그때 전교생의 영성체가 있을 예정이다. 토요일에는 수업이 없다. 물론 일요일에도 없다. 그러나 토요일과 일요일에 수업이 없다고 해서 혹시 어떤 학생들은 월요일에도 수업이 없을 것이라고 생각할지 모르겠는데 이런 실수를 저지르지 않도록 조심하기 바란다. 내 생각으로는, 롤리스, 네가 그런 실수를 할 것 같구나."

"제가요, 교장 선생님? 하필이면 저예요?"

교장의 엄격한 미소에서 나온 조용한 즐거움의 작은 파문이 온 교실로 번져나갔다. 스티븐의 심장은 시들어가는 꽃처럼 두려움으로 천천히 위축되기 시작했다.

교장은 엄숙한 어조로 말을 계속했다.

"여러분은 이 학교의 주보성인이신 성 프란치스코 사베리오의 일생에 대한 이야기를 익히 알고 있으리라 생각한다. 그분은 에스파냐의 오래된 명문 집안 출신으로 성 이냐시오의 첫 추종자들 중의 한 분이셨다. 프란치스코 사베리오가 파리에서 대학의 철학 교수로 재직하고 있을 때 두 분은 거기서 만났단다. 이 젊고 재기 발랄한 귀족이요 문사(文士)였던 사베리오는 우리 예수회의 영광스러운 창설자께서 품고 계시던 이념에 마음과 영혼을 온통 바치셨던 거야. 그래서 여러분도 알다시피 그분은 스스로 원해서 성 이냐시오의 뜻을 따라 인도 사람들에게 설교를 하러 가셨지. 그분이 인도의 사도(使徒)라 불리고 있는 것을 여러분은 잘 알고 있을 것이다. 그분은 동방의 여러 나라를 하나씩 찾아가셨어. 아프리카에서 인도로, 인도에서 다시 일본으로 찾아다니시며 사람들에게 영세를 받게 했던 거야. 한 달에 만 명이나 되는 많은 우상 숭배자들에게 영세를 내리셨다는 말도 전해 오고 있단다. 그에게 영세를 받은 사람들의 머리 위에 그가 하도 자주 팔을 올렸다 내렸다 하느라 그만 그의 오른팔에서 힘이 빠져버린 적도 있었다는 거야. 그분은 하느님을 위해 더욱더 많은 영혼을 구제하려고 중국에 가고 싶어 하셨지만 상촨섬(上川島)에서 그만 열병으로 돌아가시고 말았어. 성 프란치스코 사베리오! 참으로 위대한 성인이셨고 위대한 하느님의 병사셨지!"

교장은 잠시 중단했다가 앞으로 모아 쥔 두 손을 흔들면서 말을 이었다.

"그분은 태산이라도 움직일 수 있는 믿음을 갖고 계셨어. 단 한 달 동안 만 명이나 되는 사람들을 설득해서 하느님을 믿게 하시다니! 그분이야말로 우리 교단의 모토인 Ad Majorem Dei Gloriam에 충실했던 참된 정복자셨지. 지금은 하늘에서 위대한 힘을 가지고 계신 성자이시니 잊지 않도록 해야지. 그 위대한 힘이란 곧 우리가 슬픔에 빠져 있을 때 우리를 위해 애써주실 수 있는 힘이요, 우리의 영혼을 위해 좋은 것이라면 무엇이든 우리가 기구하는 대로 구해 주실 수 있는 힘이요, 또 그 무엇보다도 우리가 죄악에 빠져 있을 때 참회하도록 은혜를 얻어다 주실 수 있는 힘이란다. 성 프란치스코 사베리오는 참으로 위대한 성인이시고, 우리의 영혼을 낚는 위대한 어부[11]이시지!"

그는 모아 쥔 두 손 흔들기를 그치고 손을 이마에 댄 채 그 검고 엄숙한 눈으로 좌우의 학생들을 날카롭게 바라보았다.

침묵 속에서 그 두 눈의 어두운 불길이 으스름을 황갈색으

---

11) 「마태복음」 4장 19절 참조.

로 이글거리게 했다. 스티븐의 마음은 먼 곳에서 불어닥치는 돌풍을 감지하고 있는 사막의 꽃처럼 시들어버리고 말았다.

* * *

"'오직 그대의 사말(四末)만 생각하라. 그러면 영원히 죄를 범하지 않게 되리라.'[12] 그리스도 속의 내 귀여운 형제들, 이 말씀은 「전도서」[13] 7장 40절에 나옵니다. 성부 성자 성령의 이름으로, 아멘."

스티븐은 채플의 앞자리에 앉아 있었다. 아놀 신부는 제대의 왼쪽에 놓인 테이블에 앉아 있었다. 그는 어깨에 무거운 외투를 걸치고 있었는데 창백한 얼굴은 일그러져 있었고 목소리는 코감기로 인해 뚜렷하지 못했다. 이상하게도 이렇게 다시 나타난 옛 스승의 모습이 스티븐의 마음속에 클롱고우스 시절의 생활을 불러일으켰다. 그는 애들이 득실거리는 넓은 운동장이랑, 변소의 하수구랑, 자기가 죽으면 묻히게 되리라 생각했던 그 보리수나무가 늘어선 중앙로 근처의 묘지랑, 병이 나서 누워 있었던 진료소의 벽에 어른거리던 벽난로의 불

---

12) 「집회서」 7장 36절 참조. 여기서 사말(四末)은 네 가지 종말 즉 죽음, 심판, 천국 및 지옥이다.

13) 아놀 신부는 「집회서(Ecclesiasticus)」를 「전도서(Ecclesiastes)」로 착각하고 있는데, 조이스가 고의로 그랬는지는 불확실하다. 조이스는 최초의 라틴어-영어 번역인 두에(Douay) 성경에서 인용하고 있으며, 이 성경의 장과 절 구분은 우리의 공동번역 성경이나 흠정판 영어 성경과 차이가 있다.

빛이랑, 마이클 수사의 슬픔에 잠긴 얼굴 등을 회고했다. 그런 기억들이 되살아나자 그의 영혼은 다시금 어린이의 영혼이 되었다.

"그리스도 속의 내 귀여운 어린 형제들, 오늘 우리가 바깥세상의 어지러운 소음을 등지고 이 자리에 모인 것은 가장 위대하신 성인들 중의 한 분이시고, 인도의 사자(使者)셨고 여러분이 다니는 학교의 주보성인이신 성 프란치스코 사베리오를 기념하고 높이 받들기 위해서입니다. 내 귀엽고 어린 형제들, 여러분이나 내가 기억할 수도 없는 오랜 세월에 걸쳐 이 학교의 학생들은 매년 자기네 학교의 주보성인의 축일에 앞서 피정을 위해 이 채플에 모이곤 했습니다. 그동안 세월은 흘렀고 세월 따라 여러 변화도 있었습니다. 지난 몇몇 해 동안에도 많은 변화가 있었음을 여러분 대부분은 잘 기억하고 있을 것입니다. 몇 년 전에 여기 앞자리에 앉아 있던 학생들 중 여러 명이 아마도 지금은 먼 나라에 가 있을 겁니다. 그들은 태양이 이글거리는 열대지방에 가 있거나, 전문 직분의 수행에 열중하고 있거나, 신학교에 다니고 있거나 또는 넓은 대양을 항해하고 있습니다. 또는 벌써 하느님의 부름을 받고 저세상으로 가서 하느님께 청지기로서의 셈[14]을 하고 있을지도 모릅니다. 세월이 흘러 좋든 좋지 않든 여러 변화가 일어나도 여전히 이 위대하신 성인께서는 매년 그의 축일을 앞두고 그분의 학교에 다니는 학생들이 며칠 동안 피정을 할 때 추념되고 있습니다. 그

---

14) 「누가복음」 16장 1~8절 참조.

축일은 가톨릭 에스파냐가 낳은 가장 위대하신 아들들 중 한 분인 그의 이름과 명성을 만세에 전하기 위해 성모이신 교회에서 정해 놓은 것이지요."

"자, 이 피정이란 말의 뜻은 무엇일까요? 하느님께서 보시고 일반 사람들이 보는 앞에서 진정한 기독교인의 삶을 살고자 하는 사람들에게 왜 피정은 가장 건전한 수행으로 널리 인정받게 되었을까요? 여러분, 피정은 우리가 양심의 상태를 점검하고, 거룩한 종교의 신비를 성찰하며, 나아가서는 무엇 때문에 이 세상에 오게 되었는지를 더 잘 이해할 수 있기 위해서 일상생활의 걱정이라든지 속세의 걱정에서 잠시 동안 물러나는 것을 뜻합니다. 앞으로 며칠 동안 나는 여러분에게 사말(四末)에 대해 몇 가지 생각을 제시해 보고자 합니다. 여러분도 교리문답을 통해 알고 있다시피 사말이란 죽음, 심판, 지옥, 천국을 말합니다. 우리가 사말을 이해함으로써 우리의 영혼이 영구히 득을 볼 수 있도록 며칠 동안 이 문제를 철저히 이해하려 애써 보겠습니다. 여러분, 우리는 한 가지 것, 오직 한 가지 것만을 위해 이 세상에 태어났다는 사실을 명심하세요. 그것은 바로 하느님의 거룩한 뜻을 행하고 불멸의 영혼을 구하는 것입니다. 그 밖의 것은 아무 가치도 없지요. 딱 한 가지 필요한 것이 있다면 그것은 우리의 영혼을 구제하는 것입니다. 우리가 불멸의 영혼을 상실한다면 온 천하를 얻은들 무슨 소용이 있겠습니까?[15] 여러분, 내 말을 믿으세요. 이 비참한 세

---

15) 「마가복음」 8장 36절 참조.

상에서는 아무것도 영혼의 상실을 보상해 줄 수 없습니다."

"그러므로 나는 지금 여러분께 당부하겠습니다. 이 며칠 동안 여러분은 공부니 오락이니 야심이니 하는 세속적인 생각들을 마음에서 추방하고 영혼의 상태만 생각하도록 하세요. 이 피정 기간에는 모든 학생들이 조용하고 경건한 태도를 지켜야 하고 모든 요란하고 흉측한 오락은 피해야 한다는 것을 새삼스럽게 말할 필요가 없습니다. 상급반 학생들은 당연히 이러한 피정의 풍습이 잘 지켜지도록 보살펴야 하겠고, 특히 성모 신심회나 천사 신심회의 회장 및 간부들은 동료 학생들 앞에서 모범을 보여주기 바랍니다."

"그러니 우리는 온 마음과 온 정신을 기울여 이 성 프란치스코 추념 피정에 참가합시다. 그러면 여러분이 한 학년 동안 학습하는 데에 신의 축복이 있을 것입니다. 그러나 무엇보다도 중요한 것은 훗날 여러분이 이 학교를 떠나 아주 다른 환경에 처하게 되었을 때 되돌아볼 수 있는 피정이 되게 하는 것입니다. 여러분은 환희와 감사의 마음으로 이 피정을 회고하면서, 경건하고 명예롭고 열렬한 그리스도인의 삶을 위한 첫 토대를 닦는 계기를 허용해 주신 하느님께 감사드릴 수 있어야 합니다. 그리고 혹시나 해서 말해 둡니다만, 만약 이 자리에 하느님의 거룩하신 은혜를 저버리고 비참한 죄악에 빠지는 말 못할 불행을 겪은 학생이 있다면 나는 그 학생이 영적인 삶에 있어서 이번 피정 기간을 전환점으로 삼으리라 열렬히 믿고 또 기도하는 바입니다. 나는 하느님의 열렬한 종이셨던 프란치스코 사베리오의 공덕을 통해 하느님께 기도하겠습니다. 이런 비참한 영혼이 부디 진정으로 회개하도록 인도되고, 금년 성 프란치스코 축일[16]에 있을 영성체가 하느님과 그 영혼 간의 영원한 성약(聖約)이 될 수 있도록 기도하겠습니다. 올바른 자나 올바르지 못한 자에게, 또 성도나 죄인에게, 이번 피정이 다같이 잊을 수 없는 기간이 되었으면 합니다."

"그리스도 속의 내 귀여운 형제 여러분, 나를 도와주세요. 여러분의 경건한 주의력, 여러분 자신의 신앙심, 여러분의 외면적 태도로써 나를 도와주세요. 여러분의 마음에서 모든 세속적 생각일랑 추방하고 오직 죽음, 심판, 지옥 및 천국이라는 네 가지의 종말만 생각하도록 하세요. 「전도서」에 보면 이것을 기억하는 사람은 영원히 죄를 범하지 않을 것이라 합니다. 네 가지 종말을 기억하는 사람은 늘 눈앞에 그것들을 두고서 행동하거나 생각할 것입니다. 이런 사람은 훌륭한 일생을 살다가 훌륭한 죽음으로 생을 마감할 것이며, 자기가 이 세상에서 많은 것을 희생했다 하더라도 다가올 세상 즉 영원한 왕국에서는 수백 수천 배로 보상을 받을 것이라고 믿으며 또 그렇게 알고 있습니다. 여러분, 나는 진심으로 여러분 모두가 하나같이 이런 축복을 누리게 되길 성부 성자 성령의 이름으로 기도합니다. 아멘!"

스티븐이 말이 없는 친구들과 함께 집으로 걸어가고 있을 때 짙은 안개가 그의 마음을 감싸는 듯했다. 그는 그 안개가 걷히고 그 속에 숨어 있던 것이 나타날 때까지 멍한 심경으로

---

16) 12월 3일.

기다렸다. 그는 저녁을 먹었지만 아무 입맛도 없었다. 식사가 끝난 후 기름기가 잔뜩 발린 접시들을 식탁 위에 남겨둔 채, 그는 일어서서 창가로 가 혀끝으로 입에 끼인 음식 찌꺼기를 청소하거나 입술에 묻은 것을 핥고 있었다. 그러니까 그는 식후에 입을 핥는 짐승의 경지로 전락해 버린 셈이었다. 이젠 끝장이다, 라고 생각하니 희미한 공포의 빛이 그의 마음속 안개를 뚫기 시작했다. 그는 유리창에 얼굴을 기댄 채 어두워지고 있는 거리를 내다보았다. 희미한 불빛 속에서 오락가락하는 모습들이 보였다. 그런데 그런 것이 바로 삶이었다. 더블린이라는 지명을 구성하는 글자들이 그의 마음을 무겁게 누르며, 느릿느릿 야비한 고집으로 서로를 퉁명스럽게 이리저리 밀치고 있었다. 그의 영혼은 점점 비대해지더니 굳어서 조잡한 기름덩이로 변했고, 멍하니 두려워하며 침통하고 위협적인 어둠 속으로 점점 더 깊이 빠져들고 있었다. 한편 그가 지닌 육신은 의욕을 잃은 채 창피하게 서서 곤혹스러워 어쩔 줄 모르면서도 인간적인 데가 있는 어두워진 눈으로 응시할 우신(牛神)[17]을 찾고 있었다.

이튿날은 죽음과 심판의 문제가 제기되어 그의 영혼을 맥 빠진 절망 상태에서 서서히 일깨웠다. 설교자가 거친 목소리로 그의 영혼 속에 죽음을 불어넣고 있을 때, 그간 희미하던 두려움의 빛이 정신적 공포로 변했다. 그는 그 고통을 겪고 있

17) 고대 이집트인들이 숭배하던 성우(聖牛) 아피스. 여기서는 이교도들의 신을 가리키고 있는 듯하다.

었다. 죽음의 싸늘한 감촉이 사지에 닿은 후 차츰 심장을 향해 기어드는 느낌이었다. 얇은 죽음의 막이 두 눈을 가리고 있었고, 두뇌 속의 밝은 곳들은 하나씩 등불처럼 꺼지고 있었다. 마지막 땀방울이 피부에서 솟아, 죽어가는 사지에서는 맥이 쭉 빠졌고, 말은 점점 더 흐려져서 종잡을 수 없게 되었다가 결국은 막혀버렸다. 심장은 온통 압도당해 고동이 점점 미약해지고 있었고, 가엾은 숨결이랄까 곤경에 처한 인간의 기백이랄까 하는 것이 목구멍에서 흐느끼다가 한숨지었고 끄르륵거리다가 덜컥거리고 있었다. 이젠 어쩔 수 없다, 어쩔 수 없어! 그 자신과 그를 굴복시킨 육신은 죽어가고 있었다. 그 육신과 함께 무덤 속으로 들어가는 거다. 시신을 나무 상자에 넣고 못질을 해라. 일꾼들이 그 상자를 집 밖으로 메고 나가게 하라. 땅속에 긴 구멍을 파서 사람들의 눈에 뜨이지 않게 그것을 처넣어 무덤 속에서 썩게 하자. 기어다니는 벌레들이 무리 지어 파먹게 하고 바삐 뛰어다니는 배불룩이 쥐들이 삼키게 하자.

친구들이 눈물을 글썽이며 여전히 임종의 자리를 지키고 있는 동안 죄인의 영혼은 심판을 받았다. 의식(意識)이 끝나는 마지막 순간 모든 세속적인 삶은 영혼의 비전 앞을 지나갔다. 미처 반성할 겨를도 없이 육신은 죽었고 영혼은 겁에 질려 심판대 앞에 섰다. 오랫동안 자비로웠던 하느님도 이제는 공정해질 것이다. 그분은 오랫동안 참으면서 죄 많은 영혼에게 호소했고, 회개할 시간을 허용했으며, 한동안 처벌을 미루고 있었다. 그러나 이제 그 시간이 끝나버린 것이다. 죄악과 향락의 시간이었고, 하느님과 거룩한 교회의 경고를 비웃는 시간이었다. 하느님의 존엄성에 도전하고 그 명령을 어기면서 동료 인간들의 눈을 가리고 연거푸 죄악을 범하면서도 자기의 부패를 다른 사람들이 보지 못하게 하던 시간이었다. 그러나 그 시간이 끝나버린 것이다. 이제는 하느님의 차례였다. 하느님의 눈을 가리거나 속일 수는 없었다. 모든 죄악은 그간 숨어 있던 곳에서 튀어나오게 될 것이다. 하느님의 뜻을 최대로 거역한 죄, 가엾게도 썩어버린 우리의 천성을 최대로 타락시킨 죄, 가장 미미한 결점, 가장 흉악한 소행 따위가 모두 드러날 것이다. 그렇게 되면 가장 위대한 제왕이나 위대한 장군이나 놀라운 발명가나 가장 유식한 학자였다고 한들 무슨 소용이 있겠는가? 하느님의 심판대 앞에서는 이 모든 사람들이 똑같았다. 하느님은 착한 이들을 보상하고 간악한 자들을 벌할 것이다. 인간의 영혼을 심판하기 위해서는 단 한 순간이면 족할 것이다. 육신이 죽은 후 한순간이면 영혼의 저울질은 끝날 것이다. 개별적 심판이 끝나면 영혼은 환희의 땅이나 연옥(煉獄)이라는 감옥으로 보내지거나 아니면 비명을 지르며 지옥으로 떨어지게 될 것이다.

그것으로 끝나지 않았다. 모든 사람들 앞에서 하느님의 정의가 증명되어야 했다. 개별적 심판이 끝난 후에도 일반적 심판은 남아 있었다. 최후의 날이 다가왔다. 심판의 날이 임박했다. 바람에 흔들린 무화과나무에서 떨어지는 무화과처럼 하늘에서는 별들이 땅 위로 떨어지고 있었다. 하늘의 큰 별인 해가 총담같이 검어졌다. 달은 피같이 붉었다. 하늘은 두루마리가 말리듯이 사라져버렸다.[18] 하늘나라 군대의 총수인 대천사 미카엘은 그 찬란하고 무서운 모습을 하늘에 드러냈다. 오른발로는 바다를 디디고 왼발로는 땅을 디디고[19] 그는 대천사의 나팔을 불어 그 낭랑한 소리로 시간의 죽음을 알렸다. 이 천사의 세 차례 나팔 소리가 천지에 가득했다. 지금은 시간이 있고 과거에도 있었지만, 앞으로는 영영 없을 것이다. 마지막 나팔 소리에 부자와 가난한 자, 귀한 자와 천한 자, 현명한 자와 바보 같은 자, 착한 자와 간악한 자를 가릴 것 없이 모든 인간의 영혼이 떼를 지어 여호사밧의 골짜기로 몰려간다. 이 세상에 일찍이 살았던 모든 사람의 영혼, 앞으로 태어나게 될 모든 사람의 영혼, 그러니까 아담의 모든 아들딸이 그 절정의 날에 모여들었다. 보라, 저기 가장 높은 심판자가 오시고 있다! 이제는 하느님의 천한 어린양이 아니요, 나자렛의 온유한 예수가 아니요, 간고를 많이 겪은 분[20]이 아니요, 착한 목자[21]도 아니다. 이제 그분은 크게 권세와 위풍을 떨치며 구름을 타고 오시는데 아홉 계급의 천사들, 즉 천사와 대천사, 권천사, 능천사와 역천사, 좌천사와 주천사, 지천사와 치품천사들을 거느리고 계시니 과연 전지전능한 하느님이요 영원한 하느님이시다. 그분이 말씀하시니 목소리는 허공 속의 가장 먼 곳까지 그리고 바닥을 알 수 없는 심연 속까지 들린다.

---

18) 「요한묵시록」 6장 12~14절 참조.
19) 「요한묵시록」 10장 2절.
20) 「이사야」 53장 3절 참조.
21) 「요한복음」 10장 11절 참조.

최고의 심판자이시니, 그 심판에 대해서는 항소가 없을 것이며 또 있을 수도 없다. 그분은 의로운 자들을 당신 곁으로 부르셔서, 그들을 위해 마련된 영원한 환희의 왕국으로 들어가라고 하신다. 그분은 의롭지 못한 자들은 물리치면서 성나고 위엄 있는 목소리로 이렇게 말씀하신다. '이 저주받은 자들아, 나에게서 떠나 악마와 그의 졸도들을 가두려고 준비한 영원한 불속에 들어가라.'22) 오! 비참한 죄인들은 얼마나 큰 고통에 빠지게 될 것인가! 벗들이 서로 헤어져야 하고 아이들이 부모들과 갈라지고 남편들은 아내들을 떠난다. 가엾은 죄인들은 이 세상에서 그에게 다정했던 사람들, 순박한 신심(信心)을 보고 그가 비웃었던 사람들, 그를 충고하며 올바른 길로 인도하고자 했던 사람들, 다정한 형, 정다운 누이 그리고 그를 그처럼 사랑해 주시던 부모를 향해 팔을 벌린다. 그러나 때는 이미 늦었다. 의로운 사람들은, 모든 사람 앞에 흉하고 악한 꼴로 나타난 이 불쌍하게도 저주받은 자들을 외면한다. 오, 위선자들이여. 오, 회칠한 무덤23) 같은 자들이여. 오 영혼이 속으로 더러운 죄악의 수렁을 이루고 있는데 겉으로는 아무 일도 없는 듯이 웃는 얼굴로 세상을 대하던 그대들이여. 그 무서운 날이 오면 그대들은 어떻게 될 것인가?

그런데 이날은 올 것이고, 오게 되어 있으며, 또 와야 하니, 이날은 바로 죽음의 날이요 심판의 날이다. 사람은 죽고, 죽

---

22) 「마태복음」 25장 41절.
23) 「마태복음」 23장 27절.

은 후에는 심판을 받도록 약정되어 있다. 죽음은 확실하다. 오직 죽음의 때와 사정이 일정하지 않을 뿐이다. 오랜 병고 끝에 죽거나 불의의 사고로 죽는다. 하느님의 아들은 우리가 전혀 기대하고 있지 않을 때 찾아오신다. 그러니 언제 죽을지 모른다는 것을 명심하고 늘 죽을 준비를 하고 있어야 한다. 죽음은 우리 모두의 종말이다. 인류 최초의 부모가 저지른 죄악으로 인해 이 세상에 생겨나게 된 죽음과 심판은 이 세상에서의 삶을 끝내는 어두운 관문이다. 아무도 알지 못하고 아무도 본 적이 없는 세계로 열려 있는 이 관문을 통해 모든 영혼은 외로이 지나가야 한다. 제 자신의 선행 외에는, 벗이나 형제나 부모나 스승의 도움도 받지 못하고 혼자서 떨면서 이 관문을 지나가야 한다. 우리가 마음속으로 늘 이 생각을 하고 있다면 우리는 죄를 지을 수 없다. 죄인에게 공포의 원인이 되는 죽음도, 올바른 길을 걸으며 자기 지위의 임무를 충실히 수행하고 아침저녁으로 기도를 드리고 자주 성체를 가까이하고 착하고 자비로운 일을 행해 온 사람들에게는 축복의 순간이 된다. 경건하게 하느님을 믿는 가톨릭 신자와 올바른 사람에게는 죽음도 공포의 원인이 되지 않는다. 저명한 영국 작가 애디슨은 자기의 임종이 박두했을 때 젊고 간악한 워릭 백작을 불러들여 훌륭한 그리스도교도가 죽음을 맞는 모습을 보여주지 않았던가.[24] 경건하게 하느님을 믿는 그리스도교도, 바로 그 사

---

24) 조셉 애디슨(1672~1719)은 에세이스트요 시인이요 정치가였고, 워릭 백작(Earl of Warwich)은 그의 의붓아들이다. 이 일화는 사무엘 존슨의 『시인전』에 나온다.

람만이 마음속으로 다음과 같이 읊조릴 수 있다.

죽음아, 네 승리는 어디 갔느냐?
죽음아, 네 독침은 어디 있느냐?[25]

구구절절 그를 위한 말이었다. 하느님의 모든 분노는 그의 추잡하고 은밀한 죄를 노리고 있었다. 설교자의 칼날이 그의 병든 양심을 깊이 파헤치고 있었고 그래서 그는 자신의 영혼이 죄악 속에서 곪아가고 있음을 느꼈다. 그렇다. 설교자의 말이 옳았다. 하느님의 시간이 되었다. 그간 그의 영혼은 마치 소굴 속에 숨어 있는 짐승처럼 그 자신의 오물 속에 묻혀 있었지만, 이제 천사의 나팔 소리가 그를 죄악의 암흑으로부터 광명 속으로 몰아냈던 것이다. 천사가 외치는 파멸의 말씀이 그의 그 주제 넘은 평온을 순식간에 부숴버렸다. 심판의 날에 부는 바람이 그의 마음속을 몰아쳤다. 그의 상상이 빚은 보석 눈의 창녀[26] 같은 그의 죄악은 그 강풍 앞에서 겁에 질린 생쥐처럼 갈기 아래로 몸을 웅크리고 비명을 지르며 도망쳤다.

그가 광장을 건너 집으로 걸어가고 있는데 한 소녀의 가벼운 웃음소리가 그의 이글거리는 귓전에 들려왔다. 그 연약하고 경박한 소리가 나팔 소리보다 더 강하게 그의 심장을 강타했다. 그래서 그는 감히 눈을 쳐들지 못하고 옆으로 돌아서서

---

25) 「고린도 전서」 15장 55절 참조. 여기서는 포프(Pope)의 시 「죽어가는 기독교 신자가 그의 영혼에게」에서 인용되고 있다.
26) 「요한묵시록」 17장 4~5절 참조.

엉켜 있는 관목숲 그늘을 응시하며 걷고 있었다. 강타당한 그의 심장으로부터 수치심이 솟구쳐 올라 온몸을 휩쓸었다. 에마[27]의 이미지가 그의 앞에 떠올랐고, 그녀의 눈앞에서 다시 한번 수치심은 홍수처럼 그의 심장에서 솟아올랐다. 그간 마음속으로 그가 그녀를 상대로 무슨 짓을 하고 있었으며 그의 짐승 같은 욕정이 그녀의 천진난만함을 어떻게 찢으며 짓밟고 있었던가를 그녀가 알게 될까 겁났다. 그런 것이 소년다운 애정이란 말인가? 그런 것이 기사도 정신이란 말인가? 그게 시란 말인가? 그가 빠져 있던 방탕한 생활의 더러운 면들이 바로 그의 코 아래서 악취를 풍기고 있었다. 검댕이 묻은 그림 뭉치를 그는 벽난로의 연도(煙道) 속에 감춰두고 이따금 끄집어내어 그 뻔뻔스럽고 낯뜨거운 그림 앞에서 몇 시간이고 마음과 행동으로 죄를 지으며 누워 있었다. 그가 꾸던 괴상한 꿈에는 원숭이처럼 생긴 짐승들이라든가 반짝이는 보석 눈의 창녀들이 득실거렸다. 그는 죄의 고백을 즐기며 쓴 그 긴 추잡한 편지들을 여러 날 동안 남몰래 몸에 지니고 다니다가 결국은 야음을 틈타 들판의 구석진 풀숲이나 돌쩌귀가 달리지 않은 문 밑이나 생울타리 구석에다 내버림으로써 지나가던 소녀가 그것을 주워서 몰래 읽어주길 바라고 있었던 것이다. 미쳤지! 미쳤어! 그가 정녕 그런 짓들을 할 수 있었단 말인가? 그의 머릿속에서 그런 추잡한 기억들이 응집되자 이마에는 식은땀이 맺혔다.

---

27) 앞장에 나온 에마 클러리를 가리킨다.

고통스러운 수치심이 지나가자 그는 자신의 영혼을 그 참담한 무기력 상태로부터 끌어올리고자 했다. 하느님과 성모 마리아는 그로부터 너무 멀리 떨어져 있었다. 하느님은 너무 높고 준엄한 반면에 성모 마리아는 너무 결백하고 너무 거룩했다. 그러나 그는 자기가 넓은 대지 위에서 에마 옆에 서서 겸허하게 눈물 글썽이며 그녀의 소매의 팔꿈치 부위에 키스하는 상상을 하고 있었다.

온화하고 맑은 저녁 하늘에 한 조각 구름이 창백한 녹색 바다를 떠도는 배처럼 서쪽으로 표류하고 있을 때, 넓은 대지 위에서 그들은 함께 서 있었다. 잘못을 저지른 아이들이었다. 비록 두 아이가 저지른 잘못이었지만 하느님의 존엄성을 크게 범한 잘못이었다. 하지만 그 잘못이 성모 마리아를 화나게 하지는 않았다. 성모의 아름다움은 '쳐다보아서 위험한 속세의 아름다움과는 닮지 않았으며 오히려 그 징표인 샛별처럼 밝고 음악적인 아름다움'이었다. 그들 쪽을 향하고 있는 그분의 두 눈은 화나 있지 않았고 나무라는 기색도 없었다. 오히려 그분께서는 두 아이들이 손을 맞잡게 했고 그들에게 심금을 울리는 말을 했다.

"스티븐과 에마, 손을 맞잡아라. 지금 하늘엔 저녁 빛이 아름답구나. 너희가 잘못을 저질렀지만, 언제나 나의 아이들이다. 한쪽 마음이 다른 쪽 마음을 사랑하는 거야. 내 귀여운 아이들아, 손을 잡아라. 그러면 너희는 함께 행복해질 것이고 너희 마음은 서로 사랑하게 되리라."

나지막하게 쳐놓은 블라인드를 뚫고 들어온 탁한 주홍색

빛이 채플을 물들이고 있었다. 블라인드의 끝자락과 창틀 사이의 벌어진 틈으로 한 가닥의 파리한 빛이 창처럼 뚫고 들어와서, 천사들이 입고 있는 역전(歷戰)의 사슬 갑옷처럼 번쩍이고 있던 제대(祭臺) 위의 양각(陽刻) 놋촛대들을 비추고 있었다.

채플과 정원과 학교 건물에 비가 내리고 있었다. 아무 소리도 없이 내리는 비가 언제까지나 계속되리라. 물이 조금씩 차올라서 풀과 관목의 숲을 덮고 나무와 집들을 덮고 결국은 기념비라든가 산꼭대기까지 덮어버릴 것이다. 모든 생명체는 아무 소리 없이 질식할 것이다. 새, 사람, 코끼리, 돼지 그리고 애들까지 질식할 것이다. 이 세상이 망하고 남은 쓰레기 사이로 시신들이 조용히 떠다니리라. 40일간 밤낮으로 비가 내려 땅은 온통 물에 잠길 것이니.[28]

있을 법한 일이지. 그렇게 되지 않으란 법이 있을까?

"'땅이 목구멍을 열고 입을 찢어지게 벌릴 것이니' …… 예수 그리스도 속의 내 귀여운 어린 형제들, 이 말은 「이사야」 5장 14절에 나옵니다. 성부 성자 성령의 이름으로, 아멘."

설교자는 줄이 달리지 않은 회중시계를 수탄 속의 주머니에서 끄집어내어 말없이 문자판을 잠시 들여다보더니 자기 앞 테이블 위에 놓았다.

그는 조용한 목소리로 말하기 시작했다.

"내 귀여운 소년들, 여러분도 알다시피, 아담과 이브는 우리

---

28) 「창세기」 7장 1~18장 참조.

의 첫 조상이었어요. 하느님께서 그들을 창조하신 것은, 루시퍼와 그의 반역적 천사들이 하늘에서 쫓겨난 후 그 빈자리를 채우기 위해서였음을 여러분은 기억하고 있을 거예요. 우리가 듣기로 루시퍼는 새벽 여신의 아들 샛별[29]로서 밝고 굳센 천사였지요. 그런데도 그는 하늘에서 떨어졌고 그와 함께 하늘나라 군대의 3분의 1이 떨어지고 말았던 거예요. 그는 쫓겨나서 그와 한편이었던 반역적 천사들과 함께 지옥으로 떨어졌지요. 그의 죄가 무엇인지 우리로서는 알 수 없어요. 신학자들은 그것이 교만의 죄였을 것이라고 생각한답니다. 어느 한 순간 그는 논 세르비암(non serviam) 즉 '나는 섬기지 않겠노라'는 사악한 생각을 품게 되었답니다. 바로 그 순간에 그는 파멸했지요. 그는 한순간의 사악한 생각으로 하느님의 존엄성을 범했고 하느님께선 그를 영원히 하늘나라에서 지옥으로 추방했던 것입니다."

"그래서 하느님께선 아담과 이브를 창조하여 다마스쿠스 평원의 에덴동산에서 살게 했어요. 그곳은 햇빛과 색채가 눈부신 아름다운 정원으로 화려한 식물이 우거져 있었지요. 비옥한 땅은 그들에게 먹을 것을 풍성히 대주었고, 짐승들과 새들은 그들에게 고분고분한 종이었답니다. 우리의 육신은 훗날 질병이니 빈곤이니 죽음이니 하는 병폐를 물려받았습니다만 그들은 그런 것을 모르고 있었답니다. 거룩하고 너그러우신 하느님께선 그들을 위해 베풀 수 있는 것을 모두 베푸셨어요. 하

---

29) 「이사야」 14장 12절.

지만 하느님께서 한 가지의 조건을 과했는데 그것은 당신의 말씀에 절대로 복종하라는 것이었습니다. 아담과 이브가 금단의 나무에 달린 열매를 따먹어서는 안 된다는 말씀이었습니다."

"슬픈 일이었습니다. 내 귀엽고 어린 소년들, 그들 또한 하늘나라에서 쫓겨나고 말았으니까요. 한때 빛나는 천사였고 아침의 아들이었다가 이제는 추잡한 악마로 전락해 버린 사탄이 들판의 짐승들 중에서도 가장 엉큼한 뱀의 꼴을 하고 찾아왔던 거예요. 그는 그들을 시기했던 거지요. 한때 위대한 존재였다가 지금은 전락해 버린 그는 스스로 죄를 지어 영원히 포기해야 했던 유산을 흙으로 빚은 인간이 소유하게 되었다는 사실을 생각하고 참을 수 없었던 거예요. 그는 '더 연약한 그릇'[30]이었던 여자에게 찾아와서 그 좋은 구변으로 그녀의 귀에 독을 집어넣고는, 만약에 그녀와 아담이 그 금단의 과실을 따먹기만 한다면 제신(諸神)처럼, 아니 바로 하느님 그분처럼, 될 수 있다는 약속을 했지요. 아, 그런 약속을 하다니, 하느님을 모독하는 약속이 아니겠어요? 이브는 그만 이 대유혹자의 간계에 넘어가고 말았어요. 그녀는 사과를 먹었고, 아담에게도 먹으라고 했어요. 아담에게는 그녀의 청을 거역할 만한 도덕적 용기가 없었지요. 독을 품은 사탄의 혀는 성공을 거두었고, 그들은 추방되고 말았어요."

"그때 에덴동산에서는 하느님께서 그의 창조물인 인간에게

---

30) 「베드로 전서」 3장 7절.

책임을 묻는 소리가 들렸습니다. 하늘의 군사들을 지휘하던 미카엘이 손에 불칼을 들고 나타나서 이 죄 많은 두 사람을 에덴동산에서 이 세상으로 몰아냈습니다. 이 세상은 질병과 고역, 잔인함과 실망의 땅이요, 이마에 땀을 흘리며 먹을 것을 얻기 위해 노동과 고생을 해야 하는 땅입니다. 하지만 하느님 께선 참으로 자비로우셨습니다. 그분께서는 우리의 타락한 선 조를 불쌍히 여기시고 때가 되면 그들을 속죄해 줄 분을 하 늘나라에서 보낼 것이며 그들이 다시 한번 하느님의 자손이 되게 하고 천국의 상속자가 될 수 있게 하겠노라는 약속을 하 셨습니다. 그리고 타락한 인간의 속죄자가 될 그분은 하느님 의 독생자(獨生子)요, 가장 축복받는 삼위일체의 두 번째 분이 시고, 영원한 말씀이 될 것이라는 약속도 하셨습니다."

"그분은 오셨습니다. 그분은 동정녀 마리아에게 태어나셨습 니다. 그분은 유대 지방의 초라한 마구간에 나서서 30년 동안 천한 목공 노릇을 하셨지만 결국 그분이 맡았던 사명을 수행 할 시간이 다가왔습니다. 인류에 대한 사랑으로 가득한 그분 은 세상에 나서서 사람들에게 새 복음을 들으라고 말씀하셨 습니다."

"사람들이 그분의 말씀에 귀를 기울였던가요? 네, 귀는 기 울였지만 들으려 하지 않았습니다. 그분은 붙잡혀서 일반 범 인들처럼 묶였고, 바보인 양 조롱받았고, 한 잘 알려진 도둑에 게 자리를 양보하도록 따돌림을 당했습니다. 그분은 또 가시 면류관을 쓰고 5000개의 채찍으로 매를 맞으셨고, 유대인 폭 도들과 로마 군사들에게 몰려 길거리를 끌려 다니셨습니다.

또 그분은 옷이 벗겨진 채 십자가에 매달려 옆구리를 창으로 찔리셨는데, 우리 주님의 상처 입은 몸에서는 물과 피가 끊임없이 솟았습니다."

"그러나 그 더할 나위 없이 고통스러운 순간에도 우리의 자비로운 속죄자께서는 인류를 불쌍히 여기고 계셨습니다. 그곳 갈보리 언덕에서 그분은 이미 거룩한 가톨릭 교회를 세우시고 죽음의 힘도 감히 그것을 누르지 못하게 하겠노라[31]고 약속하셨습니다. 그분은 영원한 반석 위에 교회를 세우시고 그 교회에 은혜와 성찬과 희생을 내리셨어요. 또 사람들이 그 교회의 말씀에 순종하면 언제나 영생을 얻게 되겠지만, 이토록 많은 베푸심을 받고도 여전히 간악한 생활을 계속한다면 영원한 고통이 될 지옥만이 기다리고 있을 것이라고 말씀하셨어요."

설교자의 목소리가 낮아졌다. 그는 말을 그치고, 한동안 합장했다가 다시 두 손을 떼었다. 그러고 난 후 그는 말을 이었다.

"자, 저주받은 사람들이 거처하게 될 곳이 어떤 곳인지 우리의 능력껏 알아보도록 합시다. 모독당한 하느님의 정의는 죄인들을 영원히 벌하기 위해 지옥을 만드셨습니다. 지옥은 좁고 어둡고 고약한 냄새가 나는 감옥이며 악마와 버림받은 영혼들의 거처로서 불과 연기가 가득한 곳이지요. 하느님께선 당신의 율법에 매이기를 거절하는 자들을 벌하기 위해 일부

---

31) 「마태복음」 16장 18절.

러 그 감옥을 좁게 만드셨습니다. 속세의 감옥에서는 사면이 벽으로 둘러싸인 감방에서건 감옥의 어두운 뜰에서건 죄수들이 적어도 약간은 움직일 자유를 가질 수 있습니다. 그러나 지옥은 그렇지가 않아요. 저주받은 자들의 수가 워낙 많아서 그 끔찍한 지옥에서는 갇힌 자들이 짐짝처럼 쌓여 있고 지옥의 벽은 두께가 4000마일이나 된다고 해요. 거룩한 성인이신 성 안셀름[32]께서 비유담(比喩談)에 관한 책에서 말한 바에 의하면, 지옥의 죄인들은 너무 꼭 묶여 꼼짝 못하기 때문에 자기네 눈을 파먹고 있는 벌레조차도 눈에서 떼어낼 수가 없다고 합니다."

"그들은 외부의 암흑에 싸여 있다고 해요. 왜냐하면 지옥의 불길은 아무런 빛을 내지 않기 때문이죠. 하느님의 명령에 따라 바빌로니아의 화덕이 그 열을 잃었으되 빛은 잃지 않았던 것처럼,[33] 지옥의 불은 하느님의 명령에 따라 그 강한 열기는 간직하되 영원히 어둠 속에서 타고 있는 거예요. 그것은 영원한 암흑의 폭풍이요, 불타는 유황의 어두운 불꽃과 어두운 연기지요. 그 속에서 죄인들은 겹겹이 쌓인 채 공기라고는 구경도 못한답니다. 일찍이 파라오의 땅에 재앙들이 들이닥쳤을 때[34] 그중의 한 가지인 어둠의 재앙만으로도 무섭다고 했습니다. 오직 사흘 동안 계속된 어둠을 무섭다 했거늘 영원히 계속될 지옥의 어둠에 대해서는 우리가 무어라 형용해야 하

---

32) 1033~1108, 이탈리아 출신의 학자로 캔터베리 대주교를 역임하였다.
33) 「다니엘」 3장 19~30절 참조.
34) 「출애굽기」 10장 참조.

겠습니까?"

"이 좁고 어두운 감옥의 공포는 그 고약한 냄새로 인해 더욱 심해집니다. 최후의 심판이 있는 날 그 무시무시한 화재가 이 세상을 정화하면, 세상의 모든 오물과 모든 쓰레기와 찌꺼기가 마치 냄새 나는 거대한 하수구를 이루듯이 지옥 속을 흐르도록 되어 있다고 합니다. 굉장한 양의 유황이 불타기 때문에 지옥에는 견디기 힘든 냄새가 가득합니다. 저주받은 자들의 몸에서도 해로운 냄새가 많이 나므로, 성 보나벤투라[35]의 말씀에 의하면, 그중의 한 사람만 있어도 온 세상을 감염시키기에 충분하다고 합니다. 이 세상의 공기도 본래는 아주 순수하지만 오래도록 밀폐해 두면 고약한 냄새가 나서 숨쉬기가 힘들어집니다. 그러니 지옥 속의 공기가 얼마나 고약하겠는지 상상해 보세요. 더럽게 썩어가는 시체가 액체 부패물의 젤리 덩어리가 되어 무덤 속에서 분해되고 있다고 상상해 보세요. 불꽃의 먹이가 된 시신이 유황불에게 삼켜지면서 구역질 나게 불쾌한 부패의 진한 연기를 숨막히게 풍기고 있다고 상상해 보세요. 그리고 그 냄새 고약한 어둠 속에서 한 큰 덩어리의 썩어가는 인간 버섯이 되어 서로 엉켜 있는 수백만, 수천만의 구린내 나는 시체들 때문에 이 구역질 나는 냄새도 수백만 배, 수천만 배로 커진다고 상상해 보세요. 이 모든 것을 상상한다면 지옥의 냄새에 대한 공포가 어떤 것일지 조금은 알게

---

35) 1221~1274, 프란치스코회의 총회장. 성 토마스 아퀴나스 이후의 가장 위대한 스콜라 철학자로 일컬어진다.

될 것입니다.”

"그러나 이 냄새가 비록 무시무시하지만, 죄인들이 받게 되는 최악의 육체적 고통은 이 냄새가 아니랍니다. 불의 고문이야말로 일찍이 폭군들이 동료 인간들에게 가한 최악의 고문이었습니다. 잠시 동안만이라도 여러분의 손가락을 촛불에 대어보세요. 그러면 그 불의 고통이 어떤 것인지 느낄 수 있을 것입니다. 우리가 사용하는 이 세상의 불은 하느님께서 인간의 이익을 위해 만드신 것으로서 인간이 생명의 섬광(閃光)을 유지하고 쓸모 있는 기술을 활용하는 데 도움을 주자는 것이 그 목적이었습니다. 그러나 지옥의 불은 그 성질이 달라서 하느님께서 회개하지 않는 죄인을 고통스럽게 하고 벌하기 위해 만드신 것입니다. 우리가 사용하는 이 세상의 불은 그것이 태우는 대상체가 어느 정도로 가연성(可燃性)을 지니고 있느냐에 따라 빨리 태우기도 하고 천천히 태우기도 하므로 인간의 재주는 그 연소 작용을 중단시키거나 방지하기 위한 화학 물질을 발명하는 데 성공하기도 했습니다. 그러나 지옥에서 타오르는 그 유황불은 특별히 마련된 불이라 이루 말할 수 없게 성난 듯이 영원히, 영원히 타오를 것입니다. 더욱이 이 세상의 불은 불태우면서 파괴를 겸하기 때문에 그 불길이 세면 셀수록 연소 시간은 짧아집니다. 그러나 지옥의 불은 그것이 불태우는 대상을 보존하는 성질을 가지고 있어서 믿기 힘들 정도로 강렬히 타지만 영원히 타고 있는 것입니다.”

"또 이 세상의 불은 아무리 강렬하고 아무리 널리 번졌다고 하더라도 늘 일정한 한계가 있습니다. 그러나 지옥에서 타는 불의 호수에는 가장자리나 기슭이나 바닥이 없습니다. 악마 자신도 어떤 병사에게 질문을 받고, 산 하나를 지옥의 불바다에 던진다고 하더라도 눈 깜박하는 사이에 엽촉 조각처럼 타버리고 말 것이라고 고백하지 않을 수 없었다는 기록이 있답니다. 그런데 이 무시무시한 불은 저주받은 자들의 육신을 밖에서만 불태우는 것이 아니고 한량없는 불길이 오장육부 속에서도 이글거리고 있기 때문에 이 버림받은 영혼들은 그 자체가 곧 지옥이라고 느낄 것입니다. 오, 그 불쌍한 인간들의 운명은 정말 얼마나 무시무시할까요! 혈관 속에서는 피가 부글부글 끓을 것이고, 머릿속에서는 뇌수(腦髓)가 뒤끓을 것이고, 가슴속에서는 심장이 이글거리며 터질 것이고, 창자는 새빨갛게 타오르는 펄프 덩어리가 될 것이고, 부드러운 눈알은 녹여놓은 공처럼 불타고 있을 것입니다."

"그렇지만 이 불의 힘이나 성질이나 무한함에 대해서 지금까지 내가 말한 것도 이 불의 치열함에 비하면 아무것도 아닙니다. 하느님께서 영혼과 육체를 다 함께 벌하기 위한 의도로 선택하신 도구로서의 불이 지닌 치열함 말입니다. 그 불은 하느님의 분노로부터 직접 타오르는 것으로서 단순한 불로 작용하는 것이 아니고 하느님의 복수 도구로 작용합니다. 영세의 물이 육신을 씻어 영혼을 깨끗이 하는 것처럼 이 천벌의 불길은 몸을 태워 정신을 고통스럽게 합니다. 몸의 모든 감각은 고통을 당하고, 영혼의 모든 기능도 그 몸과 함께 고통을 당합니다. 눈은 뚫어볼 수 없는 철저한 암흑으로 인해 고통당하고, 코는 해로운 냄새로 인해 고통당하고, 귀는 아비규환과 저주로 인해 고통당하고, 미각은 더러운 물질, 고약한 부패물 및 정체불명의 질식할 듯한 오물로 인해 고통당하고, 촉각은 시뻘겋게 달은 꼬챙이와 못 그리고 널름거리는 불길로 인해 고통당할 것입니다. 이처럼 감각이 따로따로 고통을 당함으로써 인간 영혼의 본질은 천길만길 타오르는 불속에서 영원히 고통을 당합니다. 이 불길은 전지전능하신 하느님의 존엄성이 손상된 탓에 나락(奈落)에서 당겨졌으며, 분노한 신성(神性)의 숨결이 부채질하여 점점 거세지는 영원한 분노의 불길이 됩니다."

"마지막으로, 이 지옥의 고통은 저주받은 자들끼리 함께 지내야 함으로 해서 더 커진다는 사실을 생각해 보세요. 지상에서도 간악한 것들과의 사귐은 해롭기 때문에 식물조차도 자기에게 치명적이거나 해로운 것이 있으면 그것과 사귀는 것을 본능적으로 기피합니다. 지옥에서는 모든 율법이 뒤집혀 있고, 가족 및 국가라든가, 유대(紐帶) 및 관계라는 관념이 아예 없답니다. 저주받은 자들이 느끼는 고통과 분노는 자기네처럼 고통과 분노를 느끼고 있는 다른 사람들이 옆에 있음으로 해서 더욱 격화되므로 서로를 향해 아우성과 비명을 지릅니다. 인간적인 생각은 모두 잊혀지고 없어요. 고통당하고 있는 죄인들의 절규가 그 넓은 나락의 가장 먼 구석까지 가득합니다. 저주받은 자들의 입에는 하느님을 모욕하는 말, 고통을 함께하고 있는 다른 죄인들에 대한 욕설, 그리고 함께 죄를 지은 자들을 저주하는 소리가 가득하지요. 옛날에는 살부죄 즉 자기 아비를 죽이는 죄를 저지른 자를 처벌할 때 수탉과 원숭이와 뱀을 한 마리씩 넣은 자루에다가 그를 함께 담아 깊은 바다에 던지는 풍습이 있었습니다. 오늘날 우리에게는 잔인해 보입니다만, 그 법을 만든 사람의 의도는 죄인을 밉살스럽고 해로운 짐승들과 함께 있게 함으로써 벌하자는 데에 있었습니다. 그렇지만 지옥 속에 갇힌 저주받은 자들의 타는 입술과 고통스러운 목구멍에서 터져나오는 그 격노한 비명에 비한다면 이 말 못하는 짐승들의 분노야 아무것도 아니지요. 지옥에 갇힌 사람들은 함께 고통을 겪는 다른 인간들을 볼 때 자기네의 죄를 방조하거나 선동했던 사람이요, 자기네의 마음속에 악한 생각과 악한 삶의 씨앗을 처음으로 뿌린 말을 했던 사람이요, 자기네들이 죄를 짓도록 나쁜 제안을 했던 사람이요, 자기네들이 덕행의 길을 걷지 못하도록 눈으로 유혹하고 꼬여낸 사람이라 생각합니다. 그래서 그들은 그 공범자들에게 덤벼들어 그들을 나무라며 저주합니다. 그러나 그들에게는 아무런 도움이나 희망도 없습니다. 회개를 하려 해도 이미 너무 늦었기 때문이지요."

"끝으로, 유혹한 자나 유혹당한 자를 가릴 것 없이 저주받은 영혼들은 악마들과 함께 지내야 하는데 그 고통이 얼마나 무서울 것인지를 생각해 보세요. 이 악마들은 저주받은 자들을 두 가지 면으로 괴롭힙니다. 첫째는 단순히 함께 지내야 하는 괴로움이요, 둘째는 악마들의 비난입니다. 우리로서는 이 악마들이 얼마나 무서운지를 알 수 없습니다. 시에나의 성녀 카탈리나[36]는 언젠가 한번 악마를 본 적이 있었답니다. 그분

---

36) 1347~1380, 이탈리아의 성녀다.

은 이런 지긋지긋한 괴물을 잠시 동안이나마 다시 보느니 차라리 일생이 끝나도록 빨갛게 타는 석탄불 길을 걸어가겠노라는 기록을 남겼습니다. 악마들도 한때는 아름다운 천사들이었지만 그 옛날의 아름다움에 못지않을 정도로 지금은 흉측하고 무서운 괴물로 되어버린 것이지요. 그들은 자기네가 파멸로 이끌었던 그 버림받은 영혼들을 비웃거나 조롱합니다. 지옥에서는 양심의 목소리로 되는 쪽이 바로 이들 추잡한 악마들입니다. 그들은 묻습니다. 너는 왜 죄를 지었느냐? 너는 왜 악마들의 유혹에 귀를 기울였느냐? 너는 왜 경건한 습관과 선한 일을 외면했느냐? 너는 왜 죄를 지을 계기를 피하지 않았느냐? 너는 왜 그 악한 친구들을 버리지 않았느냐? 너는 왜 그 음란한 버릇, 그 추잡스러운 짓을 포기하지 않았느냐? 너는 왜 고해신부의 충고를 듣지 않았느냐? 하느님께서는 너의 죄악을 용서하시기 위해 너의 회개만을 고대하고 있었거늘, 너는 어찌하여 첫 번째, 두 번째, 세 번째, 네 번째 아니 백 번째 죄를 짓고 난 이후에도 그 나쁜 길을 회개하고 하느님을 찾아가지 않았더란 말이냐? 이제 회개할 시간은 지나가고 말았다. 지금은 시간이 있고 과거에도 있었지만 앞으로는 영영 없을 것이다. 남몰래 죄를 짓고, 나태와 오만에 빠지고, 불법적인 것을 탐하고, 너의 천한 천성의 충동에 굴복하고, 들판의 짐승들처럼 살고, 아니 기껏 금수(禽獸)에 불과하기에 이성의 인도라고는 받지 못하는 그 짐승들만도 못하게 살던 시간이 있었다. 그런 시간은 있었지만 앞으로는 시간이 영영 없을 것이다. 하느님께선 아주 여러 목소리로 너에게 타일렀지만 너는 들으려 하지 않았다. 너는 마음속의 오만과 분노를 부숴버리려 하지 않았고, 올바르지 못한 수단으로 손에 넣은 재물을 되돌리려 하지 않았고, 거룩한 교회의 가르침을 따르거나 종교적 의무를 지키려 하지 않았고, 간악한 친구들을 버리려 하지 않았고, 위험한 유혹을 피하려 하지 않았다. 이는 악마가 고통을 가하기 위해서 한 말인데, 모두 조소, 비난, 증오 및 혐오의 말입니다. 정녕 혐오의 말이지요. 왜냐하면 그들은 악마이지만 죄를 지을 때는 원래 그들에게 있었던 천사적 성질에 합당한 죄, 즉 지성의 반란이라는 죄를 짓기 때문입니다. 그들이 비록 추잡한 악마이긴 해도, 타락한 인간이 성령의 전당을 모독하고 자기 자신을 더럽히면서 저지르는 그 말 못할 죄를 생각하고는, 거역감과 불쾌감 때문에 얼굴을 돌리지 않을 수가 없지요."

"그리스도 속의 내 귀여운 형제들, 우리가 악마의 그런 말을 듣게 될 운명에 처해서야 되겠습니까? 절대로 그런 운명에 처해서는 안 되겠지요. 그 무서운 마지막 심판의 날이 다가왔을 때, 오늘 이 채플에 모인 학생들 중에서는 단 한 사람도 그 불쌍한 사람들 틈에서 발견되지 않도록 나는 간절히 기도합니다. 거룩하신 심판자께서는 그 불쌍한 자들에게 영원히 당신 앞을 떠나도록 명하실 것입니다. '이 저주받은 자들아, 나에게서 떠나 악마와 그의 졸도들을 가두려고 준비한 영원한 불속에 들어가라'[37]는 그 무서운 거부의 선고를 우리들 중에

---

37) 「마태복음」 25장 41절.

서는 아무도 듣게 되지 않도록 간절히 기도합니다."

그가 채플의 통로를 따라 나오고 있을 때 다리는 후들후들 떨렸고 머리 가죽은 마치 귀신의 손에 닿기라도 한 것처럼 바르르 떨리고 있었다. 그가 계단을 거쳐 복도로 들어가니 벽에 걸린 외투와 우의 들이 교수대에 매달린 죄수처럼 머리와 형체도 없이 물을 뚝뚝 떨어뜨리고 있었다. 그는 한 걸음씩 발을 뗄 때마다 자신이 이미 죽었고, 영혼은 육체라는 집에서 비틀려 나왔으며, 지금은 자기가 걷잡을 수 없이 허공 속으로 빠져들고 있다는 무시무시한 생각이 들었다.

그는 발로 마루를 딛고 서 있을 수가 없어서 책상에 무겁게 앉아 아무렇게나 책을 한 권 펴놓고 들여다보았다. 신부의 말은 구구절절 그를 위한 것이 아니었던가! 진실이었다. 하느님은 전지전능하셨다. 하느님은 당장에 그를 불러들일 수가 있었다. 그가 미처 그 소환을 의식할 겨를도 없이 하느님은 책상에 앉아 있는 그를 불러들일 수도 있었다. 하느님은 이미 그를 부르셨다. 네? 뭐라고요? 네? 그의 육신은 게걸스럽게 널름거리며 다가오는 불길을 느끼자 움찔했고, 질식할 듯한 공기가 주변에서 소용돌이치는 것을 느끼자 말라붙었다. 그는 죽었던 것이다. 그렇다. 그는 심판을 받았다. 불의 파도가 그의 육신을 휘몰아쳤다. 첫 번째 파도였다. 또다시 파도가 휘몰아쳤다. 금이 가고 있는 두개골 속에서 그의 뇌수가 부글부글 끓어오르고 있었다. 그의 두개골에서 불길이 화관(花冠)처럼 터지면서 여러 목소리로 절규하고 있었다.

"지옥이다! 지옥이다! 지옥이다! 지옥이다! 지옥이다!"

그의 옆에서 여러 목소리들이 말하고 있었다.

"지옥에 대한 설교였습니다."

"지옥이 어떤 곳인지 너희 머릿속에 잘 주입되었겠구나."

"그럼요. 모두들 그 설교를 듣곤 새파랗게 질렸으니까요."

"너희들에게는 그런 설교가 필요하다고. 너희를 공부하게 하려면 그런 설교가 더 많아야지."

그는 몸을 뒤로 젖히고 맥없이 책상에 앉아 있었다. 그는 죽지 않았다. 하느님이 아직은 그를 용서하고 있었다. 그는 아직도 학교라는 익숙한 세계 속에 있었다. 창가에서는 테이트 선생과 빈센트 헤론이 서서 얘기를 주고받거나 농담을 하고 있었고 창밖으로 음산하게 내리는 비를 바라보며 머리를 움직이고 있었다.

"날이나 개었으면 좋겠다. 몇몇 친구들과 자전거로 말라하이드[38]를 한 바퀴 돌고 올까 했는데. 길이 무릎까지 빠지겠는걸."

"곧 개일 듯도 합니다, 선생님."

그가 아주 잘 알고 있는 목소리들과 흔히 듣는 말들, 그리고 그 목소리들이 그치고 다른 아이들이 점심을 먹으며 마치 소가 조용히 풀을 뜯으며 내는 듯한 소리로 그 침묵을 가득 채울 때의 교실의 정적, 그런 것들이 그의 아픈 영혼을 진정시켜 주었다.

---

38) 더블린 근교의 해수욕장. 더블린에서 말라하이드 로(路)를 따라 동북쪽으로 올라간다.

아직도 시간은 있었다. 오, 죄인의 피난처이신 성모 마리아여, 그를 위해 힘써 주소서. 오, 순결한 동정녀여, 그를 죽음의 구렁에서 구해 주소서.

영어 시간은 역사를 듣는 것으로 시작되었다. 왕족들, 총신(寵臣)들, 음모꾼들, 주교들이 그 이름의 베일에 가려진 채 말 없는 유령처럼 지나갔다. 모두들 죽어서 심판받았으리라. 사람이 자기의 영혼을 상실한다면 온 세상을 얻는다 한들 무슨 소용이 있을 것인가?[39] 드디어 그는 이해할 수 있었다. 그리고 그의 주변에는 인간의 삶이 널려 있었는데 그곳은 죽은 자들이 조용한 무덤 속에서 잠들어 있는 동안 개미 같은 인간들이 우애 있게 일하는 평원이었다. 친구가 팔꿈치로 그를 쿡 찔렀을 때 그는 심장을 찔리는 듯했다. 선생의 질문에 대답하려고 입을 열었을 때 그는 자기의 목소리가 조용한 겸허와 가책으로 가득한 것을 알았다.

그의 영혼이 평화로운 뉘우침 속으로 점점 더 깊이 빠져들고 있는 동안 고통스러운 공포는 느낄 수 없었고 희미한 기도만을 올리고 있었다. 아, 그렇고말고, 아직도 구제받을 수야 있지. 마음속으로 회개하여 용서를 받으리라. 그러면 하늘에 계시는 분들도 그가 과거의 잘못을 속죄하기 위해 앞으로 하게 될 일들을 보게 되리라. 일생을 통해. 한 시간도 빼지 않고. 다만 기다려주십시오.

"모든 것을 회개하겠나이다, 하느님! 모든 것, 모든 것을!"

---

39) 「마태복음」 16장 26절 및 「마가복음」 8장 36절 참조.

사환이 문간에 나타나더니 지금 채플에서는 고해성사가 진행중이라는 말을 전했다. 네 명의 애들이 교실을 떠났고, 다른 반 애들이 복도를 지나가는 소리도 들렸다. 약한 바람보다 더 강하지 않은 떨리는 한기가 그의 심장 주위에 불어닥쳤다. 조용히 귀를 기울이고 괴로워하면서 그는 마치 자기의 심근(心筋)에 귀를 대고 그것이 오므라지며 움츠리는 것을 느낀다든지 심실(心室)의 펄떡거림을 듣고 있는 듯했다.

피할 수 없었다. 고백해야만 했다. 자기가 저지르거나 생각했던 죄악을 조목조목 말해 버리리라. 어떻게 할 것인가? 어떻게 할 것인가?

"신부님, 저는……."

그 생각이 싸늘하게 번쩍이는 쌍날의 칼처럼 그의 부드러운 몸속으로 미끄러지듯 들어왔다. 고백해야 한다는 생각이었다. 하지만 학교 채플에서는 고백하지 않으리라. 그는 행동이나 생각으로 저질렀던 모든 죄악을 진심으로 고백하려 했지만 학교 동료들 사이에서 고백하고 싶지는 않았다. 학교에서 멀리 떨어진 어떤 어두운 곳에서 수치스러운 죄를 말하고 싶었다. 그리고 그는 학교 채플에서 고백하지 않는다고 해서 하느님이 자기에게 화를 내지 않도록 겸허하게 하느님께 빌었다. 그리고 온통 정신적 비열감에 빠진 채, 그는 자기 주변 아이들의 소년다운 마음씨를 향해서도 말없이 용서를 빌었다.

시간이 흘렀다.

그는 채플의 앞쪽 벤치에 다시 앉아 있었다. 밖에서는 벌써 날이 저물고 있었다. 탁한 붉은색 블라인드를 통해 빛이 천천히 비치고 있을 때 마지막 날의 해가 저물고 있는 것 같았고 모든 영혼들이 최후의 심판을 받기 위해 모여들고 있는 듯했다.

"'내가 주님 눈 밖에 났구나.'[40] 그리스도 속의 내 귀여운 형제들, 이 말은 「시편」 30편 23절에 나오는 말이지요. 성부 성자 성령의 이름으로, 아멘."

신부는 조용하고 다정한 어조로 말하기 시작했다. 그의 얼굴은 다정해 보였다. 그는 조용히 두 손을 합쳐 손가락 끝이 서로 마주치게 함으로써 연약한 새장처럼 보이게 했다.

"오늘 아침에 우리는 지옥에 대해 성찰하면서 우리 예수회의 거룩한 창설자가 영신 훈련에 대한 책[41] 속에서 장소의 심적 구성(心的構成)이라고 부른 것을 실제로 만들어보고자 노력했습니다. 다시 말해, 우리는 상상력 속에서 마음속의 감각을 가지고서 그 무시무시한 지옥이 실질적으로 어떤 곳이며 거기 갇힌 사람들이 당하는 육체적 고통은 어떤지를 생각해보려고 했습니다. 오늘 저녁에는 지옥에서 죄인들이 당하는 정신적 고통의 성격에 대해 잠시 동안 생각해 보고자 합니다."

"우선 죄악은 두 가지 면에서 극악무도하다는 것부터 기억해 둡시다. 죄악은 우리의 부패한 천성의 충동질과 인간의 저급한 본능, 그리고 천박하고 야수적인 것에 야비하게 부화뇌

---

40) 우리말 공동번역 성경으로는 「시편」 31편 23절이다.
41) 이냐시오 로욜라가 1548년에 죄악, 정의 및 심판에 대한 경각심을 불러 일으키고자 쓴 책을 가리킨다. 이 책에서 저자는 정신적 진실에 대한 사색의 방편으로 물체에 대한 명상을 권장하고 있다.

동하는 것입니다. 그것은 또한 우리의 고귀한 성품이 충고하는 바를 외면한다든지, 순수하고 거룩한 모든 것과 거룩하신 하느님을 외면해 버리는 것이기도 합니다. 이러한 이유로 인간의 죄악은 지옥 속에서 육체적 처벌과 정신적 처벌이라고 하는 두 가지 형태의 벌을 받습니다."

"그런데 이 모든 정신적 고통 중에서도 가장 큰 것은 상실의 아픔입니다. 이 아픔은 실로 너무 커서 그 자체만으로도 다른 모든 아픔보다 더 크다고 할 수 있습니다. 성 토마스는 흔히 교회의 가장 위대한 박사 혹은 천사 같은 박사라고 일컬어집니다만,[42] 그분께서는 인간의 이해력이 하느님의 빛을 완전히 박탈당하고 인간의 애정이 하느님의 선으로부터 완강히 외면되는 데에 최악의 저주가 있다고 말합니다. 하느님은 무한히 착하신 존재이므로 이런 존재를 박탈당하는 거야말로 한없이 고통스러운 상실이라는 것을 기억하세요. 이 세상에 살 때는 우리가 이런 상실이 얼마나 고통스러운가를 분명히 이해하지 못하지만, 지옥에 갇힌 죄인들은 그들이 겪는 보다 큰 고통으로 인하여 그들이 상실한 것이 무엇인지 잘 알고 있으며 자기네가 죄악 때문에 그것을 상실했으되 영원히 상실했다는 것을 알고 있습니다. 그들이 죽는 바로 그 순간 육체와의 유대 관계는 산산조각이 나고 그 즉시 영혼은 하느님께로 날아갑니다. 영혼은 마치 그 존재의 중심을 향하듯이 하느님을 향합

---

42) 성 토마스 아퀴나스(1225~1274). 중세의 대표적인 스콜라 철학자로서 아리스토텔레스의 해석자요 철학의 종합자로서 유명하다. 조이스는 그의 철학으로부터 지대한 영향을 받았다고 한다.

니다. 내 귀여운 소년 여러분. 인간의 영혼은 하느님과 함께하길 갈망한다는 것을 명심합시다. 우리는 하느님으로부터 나와서 하느님 곁에 살다가 하느님께 귀속되는 거지요. 우리는 하느님의 것이며 하느님과는 끊을 수 없는 관계에 있습니다. 하느님은 거룩한 사랑을 가지고 모든 인간의 영혼을 사랑하시며, 모든 인간의 영혼은 그 사랑 속에 살고 있습니다. 그렇게될 수밖에, 달리 무슨 수가 있겠습니까? 우리가 쉬는 숨결, 우리의 머릿속 생각, 우리의 삶이 갖는 순간순간이 모두 하느님의 무궁무진한 선에서 나옵니다. 어머니가 자기 자식과 헤어지는 것이라든지, 사람이 가정과 노변(爐邊)을 떠나 멀리 유배된다든지, 친구끼리 헤어지는 것이 고통이 된다면, 인간의 불쌍한 영혼이 지극히 착하고 사랑으로 충만한 창조주 앞에서쫓겨나는 것이야말로 실로 엄청난 고통과 고뇌가 아니겠습니까? 이 창조주께서는 아무것도 없는 데서 인간의 영혼을 만들어내셨고, 생명체 속에서 그것을 지탱해 주셨으며, 무한한애정으로 그것을 아껴주시기까지 하셨습니다. 그러므로 그 최고의 선이신 하느님으로부터 영원히 떨어지고 만다는 것, 그리고 그 이별은 돌이킬 수 없다는 것을 알면서도 그 이별의고통을 느껴야 한다는 것, 바로 이거야말로 창조된 영혼이 견뎌야 하는 최대의 고통인 페나 담니(Poena Damni) 즉 상실의고통입니다."

"지옥에서 저주받은 자들의 영혼을 괴롭히는 두 번째 고통은 양심의 고통입니다. 죽은 사람의 몸이 썩으면 그 속에 구더기가 생기듯이, 버림받은 사람들의 영혼 속에서는 죄악의 부패로부터 영원한 후회가 생깁니다. 이는 교황 인노첸시오 3세[43]가 세 가지 침을 가졌다고 한 바 있는 바로 그 벌레 즉 양심의 가책입니다. 이 잔인한 벌레가 가하는 첫 번째 침은 지나간 쾌락에 대한 기억입니다. 그야말로 참으로 무서운 기억이 되겠지요. 모든 것을 삼켜버리는 불의 호수에서 오만한 왕은 그의 화려한 궁정을 기억할 것이요, 현명하지만 간악했던 사람은 자기의 도서와 연구용 기구를 기억할 것이요, 예술적인 도락의 애호가는 대리석 조각품이니 그림이니 기타 소중한 예술품들을 기억할 것이요, 식도락가는 공들여 장만한 요리 및 최고급 포도주를 곁들인 화려한 잔칫상을 기억할 것이요, 구두쇠는 자기가 감춰두었던 금은보화를 기억할 것이요, 강도는 자기가 불법적으로 벌어들인 재산을 기억할 것이요, 성나고 복수심 넘치고 잔인한 살인자들은 그들이 즐겨 저질렀던 그 피투성이의 폭력적 소행을 기억할 것이요, 부정한 간음자들은 그들이 즐겼던 말 못할 정도로 추잡한 쾌락을 기억할 것입니다. 그들은 이 모든 것을 기억하고는 자기 자신들과 자기네 죄악을 혐오하게 될 것입니다. 영원토록 지옥의 불길 속에서 고통을 당하도록 저주받은 사람들에게는 그 모든 쾌락들이 얼마나 비참해 보이겠습니까. 그들은 이 세상의 찌끼라든가, 몇 푼 안 되는 돈, 허망한 명예, 육체적 안락, 말초신경의 자극 따위를 탐하다가 그만 천국의 환희를 상실하게 된 것

---

43) 1161~1216. 국권에 대한 교황권의 우위와 종교재판의 강화를 주장했던 교황이다.

을 생각하고는 입에 거품을 물고 분노할 것입니다. 그들은 참으로 후회할 것입니다. 이것은 양심의 벌레가 쏘는 두 번째 침인데 이미 저지른 죄악에 대해 뒤늦게 부질없이 슬퍼하는 것입니다. 하느님의 정의는 이 불쌍한 자들이 자기네가 저지른 죄에 대해서만 오성(悟性)을 계속 집중시키도록 요구합니다. 더욱이 성 아우구스티누스가 지적한 대로, 하느님께서는 죄악에 대한 당신의 지식을 죄인들에게 나누어줌으로써 죄인들에게도 죄가 하느님의 눈에 나타나듯이 흉측한 모습으로 나타나게 합니다. 그들은 자기네 죄가 지니고 있는 그 모든 추잡한 면들을 바라보며 후회하겠지만 이미 때는 늦었을 것입니다. 그래서 그들은 지난날 회개할 기회가 여러 번 있었는데도 그것을 소홀히 했던 것을 생각하고 슬퍼할 것입니다. 이것은 양심의 벌레가 지니고 있는 가장 깊고 가장 잔인한 마지막 침입니다. 양심은 말할 것입니다. 너는 회개할 시간과 기회가 있었는데도 회개하려 하지 않았다. 너의 부모는 너를 종교적으로 양육했다. 너는 또 네게 도움이 될 성사와 은총과 사면을 교회로부터 누려왔다. 너에게 설교를 하고, 네가 잘못된 길로 들어서면 너를 불러들이고, 또 네 죄가 아무리 많고 아무리 흉측하다고 하더라도 네가 고백하고 회개만 한다면 너를 용서해 주었을 하느님의 대리자가 너에겐 있었다. 그런데도 너는 회개하려 하지 않았다. 너는 거룩한 종교의 성직자들을 모욕했고, 고해소에 등을 돌렸으며, 결국 죄악의 수렁 속으로 점점 더 깊이 빠져들었다. 하느님께서는 어서 당신 앞으로 돌아오라고 너에게 호소와 위협과 간청을 했다. 아, 정녕 수치스럽고 비참한 일이구나! 이 우주의 지배자께선 흙에서 빚어낸 보잘것없는 존재인 너에게 너를 만드신 분을 사랑하고 또 그분의 율법을 지키도록 간청했다. 그런데도 너는 그 간청을 듣지 않았다. 설사 너에게 아직도 울 힘이 남아 있어서 너의 눈물이 지옥에 온통 홍수를 일으킬 정도로 참회한다 해도, 네가 인간 세상에 살고 있을 때에 진정한 회개의 눈물 한 방울이면 얻을 수 있었을 하느님의 용서를 이제는 영영 얻지 못하고 말 것이다. 이제 너는 인간 세상에서의 삶을 한순간이나마 다시 허용해 준다면 회개하겠다고 애원하겠지만, 물론 헛된 일이다. 회개할 시간은 사라졌다. 영영 사라지고 말았다."

"이게 바로 세 겹으로 된 양심의 가책이고 이 가책은 그 불쌍한 인간들의 심장 한복판을 독사처럼 물어뜯습니다. 그러므로 지옥 같은 분노를 느끼면서 그들은 스스로의 어리석음을 저주하고, 자기네를 이런 파멸로 이끌어 온 간악한 친구들을 저주하고, 인간 세상에서 그들을 유혹했을 뿐만 아니라 지금은 영원히 그들을 비웃으며 고통을 가하고 있는 악마들을 저주하고, 심지어는 가장 높으신 하느님까지도 헐뜯고 저주합니다. 지난날에는 그들이 하느님의 선(善)과 인내를 비웃거나 멸시했지만 지금은 그분의 정의와 권능을 피할 수 없게 되었거든요."

"저주받은 자들이 처하게 될 또 하나의 정신적인 고통은 확대의 고통입니다. 이 세상에서는 인간이 비록 여러 가지의 악을 저지를 수 있다 해도 그 모든 것을 한꺼번에 저지를 수야 없지요. 그것은 마치 한 가지 해독(害毒)이 다른 해독을 흔히 시정하듯이 악도 다른 악을 시정하거나 상쇄하기 때문이지요, 지옥에서는 이와 반대입니다. 한 가지 고통이 다른 고통을 상쇄하기는커녕 오히려 그것을 더욱 조장합니다. 더욱이 인간의 내면적 능력이 외면적 감각보다 더 완벽한 만큼 내면적 능력은 고통도 더 많이 당할 수 있습니다. 모든 감각 기관이 각각 그것에 알맞은 고통을 당하듯이 모든 정신적 능력 또한 그것에 알맞은 고통을 당합니다. 공상은 무시무시한 이미지들로 인해 고통당하고, 감수성은 서로 엇갈리는 동경과 분노로 인해 고통당하고, 이성과 오성은 그 무서운 지옥을 다스리고 있는 외면적 암흑보다도 더 무시무시한 내면적 암흑으로 인해 고통당할 것입니다. 이들 악마의 영혼을 사로잡고 있는 악의는, 비록 무력하기는 하지만, 무한히 확대될 수 있고 영원히 지속될 수 있는 악이요 무서운 간악함의 경지이기도 하지만, 죄악의 흉악무도함과 그 죄악에 대해 하느님께서 품고 계시는 혐오를 명심하지 않는 한 우리는 그 경지를 인식하기 어려울 것입니다.”

“이 확대의 고통과는 상반되지만 그것과 공존하고 있는 것으로 집중의 고통이 있습니다. 지옥은 악의 중심지입니다. 여러분이 알다시피 사물의 성질은 가장 멀리 떨어진 주변보다도 그 중심에서 더 강렬한 법입니다. 지옥의 고통을 조금이라도 완화하거나 경감해 줄 상쇄물이나 혼합물은 찾을 수 없습니다. 아니, 그 자체로는 선한 사물도 지옥에서는 악하게 됩니다. 다른 곳에서라면 고통받는 이들에게 위안의 샘이 될 수 있을 친구들도 지옥에서는 끊임없는 고통일 뿐입니다. 지성의 으뜸가는 선이라 하여 누구나 갈망하는 지식도 지옥에서는 무식보다 더 미움을 받습니다. 창조물 중의 왕인 인간에서 시작하여 숲속에 자라는 가장 미천한 식물에 이르기까지 만물이 그렇게나 탐하는 빛도 지옥에서는 지독히 미움을 받습니다. 이 세상에서는 우리가 당하는 슬픔이 그리 길지도 않고 심하지도 않습니다. 왜냐하면 천성이 습관을 통해 그 슬픔을 압도해 버리거나 아니면 슬픔을 그 자체의 무게 아래로 가라앉힘으로써 끝장내기 때문입니다. 그러나 지옥에서는 습관으로 고통을 극복할 수 없습니다. 왜냐하면 그 고통들은 끔찍스러울 정도로 격렬한가 하면 끊임없이 변화하고 있어서, 말하자면 한 고통이 다른 고통으로부터 불을 당겼다가 불을 붙여 준 고통에게 이전보다도 더 강렬한 불을 되붙여 주기 때문입니다. 또 천성이 이 치열하고 다양한 고통에 굴복함으로써 그 고통을 피할 수 있는 것도 아니랍니다. 왜냐하면 지옥에서는 영혼이 점점 더 큰 고통을 당하도록 사악함 속에서 지탱되고 유지되기 때문입니다. 고통의 무한한 확대, 믿기 어려울 정도로 치열한 고통 겪기, 부단히 변화하는 고통…… 이야말로 죄인들 때문에 격노한 존엄하신 하느님께서 요구하는 벌이요, 이야말로 썩어빠진 육체의 음란하고 저속한 쾌락을 위해 멸시되고 따돌림당한 하늘의 신성함이 요구하는 벌이요, 이야말로 하느님의 순결한 어린양이 죄인들의 속죄를 위해 가장 간악한 자들에게 짓밟히며 흘리신 피가 주장하는 벌이기도 합니다.”

“그 무서운 곳에서 당하는 모든 고통 중에서도 절정을 이루는 마지막 고통은 지옥이 영원하다는 데 있습니다. 영원이라니! 무시무시하고 참혹한 말이지요. 영원이라니! 인간의 마음으로 어찌 그 말의 뜻을 이해할 수 있겠습니까? 게다가 그것이 고통의 영원함이라는 것을 기억해야지요. 비록 지옥의 고통이 실제만큼 무서운 것이 아니라고 하더라도 영원히 계속될 운명이므로 한없는 고통이 될 것입니다. 그러나 그 고통은 영원히 계속되는 동안, 여러분도 알다시피, 견딜 수 없게 치열해지고 참을 수 없게 확대됩니다. 벌레에게 쏘인 아픔도 영원히 견뎌야 한다면 무서운 고통이 될 것입니다. 하물며 지옥의 여러 갈래 고통을 영원히 견딘다는 것은 어떠하겠습니까? 언제까지나! 영원히! 일 년이라든가 한 시대 동안이 아니라, 영원토록. 이 말의 무서운 뜻을 상상해 봅시다. 여러분은 바닷가의 모래를 본 적이 있을 겁니다. 그 작은 모래알들은 얼마나 섬세합니까. 아이가 놀다가 쥔 한 줌의 모래 속에도 얼마나 많은 작고 고운 모래알들이 들어 있습니까. 모래 더미가 이 지상에서 하늘 끝까지 쌓여 있는데 그 높이가 백만 마일이요, 이 지상에서 가장 먼 허공까지 뻗쳐 있는데 그 너비가 백만 마일이요 그 두께 또한 백만 마일입니다. 게다가 무수한 모래알로 구성된 이 더미가 곱으로 늘어나되 마치 숲속의 나뭇잎 수만큼, 대양의 물방울 수만큼, 새의 깃털 수만큼, 물고기의 비늘 수만큼, 짐승의 털 수만큼, 광대한 대기 속의 원자 수만큼 빈번히 늘어난다고 생각해 보세요. 그런데 백만 년이 지날 때마다 작은 새 한 마리가 이 모래 더미로 날아와서 이 작은 모래알을 한 개씩 물고 간다고 생각해 보세요. 그 새가 이 더미 중에서 단 1평방피트의 모래만이라도 옮기자면 도대체 몇 백만 년 몇 억 년의 세월이 걸릴 것이며, 그 모래 더미를 모두 옮겨 버리자면 또 끝없는 세월이 얼마나 더 흘러야 할 것입니까! 하지만 이 엄청난 세월이 흐르고 난 후에도 영겁의 시간 중의 단 한 순간도 끝났다고 할 수는 없습니다. 수천 억 년 수천 조 년이 지나고 난 후에도 영겁은 아직 제대로 시작도 된 것이 아니지요. 그 모래 더미가 모두 없어진 후 다른 더미가 솟아난다면, 그 새가 다시 날아와서 모래알을 한 개씩 옮기기 시작한다면, 그리고 그 모래 더미가 하늘에 있는 별의 수만큼, 공기 속의 원자 수만큼, 바닷속의 물방울 수만큼, 숲속의 나뭇잎 수만큼, 새의 깃털 수만큼, 물고기의 비늘 수만큼, 짐승들의 털 수만큼 빈번히 솟았다 사라지기를 거듭한다고 합시다. 이 헤아릴 수 없을 정도로 거대한 산더미가 그렇게나 무수히 솟았다 사라졌다 한 이후에도 이 영겁 중 단 한 순간도 끝났다고 할 수가 없을 것입니다. 마음속으로 생각만 해도 머리가 빙빙 돌 정도로 현기증이 나는 이 기나긴 세월이 흐르고 난 이후에도 이 영겁은 아직 제대로 시작조차 되지 않았을 것입니다."

"우리 예수회 신부님 중의 한 분이셨다고 생각됩니다만, 한 거룩한 성인께서 한번은 지옥의 비전을 볼 기회를 허여받았다고 합니다. 그분은 커다란 시계가 째깍거리는 소리를 제외하고는 온통 고요하고 어둡기만 한 넓은 홀 속에 서 있는 듯한 생각이 들었다고 했습니다. 그 째깍거리는 소리는 끊임없이 계속되었고, 그 성인에게는 그 소리가 마치 '에버(ever), 네버(never),

에버, 네버'[44] 하며 두 낱말을 끝없이 되풀이하는 것처럼 들렸답니다. 영원히 지옥 속에 빠져 결코 천국에 갈 수 없을 것이며, 하느님이 계시는 곳에서 영원히 단절되어 결코 하느님을 마주하는 축복을 누리지 못할 것이며, 영원히 불길에 할퀴고 벌레에게 물리고 벌겋게 달군 창살에 찔리되 결코 그런 고통에서 해방될 수 없을 것이며, 영원히 양심의 나무람을 받고 기억은 격노케 하고 마음은 어둠과 절망으로 가득하지만 결코 그런 상태에서 도피할 수 없으며, 자기네들에게 속아서 비참해진 사람들을 보고 악마답게 좋아하는 더러운 마귀들을 영원히 저주하고 비난하면서도 거룩한 성령들의 빛나는 옷은 결코 쳐다보지 못하며, 불로 휩싸인 심연 속에서 단 한 순간이라도 좋으니 제발 그 무서운 고통을 면하게 해달라고 영원히 하느님께 애소하면서도 결코 하느님의 용서를 잠시 동안도 받지 못하며, 영원히 고통을 당하되 결코 즐거움을 맛볼 수 없으며, 영원히 저주받되 결코 구원받지 못하므로, 시계는 '에버, 네버, 에버, 네버' 하고 째깍거린다는 것입니다. 오, 얼마나 가공할 처벌입니까! 한없는 고통, 한 가닥 희망이나 한순간의 중단도 없이 끝없이 계속되는 육체적 정신적 고통, 한없이 확대되며 치열해 가는 괴로움, 한없이 지속되면서 한없이 변화하는 고통, 대상체를 영원히 삼키면서도 결코 없어지게 하지는 않는 고통, 육신을 망가뜨리면서 정신마저 영원히 뜯어먹고 있

---

44) ever는 '언제나 (~하다)'라는 뜻의 부사고, never는 '결코 (~하지 않다)'라는 뜻의 부사다.

는 괴로움…… 이런 것들로 가득한 영겁의 세월, 이 영겁은 그 순간순간이 곧 영겁이며, 따라서 그 영겁은 슬픔의 영겁이기도 합니다. 중대한 죄를 짓고 죽은 자들을 위해 전지전능하고 의로운 하느님께서 마련하신 무시무시한 벌은 바로 이런 것입니다."

"네, 공정하신 하느님입니다. 늘 인간의 이성으로만 따져 생각하는 사람들은 하느님께서 단 한 가지 통탄할 죄만 보아도 지옥의 불이라는 영원한 벌을 내리시는 것을 보고 놀랍니다. 인간이 그렇게 놀라는 데는 이유가 있지요. 육체의 야비한 환상과 인간 오성의 암매(暗昧)함으로 인해 눈이 먼 그들은 중대한 죄 속의 그 흉측한 악의를 이해하지 못하기 때문이지요. 또 인간이 그렇게 놀라는 데는 다른 이유도 있습니다. 비록 가벼운 죄[45]라 하더라도 그 성격은 너무나 추잡하고 너무나 흉측하므로, 전능하신 창조주께서는 거짓말, 성난 표정, 잠시 동안 고의적으로 피운 게으름 같은 가벼운 죄 하나를 처벌하지 않고 내버려둔다는 조건으로 전쟁, 질병, 강도행위, 범죄, 죽음, 살인 같은 이 세상의 악과 불행을 모두 끝장낼 수 있다고 하더라도, 결코 그렇게 하시지 않을 것임을 인간이 이해하지 못하고 있기 때문입니다. 하느님께서 그렇게 할 수 없는 이유는, 단순히 생각으로만 범했든 실제로 행했든, 모든 죄는 하느님의 율법을 어기는 것이므로 만약 하느님께서 그 어긴

---

45) 여기서 설교자는 '중대한 죄(a mortal sin)'와 '가벼운 죄(a venial sin)'를 구별하고 있다. '중대한 죄'는 영혼을 영락시키는 죄이고 '가벼운 죄'는 영혼을 더럽히되 구원의 여지가 있는 죄이다.

자를 처벌하지 않으신다면 하느님이라 할 수 없을 것이기 때문입니다."

"루시퍼와 천사 군단의 3분의 1이 영광스러운 지위에서 쫓겨난 것도 잠시 동안 지성의 교만이라는 반역죄를 저질렀기 때문입니다. 아담과 이브가 에덴동산에서 쫓겨나 이 세상에 죽음과 괴로움을 가져온 것도 순간적인 어리석음과 마음 약함이라는 죄를 저질렀기 때문입니다. 그 죄의 결과를 구제하기 위해서 하느님의 독생자께서 이 지상에 내려와 살며 고통을 겪다가 결국은 세 시간 동안 십자가에 매달려 가장 고통스러운 죽음을 당하셨습니다."

"예수 그리스도 속의 내 귀여운 형제 여러분, 그런데도 우리는 이 착하신 속죄자를 거역하고 그분의 노여움을 살 것입니까? 우리는 그 찢기우고 짓이겨진 그분의 유해를 다시 짓밟을 작정입니까? 슬픔과 사랑으로 가득한 그분의 얼굴에 침을 뱉으렵니까? 우리 모두를 위해 그 끔찍한 슬픔의 포도주 틀을 홀로 밟으셨던 그 착하고 자비로운 구세주[46]를 잔인한 유대인이나 난폭한 병사들처럼 비웃을 것입니까? 죄악의 말 하나하나는 곧 그분의 여린 옆구리에 난 상처입니다. 모든 죄스러운 행동 하나하나는 곧 그분의 머리를 찌르는 가시입니다. 우리가 일부러 순종하는 불순한 생각 하나하나는 곧 그 거룩하고 인자하신 심장을 찌르는 예리한 창입니다. 안 됩니다. 안 되지요. 하느님의 존엄하심을 그처럼 깊이 손상시키는 짓, 영원한

---

46) 「이사야」 63장 3절 참조.

고통으로 처벌받게 될 짓, 하느님의 아들을 다시 십자가에 못 박고 조롱하는 짓 따위를 인간으로서는 저지를 수 없습니다."

"나의 이 보잘것없는 설교가 이미 하느님의 은혜를 입고 있는 사람에게는 그 신심을 굳게 하고, 망설이고 있는 사람들에는 힘을 주고, 여러분 중에 혹시 잘못된 길로 들어간 사람이 있으면 그런 불쌍한 사람들이 다시 하느님의 은혜를 입을 수 있게 하는 데 도움이 되기를 기원합니다. 우리가 저지른 죄를 우리가 회개할 수 있도록 하느님께 기도하겠습니다. 여러분도 나와 함께 기도합시다. 여러분은 이 경건한 채플 속에서 하느님이 보시는 데서 함께 무릎을 꿇고 나를 따라 통회의 기도를 드리기 바랍니다. 그분께서는 인류에 대한 사랑을 불태우면서 고통받는 이들에게 위안을 주기 위해 저기 감실 속에 계십니다. 두려워하지 마세요. 여러분이 저지른 죄가 아무리 많고 아무리 추잡한 것이라도, 여러분이 회개만 한다면, 용서받을 수 있습니다. 세상 사람들 앞에서 부끄러워 주저하는 일은 없어야 합니다. 아직도 자비로우신 하느님께서는 죄인들의 영원한 죽음보다는 그들이 마음을 고쳐먹고 계속해서 살기를 바라고 계십니다."

"하느님께선 여러분을 당신 앞으로 부르고 계십니다. 여러분은 그분의 것입니다. 하느님은 여러분을 무(無)에서 창조하셨습니다. 그분은 오직 자기에게만 가능한 방식으로 여러분을 사랑하고 계십니다. 그분께서는 자기를 거역하고 죄를 지은 사람들까지도 맞으려고 팔을 벌리고 계십니다. 불쌍한 죄인이여, 허영으로 길을 잘못 든 죄인이여, 하느님 앞으로 오십시오. 지금은 그분의 품에 안길 때입니다. 지금이 그 시간입니다."

신부는 일어서서 제대 쪽을 향하더니 내려앉은 어둠에 싸인 감실 앞 계단에 무릎을 꿇었다. 채플 속의 모든 애들이 무릎을 꿇고 아주 작은 소리도 내지 않을 때까지 신부는 기다리고 있었다. 이윽고 그는 머리를 들고 열렬히 통회의 기도를 구구절절 되풀이했다. 아이들도 구구절절 응송했다. 스티븐은 혓바닥이 입천장에 붙어버린 듯한 기분으로 머리를 숙이고 진심으로 기도했다.

"천주여."

"천주여."

"나는 많은 죄를 지었나이다."

"나는 많은 죄를 지었나이다."

"주의 지극한 사랑과 은혜를."

"주의 지극한 사랑과 은혜를."

"배반하였사오니."

"배반하였사오니."

"그 죄를 진심으로 뉘우치고."

"그 죄를 진심으로 뉘우치고."

"사하심을 비나이다."

"사하심을 비나이다."

"이제 마음을 잡아 속죄하며."

"이제 마음을 잡아 속죄하며."

"주를 사랑하여."

"주를 사랑하여."

"다시는 배반하지 않도록."

"다시는 배반하지 않도록."

"굳게 결심하오니."

"굳게 결심하오니."

"주의 은총으로 도우소서."

"주의 은총으로 도우소서."[47]

* * *

정찬이 끝난 후 그는 자기 영혼만 상대하기 위해 자기 방으로 올라갔다. 계단을 하나씩 디딜 때마다 그의 영혼은 한숨짓는 듯했고, 계단을 하나씩 디딜 때마다 그의 영혼은 두 발과 함께 끈끈한 어둠 속을 오르며 한숨짓고 있었다.

그는 방문 앞 층계참에 멈추었다가 도자기 손잡이를 움켜잡고 재빨리 문을 열었다. 그의 몸속에서 영혼이 번민하는 가운데 겁을 먹고 망설이면서 문지방을 넘어설 때 그는 죽음이 그의 이마에 닿지 않도록 또 어둠 속에 살고 있는 악마들이 그를 압도하는 힘을 갖지 못하도록 말없이 기도했다. 그는 마치 어두운 동굴 입구에 서 있듯이 자기 방문 앞에서 여전히 망설이고 있었다. 여러 얼굴들이 거기 도사리고 있었다. 그를 기다리며 지켜보는 눈들도 있었다.

---

47) 한국 천주교회 『가톨릭 기도서』에서 통회의 기도를 여기 옮겼다.

"물론 우리는 아주 잘 알고 있지. 결국은 밝혀지고야 말 것 이지만, 정신적 절대권자를 확인하기 위한 노력을 경주하도록 자기 자신을 유도하려고 노력한다는 것이 그에게는 상당히 어려운 일이라는 것을 우리는 아주 잘 알고 있지."

중얼거리는 얼굴들이 기다리며 지켜보고 있었다. 중얼중얼 하는 소리들이 동굴의 어두운 공간을 채웠다. 그는 정신과 육체 양면에서 지독히 겁이 났지만, 머리를 용감히 치켜들고 당당히 방으로 들어갔다. 문간 그리고 방, 똑같은 방이요 똑같은 창문이었다. 어둠 속으로부터 솟아오르던 그 중얼대는 말들은 절대로 아무 의미도 없다고 그는 자신에게 침착하게 다짐했다. 그는 그저 문이 열려 있는 자기 방일 뿐이라고 스스로 다짐했다.

그는 문을 닫고 재빨리 침대로 걸어가서는 무릎을 꿇고 두 손으로 얼굴을 가렸다. 그의 손은 싸늘하게 젖어 있었으며 사지는 오한으로 인해 쑤시고 있었다. 육체적인 불안과 오한과 피로가 그를 둘러싸고 그의 생각을 어지럽히고 있었다. 왜 그는 취침 기도를 드리고 있는 아이처럼 거기서 무릎을 꿇고 있었을까? 그것은 자기 영혼만 상대하고, 자기 양심을 검증하고, 자기의 죄와 마주하고, 그 죄를 저지른 때와 방법과 환경을 회상해 보고, 또 그 죄를 울며 뉘우치기 위해서였다. 하지만 그는 울 수 없었다. 그는 그런 것들을 기억 속에 되살릴 수가 없었다. 기억, 의지, 오성, 육신 같은 그 자신의 전부가 마비되었거나 지쳤기 때문에, 그는 오직 영혼과 육체의 아픔만 느낄 수 있었다.

비열하고 죄악에 찌든 육체의 관문에서 그를 공격하면서 그의 생각을 산만하게 하고 그의 양심을 구름처럼 가리는 것은 바로 악마의 소행이었다. 그래서 그는 자기의 마음 약함을 용서해 달라고 하느님께 소심하게 기도를 드리면서 침대 위로 기어올라가서 담요로 온몸을 단단히 감싸고 두 손으로 얼굴을 가렸다. 그는 죄를 지었던 것이다. 그는 하늘을 거역하면서 하느님 앞에서 너무 깊이 죄를 지었기 때문에 하느님의 아들이라고 불릴 자격마저 상실했다.

그 자신 즉 스티븐 디덜러스가 그런 짓을 할 수 있었단 말인가? 그의 양심은 대답하며 한숨지었다. 그렇다, 그는 그짓을 몰래 추잡하게 여러 차례 저질렀고, 죄가 많으면서도 회개할 줄 모르는 가운데 그만 굳어버린 그는 몸속에서 영혼이 살아 있는 부패물 덩이로 되어버렸는데도 감실 앞에서는 감히 경건한 척 가면을 쓰고 있었다. 하느님께서 아직도 그를 죽이지 않고 내버려두는 것은 웬일일까? 그가 지은 죄가 무리 지어 그를 둘러싸고 사방에서 그를 향해 숨을 쉬거나 그를 굽어보고 있었다. 그는 팔다리를 바짝 단속하고 눈을 꼭 감고는 기도를 올려 그 무리를 잊으려고 애를 썼다. 그러나 영혼 속의 감각들은 구속되려 하지 않았다. 그의 눈은 꼭 감겨 있었지만 그가 죄를 저지른 장소들이 보였다. 귀를 꼭 덮고 있었지만 소리는 들렸다. 그는 듣지도 보지도 못하게 되기를 진심으로 갈망했다. 이런 갈망의 압력 때문에 그의 육신이 부들부들 떨릴 때까지 그리고 영혼 속의 감각 기관들이 닫힐 때까지 그는 갈망하고 있었다. 그 감각 기관들은 잠시 동안 닫혔다가 이내 열렸다. 그는 보았다.

억센 잡초와 엉경퀴와 총생한 쐐기풀이 자라는 들판이었다. 이 억센 풀들이 우거진 사이로 쭈그러진 깡통들과 덩어리나 똬리 형상으로 굳어 있는 배설물이 두둑이 널려 있었다. 그 모든 분변(糞便)에서는, 늪에서 솟는 듯한 희미한 빛이 빽빽한 회록색 잡초 사이로 힘겹게 솟고 있었다. 깡통들과 썩어서 바삭바삭해진 똥에서는 그 빛만큼 희미하고 더러운 악취가 느릿느릿 구불거리며 솟고 있었다.

그 들에는 짐승들이 보였다. 한 마리, 세 마리, 여섯 마리였다. 짐승들은 들에서 여기저기로 움직이고 있었다. 그 염소처럼 생긴 짐승은 사람의 얼굴과 뿔이 돋은 이마에 가볍게 턱수염이 났고 지우개 고무 같은 회색이었다.[48] 그들이 기다란 꼬리를 질질 끌면서 여기저기 돌아다니고 있을 때 그 비정한 눈에는 악의가 번뜩이고 있었다. 잔인하게 악의를 띤 입이 벌어지자 그 늙고 뼈가 앙상한 얼굴에는 회색빛이 감돌았다. 그중의 한 마리는 찢어진 플란넬 조끼로 갈비뼈 주위를 조이고 있었고, 다른 한 마리는 무성한 잡초에 수염이 끼인다고 덤덤한 어투로 불평하고 있었다. 그들이 휙휙 소리 내며 들에서 천천히 원을 그리거나, 잡초 사이를 이리저리 휘감고 다니거나, 땡그렁거리는 깡통 사이로 꼬리를 끌고 다닐 때, 그 침이 마른 입술에서는 다정한 말이 새어나왔다. 그들은 천천히 원을 그

---

48) 그리스 신화에서 음란한 숲의 정령들이었던 반인반수(半人半獸)의 사티로스를 연상시킨다.

리면서 그를 에워싸고 점점 더 조여오고 있었는데, 그들의 입술에서는 다정한 말이 새어나오고 있었고, 썩은 똥이 묻은 꼬리는 획획 휘둘리고 있었고, 그 무서운 얼굴들은 치켜들고 있었다.

사람 살려!

그는 자기 얼굴과 목을 자유롭게 하기 위해 몸에 두르고 있던 담요를 미친 듯이 박찼다. 그게 바로 그의 지옥이었다. 하느님은 그를 위해 예비된 지옥을 그에게 보여주었던 것이다. 냄새 나고 야수적이고 악의에 찬 그곳은 음란한 염소처럼 생긴 악마들이 득실거리는 지옥이었다. 그를 위해 마련된 곳이었다.

그 고약한 냄새가 그의 목구멍을 따라 내려가서 창자를 메워 뒤틀리게 하자 그는 침대에서 벌떡 일어났다. 공기를 다오! 하늘의 공기를! 그는 구역질 때문에 기절할 듯이 신음 소리를 내며 비틀비틀 창으로 갔다. 세면대 앞에 서자 속에서는 경련이 났다. 그는 싸늘한 이마를 미친 듯이 움켜잡고 고통스럽게 많은 것을 토해냈다.

발작이 지나가자 그는 힘없이 창으로 걸어가서 창문을 올리고 창틀 사면(斜面)의 한쪽 구석에 앉아 팔꿈치를 문지방에 기댔다. 비는 이미 그쳤고 여기저기 점등되어 있는 가로등을 따라 움직이던 수증기 속에서 도시는 마치 누에가 실을 뽑듯이 누르스름한 안개로 부드러운 고치를 지어 그 속에 감싸여 있었다. 하늘은 고요했고 희미하게 훤했으며, 소낙비에 흠뻑 젖은 숲속에서처럼 공기는 숨쉬기에 향기로웠다. 이 평화로움과 번뜩이는 불빛 그리고 조용한 향기 속에서 그는 자기 마음을 상대로 서약했다.

그는 기도했다.

그분께서는 일찍이 하늘의 영광에 싸여 이 세상에 내려오시고자 했으나 우리가 그만 죄를 짓고 말았나이다. 그래서 그분은 하느님이셨기에 그 존엄하심을 가리고 그 빛을 흐리게 하고 나서야 비로소 우리를 안전하게 찾아오실 수 있었나이다. 하느님께서는 권세를 부리며 오시지 못하고 약함을 보이며 오셨나이다. 또 그분께서는 우리 인간의 지위에 걸맞은 아름다움과 빛을 갖춘 성모 마리아 당신을 그분의 대리자로 삼고 보내주셨나이다. 성모님, 이제 당신의 그 얼굴 그 모습이 우리에게 영원하신 존재에 대해 말해 주시나이다. 당신은 쳐다보기 위태로운 이 세상의 아름다움을 닮지 않고 당신의 징표인 샛별을 닮아, 빛나고 음악적이며 순결함을 숨쉬며 하늘을 말하고 평화를 불어넣나이다. 오, 대낮의 선도자여! 순례자의 빛이여! 이전처럼 우리를 계속 인도해 주소서. 어두운 밤 쓸쓸한 황야를 거쳐 우리를 주 예수께 인도하소서, 우리를 집으로 인도하소서.[49]

그의 눈은 눈물로 인해 흐려졌다. 겸허하게 하늘을 쳐다보며 그는 이미 잃어버린 순결을 생각하며 울었다.

저녁이 되자 그는 집을 나섰다. 습하고 어두운 공기의 첫

---

49) 뉴먼의 『성모 마리아의 영광』에서 거의 원문 그대로 인용되고 있다.

감촉과 뒤에서 문이 닫히는 소리가 기도와 눈물을 통해 진정되었던 그의 양심을 다시 아프게 했다. 고백해야 한다! 고백해야 한다! 눈물과 기도를 가지고서 양심을 진정시키는 것으로는 모자랐다. 그는 성령의 대리자 앞에 가서 무릎을 꿇고 그동안 감춰 온 죄악을 진심으로 회개하며 고백해야 했다. 그를 맞이하기 위해 집의 출입문이 열리면서 문의 발판이 문지방 너머로 끌리는 소리가 다시 그의 귀에 들리기 전에, 부엌 식탁에 저녁밥이 차려져 있는 것을 다시 보기 전에, 그는 무릎을 꿇고 고백하고 싶었다. 아주 간단한 일이었다.

양심의 아픔은 끝났고 그는 어두운 길을 거쳐 잰걸음으로 나아가고 있었다. 그 길의 인도에는 판석(板石)이 그렇게나 많이 깔려 있었고, 그 도시에는 길이 그렇게나 많았으며, 이 세상엔 도시가 그렇게나 많았다. 그런데도 영원함에는 끝이 없었다. 그는 중대한 죄를 짓고 있었다. 딱 한 번만으로도 중대한 죄였다. 순간적으로 그 일은 일어날 수 있었다. 그렇지만 어쩌면 그렇게 빨리 일어날 수 있을까? 눈으로 보거나 볼 생각을 하기 때문이지. 눈은 처음에 그것을 보려고 하지 않아도 보게 되지. 일단 보고 나면 순식간에 그런 일이 일어날 수 있어. 하지만 내 몸의 그 부분은 오성을 가지고 있을까? 아니라면 어떻게 된 걸까? 뱀이라면 들에서도 가장 교활한 동물이니까. 한순간 욕구하면 그 후부터는 순간순간마다 그 욕구를 연장하며 죄를 짓는 것을 보면 그것이 오성을 가지고 있음에 틀림없어. 그것은 감정과 오성과 욕망을 가지고 있는 거야. 얼마나 무서운 일인가. 육체의 야수적 부분이 야수적 오성과 야수적 욕망을 가질 수 있게 하다니, 누가 그렇게 해놓았을까? 그게 바로 그 자신이었을까 아니면 그의 영혼보다 하천한 영혼에 의해 충동받은 어떤 비인간적 사물이었을까? 뱀처럼 생긴 무기력한 생명체가 그의 삶의 부드러운 정수(精髓)를 파먹는다든지 끈적끈적한 육욕을 먹고 살찌고 있으리라는 생각을 하며 그의 영혼은 구역질했다. 오, 왜 그것이 그러했단 말인가? 왜?

그는 그 생각의 그늘 속에서 몸을 움츠렸고 삼라만상과 만인을 창조한 하느님이 두려워 자세를 낮추고 있었다. 그건 광기였다. 누가 그런 생각을 할 수 있었을까? 그래서 그는 어둠 속에 몸을 움츠리고 참담한 심경으로 자기의 수호천사에게 내 머리를 향해 속삭이는 악마를 칼로 쫓아주십사 하고 말없이 기도 드리고 있었다.

그 속삭임은 끝났고 그는 자신의 영혼이 육체를 통해 생각, 말, 행동으로 죄를 지어왔음을 분명히 알게 되었다. 고백하자! 모든 죄를 고백해야만 했다. 자기 죄를 고해신부 앞에서 어떻게 말로 표현할 수 있을까? 해야지, 해야지. 신부에게 설명하고 나면 수치스러워 죽을 지경이 되지 않을까? 부끄럼도 없이 그런 짓을 할 수 있었단 말인가? 미친놈이었어. 진저리나게 미친놈이었어. 고백하자! 다시 자유로워지고 결백해지기 위해서 고백하는 거다. 아마도 신부님께서는 아시겠지. 오, 다정하신 하느님!

그는 조명이 제대로 되지 않은 길거리를 걷고 또 걸었다. 그는 자기를 기다리고 있는 일이 겁나 머뭇거리는 것처럼 보일까봐 잠시도 걸음을 멈추기가 두려웠고, 자기가 동경하며 찾아가고 있는 곳에 다다르는 것도 두려웠다. 하느님께서 사랑을 가지고 지켜보실 때 그 은총을 받고 있는 영혼은 얼마나 아름다울까!

칠칠치 못해 보이는 소녀들이 광주리를 앞에 두고 보도의 경계석에 나란히 앉아 있었다. 그들의 축축한 머리카락은 이마를 덮고 있었다. 진흙 속에 웅크리고 있는 모습이 결코 보기에 아름답지는 않군. 그러나 하느님께서는 그들의 영혼을 보고 계시고, 그들의 영혼이 은총을 받고 있는 한 그들은 찬란해 보이는 거야. 하느님께서 그들을 보며 사랑하고 계시니까.

자기가 어쩌다 타락하게 되었을까 생각해 보니, 그리고 그 소녀들의 영혼이 자기의 영혼보다도 하느님께는 더 소중하리라 생각하니, 굴욕감이 숨결처럼 쓸쓸히 불어닥쳐 그의 영혼을 황폐케 했다. 그 바람은 그에게 불었다가 무수히 많은 다른 영혼에게로 불어갔다. 그 영혼들 위로 하느님의 은혜가 더 비쳤다 덜 비쳤다 했고, 별빛도 더 밝아졌다 더 흐려졌다 하면서 부침(浮沈)을 거듭하고 있었다. 명멸하는 영혼들은 하나의 움직이는 숨결을 이루어 부침하며 지나갔다. 그중의 한 영혼이 상실되었다. 그 작은 영혼은 바로 그의 것이었다. 그것은 한 번 깜박한 후 꺼졌고 잊혀져 상실되고 말았다. 끝장이었다. 검고, 차고, 텅 빈 폐허뿐이었다.

조명되지 않았고 감지되지 않았으며 체험되지도 않은 광대한 시간의 회로를 넘어 공간 의식이 썰물처럼 서서히 그에게로 되몰려 왔다. 그의 주변에 추잡한 장면이 구성되고 있었다.

귀에 익은 말투며, 가게에서 타고 있는 가스등이며, 생선이니 술이니 젖은 톱밥이니 하는 것들의 냄새며, 오락가락하는 남녀들로 구성된 장면이었다. 한 노파가 손에 기름통을 들고 길을 건너려 하고 있었다. 그는 그녀에게 몸을 굽히며 근처에 성당이 있느냐고 물었다.

"성당 말씀이십니까? 처치 가(街)의 성당이 있지요."

"처치라고요?"[50]

그녀는 들고 있던 깡통을 다른 손에 옮겨 쥐고 성당이 있는 쪽을 가리켰다. 그녀가 숄 자락 아래로 그 냄새 나고 쭈글쭈글한 오른손을 쳐들었을 때, 그는 그녀의 목소리에서 슬픔과 위안을 느끼며 그녀 쪽으로 더 나직이 몸을 굽혔다.

"감사합니다."

"원, 별말씀을."

높은 제대 위의 촛불은 이미 꺼졌지만 침침한 본당으로 향내가 아직도 번져오고 있었다. 경건한 얼굴에 턱수염을 한 일꾼들이 천개(天蓋)를 옆문으로 옮기고 있었고 제의실 담당자가 조용한 몸짓과 말로써 일꾼들을 돕고 있었다. 몇몇 신자들은 아직도 서성거리며 보조 제대(補助祭臺) 중의 한 곳 앞에서 기도를 드리거나 고해소 근처의 장궤틀에서 무릎을 꿇고 있었다. 그는 소심하게 다가가서 본당의 맨 뒤쪽 장궤틀에서 무릎을 꿇고, 교회 속이 평화롭고 조용하고 향기롭게

---

50) 더블린의 처치 가(街)에는 프란치스코 교단 소속의 카푸친 교회가 있었는데, 여기서 스티븐은 그 교회가 '처치(Church, 교회)'라는 이름의 거리에 있는 데 대해 신기해하고 있다.

그늘을 이루고 있는 것을 고맙게 여겼다. 그가 무릎을 꿇고 있는 판자는 좁고 낡았으며 가까이에 꿇어앉은 사람들은 모두 예수의 겸허한 추종자들이었다. 예수도 가난한 집에 태어나 목공소에서 일을 하며 판자를 자르거니 대패질을 하거니 하다가 처음에는 가난한 어부들에게 하느님의 왕국을 이야기했고 모든 사람들에게 온유하고 겸허한 마음을 갖도록 가르쳤다.

그는 두 손 위로 머리를 숙이고 자신의 마음에게 온유해지고 겸허해지라고 타일렀다. 그 역시 옆에 꿇어앉은 사람들처럼 되고 그의 기도가 그들의 기도처럼 청허(聽許)될 수 있게 하기 위해서였다. 그는 그들 옆에서 기도를 올렸지만 그건 어려운 일이었다. 인간으로서는 알 수 없는 하느님 고유의 방식으로 예수께서는, 하천한 직업에 종사하며 나무를 깎고 다듬는 목수나 끈기 있게 그물을 깁는 어부 같은 가난하고 순박한 사람들을 처음에 당신 편이라 부르셨거니와, 죄악으로 영혼을 더럽힌 그로서는 감히 이런 하천한 사람들처럼 순박한 믿음을 가지고 용서를 빌 수도 없었다.

어떤 키 큰 분이 통로를 따라 내려오니 참회자들은 술렁였다. 마지막 순간에 날쌔게 힐끗 쳐다보니 기다란 잿빛 턱수염과 카푸친 수도회의 갈색 수도복이 비쳤다. 이 신부는 고해실로 들어가고 보이지 않았다. 두 명의 참회자가 일어서서 고해실 양쪽으로 들어갔다. 나무로 된 미닫이가 열리고 희미하게 중얼거리는 소리가 정적을 깨고 있었다.

그의 핏줄 속에서 피가 웅얼거리기 시작했다. 마치 잠을 자다 심판을 받으라는 부름을 받은 죄악의 도시[51] 같은 웅얼거림이었다. 하늘에서 작은 불덩어리와 가루 같은 재가 조용히 떨어지며 사람들이 사는 집 위에 내려앉았다. 뜨거운 공기 때문에 괴로워 잠이 깬 사람들이 날뛰고 있었다.

미닫이가 닫히고 고해실 측면에서 참회자가 나타났다. 건너편 쪽 미닫이가 열렸다. 어떤 여인이 첫 번째 참회자가 무릎을 꿇었던 자리로 조용히 그러나 익숙하게 들어갔다. 희미한 중얼거림이 다시 시작되었다.

그는 아직도 성당을 떠날 수 있었다. 그는 일어나서 한 발씩 앞으로 내밀며 살며시 빠져나와, 어두운 거리를 재빨리 달리고 달려 도망칠 수 있었다. 아직도 그 창피를 면할 수 있었다. 바로 그 죄만 아니라면 무슨 죄라도 괜찮았을 텐데! 차라리 살인죄였더라면! 창피스러운 생각, 창피스러운 말, 창피스러운 행동이 작은 불덩어리처럼 떨어져서는 사방에서 그를 건드렸다. 끊임없이 떨어지고 있는 이글거리는 고운 재처럼 창피가 온통 그를 뒤덮었다. 그걸 말로 표현해야 하다니! 그의 영혼은 숨이 막혀 어찌할 줄 몰라 죽어버릴지도 모를 일이었다.

미닫이가 닫히고 다른 쪽에서 참회자가 나왔다. 가까운 쪽의 미닫이가 열렸다. 두 번째 참회자가 나온 자리로 다른 참회자가 들어갔다. 조용히 속삭이는 소리가 수증기 구름 조각처럼 고해소 밖으로 떠돌아 나오고 있었다. 여인의 목소리였다. 조용히 속삭이는 구름 조각, 조용히 속삭이는 수증기가 속삭

---

51) 소돔과 고모라. 「창세기」 19장 24절 참조.

이다 사라졌다.

그는 나무 팔걸이로 가리고 아무도 모르게 주먹으로 겸허하게 가슴을 쳤다. 그는 다른 사람들과 하나가 되고 하느님과 하나가 되고 싶었다. 그는 이웃을 사랑하고 싶었다. 그는 자기를 창조하여 사랑하고 있는 하느님을 사랑하고 싶었다. 그는 다른 사람들과 함께 꿇어앉아 기도하고 행복해지고 싶었다. 하느님께서는 그와 그의 이웃을 내려다보며 그들 모두를 사랑해 주시리라.

착하게 되기는 쉬운 일. 하느님의 멍에는 즐겁고 가벼우니까.[52] 하느님께서는 어린이들을 사랑하시고 어린이들이 당신 가까이 오는 것을 허락하셨으니, 죄를 짓지 말고 늘 어린이로 남아 있었더라면 더 좋았을 것이다. 죄를 짓는다는 것은 무섭고도 슬픈 일이었다. 그러나 하느님께서는 진정으로 참회하는 불쌍한 죄인에게 늘 자비로웠다. 얼마나 옳은 말인가! 그야말로 진정한 착하심이었다.

미닫이가 갑자기 닫히고 참회자가 나왔다. 이제 그의 차례였다. 그는 겁을 먹고 일어서서 고해석으로 걸어가는데 눈이 캄캄했다.

기어이 닥쳐오고야 말았다. 그는 고요한 어둠 속에 꿇어앉아 머리 위에 걸린 하얀 십자가를 쳐다보았다. 하느님께서도 그가 참회하고 있는 것을 보고 계시리라. 모든 죄를 고백해야지. 긴 시간에 걸쳐 고백하면, 교회에 온 모든 고해자들이 그

---

52) 「마태복음」 11장 29~30절 참조.

가 굉장한 죄인이었음을 알게 되겠지. 알게 되라지. 사실이 그러하니까. 하지만 진정으로 참회하면 용서한다고 하느님께선 약속을 하셨어. 그는 참회하고 있었다. 그는 두 손을 맞잡고 하얀 십자가를 향해 쳐들었다. 그는 침침해진 눈으로 온몸을 떨면서 기도하고 있었다. 길을 잃은 짐승처럼 머리를 이리저리 흔들며 흐느끼는 입술로 기도하고 있었다.

"참회하나이다! 참회하나이다! 오, 참회하나이다."

미닫이가 덜컥 하고 열리자 그의 가슴속에서 심장은 쿵쿵 뛰었다. 창살에 늙은 신부의 얼굴이 보였다. 한 손으로 고이고 있는 그 얼굴이 그를 외면하고 있었다. 그는 십자가를 그리며 자기는 죄를 지었으니 축복을 내려달라고 신부에게 빌었다. 그리고 나서 그는 겁에 질려 머리를 숙인 채 고백의 기도문을 외웠다. '저의 가장 무거운 허물'이라는 대목에 이르자 그는 숨이 차서 기도를 중단했다.

"지난번에 고백을 한 후 얼마나 되지요?"

"오래됩니다. 신부님."

"한 달쯤 되는가요?"

"더 됩니다. 신부님."

"석 달째인가요?"

"더 오래됩니다. 신부님."

"여섯 달이 되는가요?"

"여덟 달쯤입니다. 신부님."

그는 고백을 시작했다. 신부가 물었다.

"그래 그 후에 저지른 죄가 무엇인가요?"

그는 죄를 고백하기 시작했다. 미사에 빠졌고, 기도를 올리지 않았고, 거짓말을 했고.

"그 밖에 또 있나요?"

화를 냈고, 남을 시기했고, 음식을 탐했고, 허영을 부렸고, 불복했고.

"그밖에 또 있나요?"

어쩔 수가 없었다. 그는 중얼댔다.

"저는…… 순결을 범하는 죄를 지었습니다. 신부님."

신부는 머리를 돌리지 않았다.

"혼자서 범했나요?"

"저…… 다른 사람들과 범했습니다."

"여자들과 범했나요?"

"네, 신부님."

"결혼한 여인들이었나요?"

그로서는 알 수 없었다. 그의 죄가 하나씩 입에서 뚝뚝 떨어졌다. 그의 죄는 아픈 데가 곪아서 터지듯이 더러운 고름이 되어 흐르며 그의 영혼에서 수치스러운 물방울이 되어 뚝뚝 떨어졌다. 마지막 죄악까지 느릿느릿 불결하게 스며 나왔다. 더 고백할 것이 없었다. 그는 압도되어 머리를 숙였다.

신부는 말이 없다가 물었다.

"지금 몇 살이지요?"

"열여섯입니다. 신부님."

신부는 손으로 얼굴을 몇 차례 쓰다듬었다. 그러고 나서 그는 이마를 손으로 고이고 창살 쪽으로 숙였으나 눈은 여전히 외면한 채 천천히 말했다. 늙고 피곤한 목소리였다.

"아주 젊은 사람인데 그런 죄악일랑 버리도록 하세요." 그가 말했다. "참으로 무서운 죄악이지요. 육체와 영혼을 모두 죽여버린답니다. 많은 범죄와 불행의 원인이 되기도 합니다. 그러니 하느님을 위해 그런 죄를 버리도록 하세요. 불명예스럽고 사내답지 못한 소행이지요. 그 나쁜 버릇은 젊은이를 어떤 곤경으로 이끌지 알 수 없으며 그 버릇 때문에 어떤 욕을 보게 될지 알 수 없다오. 그 죄를 저지르는 한, 젊은이는 하느님 앞에 한 푼어치의 값도 나가지 않는답니다. 성모 마리아에게 도움을 청하는 기도를 올리세요. 그분께서는 도와주십니다. 그 죄가 마음속에 떠오를 때마다 성모께 기도하세요. 꼭 그렇게 하리라 믿겠소. 그 모든 죄를 참회하고 있으니 꼭 그렇게 기도하리라 믿겠소. 이제 하느님의 거룩한 은혜를 받아 다시는 그런 사악한 죄로 하느님을 진노케 하지 않겠다는 약속을 드리도록 하세요. 그 엄숙한 약속을 하느님께 드리도록 하세요."

"네, 신부님."

바짝 타는 듯이 떨리고 있는 그의 심장 위로 그 늙고 피곤한 목소리가 가뭄의 단비처럼 내렸다. 참으로 달콤하고도 슬픈 목소리가 아닌가!

"그렇게 하세요, 젊은이. 악마가 그대를 나쁜 길로 인도하고 있었다오. 악마가 그대를 유혹하여 그런 식으로 육체를 훼손케 하거든 그를 지옥으로 쫓도록 하세요. 악마란 우리의 주님을 미워하는 간악한 귀신이라오. 그 죄를 버리겠노라고

하느님께 맹세하세요, 그 비참하고 비참한 죄를 버리겠다고
말이오."

눈물과 하느님의 자비로움이 베푸는 빛으로 인해 앞을 보
지 못하고 그는 머리를 숙인 채 사죄의 엄숙한 말씀을 들었고
신부가 사죄의 표시로 손을 그의 머리 위로 쳐든 것도 보았다.

"하느님의 축복이 젊은이에게 내릴 것이오. 내 대신 기도하
세요."

그는 어두운 본당의 한쪽 구석에서 무릎을 꿇고 참회하며
기도를 올렸다. 그러자 하얀 장미의 화심(花芯)에서 솟아나는
향기처럼 정화된 그의 마음으로부터 기도가 솟아 하늘로 올
라갔다.

진흙길이었지만 걷기에 즐거웠다. 그는 집을 향해 활보하면
서 하느님의 보이지 않는 은혜가 번지며 그의 발걸음을 가볍
게 해주고 있는 것을 의식했다. 그는 모든 거리낌을 물리치고
그 일을 해냈던 것이다. 그는 고백했고 하느님께선 그를 용서
해 주셨다. 그의 영혼은 다시 한번 맑고 경건해졌다. 경건하고
행복했다.

하느님의 뜻이라면 죽는 일조차도 아름다울 것이다. 하느님
의 뜻이라면 은혜를 입으면서 다른 사람들과 함께 평화, 미덕,
인내의 삶을 산다는 것이 아름다울 것이다.

그는 부엌에서 화롯가에 앉아 너무 행복해서 말조차 하려
하지 않았다. 그 순간까지도 그는 삶이 얼마나 아름다우며 얼
마나 평화로울 수 있는지 알지 못했다. 램프 주위에 핀을 꽂아
둘러놓은 네모난 녹색 종이가 부드러운 그늘을 던지고 있었

다. 찬장에는 한 접시의 소시지와 흰 푸딩이 놓여 있고 선반에는 계란이 있었다. 아침에 학교 채플에서 성체성사가 있은 후에 조반으로 들 음식물이었다. 하얀 푸딩과 계란과 소시지와 두어 잔의 홍차를 들게 되리라. 뭐니 뭐니 해도 삶이란 순박하고 아름답지 않은가! 그 모든 삶이 그의 앞에 놓여 있었다.

꿈속에서 그는 잠이 들었다. 꿈속에서 일어나 보니 아침이 되어 있었다. 깨어 있는 꿈속에서 그는 조용한 아침을 거쳐 학교로 갔다.

아이들이 모두 등교하여 제자리에 무릎을 꿇고 있었다. 그는 행복감과 수줍음을 느끼며 그들 틈에 꿇어앉았다. 제대에는 향기로운 흰색 꽃들이 여러 다발 쌓여 있었다. 아침 햇살에 흐릿해진 촛불이 흰 꽃 속에서 마치 그 자신의 영혼처럼 맑고 고요해 보였다.

그는 학우들과 함께 제대 앞에 꿇어앉아 난간처럼 뻗쳐 있는 아이들의 손 너머로 제대 보를 잡고 있었다. 성합(聖盒)을 든 신부가 성체를 받을 사람들을 한 사람씩 지나가고 있는 소리를 듣고 있을 때 그의 손은 떨렸고 그의 영혼 또한 떨렸다.

"Corpus Domini nostri.(우리 주님의 몸이)."

그럴 수도 있을까? 그는 거기 죄 없는 몸으로 소심하게 꿇어앉아 있었다. 그가 혓바닥에 성체를 받으면 하느님께서 그의 정화된 몸속으로 들어오시리라.

"In vitam eternam. Amen.(영원한 생명으로 인도하리. 아멘.)"[53]

---

53) 신도들이 영성체할 때 신부가 말하는 '우리 주님의 몸이…… 그대를 영

또다른 삶을 시작하는 거다! 은혜와 미덕과 행복의 삶을 살아야지! 그것은 현실이었다. 잠이 깨면 사라지고 말 꿈이 아니었다. 지난 일들은 지나갔다.

——Corpus Domini nostri.

성합이 그의 앞에 이르렀다.

원한 생명으로 인도하시기를 기원하나이다.'라는 뜻의 라틴어 기원문의 처음 세 낱말과 마지막 세 낱말이다.

4장

일요일은 거룩한 삼위일체의 현묘함에 바쳤고, 월요일은 성령에게, 화요일은 주보천사들에게, 수요일은 성 요셉[1]에게, 목요일은 제대(祭臺)의 거룩한 성체에게, 금요일은 수난 중의 예수에게, 토요일은 성모 마리아에게 각각 바쳤다.

매일 아침 그는 어떤 거룩한 이미지나 신비로움 앞에서 자기의 몸을 새로이 정화하곤 했다. 그의 하루는 교황의 의도를 위해 시시각각 자신의 생각과 행동을 영웅적으로 바친 후, 이른 미사에 참석함으로써 시작되었다. 음산한 아침 공기가 결의에 찬 그의 신심을 더욱 연마했다. 몇 사람의 기도자들과 함께 보조 제대에 무릎을 꿇고 비망(備忘) 카드가 끼여 있는 기

---

1) 마리아의 남편. 「마태복음」 1장 16~25절 참조.

도서를 들고 신부의 나지막한 기도를 따라가고 있을 때면, 그는 흔히 잠시 동안 눈을 들어 신약과 구약을 상징하는 두 촛대 사이의 침침한 곳에 서 있는 제의 입은 신부의 모습을 힐끗 쳐다보았고 자기가 카타콤[2] 속에서 미사에 참석하느라 무릎을 꿇고 있다고 상상하기도 했다.

그의 일과는 신앙생활에 맞추어 편성되었다. 화살기도와 일반기도를 통해 그는 연옥(煉獄)에서 영혼들이 갇혀 있는 기간을 여러 날, 여러 달, 여러 해 경감받을 수 있도록 아낌없이 공덕을 쌓았다. 그러나 교리에 따른 엄청난 참회의 세월을 쉽사리 쌓아올리는 데서 느낄 수 있던 정신적 승리감도 그의 열렬한 기도를 전적으로 보답해 주지는 못했다. 고통을 겪고 있는 영혼들을 위한 기도를 통해 그가 현세에서 못다 받은 벌을 얼마만큼이나 경감받을 수 있을지 그로서는 도대체 알 수가 없었기 때문이다. 오직 영구히 계속되지 않을 뿐 지옥의 불길과 다를 바가 없는 연옥의 불길 속에서 자신의 참회가 겨우 물 한 방울의 구실밖에 하지 못하면 어쩌나 하는 두려운 심경에서 그는 자기 영혼을 몰아세워 날마다 더욱 많은 공덕을 쌓아나갔다.

그가 자기 위치에서 삶의 의무라고 간주하는 바에 따라 구분된 하루 일과의 모든 부분이 그 자체의 정신적 에너지 중심을 맴돌았다. 그의 생활은 영원한 삶에 더 가까워진 것 같았

---

2) 고대 로마의 지하 공동묘지. 초기 기독교 신자들은 박해를 피해 이 지하 묘역에서 예배를 올리기도 했다.

고, 모든 생각, 말, 행위 및 의식의 순간들이 하늘에서 빛나게 진동하게 할 수도 있었다. 그리고 이따금 이런 즉각적 반향에 대한 지각이 너무 생생했기 때문에 그는 마치 기도 중인 자기 영혼이 커다란 현금등록기의 단추를 손가락처럼 누르고 있는 듯한 느낌이었고 그의 구매액이 즉각 하늘로 올라가되 하나의 수치로서가 아니라 한줄기 가냘픈 향연(香煙)이라든가 가느다란 꽃송이로 올라가는 것을 보는 듯했다.

그는 길을 가면서도 묵주를 굴리며 기도를 올릴 수 있도록 바지 주머니에 늘 묵주를 넣고 다녔다. 그가 끊임없이 외운 묵주신공은 여러 개의 화관(花冠)으로 바뀌었으며 그 꽃들은 결이 너무 막연하고 비현세적이어서 그가 보기에는 이름 지을 수 없었고 색깔이나 향내마저 지니고 있지 않았다. 그는 매일같이 세 차례의 작은 묵주신공을 올렸다. 그것은 세 가지의 신덕(神德) 즉 자기를 창조하신 성부께 대한 신덕(信德), 자기를 대신해서 속죄하신 성자에 대한 망덕(望德) 그리고 자기를 깨끗하게 해주신 성령에 대한 애덕(愛德)을 그 자신이 굳건히 지켜나가게 하기 위함이었다. 그는 이렇게 세 겹의 기도를 성모 마리아를 통해 삼위일체께 올리되 반드시 그분의 즐겁고 슬프고 영광스러운 신비의 이름으로 올렸다.

뿐만 아니라 일주일 내내 하루도 거르지 않고 그는 성령의 일곱 가지 선물[3]이 그의 영혼 위에 내려와 과거에 그 영혼을

---

3) 지혜, 오성, 분별력, 굳센 마음, 지식, 경건함, 주에 대한 두려움. 「이사야」 11장 2절 참조.

더럽히곤 하던 일곱 가지의 중죄를 날마다 몰아내 주십사고 기도했다. 그는 일주일을 통해 각기 정해진 날에 이 선물을 한 가지씩 기구했다. 그는 지혜와 오성 및 지식이 그 성질상 서로 구분해서 기구해야 할 정도로 판이하다는 것이 이따금 이상해 보이기도 했지만 하여간 매일 한 가지씩 그에게 내릴 것이라고 확신하고 있었다. 그러나 장차 그의 정신적 발전이 어느 단계에 이르면 그의 죄 많은 영혼이 그 약한 상태에서 높은 경지로 올라가게 될 것이고 또 거룩하신 삼위 중의 셋째 분의 계몽을 받게 될 것이므로 이런 사고상(思考上)의 어려움도 해소될 것이라고 그는 확신하고 있었다. 이 눈에 보이지 않는 보혜사4)께서 거주하는 거룩한 어둠과 정적의 세계가 있으므로 그는 그만큼 더, 그리고 몸을 떨면서, 이를 믿고 있었다. 이 보혜사의 상징은 비둘기와 강한 바람인바,5) 이분을 거역해서 죄를 짓는다는 것이야말로 용서할 수 없는 일이며, 이 영원하고 신비하며 현묘하신 분에게 성직자들은 불의 혀 같은 주홍 제의를 입고 일 년에 한 번씩 미사를 올리기도 했다.

그가 읽는 기도서 속에는 세 분 삼위일체의 성격과 친족 관계가 희미하게 제시되고 있는바, 그 내용인즉 성부께서는 영겁으로부터 자기의 신성한 완벽성을 마치 거울을 들여다보듯 관조하고 계시고 또 그렇게 함으로써 영원한 성자를 낳으시며 이 영겁의 시간에서 성령이 성부와 성자로부터 나오신다는 것

---

4) 성령의 별칭. 「요한복음」 14장 17절 참조.
5) 「누가복음」 3장 22절 및 「사도행전」 2장 2~3절 참조.

이고, 이런 관계를 드러내는 이미저리는 그 당당한 불가해성(不可解性)으로 인해 오히려 그에게는 더 쉽게 수긍될 수 있었다. 즉 그가 태어나기보다 수만 년이나 앞서서, 그리고 이 세상이 창조되기보다 수만 년이나 앞서서, 하느님께서는 이미 영겁으로부터 그의 영혼을 사랑하고 계셨다는 단순한 사실보다는 그 이미저리가 더 쉽게 수긍될 수 있었다.

그는 사랑과 미움의 감정을 가리키는 여러 가지 명칭들이 무대나 설교단에서 엄숙히 언급되는 것을 들은 적이 있고 또 책 속에도 엄숙히 제시된 것을 본 적이 있었다. 그리고 그는 자기의 영혼이 어찌하여 얼마 동안이나마 그런 감정을 품을 수 없으며 그런 명칭을 자신 있게 입에 올릴 수가 없을까 의아해했다. 짤막한 분노가 그를 휩쌀 때가 흔히 있었지만 그는 그 감정을 결코 지속시킬 수 없었고, 마치 그의 몸이 겉껍질을 쉽게 벗어버리듯이 그는 늘 그런 감정에서 빠져나오곤 했다. 어떤 미묘하고 어둡고 뭐라고 중얼대는 실재가 그의 몸속으로 침투해 와서 잠시 동안 그를 사악한 욕정으로 불태우는 것을 느끼곤 했지만, 그 실재 또한 결국은 그의 마음을 투명하고 냉담한 상태로 남겨둔 채 손아귀를 빠져나가고 말았다. 그의 영혼이 품고 있던 사랑은 후자 즉 사악한 욕정에 불과했고 미움은 전자 즉 짤막한 분노에 불과했던 것 같았다.

그러나 하느님께서는 영겁으로부터 거룩한 사랑을 가지고 그의 개별적 영혼을 사랑해 왔기에 이제 그가 사랑의 실체를 더 이상 불신할 수는 없었다. 그의 영혼이 영신(靈神)적 지식을 강화해 감에 따라 차츰 그는 온 세상이야말로 하느님의 권세와 사랑을 거대하고 균형 있게 표현한 것임을 알게 되었다. 삶은 하느님께서 내리신 선물이므로 그 삶의 모든 순간 모든 감각에 대해서는, 나뭇가지에 매달린 잎사귀 하나를 보는 경우까지도, 그의 영혼이 그것을 내리신 분에게 마땅히 찬미와 감사를 드려야 했다. 세계는 그 견고한 실체와 복잡성에도 불구하고 이제 그의 영혼을 위해서는 오직 신성한 권세와 사랑과 보편성의 원리로만 존재할 뿐이었다. 그의 영혼에게 허용된 모든 자연 속의 신성한 의미에 대한 이런 느낌은 너무 철저하고 너무 의심의 여지를 남기지 않았기 때문에 그가 계속 살아야 할 필요가 어디에 있는가를 이해하기도 어려울 지경이었다. 그러나 그것은 하느님의 목적 중의 일부였으므로 그로서는 그 효용성을 의심하려 하지 않았다. 다른 사람들이라면 몰라도 하느님의 목적을 거역하고 그토록 깊이 그토록 추잡하게 죄를 지은 적이 있던 그였기에 더욱 그러했다. 한 분의 영원히 편재(遍在)하며 완전무결한 실체를 이렇게 의식함으로써 온유해지고 겸허해진 그의 영혼은 다시금 미사니 기도니 영성체니 고행이니 하는 신앙생활의 짐을 스스로 짊어지게 되었고, 그렇게 한 후에야 비로소 그는 사랑이라는 위대한 신비를 곰곰이 생각하기 시작했다. 그리고 그 후 처음으로 마음속에서 어떤 새로 태어난 생명의 움직임 같은 따뜻한 움직임이라든가 영혼 그 자체의 덕성을 느낄 수 있었다. 종교 예술 속에 나타난 희열의 자세, 이를테면 두 손을 쳐들고 벌린다든가 곧 기절이라도 할 듯한 사람의 벌어진 입술과 눈 같은 것들이 그가 보기에는 창조주 앞에서 겸허해진 채 그만 넋을 잃고 기도하는 영혼의 이미지였다.

　그러나 그는 정신적 희열의 위험에 대해 사전에 경고를 받은 적이 있기 때문에 가장 미미하고 가장 하찮은 기도마저 그만두는 일이 없었고, 위험으로 가득 찬 성인의 경지를 성취하느니 차라리 꾸준한 고행을 통해 죄 많은 과거를 속죄하려고 애썼다. 그의 모든 감각은 엄격히 규제되었다. 길에서도 시각의 고행을 위해 그는 시선을 아래로 던진 채 좌우나 뒤를 바라보지 않으려 했다. 그의 눈은 여인의 눈과 마주치지 않으려 했다. 이따금 그는 한 문장을 읽던 도중에 눈을 쳐들고 책을 덮어버리는 것 같은 갑작스러운 의지의 노력을 통해 시각을 좌절시키기도 했다. 청각의 고행을 위해서 그는 때마침 변성기에 들어간 자기의 목소리에 아무런 통제도 가하지 않았고, 노래나 휘파람을 불지 않았으며, 부엌칼을 갈고 있는 소리라든가 부삽에 재를 긁어모으는 소리라든가 융단을 비로 쓸어내는 소리처럼 고통스럽게 청신경을 건드리는 소음 따위도 피하려 하지 않았다. 후각의 고행은 다른 고행보다 힘이 더 들었다. 왜냐하면 똥이나 타르 같은 옥외의 냄새냐 자기 자신의 체취냐를 가리지 않고, 그가 여러 가지 냄새를 가지고 많은 신기한 비교와 실험을 해오던 끝이라 악취에 대해서 아무런 본능적인 혐오도 느끼지 못했기 때문이다. 그의 후각을 괴롭히는 유일한 냄새라고는 오랫동안 썩은 오줌 냄새 같은 텁텁하고 비릿한 냄새뿐이라는 사실을 그는 결국 알게 되었다. 그래서 그는 가능한 한 자주 이 고약한 냄새를 맡으려고 했다. 미각의 고행을 위하여 그는 엄격한 식사 습성을 길렀고 교회에서 가르치는 모든 단식 규정을 일일이 준수했으며 마음을 어지럽혀 여러 가지 음식의 맛을 느끼지 못하게 하려 했다. 그러나 그가 가장 공들여 창의성을 발휘한 것은 촉각의 고행에서였다. 그는 잠자리에서 의식적으로 고쳐 눕지 않았고, 가장 불편한 자세로 앉았으며, 가려움이나 통증이 있어도 참을성 있게 견디었고, 불을 가까이 쬐지 않았으며, 복음서를 읽을 때를 제외하고는 미사가 끝날 때까지 무릎을 꿇었고, 공기가 닿으면 따끔따끔하도록 목과 얼굴의 여러 부분을 젖은 상태로 두었으며, 묵주신공을 외우고 있을 경우가 아니면 달리기 선수처럼 두 팔을 꼿꼿이 옆구리에 붙이고 있었으며 결코 주머니 속에 집어넣거나 뒷짐을 지지 않았다.

그는 중죄를 지을 만한 유혹을 전혀 받지 않았다. 그러나 이 복잡한 신앙생활과 자제의 과정이 끝난 후에도 유치하고 자기답지 않은 결함에 쉽사리 빠지곤 하는 것을 보고 그는 놀랐다. 어머니의 재채기 소리를 듣는다든지 기도 중에 방해를 받는다든지 했을 때 느끼는 분노를 억제하는 데에는 그의 기도나 금식도 별로 소용없었다. 이런 격노의 배출을 촉구하는 충동을 제어하는 데에는 굉장한 의지의 노력이 필요했다. 그가 선생들에게서 걸핏하면 볼 수 있었던 그 사소한 노여움의 폭발들, 가령 경련하는 입이라든지 꽉 다문 입술 그리고 상기된 얼굴 따위가 그의 마음속에 떠오르자, 그의 겸허한 생활 수행에도 불구하고, 자기 자신과 비교가 되어 그를 의기소침케 했다. 다른 사람들의 삶이라는 그 범속한 물결에 자기의 삶을 휩쓸리게 하는 일은 그에게 금식이나 기도보다 더 어려 웠다. 그리고 결국 그의 영혼 속에 회의와 망설임을 곁들인 정 신적 고갈의 느낌이 드는 것도 그가 그런 물결에 흡족하게 휩 쓸릴 수 없기 때문이었다. 그의 영혼은 한동안 삭막함을 거치 게 되었고 그런 상태에서는 성체마저도 고갈된 샘물로 변해 버린 듯했다. 그의 고백은 망설이다가 회개하지 못한 여러 결 함의 도피구가 되었다. 그가 실제로 성체를 배령(拜領)해도, 성체가 계시는 감실 앞에서 기도를 드린 끝에 이따금 성취할 수 있었던 영적 교감이 그에게 가져왔던 것 같은 그런 순결한 자기 방기의 감격적 순간은 맛볼 수 없었다. 그가 감실을 찾 아가서 사용하던 책은 성 알폰소 리구오리[6]가 쓴 것으로 지 금은 아무도 거들떠보지 않는 이 낡은 책의 글자는 퇴색해 있 었고 책장은 말라서 갈색으로 변해 있었다. 아가(雅歌)의 이미 저리와 성체 배령자의 기도가 뒤섞여 있는 대목을 읽음으로 써 그의 영혼에는 열렬한 사랑과 순결한 응답의 퇴색한 세계 가 환기되는 듯했다. 어떤 들리지 않는 목소리가 영혼을 어루 만지며 영혼에게 여러 이름과 영광을 말해 주고 또 영혼더러 일어나 혼약을 하듯 함께 가자고 명하고, 나의 신부야 표범이 우글거리는 아마나 산으로부터 내려오너라[7]고 명하는 것 같 았다. 이에 영혼 또한 자기 방기를 하며 들리지 않는 목소리로 Inter ubera mea commorabitur(그분은 내 품속에 누워 계실지어

---

6) 성 알폰소 데 리구리오(1696~1787)는 『거룩한 성체 찾아가기』 등의 책을 썼다.
7) 「아가」 4장 8절 참조.

다)[8]라고 응답하는 듯했다.

그가 기도나 명상을 하는 동안 다시 그에게 속삭이기 시작한 육체의 집요한 목소리에 그의 영혼이 다시 한번 휩싸였다고 느끼게 된 지금 이렇게 자기를 방기하겠다는 생각은 그의 마음에 위태로운 매력을 지니고 있었다. 어떤 순간적인 생각에서 그가 단 한 번만 동의하면 그동안 이루어놓은 것을 모두 허물어뜨릴 수 있다는 것을 알게 되니까 자기에게는 힘이 있다는 강력한 느낌이 들었다. 그는 자기의 맨발을 향해 서서히 밀려오는 물을 느끼면서, 아무 소리 없이 소심하게 다가오는 힘없는 잔물결이 처음으로 자기의 열띤 피부에 와닿기를 기다리고 있는 것 같았다. 그 물결이 와서 닿을 무렵, 그리고 그것에 죄 많은 응낙을 하기 직전에, 그는 자기 의지의 갑작스러운 행위와 갑작스러운 화살기도를 통해 구원받고, 그 물결에서 멀리 떨어진 마른 기슭으로 안전하게 피하고 있었다. 그리고 먼 곳에서 생긴 한 줄의 은빛 파도가 다시 그의 발을 향해 서서히 다가오기 시작하는 것을 보노라면 자기는 아직 죄악에 굴복하지 않았으며 아직도 모든 것을 허물어뜨리지 않았다는 생각이 들어 새로운 힘과 만족감의 전율이 그의 영혼을 뒤흔들었다.

이렇게 유혹의 물결을 여러 차례 모면한 후에 그는 점차 불안해졌고 자기가 그동안 상실하지 않으려고 노력한 하느님의 은혜가 조금씩 박탈되고 있지나 않을까 하는 생각이 들었다.

---

8) 「아가」 1장 13절 참조.

그 자신만은 죄를 면할 수 있다는 확신이 점차 흐려졌고 뒤이어 자기의 영혼이 부지불식간에 타락해 버렸을지도 모른다는 막연한 두려움이 생겨났다. 그는 자기가 유혹을 받을 때마다 하느님께 기도했으며 또 그가 기구한 은혜를 하느님께선 당연히 베풀게 되어 있으므로 자기가 그 은혜를 받았을 것임에 틀림이 없다고 다짐함으로써 자기가 은혜를 누리고 있다는 의식을 되찾고자 했지만 이제는 그렇게 하기도 힘이 들었다. 유혹이 점점 빈번해지고 더욱 강렬해지자 성인들의 시련에 대해서 그가 들었던 이야기가 결국 그에게는 진실로 보였다. 빈번하고 강렬한 유혹이 있음은 곧 영혼의 성곽이 아직 무너지지 않았으며 악마가 그것을 허물어뜨리기 위해 발악하고 있다는 증거라는 것이었다.

흔히 그가 자기의 의심과 망설임, 기도 중에 순간적으로 산만해진 주의력, 영혼 속에 일어난 사소한 분노, 언동에 있어서의 교활한 꾸밈 따위를 고백할 때면 고해신부는 그의 죄를 사하기 전에 과거에 지은 몇 가지 죄를 말해 보라고 했다. 그럴 때면 그는 겸허함과 창피함을 느끼면서 그 죄를 말했고 다시 한번 그 죄에 대해 참회하곤 했다. 그가 아무리 경건하게 살고 또 그 어떤 미덕과 완벽함을 이룩한다 해도 그 죄에서 완전히 해방되지는 못할 것이라 생각하니 굴욕감과 창피함을 금할 수 없었다. 불안한 죄책감은 늘 그의 앞을 떠나지 않을 것이며, 고백하고 회개하고 사죄받고 다시 고백하고 회개하고 다시 사죄받는 일이 헛되이 되풀이될 것이다. 어쩌면 지옥에 대한 두려움 때문에 그가 짜냈던 첫 번째 성급한 고백은 잘못된 것이나 아니었을까? 어쩌면 자기의 절박한 파멸에만 관심을 쏟은 나머지 죄악 그 자체에 대한 진정한 참회는 없었던 것이 아닐까? 그러나 그의 고백은 잘못된 것이 아니었고 또 자기 죄에 대해 진정으로 참회했다는 가장 확실한 증거는, 그가 알기에, 자신의 생활의 개선이었다.

"나는 내 삶을 개선했다. 그렇지 않은가?" 그는 스스로에게 물었다.

* * *

교장은 햇빛을 등지고 창가에 서서 한쪽 팔꿈치를 갈색 차양에 기대고 있었다. 그는 다른 쪽 차양의 끈을 달랑달랑 흔들거나 동그랗게 고리로 만들거나 하면서 말을 하거나 미소를 짓고 있었다. 그 앞에 서 있던 스티븐은 건너편 지붕 위로 기나긴 여름 해가 저물고 있는 광경과 이 성직자가 손가락을 천천히 능숙하게 움직이고 있는 것을 한동안 눈으로 쫓고 있었다. 교장의 얼굴은 완전히 그늘져 있었지만 그의 등뒤에서 저물고 있는 햇살이 그 움푹 들어간 관자놀이와 두개골의 곡선을 비추고 있었다. 그가 이제 막 끝난 방학이니 해외에 있는 예수회 계통의 학교니 교사들의 전근 같은 신통찮은 화제에 대해 무겁고 정중한 어조로 얘기하고 있을 때 스티븐의 귀는 그 목소리 속의 악센트와 음정을 쫓아가고 있었다. 그 무겁고 정중한 목소리는 이야기를 술술 계속하고 있었다. 이야기가 중단될 때마다 스티븐은 존경 어린 질문을 해서 다시 얘기가 시작되게 해야 할 것 같다는 느낌이 들었다. 그는 그 이야기가 서론에 불과하다는 것을 알고 있었고 그래서 마음속으로는 뒤이어 나올 교장의 이야기를 기다리고 있었다. 교장이 부른다는 전갈을 받은 후 그는 그 전갈의 의미가 무엇일까 마음속으로 이리저리 생각해 보고 있었다. 학교 응접실에서 교장을 기다리며 오랫동안 초조히 앉아 있을 때 그의 눈은 벽에 걸린 수수한 그림들을 하나씩 살펴보고 있었고 마음은 이런 생각 저런 생각을 거듭하고 있었는데 결국 그 부름의 의미는 거의 분명해졌다. 그래서 예상하지 않은 사정이 생겨서 교장이 들어오지 말았으면 좋겠다고 생각하고 있는데 문의 손잡이가 뒤틀리는 소리와 수탄 자락이 스치는 소리가 들렸던 것이다.

교장은 도미니코 수도회와 프란치스코 수도회에 대한 이야기며 성 토마스와 성 보나벤투라 사이의 우정[9]에 대한 이야기를 시작하였다. 그는 또 자기가 생각하기에 카푸친회 성직자들의 복장은 지나치게 어떻다느니 하기도 했다.

스티븐의 얼굴은 교장의 너그러운 미소에 미소로 응답하고 있었지만, 자기 의견을 말하고 싶지 않아서 입술로 미미하게 수상쩍어 한다는 표시를 했다.

"내가 알기로는 말이야." 교장이 말을 계속했다. "요즈음은 카푸친 회원들 간에도 그런 복장을 폐기하고 다른 프란치스코 수도회원들의 본보기를 따르기로 하자는 논의가 있는 모양

---

9) 프란치스코회 소속의 성 보나벤투라와 도미니코회 소속의 성 토마스 아퀴나스는 파리 대학의 동창생들이었다.

이야."

"제 생각으로는 그분들이 수도원에서는 그 복장을 계속 착용할 것 같은데요." 스티븐이 말했다.

"암, 그럴 테지." 교장이 말했다. "수도원에서라면 그런 복장도 아무렇지 않겠지만 일반 사회에 나와서는 그런 옷은 벗어버리는 것이 좋지 않겠니."

"꽤 거추장스럽겠지요?"

"물론, 그렇겠지. 생각을 좀 해봐. 내가 벨기에에 있을 때 보니까 그분들이 어떤 날씨에도 무릎까지 옷자락을 걷어올리고는 자전거로 나돌아다니지 않겠니. 참, 우스꽝스러운 광경이더군. 벨기에에서는 사람들이 그 옷을 레 쥐프(les jupes)[10]라고 불렀어."

이 낱말의 모음이 너무 바뀌어 있어서 분명히 알아들을 수가 없을 지경이었다.

"뭐라고요?"

"레 쥐프."

"오!"

스티븐은 교장의 미소에 응답하며 다시 미소 지었다. 그러나 교장의 그늘진 얼굴에서 그 미소가 보이지는 않았고, 그의 나지막하고 신중한 말투가 귓전에 울릴 때 그 미소의 이미지 혹은 환영(幻影)만이 마음속을 번쩍 스쳐갔을 뿐이었다. 그는 교장 앞에서 저물어가는 하늘을 조용히 지켜보면서 시원한

___

10) 프랑스어로 '치마'라는 뜻이다.

저녁 공기를 받기고 있었고 흐릿한 황색 저녁노을이 자기 뺨에서 화끈거리는 작은 불꽃을 가려주어서 다행이라 여겼다.

여자들이 입는 옷가지라든지 그것을 만드는 데 들어가는 부드럽고 고운 원단의 명칭들은 그의 마음속에 미묘하고 간악한 냄새가 떠오르게 했다. 어린 시절에 그는 말을 모는 고삐가 연약한 명주 띠로 되어 있을 것이라고 늘 생각했기 때문에 스트래드부룩에서 끈적거리는 가죽 마구(馬具)를 만져보고는 깜짝 놀랐다. 또 떨리는 손가락으로 여자 스타킹의 바삭바삭한 결을 처음으로 만져보았을 때에도 그는 충격을 받았다. 왜냐하면 책을 읽어도 마음속에 남는 것이라고는 자기 자신의 처지를 반영하거나 예언하는 성싶은 내용밖에 없으므로, 연약한 생명을 가지고 움직이는 여인의 영혼이나 육체에 대해 그가 감히 어떤 관념을 구성해 볼 수 있었던 것도 오직 부드러운 말씨의 어구라든지 장미처럼 부드러운 물질 속에서만 가능했기 때문이다.

그러나 교장의 입을 통해 나온 말에는 솔직하지 못한 데가 있었다. 그는 신부가 그런 화제에 대해 가볍게 발언해서는 안 된다는 것을 알고 있었다. 교장이 그런 어구를 가볍게 말한 데에는 계략이 있을 것이므로 그는 교장이 그늘 속에 묻힌 두 눈으로 자기의 얼굴을 샅샅이 살피고 있으리라 직감했다. 예수회 회원들은 잔꾀를 잘 부린다는 말을 듣거나 읽은 적이 있지만, 그는 자기가 실제로 체험해 본 적이 없다는 이유로 솔직히 무시해 오고 있었다. 그를 가르친 선생들은, 그에게 매력이 없는 분들까지도, 늘 이지적이고 진지한 성직자들이거나 건장하거나 혈기왕성한 생도감들이었다. 그는 그들이 모두 냉수로 씩씩하게 몸을 씻으며 깨끗하고 싸늘한 내의를 입고 있을 것이라 생각했다. 클롱고우스와 벨비디어에서 예수회 회원들과 섞여서 여러 해를 살아오는 동안 그는 매를 두 번 맞았다. 두 번 모두 부당하게 맞은 경우긴 했지만 정당한 처벌을 모면했던 적도 여러 번 있다는 것을 그는 알고 있었다. 학창 시절을 통해 그는 선생들의 입에서 경솔한 말이 떨어지는 것을 한 번도 들은 적이 없었다. 그에게 기독교의 교리를 가르쳤고 그에게 착한 삶을 살도록 촉구한 것도 그들이었고, 그가 비참한 죄악에 빠졌을 때 그를 인도하여 은혜를 되찾게 한 것도 그들이었다. 클롱고우스에서 그가 뱅충이 노릇을 하고 있을 때에도 그는 그들 앞에서 늘 기가 죽었고, 벨비디어에서 그가 애매한 입장에 처해 있을 때에도 그는 그들 앞에서 기가 죽곤 했다. 이런 항구적인 느낌은 그가 학창 생활을 마치던 해까지 늘 그를 떠나지 않았다. 그는 한 번도 그들에게 불복한 적이 없었고 또 난폭한 친구들이 꼬여도 그는 묵종하는 습성을 버리지 않았다. 심지어는 선생의 말이 의심스러울 경우에도 공개적으로 의혹을 표명하려 들지 않았다. 근래에 선생들의 판단 중 몇 가지가 그의 귀에 약간 유치하게 들린 적이 있었다. 그때 그는 마치 자기가 그 익숙한 세계에서 서서히 벗어나고 있으며 또 그 세계의 말씀을 마지막으로 듣고 있기라도 하듯 유감과 연민을 느꼈다. 어느 날, 채플 근처의 곳간 아래서 아이들이 한 신부를 둘러싸고 있을 때 그는 신부가 이렇게 말하는 것을 들었다.

"나는 머콜리 경[11]이야말로 평생 동안 지옥에 떨어질 중죄를 한 번도 범한 적이 없었을 거라고 믿어. 고의로 범한 중죄 말일세."

그러자 몇몇 애들은 그 신부에게 빅토르 위고[12]가 가장 위대한 프랑스의 작가가 아니냐고 물어보았다. 신부는 대답하기를 빅토르 위고가 교회를 등지고 난 후에 쓴 작품들은 그가 가톨릭 신자였을 때 쓴 작품보다도 훨씬 못하다고 했다.

"하지만 많은 저명한 프랑스 비평가들의 의견에 따르면 말일세," 신부가 말했다. "빅토르 위고가 위대한 작가인 건 확실하지만 그의 프랑스어 문체가 루이 뵈요[13]의 문체만큼은 순수하지 못하다는 거야."

교장의 말이 스티븐의 뺨에 지폈던 작은 불길은 다시 가라앉고 그의 눈은 여전히 색깔 잃은 하늘만 조용히 응시하고 있었다. 그러나 그의 마음속에는 불안한 의심이 이리저리 떠돌고 있었다. 가면을 쓴 기억들이 그의 앞을 재빨리 스쳐갔다. 그는 여러 장면과 인물들을 알아맞혔지만 자신이 그들에게서 어떤 생기 있는 상황도 감지하지 못함을 의식했다. 그는 클롱고우스에서 운동장을 오락가락하면서 운동시합을 구경하고 있거나 또는 크리켓 모자에서 사탕을 끄집어내어 먹고 있는 자신의 모습을 보았다. 몇몇 예수회 성직자들이 부인네들

---

11) 토마스 배빙튼 머콜리(1800~1859)는 영국의 역사가, 정치가, 에세이스트다.

12) 1802~1885. 『레 미제라블』을 지은 프랑스의 대표적 낭만파 작가다.

13) 1813~1883. 프랑스의 언론인으로 교황권의 옹호자였다.

과 함께 자전거 트랙을 따라 걷고 있었다. 클롱고우스에서 쓰던 몇 가지 표현들이 그의 마음속 먼 동굴 속에서 메아리치고 있었다.

그의 귀가 응접실의 정적 속에서 이 먼 메아리들을 듣고 있는데 문득 교장이 어조를 바꾸어 그에게 말을 하고 있는 것이었다.

"스티븐, 내가 오늘 너를 부른 것은 중대한 문제를 놓고 너와 상의하고 싶었기 때문이야."

"네, 교장 선생님."

"너는 혹시 네게 성소(聖召)가 있다는 생각을 해본 적이 있느냐?"

스티븐은 그렇다고 대답하기 위해 입을 열었다가 곧 다물고 그 말을 하지 않았다. 교장은 대답을 기다리다가 말을 덧붙였다.

"내 말은, 혹시 네가 마음속으로, 혹은 영혼 속에서, 예수회에 가입했으면 하는 희망을 느낀 적이 있느냐 하는 것이다. 생각해 보아라."

"이따금 생각해 본 적은 있습니다." 스티븐이 말했다.

교장은 잡고 있던 차양 끈을 한쪽으로 떨어뜨리고 두 손을 모으더니 심각한 표정으로 턱을 고이면서 혼자 깊은 생각에 잠겼다.

"우리 학교 같은 곳에서는 늘 한두 명의 아이들이 하느님의 부름을 받고 종교 생활을 시작한단다." 교장이 드디어 입을 열었다. "이런 아이는 깊은 신심과 다른 애들에게 보이는 모범으로 인해 특히 눈에 띄는 법이지. 그 아이는 학생들의 존경을 받게 되고 아마 동료 신심회원들에 의해 회장으로 선출되기도 해. 그런데 스티븐, 우리 학교에서는 네가 바로 그런 학생이란다. 성모 신심회의 회장직을 맡고 있잖니. 어쩌면 하느님께서 당신께 불러들이려고 하시는 아이가 바로 너인지도 모르겠구나."

교장의 무거운 목소리를 더욱 무겁게 하는 강한 오만의 어조에 응답하듯 스티븐의 심장은 박동이 빨라졌다.

"그런 부름을 받는다는 것은 전능하신 하느님께서 인간에게 내릴 수 있는 최대의 명예란다, 스티븐." 교장이 말했다. "이 세상의 어떤 왕이나 황제도 하느님을 모시는 사제의 권세는 갖지 못하고 있어. 하늘나라의 그 어떤 천사나 대천사도 또 성인이나 심지어는 성모 마리아까지도 하느님의 사제가 가진 권세만은 가지지 못하고 있지. 그것은 하늘나라의 열쇠[14]가 가지는 힘이요, 사람을 죄악에 매거나 죄악에서 해방시키는 힘이요, 액운을 막는 힘이요, 하느님의 창조물로부터 그들을 지배하는 사악한 귀신들을 쫓아내는 힘이요, 하늘에 계신 하느님께서 제대(祭臺)로 내려오셔서 빵과 포도주 속에 드시게 하는 힘이요 권능이기도 하단다. 자 어떠냐, 스티븐, 굉장한 권세가 아니냐!"

이 자랑스러운 말 속에서 스티븐이 자기 자신의 자랑스러운 사색의 메아리를 들었을 때 그의 뺨에서는 다시 불길이 활

---

14) 「마태복음」 16장 19절 참조.

활 타기 시작했다. 그 자신이 사제가 되어 천사들이나 성인들마저 경외하는 그 대단한 권세를 조용히 겸허하게 휘두르고 있는 모습을 마음속으로 그려본 적이 얼마나 빈번했던가! 그동안 그의 영혼은 이런 욕구를 남몰래 생각해 오고 있었던 것이다. 그는 자기 자신이 젊고 말수 적은 사제가 되어 날쌔게 고해소로 들어가거나, 제대의 계단을 오르거나, 향을 피워 올리거나, 무릎을 꿇거나, 또 그 밖의 막연한 사제 행위를 수행하고 있는 모습을 그려보곤 했는데, 이런 상상이 실감은 나되 현실과는 떨어져 있었기에 그에게는 즐거운 일이었다. 명상을 통해 체험해 온 그 희미한 사제 생활에서, 그는 여러 명의 사제들에게서 그간 주목했던 목소리와 몸짓을 그대로 흉내 내고 있었다. 무릎을 옆으로 꿇는 것이 이 신부를 흉내 낸 것이라면, 향로를 아주 가만히 흔드는 것은 저 신부를 흉내 낸 것이고, 신도들에게 축복을 내린 후에 제대로 되돌아올 때 제의 자락을 활짝 여는 것은 또다른 신부의 흉내를 낸 것이었다. 이렇게 상상 속에서 전개되는 흐릿한 장면에서 이인자의 자리를 지키는 것이 무엇보다도 그에게는 즐거웠다. 그는 미사 집전 신부의 권능을 피하고 싶었다. 그 모든 막연한 화려함이 자기 한 몸에서 끝난다든지 그 의식이 자기에게 너무 분명하고 너무 돌이킬 수 없는 소임들을 떠맡길 것이라는 생각이 그를 불안하게 했기 때문이다. 그는 사소한 성무(聖務)를 맡고 싶었다. 가령 장엄미사 때 차부제(次副祭)의 제의를 입고 있다든지, 제대에서 멀찍이 떨어진 곳에서 신도들에게는 잊힌 채 서서 예복으로 어깨를 덮고 그 자락으로 축성된 성체를 담은 파테나를 감싸 들고 있다든지, 또는 미사가 끝난 후 집전 신부보다 낮은 계단에서 금빛 제의를 걸친 부제(副祭)의 차림으로 두 손을 모아 쥐고 얼굴을 신도 쪽으로 향한 채 이테, 미사 에스트(Ite, missa est. 가세요. 끝났습니다.)라고 읊조리고 있었으면 좋겠다고 생각했다. 만약에 그가 미사 집전 신부가 된 자신의 모습을 그려보았다면 그것은 오직 어린이 미사책 속에 나오는 그림에서처럼 텅 빈 제대 위에 희생의 천사를 제외하곤 아무 신자도 보이지 않는 그런 교회에서 자기보다 소년 티가 더 나지 않는 복사(服事)의 시중을 받고 있는 자신의 모습뿐이었다. 오직 막연한 희생이나 성사 행위에 있어서만 그의 의지는 현실과의 대면을 위해 앞으로 나서도록 유도될 수 있을 듯했다. 그가 그간 침묵으로 자기의 분노나 오만을 감추어 왔든 아니면 주고 싶은 포옹을 받기만 했든, 그를 늘 무위(無爲)의 상태에 있도록 강압한 것도 부분적으로는 정해진 의식(儀式)의 부재(不在)였다.

이제 그는 존경 어린 침묵을 지키며 교장의 호소를 귀담아듣고 있었다. 교장의 말 속에서 그는 은밀한 지식과 은밀한 권세를 제공하면서 가까이 오라고 명하는 목소리를 더욱 뚜렷하게 들었다. 그렇게 한다면 마술사 시몬의 죄[15]가 무엇인지 또 도저히 용서받을 길이 없다는 성령에 대한 죄가 무엇인지 알게 되리라. 다른 사람들에게는 알려지지 않은, 진노의 자녀[16]

---

15) 「사도행전」 8장 9∼24절 참조.
16) 「에베소서」 2장 3절 참조.

로 잉태되어 태어난 자들에게는 알려지지 않은, 많은 모호한 것들을 알게 되리라. 그는 또 컴컴한 성당의 그 수치스러운 분위기가 감도는 고해소에서 아낙네들과 소녀들이 그의 귀에 입을 대고 소곤소곤 고백하는 소리를 들으며 그들의 죄악, 죄 많은 동경, 죄 많은 생각, 죄 많은 행동을 죄다 알게 될 것이다. 그렇지만 서품식 때 안수례를 받았기에 그의 영혼은 신비하게도 죄에 감염되지 않게 되어 있으므로 그런 죄악에 물들지 않고 다시 제대의 결백한 평화로 돌아갈 수 있을 것이다. 성체를 받쳐들고 쪼개는 그의 손에는 아무 죄도 와서 닿지 못할 것이다. 기도하는 그의 입술에 그 어떤 죄가 와닿음으로써 그로 하여금 주의 몸을 분별치 못하고 자기의 파멸만 먹고 마시도록 하는 일도 없을 것이다.[17] 그는 철부지들처럼 죄 없는 몸이므로 남 모르는 지식과 남 모르는 권세를 가지게 될 것이며 멜기세덱의 사제 직분을 잇는 영원한 사제[18]가 되리라.

"전지전능하신 하느님께서 너에게 거룩한 의도를 밝히시도록 내일 아침에 내가 미사를 올리도록 하겠다." 교장이 말했다. "그런데, 스티븐, 너의 주보성인[19]이신 최초의 순교자께선 하느님에게 아주 유력한 분이란다. 네가 그분께 9일 기도를 올려 하느님께서 네 마음을 계몽하시게 해주마. 하지만 나중에

---

17) 「고린도 전서」 11장 29절.
18) 「히브리서」 5장 6절.
19) 성 스테파노는 「사도행전」 6~7장에 나오는 스데반으로서, 예루살렘에서 살해된 기독교 최초의 순교자다. 스티븐(Stephen)은 스테파노의 영어식 표기 및 발음이다.

너에게 성소가 없었음을 알게 된다면 끔찍한 일이 아니겠니. 그러니 우선 성소가 있다는 것부터 먼저 확인하도록 해라. 한 번 성직자가 되면 영원히 성직자로 남아야 한다는 것을 명심해라. 교리문답에서도 배웠잖니, 신품(神品)의 성사는 오직 한 번밖에 받을 수 없는 것인데 그 이유는 그 성사가 영혼에 영원히 지울 수 없는 정신적 표지를 찍어놓기 때문이니라. 그러니 네가 심사숙고해야 하는 것도 그 전이라야지 그 후는 안 된단다. 스티븐, 네 영원한 영혼의 구제가 달려 있는 문제이므로 엄숙히 다뤄야 하느니라. 하지만 우리는 함께 하느님께 기도를 드리게 될 것이다."

그는 무거운 홀 문을 열고 이미 신앙생활의 동료가 된 사람을 대하듯이 손을 내밀었다. 스티븐은 계단 위의 널찍한 공간으로 빠져나와 온화한 저녁 공기가 그를 어루만지고 있음을 의식했다. 핀들레이터 교회 쪽으로 네 명의 젊은이들이 서로 팔을 끼고 리더가 연주하는 6각 손풍금의 경쾌한 멜로디에 보조를 맞춰 머리를 흔들며 활보하고 있었다. 갑자기 듣는 음악의 처음 몇 소절이 으레 그렇듯이 그 멜로디도 그의 마음속에 쌓아놓은 환상적인 구조물을 스쳐가면서, 마치 갑자기 밀려온 물결이 아이들의 모래성을 허물어뜨리듯이, 아무 고통도 주지 않으며 조용히 그 구조물을 허물어뜨렸다. 그 보잘것없는 곡조에 미소를 지으며 그는 눈을 들어 교장의 얼굴을 바라보았다. 그 얼굴이 저무는 날을 침울하게 반영하고 있는 것을 보고, 그는 교장의 동료 의식에 맥없이 묵종하고 있던 손을 살그머니 빼냈다.

그가 계단을 내려가고 있을 때 그의 어지러운 자기 성찰을 지워버리는 인상이 있었으니 그것은 학교 출입구에서 저무는 날을 반영하고 있던 어떤 침울한 가면의 인상이었다. 그러자 이 학교 생활의 그늘이 무겁게 그의 의식을 스쳐갔다. 그를 기다리고 있는 것은 엄숙하고 질서정연하고 열정이라고는 없는 삶이요 물질적 걱정도 없는 삶이었다. 그는 수련원에서 첫날 저녁을 어떻게 보내게 될 것이며, 기숙사에서의 첫 아침에 잠이 깨면 얼마나 불안할 것인지 궁금했다. 클롱고우스 학교의 긴 복도 냄새가 그에게 다시 괴롭게 회상되었고 불타는 가스등의 조용한 속삭임이 들리는 것 같았다. 자기 존재의 모든 부분에서 한꺼번에 솟은 불안이 그를 괴롭히기 시작했다. 그러자 뒤이어 열에 들뜬 맥박이 점점 빨라졌고, 아무 의미도 없는 말들이 소음이 되어 그의 정돈된 생각들을 여기저기로 어지럽게 흩날리고 있었다. 마치 덥고 습하고 몸에 해로운 공기를 마시고 있는 것처럼 그의 허파는 늘어났다 오므라들었다 했다. 그리고 클롱고우스의 목욕탕 속에서 맥빠진 토탄 빛깔의 물 위에 감돌던 그 덥고 습한 공기를 다시 한번 냄새 맡는 기분이었다.

이런 것들을 기억하자 교육이나 신심보다도 더 강한 본능이 잠에서 깨어났고, 그가 그런 생활에 가까이 가려고 할 때마다 그의 마음속에 미묘한 적대적 본능을 발동시키면서 묵종하지 못하게 했다. 그런 생활의 냉기와 질서가 그에게 혐오감을 주었다. 그는 추운 아침에 일어나 다른 수련자들과 함께 줄을 지어 새벽 미사에 나가서 기도함으로써 배 속의 허기를 극복하려고 헛되이 노력하고 있을 자신의 모습을 보았다. 그는 학교 공동체 구성원들과 함께 식사하게 될 자신의 모습도 보았다. 그렇다면 낯선 집에서 먹거나 마시는 일을 꺼리는 그의 뿌리 깊은 수줍음은 도대체 어떻게 되어버릴까? 또 어떤 질서 속에서도 자기야말로 다른 사람들과는 동떨어진 존재라고 생각하게 하던 그 오만한 정신은 또 어떻게 되어버릴까?

예수회 소속 신부 스티븐 디덜러스.

그 새로운 삶을 살고 있는 자신의 이름 글자들이 눈앞에 튀어 올랐고 뒤이어 확실한 윤곽도 없는 얼굴과 얼굴색이 마음속에 떠올랐다. 그 색은 흐려졌다가 마치 엷은 벽돌색이 변하면서 이글거리듯이 강렬해졌다. 그게 혹시 겨울 아침에 사제들의 면도한 턱밑 살에서 흔히 볼 수 있었던 그 생경하게 이글거리던 불그레한 색인가? 그 얼굴에는 눈이 없었고, 씁쓸하고 경건한 표정에 분노를 억누르고 있듯 홍조가 감돌기도 했다. 그게 혹시 어떤 애들이 랜턴 조스[20]라 부르고 다른 애들은 폭시 캠블[21]이라 부르던 예수회 사제의 얼굴이 망령처럼 떠오른 것이 아닐까?

그 순간 그는 마침 가디너 가(街)에 있는 예수회의 기숙사 앞을 지나고 있었다. 그는 자기가 예수회에 가입한다면 어떤 창문이 자기 것이 될지 막연히 궁금해졌다. 그러자 그는 그런 궁금증의 막연함에 놀랐고, 자기 영혼의 안식처라고 그동안

---

20) '등잔 턱'이라는 뜻의 별명이다.
21) '여우 같은 캠블'이라는 뜻의 별명이다. 벨비디어 학교에는 실제로 리처드 캠블이라는 이름의 선생이 있었다.

생각해 오던 곳으로부터 영혼이 멀리 떨어져 있음을 알고 놀랐으며, 그의 확정적이고 돌이킬 수 없는 행동이 이 세상과 내세에서의 자유를 영원히 끝장내겠다고 위협할 때 여러 해에 걸쳐 그를 장악했던 질서와 순종의 힘이 너무 연약하다는 것을 알고 놀랐다. 교회의 도도한 특권이라든가 사제직이 누리는 신비와 권세를 택하라고 그에게 촉구하는 교장의 목소리가 부질없이 그의 뇌리에서 되풀이되고 있었다. 그의 영혼은 그 목소리를 경청하거나 환영하려 하지 않았고, 그가 들었던 권면의 말씀이 벌써 하나의 부질없는 형식적 이야기로 전락해 버렸음을 알았다. 그가 신부가 되어 감실 앞에서 향로를 흔드는 일은 결코 없으리라. 그의 운명은 사회적 종교적 질서로부터 자유로워지는 것이었다. 교장의 호소가 현명하다 해도 그의 급소를 찌르지는 못했다. 그는 자기가 다른 사람들을 떠나 자신의 지혜를 배우거나 아니면 세상의 함정들 사이를 스스로 헤매고 다니며 다른 사람들의 지혜를 배워야 할 운명이었다.

이 세상의 함정이란 죄를 짓는 길이었다. 그 함정에 빠져보리라. 아직은 빠지지 않았으나 순식간에 말없이 빠지리라. 빠지지 않는다는 것은 너무 어려웠다. 그는 닥쳐올 어느 순간에 자기 영혼이 겪게 될 말없는 타락을 감지하고 있었다. 영혼은 점점 그 함정으로 빠지고 있으나 아직은 빠지지 않았고, 아직 빠지지 않았으나 막 빠지려 하고 있었다.

그는 톨카 강에 놓인 다리를 건너 퇴색한 푸른색 성모 마리아 경당(經堂) 쪽으로 잠시 싸늘한 눈초리를 던졌다. 그 경당은 초라한 오두막들이 옹기종기 모여 마을 꼴을 이루고 있는 가운데 우뚝 솟은 기둥 위에 새처럼 얹혀 있었다. 그는 왼쪽으로 돌아서 자기 집으로 통하는 골목을 따라갔다. 강가에 솟은 언덕 위의 텃밭에서는 양배추가 썩는 시큼한 냄새가 희미하게 풍겨왔다. 그는 자기 영혼 속에서 그날 기승을 부리고 있는 것은 다름 아니라 바로 이 무질서이며, 아버지의 집이 처해 있는 난맥상과 혼란이며, 식물 생명체의 부패 상태 등이라 생각하며 미소를 지었다. 또 사람들이 '모자 쓴 사내'라는 별명으로 부르던 농사꾼이 그네들 집 뒤의 텃밭에서 외로이 일하던 것을 생각했을 때 그의 입에서는 짤막한 웃음이 터져나왔다. 또 그 모자 쓴 사내가 하늘을 사방으로 차례차례 살피다가 유감스럽다는 듯이 삽으로 땅을 푹푹 찌르며 일하던 것을 생각하자 첫 번째 웃음에 뒤이어 이내 두 번째 웃음이 부지불식간에 터져나왔다.

그는 빗장도 없는 현관문을 밀치고 가구라고는 찾아볼 수 없는 홀을 거쳐 부엌으로 들어갔다. 사내동생 누이동생들이 식탁 주위에 앉아 있었다. 다과 시간은 거의 끝났고 찻잔을 대신하는 작은 유리병이니 잼통이니 하는 것들의 바닥에는 재탕한 홍차가 조금씩 남아 있을 뿐이었다. 사탕을 바른 빵의 먹다 남은 부스러기와 조각들이 그 위에 엎지른 홍차로 인해 갈색으로 물든 채 식탁 위에 흩어져 있었다. 식탁 널빤지 위 여기저기에 홍차가 엎질러져 있었고 깨진 상아색 손잡이가 달린 나이프가 아무렇게나 잘라서 먹은 반원형 파이 속에 꽂혀 있었다.

저무는 날의 그 슬프고 고요한 회청색 빛이 창과 열려 있던 출입문으로 들어와서 스티븐의 가슴속에서 별안간 일고 있던 회한(悔恨)의 본능을 조용히 덮으며 무마해 주었다. 동생들에게는 주어지지 않는 그 모든 것이 장남인 그에게는 너그럽게 주어지고 있었다. 그러나 조용한 저녁놀에 비친 그들의 얼굴 속에서 그는 아무런 원망의 징후도 볼 수 없었다.

그는 그들 가까이 식탁에 앉아서 아버지와 어머니가 어디 계시느냐고 물었다. 한 애가 대답했다.

"어디 말이야, 집이 말이야, 있는지 말이야, 둘러보러 말이야, 가셨단 말이야."

또 이사를 간단 말인가! 벨비디어 학교의 팰론이라는 아이는 바보처럼 히쭉 웃어보이면서 그에게 왜 이사를 그렇게 자주 다니느냐고 물어보곤 했다. 그것을 묻는 아이의 바보 같은 웃음을 다시 듣는 듯하자, 조소 어린 찌푸림이 그의 이마를 어둡게 했다.

그는 물었다.

"이런 것을 묻는다면 이상하겠지만, 왜 또 이사를 간다니?"

"왜냐하면 말이야, 집주인이 말이야, 우리를 말이야, 내쫓으려고 하기 때문이란 말이야." 처음 대답했던 그 누이가 대답했다.

맨 아래 남동생이 벽난로의 저편에서 「고요한 밤이면 흔히」[22]라는 곡을 노래하기 시작했다. 하나둘씩 그 노래를 따라 부르자 결국은 모두 합창을 하게 되었다. 그들은 그런 식으로 이 노래 저 노래와 이 합창곡 저 합창곡을 부르곤 했는데 그

---

22) 아일랜드의 민족시인 토머스 무어(1779~1852)가 지은 애창곡이다.

러다 보면 결국 마지막 파리한 빛이 지평선 너머로 사라지고 최초의 어두운 저녁 구름이 나타나 밤이 되곤 했다.

그는 한동안 듣고만 있다가 결국 그들과 함께 노래를 불렀다. 그는 연약하지만 싱싱하고 천진난만한 그들의 목소리 이면에 지겨운 기색이 감도는 것을 듣고 가슴이 아팠다. 그들은 삶의 여정을 미처 시작하기도 전에 벌써 가야 할 길에 대해 피로를 느끼고 있는 듯했다.

그는 부엌에서 노래하는 목소리의 합창이, 여러 세대의 아이들이 부르는 합창의 끝없는 반향 속으로 메아리치며 증폭해 가는 것을 들었다. 그리고 그는 이 모든 메아리 속에서 빈번한 피로와 고통의 어조가 울리는 것도 들었다. 모두들 삶을 시작하기도 전에 벌써 삶에 지친 듯했다. '모든 시대의 아이들이 체험했던 그 고통과 지겨움 그리고 보다 나은 것들에 대한 희망을, 마치 자연 그 자체의 목소리처럼, 발언하고 있는'[23] 베르길리우스의 단편적 시구 속에서 뉴먼 역시 이런 어조를 들은 적이 있음을 그는 기억했다.

* * *

그는 더 오래 기다릴 수 없었다.

바이런 주점(酒店) 문에서 클론타르프 교회 문까지 갔다가, 클론타르프 교회 문에서 바이런 주점의 문까지 오고, 다시 교

---

23) 뉴먼 추기경이 베르길리우스의 시를 평하면서 했던 말이다.

회로 갔다가 주점으로 오는 등, 처음에는 천천히 보도의 포장석 무늬를 한 발씩 조심스럽게 디디며 걷다가 나중에는 걸음을 시구(詩句)의 리듬에 맞추었다. 아버지가 개별 지도교사 댄 크로스비와 함께 아들을 위해 대학[24]에 관해서 무엇인가 문의하러 간 후 한 시간이나 좋이 지났다. 그는 한 시간 좋이 오락가락하며 기다렸지만 이제는 더 기다릴 수 없었다.

그는 갑자기 불 해벽(海壁)[25]을 향했고 아버지가 휘파람으로 그를 불러들일까 봐 종종걸음으로 걸었다. 순식간에 경찰 주둔지 모퉁이를 돌고 나서 그는 마음을 놓았다.

그렇다, 어머니는, 그 시무룩한 침묵을 보아서 알 수 있듯이, 그 생각[26]을 반대하고 있음이 분명했다. 그러나 어머니의 불신이 아버지의 자랑보다도 더 예리하게 그의 마음을 찔렀다. 그리고 그는 자기의 영혼 속에서 시들어가고 있는 신앙심이 어머니의 눈에는 더 원숙해지고 더 강건해지는 것으로 비치고 있다는 사실을 그간 주목해 왔음을 냉정히 생각해 보았다. 그의 마음속에서는 희미한 반감이 세력을 모으고 있었고 마치 어머니의 배신에 대항하는 구름처럼 그의 마음을 어둡게 했다. 그 반감이 구름처럼 지나가고 어머니에 대한 마음이 다시 평온해지고 고분고분해졌을 때, 그는 어머니와 자기의 삶이 처음으로 소리 없이 갈라지고 있음을 희미하게 느끼면서도 별 유감스러운 감정은 없었다.

---

24) 더블린 유니버시티 칼리지를 가리킨다. 조이스는 이 대학을 졸업했다.
25) 클론타르프 해안에서 더블린 만으로 쭉 뻗은 해벽 및 방파제다.
26) 스티븐을 대학에 진학시키려는 부친의 의도를 가리키는 듯하다.

대학에 간다! 그의 소년 시절의 보호자로 자처하면서도 실은 그를 자기네에게 예속시키고 자기네 목표나 받들도록 붙잡아두려고 하던 파수꾼들의 수하제지(誰何制止) 범위를 그는 벗어났던 것이다. 만족 뒤의 오만이, 천천히 밀려오는 긴 파도처럼 그를 떠받쳐 주었다. 그가 받들어야 할 운명을 가지고 태어났으면서도 아직 그 정체를 파악하지 못하고 있던 목표가 그를 인도하여 은밀한 길을 따라 도망칠 수 있게 해주었던 것이다. 이제 그 목표는 다시 한번 그에게 손짓했고, 새로운 모험이 그에게 펼쳐지려 했다. 그는 마치 어떤 발작적인 악곡이 전음정을 치솟았다가 감사도(減四度)의 음정을 내려오고 다시 전 음정을 치솟았다가 장삼도(長三度)의 음정을 내려오곤 하는 것을 듣고 있는 듯했는데, 그것은 한밤의 숲속에서 세 갈래의 발작적 불길이 차례로 솟구치는 것 같았다. 그것은 끝도 없고 형체도 없는 요정의 서주(序奏)였다. 그 악곡이 더 거세지고 더 빨라져서 박자 잃은 불길로 솟구치자 그는 마치 나뭇가지와 풀숲 아래에서 야생 짐승들이 잎사귀에 떨어지는 빗방울처럼 후두둑 소리를 내면서 뛰어다니는 것을 듣고 있는 듯했다. 산토끼와 집토끼의 발, 암수 사슴과 영양(羚羊)의 발이 후두둑거리며 시끄럽게 그의 마음을 스쳐갔고, 결국 그의 귀에 아무것도 들리지 않게 되자 뉴먼의 책에 나오는 다음 구절의 도도한 선율만 기억났다. '그들의 발은 숫사슴의 발 같고 영원한 팔이 아래에 있도다.'[27]

---

27) 뉴먼의 『대학의 이념』에 나오는 구절이다. 「신명기」 33장 27절 참조.

그 흐릿한 이미지의 도도함이 다시 그로 하여금 자기가 거절했던 성직(聖職)의 존엄함을 생각하게 했다. 소년 시절 내내 그는 자기의 숙명이라고 흔히 여기면서 성직을 곰곰이 생각해 왔지만, 정작 성소에 복종해야 할 때가 되자 그 부름을 외면하고 방종스러운 본능 앞에 굴종하고 말았다. 그때와 지금 사이에 세월이 흘렀다. 서품의 성유(聖油)가 그의 몸에 도포(塗布)되는 일은 영원히 없을 것이다. 그는 거절했던 것이다. 왜 그랬을까?

돌리마운트에서 그는 길을 벗어나 바다를 향했다. 얇은 나무판자 다리로 가고 있을 때 그는 무거운 구둣발에 밟혀 판자가 흔들리는 것을 느꼈다. 일단의 크리스천 브라더스 수도회 사람들이 불 해벽에서 돌아오는 길에 두 사람씩 다리를 건너기 시작했던 것이다. 이내 온 다리가 흔들리며 울렸다. 바닷바람으로 인해 누렇게 되거나 불그레해졌거나 시퍼렇게 된 그 무뚝뚝한 얼굴들이 둘씩 그의 앞을 지나갔다. 그가 편한 마음으로 무관심하게 그들을 바라보려고 했을 때 개인적인 수치와 연민의 빛이 희미하게 그의 얼굴을 물들이고 있었다. 자기 자신에 대해 화가 나버린 그는 다리 아래에서 소용돌이치며 흐르는 얕은 물을 곁눈으로 내려다봄으로써 그들이 보지 못하게 얼굴을 숨기려 했다. 그러나 그들의 무거운 실크모(帽)와 테이프처럼 생긴 초라한 칼라와 느슨하게 몸에 걸치고 있는 수도복이 물위에 비치고 있는 것을 보지 않을 수 없었다.

힉키 수사.

퀘이드 수사.

맥아들 수사.

키오 수사.

그들의 신심은 그들의 이름이며 얼굴이며 옷에 나타나 있었다. 그들의 겸허하고 통회하는 마음이 그의 마음보다도 훨씬 더 많은 것을 하느님께 바치고 있었을지도 모르고 또 그의 공들인 예배보다도 청허될 가망이 열 배나 더 높을지도 모른다는 생각을 혼자 해보았지만 부질없었다. 또 그는 자기의 마음을 움직여서 그들을 관대하게 대하게 한다든지, 그가 자존심을 박탈당하고 의기소침한 채 거지 차림으로 그들의 문전에 나타난다면 그들 또한 그를 너그럽게 대해 주고 그를 자기들 자신처럼 사랑해 주리라 생각해 보았지만 부질없었다. 마지막으로, 자기 자신의 열의 없는 확신을 역행하면서, 사랑의 계명(誠命)[28]은 우리가 이웃을 내 몸같이 사랑하되 사랑의 양과 강도를 똑같이 할 것이 아니라 사랑의 종류를 똑같이 하라고 명할 뿐이라고 주장해 보았자 그것 또한 부질없고 괴로울 뿐이었다.

그는 마음속에 비장해 두었던 한 구절을 생각해 내고 혼자 조용히 되뇌어보았다.

'바다에 떠도는 얼룩배기 구름의 하루(A day of dappled seaborne clouds).'[29]

그 구절, 그날 그리고 그 장면이 서로 조화를 이루어 하나

28) 「마태복음」 22장 39절 및 「누가복음」 10장 27절 참조.
29) 스코틀랜드 지질학자 휴 밀러가 쓴 『암석의 증언』에 나오는 구절이다. 원문은 '바람에 밀리는 얼룩진 구름의 하루'인데, 약간 변형했다.

가 되었다. 낱말들. 그게 그 낱말들의 색깔인가? 그는 그 색깔이 하나씩 빛을 내다가 사라지게 했다. 솟는 해의 황금색, 사과 과수원의 붉은색과 초록색, 파도의 진청색, 회색 띠가 둘린 양털 구름. 아니, 그건 낱말 하나하나가 가진 색깔이 아니었고, 문장 전체가 이루는 안정감이요 균형이었다. 그렇다면 그는 그 낱말들이 연상시키는 전설과 색채보다도 그 낱말들의 율동적인 억양을 더 사랑했단 말인가? 아니면, 마음이 수줍은 데 못지않게 시력마저 약한 그가 다채롭고 풍성한 언어의 프리즘을 통해 반영되는 밝은 지각 세계보다도, 명료하고 유연한 복합문체의 산문 속에 완벽히 반영된 개별 정서의 내면적 세계를 명상하는 데서 더 많은 기쁨을 얻고 있었을까?

그는 흔들리는 다리를 지나 다시 단단한 육지에 이르렀다. 그 순간 그가 느끼기에 공기는 싸늘해졌고 바다 쪽을 곁눈질해 보니 한줄기의 스콜이 바닷물을 어둡게 하며 잔물결을 일으키고 있었다. 심장이 희미하게 덜컥거린다든지 목에 흐릿한 박동이 느껴지는 것으로 보아 그는 자신의 육신이 그 싸늘한 인간 이하의 바다 냄새를 두려워하고 있음을 다시 한번 알게 되었다. 그러나 그는 왼쪽으로 난 구릉을 건너가는 대신에 강어귀 쪽으로 등뼈처럼 뻗어나 있는 바위를 따라 똑바로 나아갔다.

베일로 가린 듯한 햇빛이 만(灣)을 이루고 있는 강구의 잿빛 바닷물에 희미하게 비치고 있었다. 멀리 유유히 흐르는 리피 강 물줄기를 따라 가느다란 돛대들이 하늘에 무늬를 그렸고 더 멀리 도시의 흐릿한 구조물들이 얇은 안개 속에 엎드려 있었다. 아라스 천30) 위에서 전개되는 장면처럼, 인간의 권태만큼 해묵은 이 기독교 세계 제7의 도시31)의 이미지가 시간을 초월하는 허공을 건너 그의 눈에 보였는데, 덴마크 사람들의 지배를 받던 시대32)에 비해 더 오래되거나 더 지겹지 않았고 예속에 대한 참을성이 없거나 하지도 않았다.

의기소침해진 채 그는 눈을 쳐들어 바닷바람에 밀려 천천히 떠다니는 얼룩 구름을 바라보았다. 구름은 사막 같은 하늘을 가로질러 이동 중인 유목민 떼처럼 아일랜드 상공 드높이 서쪽으로 옮겨가고 있었다. 그 구름이 두고 떠나온 유럽은 저기 아일랜드 해협 너머에 있었는데 낯선 언어를 쓰고, 계곡이 있고 숲에 둘러싸였는가 하면, 성채 속에서 살며 참호를 파고 군대를 배열한 백성들의 땅이었다. 그는 자기가 의식할 수는 있지만 한순간도 포착할 수 없는 기억이나 이름들과 관계 있는 듯한 어지러운 음악을 마음속으로 듣고 있었다. 그러자 그 음악은 퇴각에 퇴각을 거듭하고 있는 듯했다. 그리고 그 혼탁한 음악의 퇴로(退路)에서는 매번 길게 늘어뜨리며 부르는 소리가 들려와서 마치 별처럼 침묵의 어둠을 꿰뚫고 있었다. 그 소리는 여러 번 거듭해서 들려왔다. 이 세상 밖에서 어떤 목소리가 부르고 있었다.

---

30) 프랑스 동북부 아라스(Arras)에서 14세기부터 생산되었던, 그림을 넣어 짠 벽걸이 천. 영어로는 태피스트리라고 한다.
31) 더블린을 가리키고 있으나 그 출전은 미상이다.
32) 아일랜드는 852년경부터 덴마크인들의 지배를 받아오다가 1014년에 클론타르프 전투에서 이긴 후 해방되었다.

"헬로, 스테파노스!"[33]

"바로 그 디덜러스가 오고 있군!"

"아오! 그만둬, 드와이어. 내 말을 듣지 않으면 얼굴을 한 대 갈길 테다. ……아오!"

"잘한다, 타우저! 그를 밀어넣어라!"

"이리 와, 디덜러스! 부스 스테파누메노스! 부스 스테파네포로스!"[34]

"밀어넣어라. 물을 먹여라, 타우저!"

"사람 살려! 사람 살려! ……아오!"

그는 그들의 얼굴을 미처 분간하기도 전에 그게 누구의 말인지 모조리 알아맞힐 수 있었다. 벌거벗고 젖은 몸이 뒤섞여 한 덩이를 이루고 있는 모습을 바라보기만 해도 그는 골수까지 오싹해졌다. 그들의 몸은 시체처럼 하얗거나 파리한 황금빛을 머금고 있거나 햇볕에 거칠게 그을어 있었으며 바닷물에 젖어 번뜩이고 있었다. 그들이 다이빙대로 쓰는 바위는 조잡한 받침대 위에 얹혀 있어서 그들이 물속으로 뛰어들 때마다 흔들렸고, 그들이 소동을 벌이며 기어오르던 경사진 방파제의 아무렇게나 자른 바윗돌은 싸늘하게 젖은 빛을 발하고 있

33) '스티븐'이란 이름의 그리스식 발음이며 그리스어로는 '왕관' 또는 '화환'이라는 뜻이다.

34) '부스 스테파네포로스(Bous Stephaneforos)'는 '희생을 위해 화환을 쓴 황소'라는 뜻이고, '부스 스테파누메노스(Bous Stephanoumenos)'는 학생들이 만들어 쓴 그리스어로 '스티븐의 황소 영혼'이라는 뜻. 스티븐의 우상인 성 토마스 아퀴나스는 학생 시절에 말이 너무 없어서 친구들이 '벙어리 황소'라고 부른 적이 있다고 한다.

었다. 그들이 획획 휘두르며 몸을 닦고 있던 수건들은 싸늘한 바닷물에 젖어 무거웠다. 그들의 헝클어진 머리카락도 싸늘한 바닷물에 흠뻑 젖어 있었다.

그는 그들이 부르는 소리를 존중하며 가만히 서 있었고, 그들의 야유를 안이한 말로 받아넘겼다. 모두들 평소의 특징을 잃고 있었다. 슐리에게는 단추가 달리지 않은 그 깊은 칼라가 보이지 않았고, 에니스에게는 뱀처럼 생긴 걸고리가 달린 주홍빛 허리띠가 없었으며, 코놀리에게는 뚜껑 없는 사이드 포켓이 달린 노펵식 코트가 보이지 않았다. 그들을 바라본다는 것은 고통이었다. 더욱이 그들의 민망한 알몸을 바라보는 일을 역겹게 하는 그 청소년기의 특징들을 본다는 것은 찌르는 듯한 고통이었다. 아마도 그들은 영혼 속으로 느끼는 은밀한 두려움을 피하기 위해 여럿이 어울려 소란을 떨고 있었으리라. 그러나 그는 그들로부터 떨어져 침묵을 지키면서 그 자신도 스스로의 육체적 신비에 대해 얼마나 두려워하고 있는가를 생각하고 있었다.

"스테파노스 데달로스! 부스 스테파누메노스! 부스 스테파네포로스!"

그들의 야유가 그에게는 새로운 것이 아니었고, 이제는 오히려 그의 온화하고 도도한 주체의식을 부추겨주었다. 과거와는 달리, 자기의 기이한 이름도 이제는 하나의 예언으로 여겨졌다. 그 따뜻한 잿빛 하늘은 너무 시간을 초월한 듯이 보였고, 그 자신의 기분 또한 너무 유동적이요 몰개성적으로 보였기 때문에 그가 보기에 모든 시대는 하나였다. 얼마 전만 해도 덴마크족이 지배하던 고대 왕국의 망령이 안개가 얇게 덮인 도시의 옷을 뚫고 내다보는 것 같았다. 그러나 이제 그 전설적인 명장(名匠)의 이름[35]을 듣자 그는 침침한 파도 소리를 듣는 듯했고 어떤 날개 달린 형체가 파도 위를 날아 서서히 하늘로 올라가는 것을 보고 있는 듯했다. 그게 무슨 뜻이었을까? 예언과 상징 들로 가득한 중세 서적의 한 페이지를 여는 기이한 도안인가? 매처럼 생긴 사람이 태양을 향해 바다 위로 날아가다니 그게 바로 그가 태어나면서부터 받들도록 되어 있었고 안개 같은 유년기와 소년기를 통해 꾸준히 추구해오기도 했던 목표를 예언하고 있을까? 자기의 작업실에서 이 지상의 맥빠진 물질을 가지고서 새롭고 신비한 불멸의 비상체(飛翔體)를 빚어내고 있는 예술가의 상징인가?

그의 심장이 떨렸다. 그의 숨결은 빨라졌고, 마치 그가 태양을 향해 날아가고 있는 듯이 야성의 정령(精靈)이 그의 몸 위로 지나갔다. 그의 심장은 황홀한 두려움 속에서 떨었고 영혼은 날고 있었다. 그의 영혼은 이 세상 밖의 하늘을 날고 있었고 그가 아는 육신은 단숨에 정화되어 의혹에서 해방된 후 빛을 발하며 그 정령의 원소와 뒤섞였다. 황홀한 비상이 그의 눈을 빛나게 했고 그의 숨결을 거칠게 했으며 바람에 휩쓸리는 사지가 떨며 야성적인 빛을 발하게 했다.

"하나! 둘! ……조심해!"

---

35) 그리스 신화에서 다이달로스는 아들 이카로스에게 밀랍 날개를 달아주고 하늘을 날게 했다.

"오, 맙소사, 빠져 죽겠다!"

"하나! 둘! 셋, 가거라!"

"다음은 나! 다음은 나!"

"하나! ……억!"

"스테파네포로스!"

그는 큰 소리로 외치고 싶은 욕구 때문에 목이 아팠다. 드높이 하늘을 날고 있는 매나 독수리처럼 외침으로써, 자기가 바람에 몸을 맡기고 있음을 통렬히 알리고 싶었다. 그것은 삶이 그의 영혼을 상대로 외치는 소리였으며, 결코 의무나 절망의 세계가 내는 그 둔하고 조잡한 목소리가 아니었고, 제대에서 창백한 성직을 수행하라고 그를 불렀던 그 비인간적인 목소리도 아니었다. 한순간의 야성적 비상(飛翔)이 그를 해방했고 그의 입술이 억제하고 있던 승리의 외침이 그의 두뇌를 갈랐다.

"스테파네포로스!"

이제 생각하니 그것들은 시신이 떨쳐낸 수의가 아니고 무엇이란 말인가? 밤낮없이 그가 걸어다닐 때 그를 둘러싸고 있던 그 공포, 그를 옥죄고 있던 그 의혹, 안팎으로 그를 무안하게 만들던 그 수치심, 이런 것들이야말로 수의요, 무덤에서 나온 천이 아니고 무엇이란 말인가?

그의 영혼은 소년 시절의 무덤에서 일어나 그 시절의 수의를 떨쳐버렸다. 그렇다, 그렇다, 그렇다! 그와 같은 이름을 가진 그 옛날의 위대한 명장(名匠)처럼, 그도 이제는 영혼의 자유와 힘을 밑천으로 하나의 살아 있는 것, 아름답고 신비한 불멸의 새 비상체를 오만하게 창조해 보리라.

그는 핏속의 불길을 더 오래 억누를 수 없어서 앉아 있던 바윗덩어리에서 벌떡 일어났다. 그의 뺨은 화끈거렸고 목은 노래로 고동치고 있었다. 이 세상의 구석구석까지 찾아가 보려는 열정으로 불타고 있던 그의 발에는 방랑의 열기가 일었다. 가자! 가자! 그의 심장이 외치고 있는 듯했다. 바다 위에서 저녁이 깊어지고, 평원에 밤이 내리면, 방랑자의 앞에 새벽이 번뜩이며 그에게 낯선 들판과 언덕과 얼굴들을 보여주리라. 어딜까?

그는 북녘으로 하우스[36] 쪽을 바라보았다. 방파제의 얕은 쪽에서 바닷물은 해초가 깔려 있는 선 아래로 떨어져 있었고 조수는 앞쪽 해변을 따라 속히 빠져나가고 있었다. 어느새 잔물결 사이로 타원형의 모래섬 하나가 따뜻하고 마른 표면을 드러냈다. 여기저기에 따뜻한 모래섬들이 얕은 조수 위로 번뜩이며 모습을 드러냈고, 이 작은 섬들의 근처 및 기다란 모래톱의 주위 그리고 해변의 얕은 조수 사이에서 가볍고 명랑한 차림의 사람들이 물을 건너며 모랫바닥을 뒤지고 있었다.

순식간에 그는 맨발이 되었다. 스타킹은 주머니 속에 접혀 있었고 캔버스 천으로 만든 신은 끈이 묶여 어깨에서 대롱거렸다. 바위 사이의 표류물 중에서 소금물에 부식된 뾰족한 막대기 하나를 집어 들고 그는 경사진 방파제를 기어 내려갔다.

---

36) 더블린 만 동북부에 있는 곳이다.

둑에는 기다란 개울이 있었다. 그 물줄기를 따라 천천히 올라가면서 그는 해초가 한량없이 표류하는 것을 보고 놀랐다. 녹색, 검정색, 적갈색, 그리고 올리브색의 해초들이 물밑에서 흔들리거나 뒤집히거나 하며 움직이고 있었다. 그 한량없는 표류물로 인해 어두워 보이는 개울물이 하늘 높이 떠도는 구름을 반영하고 있었다. 머리 위에서 구름은 조용히 떠다니고 있었고 발아래에서는 엉킨 해초들이 떠다녔다. 잿빛 따뜻한 공기는 고요했고 그의 핏줄 속에서는 새롭고 야성적인 삶이 노래하고 있었다.

이제 그의 소년 시절은 어디로 갔을까? 제 운명을 피해 뒷걸음치던 영혼은 어디로 갔을까? 상처에 대한 수치심을 혼자서 곰곰이 되씹으며 오욕과 발뺌의 집에서 퇴색한 수의와 건드리면 시들어버릴 화관을 걸치고서도 제왕처럼 행세하려 했던 그의 영혼이 아니었던가? 아니, 그 자신은 지금 어디에 있단 말인가?

그는 혼자였다. 아무도 돌아다보지 않았지만 그는 행복했고 삶의 야성적 핵심에 가까이 가 있었다. 그는 혼자였고 젊었으며 의욕적이었고 야성의 감정에 싸여 있었다. 그는 또 황무지처럼 널려 있는 사나운 허공이랑, 짭짤한 바닷물이랑, 바다가 수확한 조개껍질과 해초랑, 희뿌연 햇빛이랑, 즐겁고 가벼운 옷차림을 한 아이들과 소녀들의 모습이랑, 허공을 가르는 아이들과 소녀들의 목소리 사이에서 그는 혼자였다.

그의 앞에는 한 소녀가 개울 가운데 혼자 서서 가만히 바다를 응시하고 있었다. 마술에 걸려 신기하고 아름다운 바닷

새의 모습으로 변모한 듯한 소녀였다. 아무것도 걸치지 않은 그 길고 가냘픈 다리는 학 다리처럼 연약했고, 한 줄기 녹색 해초가 살갗에 새겨 놓은 징표처럼 붙어 있는 부분을 제외하고는 순결해 보이기만 했다. 보다 풍만하고 부드러운 상앗빛을 띤 허벅지는 엉덩이까지 드러나 있어서 드로어즈의 하얀 가장자리는 부드럽고 하얀 솜털 깃으로 장식되어 있는 듯했다. 대담하게 허리까지 걷어올린 검푸른 색 치마는 비둘기 꼬리처럼 뒤로 내밀고 있었다. 그녀의 가슴은 새 가슴처럼 부드러웠지만 보잘것없었고, 검은 깃의 비둘기 가슴처럼 보잘것없지만 부드러워 보였다. 그러나 그 긴 금발 머리는 소녀답게 보였다. 그녀의 얼굴 또한 소녀다웠고 경이로운 인간적 아름다움을 띠고 있었다.

그녀는 혼자 가만히 서서 바다를 응시하고 있었다. 그가 자기 앞에 와서 숭배의 눈빛으로 바라보고 있다는 것을 느끼자 그녀의 눈은 그를 향했고 조용히 그의 응시를 받아들이면서도 부끄러워하거나 경망스러운 기색을 보이지는 않았다. 오랫동안, 실로 오랫동안 그녀는 그의 응시를 받아들이고 있다가 조용히 눈을 떼어 개울물을 내려다보면서 발로 점잖게 물을 이리저리 헤쳤다. 조용하게 출렁이는 희미한 물소리가 처음으로 정적을 깼다. 나지막하고 흐릿하고 속삭이는 듯한 물소리는 잠결에 듣는 종소리처럼 희미했다. 이리저리, 이리저리 물이 출렁이는 소리. 그러자 그녀의 뺨에서는 어렴풋한 불길이 떨리기 시작했다.

오, 이럴 수가! 독신(瀆神)적인 환희의 폭발 속에서 스티븐의 영혼은 절규했다.

그는 갑자기 그녀에게서 몸을 돌리고 둑을 건너가기 시작했다. 그의 뺨이 화끈거리고 몸은 불덩이 같았으며 사지가 후들후들 떨리고 있었다. 앞으로, 앞으로, 앞으로, 앞으로 그는 멀리 모래밭을 활보하면서 바다를 향해 미친 듯이 노래했고, 그동안 그를 향해 소리치고 있던 삶이 임박해지자 그것을 맞이하기 위해 외쳤다.

그녀의 이미지는 영원히 그의 영혼 속으로 옮겨갔고, 그가 거룩한 침묵 속에서 느끼던 황홀경을 깨는 언어는 없었다. 그녀의 눈이 그를 불렀고 그의 영혼은 그 부름을 받고 뛰었다. 살며, 과오를 범하며, 타락해 보고, 승리하고, 삶에서 삶을 재창조하는 거다! 한 야성의 천사가 그의 앞에 나타났다. 필멸(必滅)의 인간적 젊음과 아름다움을 갖춘 천사요 삶의 아름다운 궁정에서 보내온 사자(使者)인 그가 황홀한 순간에 그를 위해 과오와 영광의 길로 통하는 문을 모두 활짝 열어젖히려 하고 있었다. 앞으로, 앞으로, 앞으로, 앞으로 나아가자!

그는 갑자기 걸음을 멈추고 정적 속에서 심장의 고동을 들었다. 얼마나 멀리 걸어왔을까? 몇 시나 되었을까?

그의 주변에 사람의 모습이 전혀 보이지 않았고, 허공에서는 아무런 소리도 그에게 전달되지 않았다. 조수가 밀물로 바뀔 때가 되자 이미 해는 기울고 있었다. 그는 육지 쪽을 향했고 해변으로 뛰어갔다. 날카로운 자갈을 아랑곳하지 않으며 경사진 해변을 뛰어오른 후 풀이 돋은 동그란 모래언덕 속의 움푹한 곳을 찾아내자, 저녁 무렵의 평화로움과 고요함이 격동하는 그의 피를 진정케 하도록 거기에 누웠다.

그는 머리 위에 무심한 돔처럼 드넓게 전개된 하늘과 조용히 운행하는 천체를 느낄 수 있었다. 아래로는 대지가, 그동안 그를 지탱해 준 대지가, 그를 품속에 끌어안고 있었다.

그는 나른한 졸음을 느끼며 눈을 감았다. 그의 눈까풀은 바르르 떨리고 있었는데, 마치 대지와 대지를 지켜보는 천체의 광대한 회전운동과 어떤 새 세상의 신기한 빛을 느끼고 있는 듯했다. 그의 영혼은 새 세상으로 정신없이 빠져들고 있었는데, 그 바닷속처럼 환상적이고 희미하고 불확실한 세상에서는 구름 같은 형상과 존재 들이 오락가락하고 있었다. 하나의 세계인가, 한 가닥 번뜩이는 빛인가, 아니면 한 송이 꽃인가? 번뜩이며 떨리고, 떨리는가 하면 펼쳐지면서, 터지는 빛이요 피어나는 꽃처럼, 그것은 무한히 잇달아 전개되었고, 온통 진홍빛으로 터져서 펼쳐졌다가 가장 파리한 장밋빛으로 퇴색하면서, 한 잎 한 잎씩 겹겹이 밀어닥치는 빛의 물결을 이루며 온 하늘을 부드러운 홍조(紅潮)로 물들였는데 시시각각 그 홍조는 더 진해졌다.

그가 잠이 깼을 때는 이미 저녁이었고 누워 있던 모래와 메마른 풀도 더 이상 이글거리지 않았다. 그는 천천히 일어나서 잠결에 겪은 감격을 회고하며 그 환희에 한숨지었다.

그는 모래언덕 위로 올라가서 사방을 살폈다. 저녁이 되어 있었다. 초생달의 테가, 잿빛 모래밭에 묻힌 은륜(銀輪)의 테처럼 파리하고 광막한 하늘을 가르고 있었다. 육지로 날쌔게 밀려들고 있던 조수는 나직이 물결 소리를 속삭이고 있었고 멀리 물웅덩이 속에 마지막까지 남아 있던 몇몇 사람들을 마치 섬처럼 보이게 했다.

5장

그는 세 잔째의 묽은 홍차를 찌꺼기까지 들이켜고 나서 가까이에 흩어져 있던 튀긴 빵 부스러기를 씹기 시작하면서 차항아리 속의 거무레한 물을 응시했다. 누른 기름 덩이[1]에는 수렁의 구멍처럼 파낸 자국이 보였고 그 아래 고인 물은 그에게 클롱고우스 학교에서 보았던 토탄 빛깔의 목욕탕 물을 생각나게 했다. 팔꿈치 곁에 있던 전당표 상자를 샅샅이 뒤진 후에 그는 기름 묻은 손가락으로 부질없이 청색과 흰색으로 인쇄된 물표(物標)를 한 장씩 집어 들었다. 휘갈겨 쓴 모래색의 구겨진 물표에는 데일리니 맥케보이니 하는 질권자(質權者)의

---

1) 여기서 기름 덩어리는 고기를 구울 때 떨어지는 기름 방울을 모아서 굳힌 것. 버터 대신에 빵에 바르는 것이므로 가난한 살림을 암시한다.

이름이 있었다.

반장화 한 켤레

검정색 저고리 한 벌

세 가지의 물품과 흰 옷

남자 바지 한 벌

그러자 그는 물표를 치우고, 이가 터져 죽은 자국이 있는 상자 뚜껑을 곰곰이 들여다보다가 멍하니 물었다.

"요즈음은 이 시계가 얼마나 빨리 가나요?"

어머니가 벽난로 선반의 한복판에 옆으로 누워 있던 쭈그러진 자명종을 바로 세워놓으니까 문자판이 12시 15분 전을 가리켰다. 어머니는 다시 시계를 눕혀놓았다.

"1시간 25분이나 빨리 간단다." 어머니가 말했다. "그러니 정확한 시간은 지금 10시 20분이지. 강의 시간에 늦지 않게 서두르는 게 좋겠구나."

"세수하게 물 좀 떠주세요." 스티븐이 말했다.

"케이티, 스티븐이 세수하게 물 좀 떠주렴."

"부디, 스티븐의 세숫물 좀 떠주렴."

"안 돼요. 청분(靑粉) 비누를 사러 가야 하니까. 매기, 네가 물 좀 떠줘."

법랑 대야가 세면대 위에 놓였고 낡은 세탁 장갑이 대야 옆에 던져지자, 그는 어머니가 자기 목을 문지르고 귓바퀴라든가 코의 양쪽 날개 틈을 속속들이 씻어주게 가만히 있었다.

"명색이 대학생인데 너무 더러워서 어미가 씻겨주어야 하니 참 딱하기도 하구나." 어머니가 말했다.

"즐겁게 씻어주시면서 그러세요?" 스티븐이 조용히 말했다.

귀를 찢을 듯한 휘파람 소리가 위층에서 들려오자 어머니는 젖은 작업복 한 벌을 그의 손에 내밀면서 말했다.

"닦고 나서 제발 서둘도록 해라."

두 번째의 예리한 휘파람 소리가 화난다는 듯이 길게 울리자 계집애들 중 하나가 계단 아래에 나타났다.

"네, 아버지. 왜 그러세요?"

"네 오빤지 뭔지 하는 게으름뱅이 암캐는 나갔냐?"

"네, 아버지."

"정말이니?"

"네, 아버지."

"흠!"

소녀는 돌아와서 그에게 어서 뒷문으로 조용히 나가라는 손짓을 했다. 스티븐은 웃으면서 말했다.

"아버지가 암캐를 남성명사로 생각하시다니 성 개념이 이상하신 것 같군요."

"얘, 네가 창피해서 죽겠다, 스티븐." 어머니가 말했다. "네가 그곳에 첫발을 디딘 날을 결국 후회하게 될 날이 있을 게다. 그때부터 넌 사람이 변했다고."

"자, 여러분 안녕히 계셔요." 스티븐은 미소를 지으며 작별인사를 대신해서 자기 손가락 끝에 키스를 했다.

테라스하우스[2] 뒤쪽 골목은 물이 질퍽거리고 있었다. 그가

---

2) 영국과 아일랜드의 도시에서 흔히 볼 수 있는 연립주택이다.

젖은 쓰레기 더미 사이를 조심해서 디디며 그 골목을 천천히 내려가고 있는데 담 너머 수녀정신병원에서는 미친 수녀의 비명이 들려왔다.

"예수님! 오, 예수님! 예수님!"

그는 성난 듯이 머리를 흔들어 그 소리를 귓전에서 떨어낸 후, 썩어가는 오물 사이를 허둥지둥 걸어가는데 혐오감과 쓰라림으로 인해 마음이 아팠다. 아버지의 휘파람 소리, 어머니의 불평, 보이지 않는 미친 여자의 비명 따위가 이제는 그의 오만한 젊음을 꺾기 위해 불쾌하게 위협하는 수많은 소리로 들렸다. 그는 그 소리들의 메아리를 저주하며 마음으로부터 몰아냈다. 그러나 그가 길을 따라가면서 물이 뚝뚝 떨어지는 나무 사이로 자기에게 비치는 잿빛 아침 햇살을 느낀다든지 젖은 잎사귀와 나무껍질이 풍기는 이상한 야성적 냄새를 맡게 되자 그의 영혼은 그 모든 참담함에서 벗어날 수 있었다.

비에 젖은 가로수들을 볼 때마다 그의 마음속에는 언제나 게르하르트 하우프트만[3]의 희곡에 나오는 소녀들과 아낙네들이 떠올랐다. 그들의 창백한 슬픔에 대한 기억과 젖은 나뭇가지에서 떨어지는 향기가 조용한 환희의 기분 속에서 뒤섞였다. 시내를 횡단하는 그의 아침 산책이 시작되었다. 그가 페어뷰의 저지대[4]를 지날 때에는 수도원 분위기의 은빛이 감도는 뉴먼의 산문을 생각할 것이요, 노스스트랜드 로(路)를 걸

---

3) 1862~1946. 독일의 극작가. 그의 작품에는 우수에 젖은 창백한 여인들이 많이 등장한다. 조이스는 그의 작품들을 영역한 바 있다.
4) 더블린 북부의 저지대. 조이스 집안은 한때 이곳에서 살았다.

으면서 식료품 상회의 진열장을 한가로이 들여다볼 때에는 귀도 카발칸티[5]의 어두운 유머를 회상하며 미소 지을 것이요, 탈보트 플레이스에서 베어드 석재공장을 지날 때에는 자유방임적이고 소년적인 아름다움을 나타내는 입센[6]의 정신이 예리한 바람처럼 그에게 불어닥칠 것이요, 또 리피 강 건너편에 있는 그 지저분한 선구상(船具商)을 지날 때에는 다음 구절로 시작되는 벤 존슨의 노래[7]를 외우고 있을 것임을 그는 미리 알고 있었다.

　　내가 누워 있던 곳에서도 더 지겹지는 않았으니.

　아리스토텔레스나 아퀴나스의 그 망령 같은 어구들을 더듬으며 미(美)의 본질을 추구하다가 싫증이 날 때면 그의 마음은 흔히 엘리자베스 시대의 예쁜 노래들 속에서 즐거움을 찾았다. 회의(懷疑)하는 수도승 차림을 한 그의 마음은 그 옛 시대의 창문 아래 그늘진 곳에 서서 류트 연주자의 어두운 조롱조(調)의 음악이라든가 창녀들의 솔직한 웃음을 듣곤 했는데, 결국은 음란한 짓이나 거짓 명예와 관계된 아주 나직한 웃음

---

5) 1255~1300. 순수 감정을 표현한 시적 스타일로 유명한 이탈리아 시인이다.
6) 헨리크 입센(1828~1906)은 젊은 시절 조이스의 정신적 스승이었다. 조이스는 일찍이 입센의 희곡에 대한 평론을 쓴 적이 있고 입센을 원전으로 읽기 위해 노르웨이어를 학습하기도 했다.
7) 벤 존슨(1572~1637)의 작품 『환희의 비전』에 나오는 구절이다.

소리라든가 세월에 바랜 어구가 그의 수도승 같은 자존심을 찔러 그로 하여금 그 매복처를 떠나지 않을 수 없게 했다.

사람들은 그가 어떤 학문에 몰두하여 나날을 보내느라 젊은 친구들과 사귀지도 못한다고 생각했는데 그 학문이래야 기껏 아리스토텔레스의 시학과 심리학 및 『성 토마스의 이해를 위한 스콜라 철학 요론』[8]에서 나온 설득력 없는 문장들의 집합체에 불과했다. 그의 사고는 회의와 자기 불신이라는 암흑 상태였으며, 이따금 번갯불 같은 직관에 의해 밝혀지긴 했지만 그 번개는 너무 맑고 화려하여 번쩍하는 순간에 그의 발 주위에 있던 모든 세상은 마치 그 불에 타버리듯 사라졌다. 그러고 나면 그의 혀는 무거워졌고 다른 사람들의 눈과 마주쳐도 그의 눈은 아무 반응도 하지 않았다. 왜냐하면 그는 미의 정령이 외투처럼 자기를 감쌌으며 적어도 몽환 속에서만은 자기도 고귀한 것들과 사귈 수 있다고 느꼈기 때문이다. 그러나 이 짧은 침묵의 오만이 더 이상 그를 지탱해 주지 않으면 그는 기꺼이 범속한 삶 가운데로 돌아가서 아무 겁도 없이 가벼운 마음으로 이 도시의 추잡함과 시끄러움과 나태함 속에서 자기 길을 가곤 했다.

운하 가의 울타리 근처에서 그는 인형 같은 얼굴에 테 없는 모자를 쓴 결핵 환자를 만났다. 그를 향해 비탈진 다리를 조심조심 걸어내려오고 있던 그 사내는 초콜릿색 외투가 몸에 딱 붙게 단추를 채우고 있었고, 접은 우산을 마치 점쟁이의

---

8) 실제로 이런 제목의 책은 없고, 발췌문집이라는 추측이 있다.

지팡이처럼 두어 뼘쯤 내밀고 있었다. 11시쯤 되었겠다고 생각하면서 그는 시간을 알아보기 위해 낙농품 공장을 들여다보았다. 공장 속의 시계는 5시 5분 전을 가리키고 있었다. 그러나 그가 돌아서고 있을 때 보이지 않는 근처의 시계가 빠르고 정확하게 11시를 치고 있었다. 그 소리를 듣자 머캔 생각이 나서 그는 웃었다. 수렵꾼 차림의 바지저고리를 입고 금발의 염소수염을 단 그의 땅딸막한 체구가 홉킨스 시계포 모퉁이에 서 있는 모습이 생각났던 것이다. 머캔은 이렇게 말했다.

"디덜러스, 너는 네 자신 속에 갇혀 있는 반사회적 인간이야. 나는 그렇지가 않아, 난 민주 시민이거든. 나는 장차 창건될 유럽 합중국에서 계급과 성별을 막론하고 모든 사람들이 사회적 자유와 평등을 누리도록 일하고 행동할 작정이야."

11시라! 그 강의에도 늦었군. 오늘이 무슨 요일이더라? 그는 신문판매대에서 걸음을 멈추고 광고판의 뉴스 제목을 읽었다. 목요일이었다. 10시부터 11시까지가 영문학, 11시부터 12시까지가 프랑스 문학, 12시부터 1시까지가 물리학이었다. 그는 마음속으로 영문학 강의를 생각해 보고, 강의실에서 그렇게나 멀리 떨어져 있는데도 자기의 무관심과 무력함을 느꼈다. 그는 한 반 학생들이 순순히 고개를 숙이고 교수가 시키는 대로 요점을 노트에 받아쓰고 있으리라고 상상했다. 명목적 정의(定義) 및 본질적 정의와 그 실례라든지, 출생과 사망 연대, 주요 작품, 그것에 대한 호평과 악평을 나란히 받아쓰는 일이었다. 그의 생각은 바깥세상을 헤매고 있었기 때문에 그는 머리를 숙이지 않고 있었다. 그가 그 소규모의 클래스를 둘러보고 있건, 창밖으로 공원[9]의 황량한 정원을 내다보고 있건, 음침한 지하실에서 나는 습기와 부패의 냄새가 그의 코를 찔렀다. 그의 머리말고도 똑바로 자기 앞 첫째 줄 벤치에 앉아 있던 다른 학생이 동료 학생들의 숙인 머리 위로 머리를 꼿꼿하게 세우고 있었는데, 마치 자세를 굽히지도 않고 감실 앞에 서서 주위의 겸허한 예배자들에게 은총을 내려주십사고 호소하는 사제의 머리 같았다. 그가 크랜리에 대한 생각을 할 때마다 그 친구의 몸에 대한 전체적 이미지는 떠올릴 수 없고 오직 머리와 얼굴만 생각나는 것은 어찌된 영문일까? 지금 이 순간에도 오전 시간의 잿빛 커튼을 배경으로 그의 머리가 꿈에 본 유령처럼 그의 앞에 나타났는데, 잘린 머리나 데드마스크처럼 보이는 그 이마에는 마치 쇠로 만든 관(冠)을 쓴 것처럼 억세고 쭈빗쭈빗한 검정 머리칼이 덮여 있었다. 그것은 성직자 같은 얼굴[10]이었다. 그 창백함이나 널찍이 날개를 편 듯한 코나, 눈 아래와 턱 주변의 명암(明暗)이 성직자를 연상시켰고, 길고 핏기 없는 입술이 엷은 미소를 머금고 있는 것 또한 성직자를 연상시켰다. 그는 날이면 날마다 밤낮을 가리지 않고 자기 영혼 속의 격동과 불안과 동경을 크랜리에게 말했지만 그 친구가 묵묵히 듣기만 하고 아무 응답도 없던 것을 재빨리 회상하면서, 그 얼굴이야말로 남의 죄를 씻어

---

9) 선트 스티븐스 그린이라는 더블린의 중심에 있는 공원. 조이스가 다닌 유니버시티 칼리지는 이 공원 남쪽에 있었다.
10) 나중에 스티븐은 크랜리를 세례자 요한에 비유하는데, 여기서 '잘린 머리'는 그것을 예견케 한다.

줄 권능도 없이 신도들의 고백을 듣고 있는 죄 많은 신부의 얼굴이라 생각했고 여자 같은 그 검은 눈의 응시를 기억 속에서 다시 떠올리고 있었을 것이다.

이런 이미지를 통해 그는 낯설고 어두운 사색의 동굴을 흘끗 보게 되었지만 아직도 그 속에 들어갈 때가 되지는 않았다고 느끼면서 즉시 외면하고 말았다. 그러나 밤의 장막 같은 그 친구의 무관심이 그의 주변 공기에 엷으나마 독한 기운을 뿜고 있는 듯했다. 그는 좌우에서 우연히 마주치는 낱말들을 하나씩 보면서 그 말들이 순간적인 의미를 조용히 상실하는 것을 보고 놀라 어안이 벙벙했다. 결국 모든 가게의 천박한 간판 글자마저 주문처럼 그의 마음을 얽어매었고, 그가 어떤 골목에서 죽은 언어 더미 속을 걷고 있을 때 그의 영혼은 늙어서 한숨지으며 위축해 갔다. 그 자신의 언어 의식은 그의 뇌리에서 썰물처럼 빠져나갔고, 물방울처럼 떨어져서 낱말이 되더니 서로 어울렸다 풀어졌다 하면서 제멋대로 율동을 이루었다.

> 담쟁이는 벽에서 흐느끼고
> 벽에서 흐느끼다 뒤엉키고
> 담쟁이는 벽에서 흐느끼고
> 벽 위의 노란 담쟁이
> 벽을 오르는 담쟁이, 담쟁이.

이런 허튼소리를 들어본 사람이 있을까? 맙소사! 벽에서 흐느끼는 담쟁이 소리를 들어본 사람이 있을까? 노란 담쟁이라니, 그건 괜찮아. 노란 상아라는 말도 괜찮지. '상아색의 담쟁이(ivory ivy)'라는 말은 성립될까?

이제 그 낱말이 코끼리의 얼룩진 어금니에서 잘라낸 어떤 상아보다도 더 맑고 더 밝게 머릿속에서 빛났다. Ivory, ivoire, avorio, ebur.[11] 라틴어를 배울 때 처음 익힌 예문 중의 하나는 India mittit ebur(인도는 상아를 보낸다)였다. 그는 오비디우스[12]의『변신 이야기』를 우아한 영어로 해석하는 법을 가르쳐주던 그 교장의 기민한 북구풍(北歐風) 얼굴을 회상했다. 그런데 그 우아한 영어도 비육돈(肥肉豚)이니 질그릇 조각이니 돼지 등심살이니 하는 것 따위를 언급할 때는 괴이하게 들렸다. 그가 라틴어 시의 법칙에 대해서 아는 것이 있다면 그것은 모두 어떤 포르투갈 신부가 쓴 낡은 책에서 배운 것이었다.

Contrahit orator, variant in carmine vates.[13]
(웅변가는 요약하고, 시인·예언가는 노래 속에서 장식한다.)

로마의 역사에 나오는 위기, 승리 및 분열은 'in tanto descrimine(이런 위기에)'라는 진부한 말로 그에게 전수되었고, 이 도시 중의 도시인 로마의 사회상을 그가 엿보려고 노력한 것도 교장이 낭랑한 목소리로 '은화로 항아리 채우기'라고 번

---

11) 각각 영어, 프랑스어, 에스파냐어, 라틴어 낱말로서 뜻은 모두 '상아'이다.
12) 기원전 43~서기 18. 로마의 시인이다.
13) 포르투갈의 예수회 사제 에마누엘 알바레즈(1526~1582)가 쓴『프로소디』에서 인용되었다.

역한 바 있는 'implere ollam denariorum'이란 어구를 통해서였다. 오래되어 닳아빠진 호라티우스[14]의 시집은 그의 손가락이 싸늘한 경우에도 만져서 차갑게 느껴진 적이 한 번도 없었다. 인간적인 따뜻함으로 가득한 책장들이었다. 50년 전에 존 던컨 인버라리티와 그의 동생 윌리엄 맬컴 인버라리티가 인간적인 손가락으로 넘기던 책장들이었다. 그렇다, 우중충한 첫 페이지에 적힌 고귀한 이름들이었다. 그 자신처럼 보잘것없는 라틴어 학자에게도 그 시집 속에 수록된 어두운 시구들은 마치 그 모든 세월 동안 도금양이니 라벤더니 마편초 속에 놓여 있었던 것처럼 향기롭기만 했다. 그러나 자기는 이 세계 문화라는 향연에서 영영 수줍은 손님 노릇밖에 하지 못할 것이라는 생각, 또는 자기가 만들어내려고 하는 미학 원리의 바탕인 수도승들의 학문[15]도 자기 시대의 사람들에게는 문장학(紋章學)이나 매사냥에 관계되는 미묘하고 신기한 용어들보다 더 존경받지 못하고 있다는 생각은 그의 마음을 아프게 했다.

왼쪽으로 트리니티 대학[16]의 회색 건물이, 거추장스러운 반지 위에 끼워놓은 빛깔 없이 크기만 한 보석처럼, 도시의 무지(無知) 속에 무겁게 자리 잡고서 그의 마음을 짓누르고 있었다. 그가 개전한 양심의 질곡에서 발을 빼려고 이리저리 애를

---

14) 기원전 65~8. 로마의 시인이다.
15) 스콜라 철학을 가리킨다.
16) 엘리자베스 시대에 세워진 프로테스탄트 계열의 대학이다. 오랫동안 가톨릭 신자들은 입학할 수 없었고 조이스 시대의 민족주의 운동을 백안시했기 때문에 아일랜드인들은 트리니티 대학을 '외국' 대학으로 여기고 있었다.

쓰고 있을 때 그는 아일랜드 민족시인[17]의 우스꽝스러운 동상과 마주쳤다.

그는 아무 노여움 없이 그 동상을 바라보았다. 왜냐하면 육체와 영혼의 나태가 보이지 않는 벌레처럼, 자신 없이 서 있는 발이며 외투의 주름이며 비굴한 머리 주변을 온통 기어다니고 있었으나, 그 동상이 그 자체의 모멸적 지위를 겸허하게 의식하고 있는 듯했기 때문이다. 그것은 마일리시어 사람들의 외투를 빌려 입은 퍼볼그인(人)[18]의 모습이었다. 그는 농민 출신의 데이빈이라는 친구가 생각났다. 그들끼리 있을 때 농담으로 그를 퍼볼그인이라고 부르면 이 젊은 농민은 그 농담을 가볍게 받아넘기며 말했다.

"마음대로 불러, 스티비.[19] 너는 날 돌대가리라고 했으니까, 네 멋대로 부르렴."

그가 다른 사람들과 말을 할 때는 다른 사람들이 그를 대할 때처럼 격식을 지키는 편이었기 때문에 그 친구가 자기를 애칭으로 부르는 것을 처음 들었을 때 그의 마음은 흐뭇했다. 흔히 그가 그랜덤 가(街)에 있는 데이빈의 방에 앉아서 벽에 걸어놓은 여러 켤레의 잘 만든 구두를 보고 놀란다든지, 그

---

17) 토머스 무어를 가리킨다. 무어는 영국에서 명성을 누렸고 아일랜드에서도 인기 있는 시인이었지만 지식인들은 그를 '민족시인'으로 여기지 않고 있었다.

18) 퍼볼그는 원시시대의 아일랜드 원주민이고, 마일리시어 사람들은 후대의 개명된 외침자들이다.

19) 스티븐의 애칭이다.

친구의 순박한 귀에다 자기 자신의 동경과 절망을 함축하고 있는 다른 이들의 시구와 선율을 거듭 들려주고 있을 때면, 그것을 듣고 있던 친구의 투박한 퍼볼그 정신이 그의 마음을 끌어당겼다 놓았다 했다. 그의 마음을 끈 것은 말없이 정중하게 듣고 있는 그 타고난 성품, 고대 영어 투의 그 기이한 말버릇, 혹은 게일 사람 마이클 쿠삭[20]의 추종자답게 거친 육체적 기량을 즐길 수 있는 능력 등이었고, 반면에 그의 마음이 재빨리 갑작스럽게 반발하게 한 것은 그의 조잡한 지성, 둔한 감성, 멍하니 응시하는 공포의 눈빛, 통행금지 시간이 아직도 밤마다 두렵기만 한 굶주린 아일랜드의 촌락에서나 볼 수 있는 영혼의 공포 등이었다.

이 젊은 농민은 체육인이었던 숙부 매트 데이빈의 용감한 행적에 대한 기억과 아울러 아일랜드의 슬픈 전설도 숭상하고 있었다. 무슨 수를 써서라도 무미건조한 대학 생활을 의미 있게 해야겠다고 애쓰던 그의 동료 학생들은 잡담 중에 흔히 그를 젊은 페니언 단원[21]으로 여기곤 했다. 그의 유모는 그에게 아일랜드 말을 가르쳤고 아일랜드 신화라는 흐트러진 불빛으로 그의 조잡한 상상력을 형성해 주었다. 그는 어느 누구도 아직 아름다운 글 한 줄을 끌어내지 못한 그 민족 신화와 여러 단계를 거쳐 전해 내려오면서 자꾸 갈라져서 걷잡을 수 없게 된 민담을 대할 때, 로마 가톨릭교를 대할 때와 똑같은 태

---

20) 1847~1907. 게일체육협회 창설자다.
21) 폭력으로 영국인들을 몰아내고 독립을 쟁취하기 위해 1858년에 결성된 비밀결사인 페니언 형제단원을 말한다.

도로 즉 우직한 농노(農奴)의 태도로 대했다. 영국으로부터 혹은 영국 문화를 통해서 그에게 전해진 모든 사상이나 감정에 대해서는 그의 마음이 일종의 암호에 순종하듯 단단히 무장해서 대항했다. 영국을 제외한 바깥세상에 대해서는, 그가 입대해 볼 생각이 있다고 말한 적 있는 프랑스 외인부대밖에 아는 것이 없었다.

이런 야심에다 이 젊은이의 기분을 결부시켜 스티븐은 흔히 그를 길든 기러기[22]라고 불렀다. 이런 명칭에는 일종의 분노가 들어 있었는데, 그 분노는 사색을 열망하는 스티븐의 마음과 아일랜드인의 감춰진 삶의 양식 간에 흔히 가로놓여 있는 것처럼 보이는 그 친구의 언행 속의 망설임 바로 그것을 향한 것이었다.

어느 날 저녁에 스티븐이 지적 반감이라는 냉랭한 침묵으로부터 벗어나기 위해 사용했던 격렬하고 사치스러운 언어에 정신적 자극을 받은 이 젊은 농부는 스티븐의 마음속에 한 기이한 비전을 불러일으켰다. 두 사람은 비교적 가난한 유대인들이 모여 사는 어둡고 좁은 길을 거쳐 데이빈의 방을 향해 천천히 걸어가고 있었다.

"지난 가을, 겨울이 다 되었을 무렵에, 나는 어떤 일을 겪었어. 스티비. 난 그 이야기를 아무에게도 하지 않았고 너에게

---

22) 영국의 통치를 받느니 차라리 해외에 나가서 살겠다는 사람들을 아일랜드에서는 흔히 '기러기(wild geese)'라고 불렀다. 따라서 '길든 기러기(tamed geese)'는 영국의 통치를 감수하고 모국에 머물고 있는 사람이라는 뜻이다.

처음으로 하는 거야. 10월인지 11월인지는 잘 기억이 안 나. 내가 이 대학에 입학하기 위해 올라오기 전이었으니까 10월이었던가 봐.”

스티븐은 데이빈이 자기를 그렇게 신임하는 것이 기분 좋았고 또 그 순박한 어조로 인해 공감까지 느끼게 되어 친구의 얼굴을 향해 눈웃음을 주었다.

“그날은 종일 집을 떠나 버테반트에 가 있었어. 네가 그곳을 아는지 모르겠구나. 크로크스 오운 보이즈 팀과 피얼리스 설스 팀 간의 헐링[23] 시합이 있었거든. 스티비, 정말 어려운 시합이었어. 내 사촌 폰시 데이빈은 허리까지 벌거벗고서 리메릭 팀을 위해 골문을 지키고 있었는데 시합의 반 동안은 전위 진영까지 뛰쳐나와서는 미친 듯이 고함을 지르고 있었지. 난 정말 그날을 잊을 수가 없어. 크로크스 선수 중 한 녀석이 헐링 채로 그 애를 몹시 후려쳤는데 관자놀이를 맞을 뻔했지 뭐야. 정말이지, 그 꾸부러진 채가 그를 맞혔더라면 끝장이 나고 말았을걸.”

“맞지 않아 다행이군.” 스티븐은 웃으며 말했다. “하지만 그게 너에게 있었다는 그 이상한 일은 아니겠지?”

“물론 그런 얘기가 너에게는 흥미 없을 거야. 하지만 적어도 이 이야기는 해두어야겠어. 그날 시합이 끝난 뒤에 너무 큰 소동이 벌어지는 통에 나는 그만 집으로 가는 기차를 놓쳤고 얻어 탈 것이라고는 전혀 없었지 뭐야. 운 나쁘게도 그날 마침

---

23) 게일체육협회에서 부활한 하키 비슷한 아일랜드 고유의 경기다.

카슬타운로슈에서 군중 집회가 열려 수레란 수레는 모두 그곳으로 가버렸기 때문이었어. 그래서 밤을 거기서 새우거나 아니면 걸어가거나 하는 수밖에 별 도리가 없었지. 나는 걷기로 하고 나섰는데 발리호 구릉에 들어섰을 때 밤이 되더군. 그게 킬말록에서 10마일은 좋이 되는 곳이지. 그 후부터는 지루하고 외로운 길이었어. 길가에 인가라고는 자취도 없고 아무 소리도 들리지 않았다니까. 게다가 몹시 어두운 밤이었어. 도중에 관목 숲 아래서 한두 번 걸음을 멈추고 파이프에 불을 붙였는데 이슬이 몹시 내리지만 않았더라도 거기서 온몸을 쭉 펴고 잠을 잤을 거야. 이윽고 어떤 모퉁이를 돌아서자 창에 불빛이 보이는 작은 오두막이 나타나더군. 나는 거기로 걸어가서 문을 두드려보았지. 누구냐고 묻는 목소리가 들리기에 나는 버테반트에서 시합을 마치고 걸어서 귀가하는 길인데 물 한 잔만 얻어 마셨으면 고맙겠다고 했지. 얼마 후에 한 젊은 여인이 문을 열더니 커다란 우유 잔을 갖다주었어. 내가 문을 두드렸을 때 마침 잠자리에 들려고 하던 참이었는지 그녀는 옷을 반쯤 벗고 머리카락을 늘어뜨리고 있더군. 그녀의 모습이나 눈 속에 감도는 표정을 보니 그녀가 임신 중일 거라는 생각이 들었어. 그녀는 문간에서 나를 붙잡고 오랫동안 얘기를 했는데, 가슴과 어깨를 드러낸 채 그러고 있는 것이 참 이상하다고 여겨지더군. 그녀는 내게 피곤하냐고 물으면서 자기 집에서 자고 가라는 거야. 자기 혼자뿐이고 남편은 누이를 전송하기 위해 함께 퀸스타운에 갔다면서. 그런데 스티비, 얘기를 하는 동안 그녀는 내 얼굴을 빤히 보고 있었고 내 옆에 바짝 붙어 서 있었기 때문에 그녀의 숨소리까지 들리더군. 내가 잔을 넘겨주자 그녀는 내 손을 잡고 문안으로 끌어들이면서 말했어. '들어와서 여기서 묵고 가. 겁낼 필요 없다고. 이 집에는 우리 두 사람밖에 아무도 없어……' 스티비, 나는 들어가지 않았다고. 나는 그녀에게 고맙다는 말을 한 후 다시 걷기 시작했는데 온몸이 후끈거렸어. 첫 모퉁이에서 돌아보니까 그녀가 아직도 문간에 서 있지 않겠니."

데이빈이 들려준 이야기의 마지막 몇 마디가 그의 기억 속에서 노래처럼 울렸다. 그 이야기에 나오는 여인의 모습은 학교 마차가 클레인 마을을 지날 때 그가 본 적 있는, 여러 집 문간에 서 있던 농촌 아낙네들의 모습으로 바뀌어 나타났다. 그것은 그녀의 민족이자 그 자신도 속한 민족의 한 유형(類型)으로서, 어둠과 비밀과 고독 속에서 잠을 깨어 의식을 되찾은 후, 숨김없는 여인의 눈빛과 목소리와 몸짓으로 낯선 사람을 자기 잠자리로 불러들이는 박쥐 같은 영혼이었다.

누군가의 손이 그의 팔을 붙잡았고 어린 목소리가 외쳤다.

"아저씨, 좀 보세요. 오늘 마수걸이하는 거예요. 예쁜 꽃다발이니 사주세요, 네, 아저씨?"

소녀가 그에게 치켜든 그 파란 꽃과 그녀의 파란 눈이 그 순간 그에게는 숨김없이 순박한 이미지로 보였다. 그 이미지가 사라질 때까지 그는 멈춰 있었다. 그 후 다시 보니 그녀의 누더기 옷과 빗지도 않은 젖은 머리카락 그리고 말괄량이 같은 얼굴만이 보였다.

"사주세요, 네. 아저씨, 절 잊지 마세요."

"돈이 없어." 스티븐이 말했다.

"예쁜 꽃이에요. 사주세요. 1페니면 되는데."

"내 말이 안 들리니?" 스티븐이 소녀를 굽어보며 말했다. "돈이 없대도 그러니. 정말 돈이 없다니까."

"그러면 다음엔 꼭 사주세요." 소녀가 이내 대답했다.

"두고 보자꾸나." 스티븐이 말했다. "하지만 살 것 같지는 않구나."

그는 소녀의 친밀한 태도가 혹시 비웃음으로 변할까 두려웠고 또 그녀가 영국인 관광객이나 트리니티 대학의 학생 같은 다른 사람에게 꽃을 내밀기 전에 그 자리를 벗어나고 싶어서 재빨리 그녀 앞을 떠났다. 그가 걷고 있던 그라프튼 가 (街)[24]는 그 의기소침한 궁핍의 순간을 연장시키고 있었다. 그 거리의 첫머리 길가에는 울프 톤[25]을 기념하는 비석이 서 있었는데 그 정초식(定礎式)에 그가 아버지와 참석했던 일이 생각났다. 그 번지르르한 헌납식 장면을 생각하니 그의 마음이 쓰렸다. 말 한 필이 끄는 마차에 네 명의 프랑스 대표가 타고 있었고, 그중에서 미소를 짓고 있던 뚱뚱한 젊은이는 'Vivre l'Irlande!(아일랜드 만세!)'라는 말이 인쇄된 카드를 끼운 막대기를 들고 있었다.

그러나 스티븐스 그린 공원의 수목은 비로 인해 향기로웠

---

24) 더블린의 번화가다.

25) 1763~1798. 아일랜드 독립 투사로 영국군에게 처형되었다. 1898년에 그의 봉기 100주년을 기념하는 비석을 세웠다. 그는 프랑스혁명에서 많은 정치적 영감을 얻은 것으로 알려져 있다.

고 비에 젖은 땅은 필멸(必滅)인 인간의 냄새를 풍기고 있었는데 그것은 흙을 거쳐 솟아오르는 많은 심장들의 냄새였다. 어른들이 그에게 말해 준 바 있는 이 화려하게 부패한 도시의 영혼은 세월이 흐르자 땅에서 솟는 인간적 체취로 위축되어 버렸던 것이다. 얼마 후에 그가 침침한 대학 안으로 들어가게 되면 '당당한 사나이' 이건이나 '성당방화범' 웨일리[26]의 부패와는 또다른 부패를 의식하게 될 것이다.

프랑스 문학 시간에 출석하기 위해 위층으로 올라가기에는 너무 늦었다. 그는 홀을 건너 왼쪽 복도를 따라 계단식 물리학 교실로 갔다. 복도는 어둡고 조용했으나 누군가 지켜보고 있는 것 같았다. 왜 그런 생각이 들었을까? '당당한' 웨일리[27]의 시절에는 그곳에 비밀 계단이 있었다는 얘기를 들었기 때문일까? 아니면 혹시 그 예수회 건물이 치외법권 지대이므로[28] 자기가 지금 이방인들 사이를 걷고 있기 때문일까? 톤과 파넬의 아일랜드는 허공으로 물러나 버린 듯했다.

그는 계단식 교실의 문을 열고 먼지 낀 창문으로 간신히 스며들어온 싸늘한 잿빛 광선을 받으며 걸음을 멈추었다. 큼직한 난로의 쇠살에 누군가 웅크리고 있는 것이 보였는데 그 몸

---

26) 존 이건(1750~1810)은 아일랜드의 정객이요 결투사였고, 지주이자 상원의원이었던 리처드 채플 웨일리(1700~1769)는 가톨릭에 강한 반감을 드러내, '번-채플(Burn-Chaple)'이라는 별명으로 불렸다.
27) 리처드 채플 웨일리의 아들 토머스 웨일리(1765~1800)를 말한다. '벅 (Buck)'이라는 별명으로 불렸으며, 도박사이자 하원의원이었다.
28) 예수회는 로마 법황의 산하에 있다는 뜻에 불과하다.

매가 마르고 머리가 잿빛인 것으로 보아 그게 학감 선생이며 불을 지피고 있는 중임을 알았다. 스티븐은 조용히 문을 닫고 벽난로로 다가갔다.

"안녕하십니까. 학감 선생님, 도와드릴까요?"

성직자는 재빨리 쳐다보며 말했다.

"조금만 기다리게. 디덜러스 군. 자네는 보게 될 걸세. 불을 지피는 데는 기술이 필요해. 학문에는 인문사회계 과목과 실용 과목이 있는데 불 지피는 기술은 실용 과목이야."

"저도 배워보겠습니다." 스티븐이 말했다.

"석탄을 너무 많이 넣지 말게." 학감이 부산하게 작업하며 말했다. "그게 비결 중의 하나야."

그는 수탄의 옆 주머니에서 초 동강 네 개를 끄집어내더니 석탄과 구겨진 종이 사이에 능숙하게 놓았다. 스티븐은 말없이 그를 지켜보았다. 불을 붙이느라 판석 위에 무릎을 꿇고 종이 뭉친 것이니 초 동강이니 하는 것을 만지느라 여념이 없는 그는 어느 때보다도 더 텅 빈 사원 속에서 미사 준비를 하고 있는 겸허한 봉사자요 하느님을 섬기는 레위 사람[29]으로 보였다. 소박한 린넨으로 만든 레위인의 사제복처럼 그가 입고 있는 퇴색하고 낡은 수탄은 꿇어앉은 그의 몸을 감싸고 있었는데, 그에게는 특정 행사를 위한 제의나 구약 시대 고위 성직자의 제의를 입혀도 거추장스럽게 여겨질 성싶었다. 그의 육신은 하느님을 섬기는 저급한 일들, 가령 제대의 불을 돌보

---

29) 「민수기」 1장 참조.

는 일, 은밀히 소식을 전하는 일, 속인들 시중 들기, 시키는 일을 재깍 해치우기 등의 일을 하느라 늙어버렸다. 그런데도 그는 성인답다든가 고위 성직자다운 아름다움은 조금도 누리지 못한 채 살아왔다. 아니, 그의 영혼 자체가 그런 봉사를 하다가 늙어버리면서도 빛이나 아름다움을 지향하여 성장한다든지 영혼의 성스러움에서 나오는 아리따운 향기를 널리 풍기지는 못했다. 고행하는 그의 의지는 이제 복종의 전율감에 대해서도 아무 반응을 보이지 않았는데, 이는 은빛 솜털이 송송 나서 잿빛으로 변한 그 깡마르고 힘줄이 드러난 늙은 육신이 사랑이나 투쟁의 전율감에 대해 아무런 반응을 보일 수 없는 것과 마찬가지였다.

학감은 웅크리고 앉아 장작에 불이 붙는 것을 지켜보고 있었다. 스티븐이 침묵을 깨기 위해 말했다.

"저는 불붙이는 일을 못해 낼 것 같은데요."

"자네는 예술가가 아닌가? 디덜러스 군." 학감이 그를 쳐다보며 파리한 눈을 끔벅였다. "예술가의 목표는 아름다운 것을 창조하는 일이라고. 무엇이 아름다우냐 하는 것은 별개의 문제지."

그는 그 문제의 어려움을 생각하면서 천천히 멋없이 손을 비비고 있었다.

"이제 그 문제를 풀 수 있는가?" 그가 물었다.

"아퀴나스는 Pulcra sunt quae visa placent(보기에 즐거운 것은 아름다운 것이다)라고 말합니다."

"우리들의 앞에 피워놓은 불도 보기에 즐거울 것이다. 그렇다면 이 불도 역시 아름다운가?" 학감이 물었다.

"시각으로, 즉 심미적 사유 작용으로, 그 불이 파악되는 한, 그 불은 아름다운 것입니다. 그러나 아퀴나스는 Bonum est in quod tendit appetitus(선은 욕구가 미치는 것 속에 있다)라고도 했습니다.[30] 불이 따뜻함에 대한 동물적 욕구를 충족하는 한, 불은 선하지요. 그러나 지옥에서는 불이 악으로 됩니다."

"그렇고말고." 학감이 말했다. "자네는 정곡을 찔렀어."

그는 날쌔게 일어나서 문간으로 가더니 문을 조금 열어놓고 말했다.

"이런 일에는 바깥바람이 도움이 된다고들 하더군."

그가 약간 절면서 그러나 아주 활발한 걸음으로 난롯가로 돌아왔을 때 스티븐은 그 예수회 사제의 말없는 영혼이 그 창백하고 애정 없는 눈을 통해 그를 내다보고 있는 것을 알았다. 이냐시오[31]처럼 그도 다리를 절고 있었지만 이냐시오에게서 볼 수 있던 정열의 섬광이 그의 눈에서는 타오르고 있지 않았다. 예수회의 그 전설적인 교활함조차도, 은밀하고 오묘한 슬기로 가득하다는 예수회의 전설적인 서적들보다 더 오묘하고 더 은밀한 교활함조차도, 사도(使徒)됨의 에너지로 그의 영혼에 불을 붙이지는 못했다. 그는 자기가 명령받은 대로 하느님의 보다 큰 영광을 위하여 술책과 지식과 교활함을 이용하되, 그것들을 다루면서 즐거움을 느낀다든지 또는 그중

---

30) 이 인용구와 앞의 인용구는 모두 아퀴나스의 『신학대전』에서 따온 것이다.

31) 성 이냐시오 데 로욜라를 가리킨다.

의 나쁜 부분을 증오한다든지 하지 않았으며, 오히려 확고한 복종의 몸짓으로 그것들을 그 자체의 모습대로 활용하고 있는 듯했다. 이 모든 말없는 봉사에도 불구하고 그는 자기를 부리는 주인을 전혀 사랑하지 않았고 또 자기가 받드는 종교적 목표에도 별 애착이 없는 것 같았다. Similiter atque senis baculus(노인의 지팡이같이)라는 예수회 헌장에 나오는 구절처럼 그는 예수회의 창설자가 그에게 바라는 대로 노인의 손에 쥐인 지팡이가 되어 한구석에 놓여 있거나 밤이 되고 날씨가 험해지면 길에서 의지하게 되고, 정원에 있는 좌석에서 귀부인의 꽃다발과 함께 놓여 있다가 위협적인 순간에는 치켜들도록 되어 있었다.

학감은 난로로 되돌아와서 자기의 턱을 어루만지기 시작했다.

"미학 문제에 대한 자네의 의견을 언제쯤이나 듣게 되겠나?" 그가 물었다.

"저의 의견이라니요!" 스티븐은 놀라며 말했다. "저야 운이 좋아야 2주일에 한 번씩이나 좋은 생각이 떠오를까 말까인걸요."

"디덜러스 군, 이런 문제들은 아주 심오해서 마치 모허[32] 절벽에서 깊은 바닷속을 들여다보는 것과 같다네." 학감이 말했다. "많은 사람들이 바닷속으로 뛰어들지만 다시 떠오르지 못하고 있어. 오직 숙련된 다이버만이 바닷속 깊은 곳에 뛰어들

---

32) 클레어 군(郡)에 있는 절벽 이름이다.

어 탐색을 마친 후 다시 물위로 올라올 수 있다네."

"학감 선생님께서 의미하시는 바가 사색 문제라면, 제 믿음은 이렇습니다." 스티븐이 말했다. "모든 사색은 그 자체의 법칙에 의해 지배받게 되어 있으므로 세상에 자유로운 사색이라는 것은 존재하지 않는다는 거지요."

"하!"

"제 목적을 위해 현재 저는 아리스토텔레스와 아퀴나스의 한두 가지 사상에 비추어서 연구할 수가 있습니다."

"알겠네. 자네 말의 요점을 알겠어."

"그분들의 사상에 비추어 무언가 제 나름의 생각을 확립할 수 있기까지 제가 활용하고 지침으로 삼기 위해서만 그 사상이 제게 필요하답니다. 만약에 그 등잔에서 연기나 냄새가 난다면 저는 그 심지를 다듬겠습니다. 또 그 등잔이 충분히 밝혀주지 않는다면 저는 그것을 팔고 다른 등잔을 사겠습니다."

"에픽테토스[33]에게도 등잔이 있었지." 학감이 말했다. "그런데 그가 죽고 난 후 그 등잔은 비싼 값에 팔렸어. 그가 철학 논문들을 쓴 것도 그 등잔불 아래서였지. 자네 에픽테토스를 알지?"

"인간의 영혼은 한 동이의 물과 같다고 말한 옛 어른이지요." 스티븐이 거칠게 말했다.

"우리에게 그는 자기 방식으로 편안하게 말하고 있어." 학감

---

33) 서기 55(?)~135(?). 헬레니즘기 그리스 철학자로, 후기 스토아 학파의 대가다.

이 말을 이었다. "그가 제신(諸神) 중의 한 분을 새긴 조상(彫像) 앞에 쇠 등잔을 갖다 놓았는데 어떤 도둑이 그것을 훔쳐 갔다는 거야. 그래서 그 철학자가 어떻게 했겠나? 그는 생각 끝에 도적질은 도둑의 성격 속에 내재해 있다는 결론을 내리고 이튿날 쇠로 만든 등잔 대신에 도기 등잔을 하나 사기로 마음을 먹었다는 거야."

학감이 사용한 초 동강에서 녹은 수지(獸脂)가 타면서 나는 냄새가 풍겨와 스티븐의 의식 속에서 물동이와 등잔이니 등잔과 물동이니 하는 말들의 낭랑한 소리와 혼합되었다. 학감 선생의 목소리 또한 딱딱하고 낭랑한 어조를 띠고 있었다. 학감의 그 이상한 어조 및 이미저리라든지 켜지 않은 등잔이나 초점이 잘 맞지 않게 걸려 있는 반사경처럼 보이는 학감의 얼굴 때문에 제약을 받고 그만 스티븐의 마음은 본능적으로 정지하고 말았다. 그 얼굴의 이면이나 안쪽에는 무엇이 있을까? 영혼의 둔한 마비 상태일까, 아니면 사유 작용이 충만하고 하느님 같은 어둠도 가능한 천둥 구름의 혼탁함일까?

"저는 다른 종류의 등잔을 말했습니다." 스티븐이 말했다.

"물론이지." 학감이 말했다.

"미학적 논의를 함에 있어서의 한 어려움은 용어들이 문예 전통에 따라 사용되느냐 아니면 일반 사회의 세속적 전통에 따라 사용되느냐부터 알아보는 일입니다." 스티븐이 말했다. "저는 뉴먼의 책에 나오는 문장 하나를 기억하고 있습니다. 그 속에서 그는 성모에 대해 말하면서 성모께서는 많은 성인들에게 '잡혀 있었다(detained)'고 합니다. 일반 사회에서는 이 '디테인드'라는 낱말의 뜻이 다르지요. 바쁘실 텐데 제가 학감 선생님을 붙잡고(detain) 있는 것이나 아닌지요."

"아니, 전혀 그렇지 않다네."

"아니에요." 스티븐이 웃으면서 말했다. "제가 뜻한 바는 그게 아니고……."

"그래, 그래." 학감이 재빨리 말했다. "자네의 말하고자 하는 것이 '디테인'이라는 낱말에 있음을 알고 있다네."

그는 아래턱을 내밀고 짤막하게 마른기침을 했다.

"다시 등잔 이야기이네만, 등잔에 기름을 채우는 것도 꽤 흥미 있는 문제란 말이야." 학감이 말했다. "우선 순수한 기름을 구해야 하고, 기름을 채울 때에는 넘쳐흐르지 않게 또 '퍼넬(funnel, 깔때기)'의 용량을 넘지 않게 조심해서 붓도록 해야지."

"퍼넬이라뇨?" 스티븐이 물었다.

"등잔에 기름을 채울 때 쓰는 퍼넬 말이네."

"그것 말입니까?" 스티븐이 물었다. "그걸 퍼넬이라고 부르십니까? 그게 혹시 '턴디시(tundish)'가 아닌가요?"

"턴디시가 무엇인가?"

"그게 그러니까 학감 선생님께서 퍼넬이라고 하신 거지요."

"아일랜드에서는 그걸 턴디시라고 부르나?" 학감이 물었다. "나는 그런 낱말을 평생 들어본 일이 없다네."

"로어 드럼콘드라[34]에서는 그걸 턴디시라고 합니다." 스티븐

---

34) 더블린 북부의 한 구역이다.

이 웃으며 말했다. "그곳 사람들은 가장 훌륭한 영어를 쓰고 있다고요."

"턴디시라." 학감은 생각에 잠기며 말했다. "참 기막히게 흥미 있는 낱말이군. 사전을 한번 뒤져봐야겠다. 꼭 뒤져봐야겠어."

그의 예절 바른 태도는 약간 거짓된 것처럼 보였고, 탕아의 우화[35]에서 형이 탕아를 쳐다보던 눈과 똑같은 눈으로 스티븐은 이 영국인 개종자를 바라보았다. 그 요란스러운 개종 사태[36]의 겸허한 추종자요, 아일랜드에 사는 가난한 영국인인 그는 그 음모와 수난과 시기와 투쟁과 모멸의 기이한 연출이 거의 끝날 무렵에 예수회 역사의 무대 위로 들어선 것 같았으니, 말하자면 지참자요 느림보였다. 그는 어디에서 출발했을까? 어쩌면 진지한 비국교파(非國敎派)들 사이에서 태어나 성장했기 때문에 오직 예수 그리스도 속에서만 구제의 가망성을 보았고 국교의 허망한 화려함을 혐오하고 있었는지도 모른다. 종파 싸움의 소용돌이 속에서, 그리고 육교리(六敎理) 침례교니, '특수교파'니, '시드앤드스네이크' 침례교니, 선정타죄론(先定墮罪論)을 주장하는 교파[37]니 하는 격동하는 분파들이 내세우는 용어들 속에서, 그는 절대적 신앙의 필요성을 느꼈던 것일까? 그는 정신적인 삶의 고취, 안수례, 성령의 발현

---

35) 「누가복음」 15장 11~32절 참조.
36) 19세기 후반에 많은 영국 지식인들은 뉴먼 추기경의 본보기를 따라 가톨릭교로 개종했다.
37) 이 넷은 모두 침례교 분파다.

등에 대한 이치를 따지는 고운 실마리를 무명 실감개를 감듯
이 끝까지 감다가 문득 진정한 교회가 어떤 것인지 알아냈단
말인가? 아니면 그가 세관에 앉아 있던 사도[38]처럼 어떤 양
철 지붕의 성당 문간에 앉아서 하품을 하면서 연보 돈을 세
고 있는데 주 예수께서 그에게 손을 대며 당신을 따르라고 명
하기라도 했단 말인가?

학감은 그 낱말을 다시 말했다.

"턴디시라! 그 참, 재미있군!"

"학감 선생님께서 얼마 전에 제게 물어보신 문제가 저에게
는 더 흥미 있어 보입니다. 예술가가 흙덩이에서 표현해 내고
자 하는 그 아름다움은 무엇인가 하는 문제 말입니다." 스티
븐은 냉정하게 말했다.

그 사소한 낱말 하나가 그의 감수성의 칼날을 이 정중하고
도 경계심이 많은 적 쪽으로 돌린 것 같았다. 자기가 얘기하고
있는 상대가 벤 존슨[39]의 동포라는 것을 생각하며 그는 뼈저
린 절망을 느꼈다. 그는 생각했다.

'우리가 지금 대화하고 있는 이 언어도 내 것이기에 앞서 우
선 그의 것이다. '가정'이니 '그리스도'니 '맥주'니 '선생'이니 하
는 영어 낱말들도 그의 입에서 나올 때와 나의 입에서 나올
때 서로 얼마나 다른가! 나는 이런 낱말들을 말하거나 쓸 때
마다 으레 정신적 불안을 겪는다. 아주 친숙하면서도 이국적

---

38) 마태오를 가리킨다. 「마태복음」 9장 9절 참조.
39) 1573~1637. 영국의 시인, 극작가. 조이스는 벤 존슨 시대의 서정시를 좋
아했던 것으로 알려져 있다.

으로 들리는 그의 언어가 내게는 언제까지나 후천적으로 익힌 언어로 남아 있을 것이다. 나는 그 낱말들을 만들어내지도 받아들이지도 않았다. 내 목소리는 그 낱말들을 멀리 경계하고 있다. 그가 쓰는 언어의 그늘에서 내 영혼은 조바심한다.'

"그리고 아름다운 것과 장엄한 것을 구별하는 일, 도덕적 아름다움과 물질적 아름다움을 구별하는 일." 학감이 덧붙였다. "그리고 여러 가지의 예술 분야에 있어서 각기 분야 고유의 아름다움은 어떤 종류의 것인가를 탐구하는 일. 이런 일들은 우리가 다룰 수 있는 몇 가지 흥미 있는 문제들이라 할 수 있지."

학감의 확고하고 메마른 어조 때문에 갑자기 낙담하게 된 스티븐은 잠자코 있었다. 학감도 잠자코 있었다. 그러자 그 침묵을 통해 먼 곳에서 많은 구둣발 소리와 혼잡한 목소리들이 계단을 따라 올라왔다.

"하지만 이런 문제에 대한 사색을 하는 데는 위험이 따른다네." 학감이 결론적으로 말했다. "굶주려 죽을지도 모른다는 위험이야. 우선 자네는 학위부터 받도록 해야 돼. 그것을 최초의 목표로 삼고 있어야지. 그 후에 조금씩 길이 보일 걸세. 삶이나 사상에 있어서의 길이라고 하는 그런 넓은 의미의 길 말일세. 처음에는 오르막길을 자전거로 오르는 셈이 될지도 몰라. 무넌 군의 예를 보라고. 정상에 오르는 데 오랜 시간이 걸렸어. 그러나 도달했거든."

"제게는 그 친구와 같은 재주가 없을지도 모릅니다." 스티븐이 조용히 말했다.

"그런 말은 하지 말게." 학감이 반색을 하며 말했다. "우리는 자신들에게 어떤 능력이 있는지 모르는 거야. 나 같으면 절망하지 않을걸세. Per aspera ad astra(역경을 거쳐 별에 이르도록)이라는 말이 있잖은가?"

그는 갑자기 난롯가를 떠나 문과 1학년 반의 도착을 보살피기 위해 층계참으로 갔다.

벽난로에 기대선 스티븐은 학감이 모든 학생에게 활기 있는 어조로 공평하게 인사하는 소리를 들었고, 비교적 무례한 학생들의 얼굴에도 솔직한 미소가 감도는 것을 보는 듯했다. 쉽게 속상해하곤 하는 스티븐의 마음이었지만. 기사풍(騎士風)의 로욜라를 충실히 섬기는 이 일꾼을 대할 때, 그리고 일반 성직들보다도 말을 더 타산적으로 하되 영혼은 더욱 확고한 이 성직의 의붓형제[40]요 그가 영영 자기의 영적인 아버지라 부르지는 않을 분을 대할 때, 그의 마음에는 스산한 연민의 정이 이슬처럼 내리기 시작했다. 또 그는 이 학감과 그의 동료들이 전 예수회의 역사를 통해 하느님의 법정에서 해이한 자, 신심이 엷은 자 및 이해에 밝은 자들을 변호해 왔기 때문에 성직자들로부터는 물론이고 세속적인 사람들로부터도 속된 인간들이라는 이름을 듣게 된 경위를 생각해 보았다.

그 침침한 계단식 강의실에서, 흐릿한 거미줄이 걸린 창문 아래에 있는 맨 윗줄에 앉아 있던 학생들이 무거운 구둣발로 몇 차례 신호를 올려 교수의 입장을 알렸다. 출석 점검이 시

---

40) 학감이 세속적인 신부가 아니라 예수회 사제라는 뜻인 듯하다.

작되었고 학생들은 가지각색의 어조로 대답했다. 드디어 피터 번의 이름을 부를 차례가 되었다.

"네!"

윗줄에서 깊은 베이스음의 대답이 있자, 뒤이어 다른 벤치에 앉아 있던 학생들이 항의의 기침 소리를 냈다.

교수는 이름 부르기를 잠시 그쳤다가 다음 이름을 불렀다.

"크랜리!"

대답이 없었다.

"크랜리 군!"

스티븐은 자기 친구가 하고 있을 공부를 생각하고는 얼굴에 미소를 머금었다.

"레파즈타운[41]에 가서 불러보세요." 뒤쪽 벤치에서 누군가가 말했다.

스티븐은 재빨리 쳐다보았지만, 모이니한의 돼지코 얼굴은 잿빛 광선 속에 뚜렷한 윤곽을 드러낸 채 무표정하기만 했다. 교수가 공식을 하나 내어놓았다. 애들이 그것을 노트에 적어넣는 소리가 바스락거리는 가운데 스티븐은 다시 돌아보며 말했다.

"제발, 종이 좀 달라니까."

"형편이 그 정도로 어렵니?" 모이니한은 환하게 웃으며 물었다.

그는 자기 공책 한 장을 찢어내 그에게 주면서 속삭였다.

---

41) 더블린 남부에 있는 경마장이다.

"긴급할 때에는 남녀를 막론하고 어떤 평신도든 그것을 할 수 있지."[42]

그가 그 종이 위에 충실하게 받아쓴 공식이라든지, 꼬였다 풀렸다 하는 교수의 계산이라든지, 힘과 속도를 가리키는 유령 같은 기호들이 스티븐의 마음을 매혹하는 한편 피곤하게 했다. 그는 누군가가 그 늙은 교수를 무신론자 프리메이슨 단원[43]이라고 말하는 것을 들은 적이 있었다. 이렇게 침침하고 음울한 날이 있을까! 고통 없이 참고 있는 의식(意識)의 지옥처럼 보이는군, 그 지옥을 통해 수학자들의 영혼이 떠돌면서, 시시각각 더욱 희박해지고 더욱 파리해지는 황혼의 이 면 저 면으로 길고 가는 구조를 투영하고, 시시각각 더 넓어지고 더 멀어지며 또 더 불가사의해지는 우주의 마지막 가장자리까지 급한 소용돌이를 방출하고 있는 것 같군.

"그래서 우리는 타원형과 타원체를 구별해야 하죠. 여러분 중에는 W. S. 길버트[44] 씨의 작품에 밝은 사람이 있을 거예요. 그가 지은 노래 중의 하나에서 그는 어떤 당구 사기꾼이

가짜 천을 깐 당구대에서
비틀린 큐를 잡고

---

42) 긴급한 영세에 관련된 교리문답 구절에 대한 모이니한의 농담이다.

43) 단원 간의 상부상조와 이상사회의 실현을 목표로 하는 유럽의 비밀결사다.

44) 1836~1911. 영국의 극작가, 시인. 아래 시구는 「미카도」라는 오페레타 마지막 막에 나오는 대사 중 일부다.

타원형의 당구공을

치지 않을 수 없는 곤경을 노래한 적이 있습니다. 그가 의미하는 것은 내가 방금 말한 주축(主軸)들을 가진 타원체의 공이지요."

모이니한은 몸을 굽혀 스티븐의 귀에 대고 속삭였다. "타원체 공이 어쨌단 말인가! 부인네들이여, 나를 따르라. 나는 기병대 군인."

이 동료 학생의 야비한 유머가 한바탕 불어닥친 바람처럼 스티븐의 마음의 수도원을 몰아치니까 그 벽에 걸린 맥빠진 수도복이 흔들리며 활기를 되찾았고 어지러운 악마의 연회에서 위세를 부리며 날뛰고 다녔다. 그 바람에 날리는 수도복에서 예수회 구성원들의 얼굴이 나타났다. 학감 선생, 잿빛 머리카락을 모자처럼 쓰고 있는 당당한 체구의 혈색 좋은 경리주임, 총장, 경건한 시를 쓰고 작은 몸집에 새털 같은 머리카락을 한 신부, 땅딸막한 농부의 체구를 한 경제학 교수, 한 떼의 영양(羚羊)들에게 둘러싸인 채 높은 곳의 나뭇잎을 따먹고 있는 기린처럼 층계참에 서서 자기 반 학생들과 양심 문제를 논하고 있는 젊은 심리학 교수의 키다리 모습, 침통하고 심란한 신심회 회장, 악당 같은 눈에 머리가 동그란 뚱보 이탈리아어 교수 등의 얼굴이었다. 그들은 느릿느릿 걷거나 넘어지거나 뒹굴거나 미친 듯이 뛰어다녔으며, 등 넘기를 하기 위해 가운을 걷어올리거니, 서로를 붙잡거니, 깊고 빠른 웃음을 웃느라 몸을 흔들거니, 서로 뒤를 찰싹찰싹 때리거니, 자기네의 야비한 장난을 보고 웃거니, 서로를 친밀한 별명으로 부르거니, 난폭한 대접을 받으면 갑자기 위엄을 세우며 나무라거니, 입을 손으로 가리고 두 사람씩 소곤대거니 했다.

교수는 벽에 있던 유리 상자로 가더니 그 선반에서 한 세트의 코일을 끄집어내어 여러 곳에 묻은 먼지를 입으로 불어 없앤 후 조심스럽게 교탁 위에 올려놓고 강의를 하는 동안 손가락 하나를 그 위에 얹고 있었다. 그는 현대 코일 제품은 근년에 F. W. 마르티노[45]가 발명한 플라티노이드라는 혼합물로 만들어진다고 설명했다.

그는 발견자의 이름의 두 두문자(頭文字)와 성(姓)을 또렷하게 말했다. 모이니한이 뒤에서 속삭였다.

"멋들어진 프레시 워터 마틴[46]이군!"

"얘, 전기 처형(電氣處刑)을 위한 실험 대상자는 필요하지 않느냐고 물어봐." 스티븐이 지루하다는 기분으로 속삭였다. "내가 실험 대상이 되어줄 테니까."

모이니한은 교수가 코일 위에 몸을 굽히고 있는 것을 보고는 자리에서 일어나 오른손의 손가락으로 시끄럽지 않게 찰싹 소리를 내면서 개구쟁이 목소리로 선생을 불렀다.

"선생님! 선생님! 이 애가 방금 나쁜 말을 했어요, 선생님."

"플라티노이드가 양은(洋銀)보다 더 선호되고 있습니다." 교수는 엄숙히 말했다. "그 이유는 온도의 변화에 따른 저항

---

45) 미국 화학자 F. W. 마틴(1863~?)을 가리키는 듯하다.
46) F. W.라는 두문자를 '담수(Fresh Water)'라고 풀이한 모이니한의 농담이다. 마틴(martin)은 새(흰털발제비)의 이름이기도 하다.

계수(抵抗係數)가 더 낮기 때문이죠. 플라티노이드 선(線)은 절연되어 있고 이 선을 절연시키는 명주 표피가 지금 내 손가락이 놓여 있는 바로 이곳 에보나이트제 코일 틀에 감겨 있어요. 만약 그것이 한번 감겨진다면 잉여전류가 코일로 유도될 것입니다. 코일 틀은 뜨거운 파라핀 왁스로 흠뻑 젖어 있고……."

스티븐 아래쪽 자리에서 누군가가 날카로운 얼스터 사투리로 말하였다.

"우리에게 응용과학에 대한 질문을 할 것 같니?"

교수는 순수과학과 응용과학이라는 용어를 가지고 이러쿵저러쿵 심각하게 떠들기 시작했다. 금테 안경을 쓴 무거운 체구의 학생이 그것을 물어본 학생을 놀랍다는 듯이 노려보았다. 모이니한이 자기 본연의 목소리로 뒤에서 속삭였다.

"저 매칼리스터란 애는 자기 몫의 살을 한 파운드쯤 노리는 악마[47]가 아닐까?"

스티븐은 아래쪽으로 노끈 색깔의 머리카락이 뒤엉켜 있는 장방형 머리를 쌀쌀하게 바라보았다. 그것을 물어본 학생의 목소리나 말투나 심보가 그의 비위를 건드렸고 그는 화가 난 김에 일부러 못된 생각을 하면서 저 애의 아버지는 아들을 벨파스트[48]로 유학 보냄으로써 기차 삯이라도 절약할 수 있었더라면 좋았을 것이 아니냐는 생각을 억지로 해보았다.

---

47)『베니스의 상인』에 등장하는 샤일록을 암시한다(1막 3장 참조).
48) 벨파스트는 매칼리스터의 출신 지역인 얼스터의 수도이며 퀸스 대학의 소재지다.

그 장방형의 머리는 이런 생각의 화살을 받아들이기 위해 뒤를 돌아보거나 하지 않았다. 그러나 그 화살은 시위로 되돌아왔다. 왜냐하면 그 순간 그는 유장(乳漿)처럼 파리한 그의 얼굴을 떠올렸기 때문이다.

"그것은 내 생각이 아니야." 그는 혼자 재빨리 뇌까렸다. "뒤에 앉은 저 희극적인 아일랜드인에게서 나온 생각이니까. 참는 거야. 네 민족의 영혼을 팔아넘기고 민족이 선발한 사람들을 배반한 것이 물어보는 자와 조롱하는 자 중 어느 쪽인가를 너는 자신 있게 말할 수 있느냐? 참는 거야. 에픽테토스를 기억해 둬. 이런 순간에 이런 어조로 이런 질문을 한다든지 또 '사이언스(science)'란 낱말을 단음절어(單音節語)인 양 발음하는 것은 아마도 그이답다고 할 수 있을 거야."

교수의 단조로운 목소리는 코일 주위에 천천히 감기면서 코일의 저항 단위가 높아감에 따라 그 최면적 에너지를 두 배, 세 배, 네 배로 증가시키고 있었다.

멀리서 들려오는 종소리에 맞춰 모이니한의 목소리가 메아리쳤다.

"여러분, 수업 시간이 끝났어요."

입구의 홀은 혼잡했고 말소리로 시끄러웠다. 문 가까이의 탁자 위에는 액자에 넣은 사진이 두 장[49] 놓여 있었고 두 액자 사이의 기다란 두루마리에는 서명들이 불규칙하게 적혀

49) 러시아 황제 니콜라이 2세와 황후의 사진. 1898년에 황제는 이른바 '평화조칙(詔勅)'을 내려 이듬해인 1899년 헤이그 평화회의가 열릴 수 있게 했다.

있었다. 머캔이 학생들 사이를 부산하게 오가며 빠른 말투로 지껄이거니 퇴짜에 응수하거니 한 사람씩 탁자로 인도하거니 하고 있었다. 안쪽 홀에 서서 한 젊은 교수와 이야기를 나누던 학감은 심각하게 턱을 쓰다듬으며 고개를 끄덕이고 있었다.

문간을 가득 채운 학생들 때문에 길이 막힌 스티븐은 어떡할까 마음을 정하지 못한 채 멈춰 있었다. 중절모의 넓게 늘어진 챙 아래서 크랜리의 시커먼 두 눈이 그를 지켜보고 있었다.

"서명했니?" 스티븐이 물었다.

크랜리는 그 길고 얇은 입술을 다물고 잠시 혼자 생각하다가 대답했다.

"Ego habeo(나는 했노라)."

"뭣 때문에 하는 서명이니?"

"Quod(뭣 때문이냐고)?"

"뭣 때문이야?"

크랜리는 창백한 얼굴을 스티븐에게 돌리고 상쾌하되 신랄한 어조로 말했다.

"Per pax universalis(만국 평화를 위해서)."

스티븐은 러시아 황제의 사진을 가리키며 말했다.

"저 사람은 얼빠진 그리스도의 얼굴을 하고 있군."

그의 목소리에 감도는 조소와 분노 때문에 크랜리는 홀의 벽을 조용히 살펴보고 있던 눈을 돌렸다.

"불쾌하니?" 그가 물었다.

"아냐." 스티븐이 대답했다.

"지금 기분이 언짢니?"

"아냐."

"Credo ut vos sanguinarius mendax estis(나는 너희가 지독한 거짓말쟁이라고 생각한다)." 크랜리가 말했다. "quia facies vostra monstrat ut vos in damno malo humore estis(왜냐하면 너희 표정은 너희가 기분이 아주 좋지 않다는 걸 보여주기 때문이지)."

모이니한은 탁자 쪽으로 가다가 스티븐의 귀에 대고 말했다.

"머캔은 아주 기운이 솟는 모양이야. 최후의 한 방울까지 피를 흘릴 듯이 덤비고 있어. 새로운 세계를 건설하기 위해서래. 술은 금하고 암캐들에게 투표권이나 주자는 거지."

스티븐은 그가 자기를 신임해 남몰래 하는 말에 미소로 답했고, 모이니한이 지나가자 다시 크랜리의 눈을 쳐다보았다.

"어쩌면 너는 알겠구나." 그가 말했다. "왜 저 녀석이 자기의 내밀한 생각을 거리낌없이 내 귀에 쏟아넣겠니? 말해 봐."

크랜리의 이마에 어두운 주름살이 잡혔다. 그는 모이니한이 두루마리에 서명을 하기 위해 몸을 굽히고 있는 탁자 쪽을 노려보더니, 이윽고 딱 잘라서 말했다.

"치사한 자식!"

"Qui est in malo humore(누가 기분이 나쁜 거야)," 스티븐이 말했다. "ego aut vos(나니 아니면 너희니)?"

크랜리는 이 조롱을 대수롭잖게 대했다. 그는 자기의 판단을 불만스럽게 곰곰이 생각해 보더니 전처럼 단호한 어조로 거듭 말했다.

"정말 더럽고 치사한 자식이야. 저 녀석은 그런 놈이라니까."

그것은 모든 식어버린 우정을 위한 그의 묘비명이었다. 그래서 스티븐은 언젠가 자기에 대한 우정도 식으면 그가 같은 어조로 같은 말을 하게 될 것인지 궁금해졌다. 그 무거운 덩어리 같은 어구가 진창 속에 던진 돌멩이처럼 그의 귓전에서 서서히 가라앉았다. 스티븐은 과거에 본 다른 많은 어구처럼 그 어구가 가라앉는 것을 보면서 그 무게가 가슴을 누르는 것을 느꼈다. 크랜리의 말에는, 데이빈의 말과는 달리, 엘리자베스 왕조 때의 희귀한 어구라든가 이상하게 변해 버린 아일랜드의 관용어가 섞여 있지 않았다. 그 길게 끄는 말투는 어떤 황량하게 썩어가는 항구가 반향하는 더블린 부두의 어투였고, 그 말투에 섞인 에너지는 어느 위클로[50]의 설교단이 반향하는 더블린 성직자들의 달변이었다.

머캔이 홀 저쪽에서 그들을 향해 활기차게 걸어오고 있을 때 크랜리의 얼굴에서는 그 무거운 찌푸림이 사라졌다.

"여기 있었군!" 머캔이 즐겁게 말했다.

"여기 있지 않고!" 스티븐이 말했다.

"여느 때처럼 지각했군. 진보적인 성향과 시간 지키는 버릇을 겸할 수 없니?"

"상관없는 물음이야." 스티븐이 말했다. "다음 용건이나 말해 봐."

그의 미소 머금은 눈은 이 선전가(宣傳家)의 가슴 주머니에서 내밀고 있는 은박지로 싼 밀크 초콜릿을 응시하고 있었다. 기지(機智)의 싸움을 들으려고 몰려든 학생들이 그들 주위에

---

50) 더블린 남쪽의 군이다.

작은 테를 이루었다. 올리브색 피부에 부드러운 검정 머리카락을 한 여원 학생이 두 사람 사이에 얼굴을 내밀고 한 마디씩 말이 떨어질 때마다 두 사람을 번갈아 쳐다보며 그 축축이 벌어진 입으로 모든 어구를 붙잡으려는 듯했다. 크랜리는 주머니에서 작은 회색 공을 끄집어내어 이리저리 돌리면서 꼼꼼하게 들여다보기 시작했다.

"다음 용건이라?" 머캔이 말했다. "흥!"

그는 요란한 웃음을 기침처럼 내뱉더니 활짝 웃으면서 뭉툭한 턱에 매달린 밀짚 색깔의 염소수염을 두어 번 당겼다.

"다음 용건은 저 청원서에다 서명을 하라는 거야."

"서명을 하면 돈이라도 주니?" 스티븐이 물었다.

"난 네가 이상주의자라고 생각했는데." 머캔이 말했다.

집시처럼 생긴 학생이 주위를 살피더니 양의 울음소리 같은 불분명한 목소리로 구경꾼들에게 말했다.

"별꼴 다 보겠네. 괴상한 생각이야. 그런 생각이라면 돈을 벌어 보겠다는 것 아닌가."

그의 목소리는 침묵 속으로 사라졌다. 그의 말에 아무도 주의하지 않았다. 그는 할 말이 있으면 해보라는 듯이 그 말상의 올리브색 얼굴을 스티븐 쪽으로 돌렸다.

머캔은 유창하고 정력적인 어조로 러시아 황제의 조칙(詔勅), 스테드,[51] 전면적 군비축소, 국제분쟁이 있을 경우의 중

---

51) 영국의 저널리스트 윌리엄 토머스 스테드(1849~1912)는 『유럽합중국』(1899)의 저자다.

재, 시대적 징후, 최소한의 비용을 들여 최대다수가 최대의 가능한 행복을 누릴 수 있도록 하는 것을 사회의 과업으로 삼기 위한 새로운 인간성 및 새로운 삶의 복음 따위에 대해 떠들었다.

이 말이 끝나자 잡시 학생이 다음과 같이 소리치며 호응했다.
"사해동포주의 만세!"

"계속해라, 템플." 그의 옆에서 어떤 건장하고 혈색 좋은 학생이 말했다. "나중에 한잔 살게."

"나는 사해동포주의를 신봉해." 템플이 그 검은 타원 눈으로 주위를 두리번거리며 말했다. "마르크스란 실없는 녀석이야."

크랜리는 그의 말을 막으려고 팔을 꽉 잡고 불안하게 미소를 지으며 거듭 말했다.

"가만히 있어! 가만히! 가만히!"

템플은 팔을 빼내려고 애쓰면서 입에 얇은 거품을 문 채 말을 계속했다.

"사회주의를 창시한 사람은 아일랜드인[52]이었다고. 그리고 사상의 자유를 유럽에서 처음으로 외친 사람은 콜린스였거든. 200년 전이었지. 이 미들섹스의 철학자는 성직자들의 권능을 규탄했단 말이야. 존 앤터니 콜린스[53] 만세!"

둘러싸고 있던 학생들의 가장자리에서 누군가가 가는 목소리로 응대했다.

---

52) 법률가요 개혁가였던 제임스 오브라이언(1805~1864)을 가리키는 듯하다.
53) 영국의 이신론자(理神論者)요 자유사상가 앤터니 콜린스(1676~1729). 브리태니커 백과사전에 의하면 그의 이름에 존(John)은 없다.

"끼익! 끼익!"

모이니한이 스티븐의 귓전에서 중얼댔다.

"그런데 존 앤터니의 불쌍한 누이동생은 또 어떻고.

로티 콜린스가 드로어즈를 잃었대,

네 것 좀 그녀에게 빌려주지 않으련?"[54]

스티븐은 웃었고, 그런 결과에 기분이 좋아진 모이니한은 다시 중얼댔다.

"존 앤터니 콜린스가 이기는지 지는지 각각 5실링씩 걸어 볼까?"[55]

"난 너의 대답을 기다리고 있다고." 머캔이 짧게 말했다.

"도무지 그 문제엔 흥미가 없는걸." 스티븐은 지겹다는 듯이 말했다. "너도 그걸 잘 알면서 그러니. 왜 그 따위 문제를 가지고 시비를 거니?"

"좋아!" 머캔이 입을 쩝쩝거리며 말했다. "그렇다면 너는 반동분자구나."

"너 따위가 목검(木劍)을 휘두른다고 내가 겁을 낼 줄 아니?" 스티븐이 물었다.

"은유를 쓴다?" 머캔이 무뚝뚝하게 말했다. "알아듣기 쉽게 말하라고."

---

54) 로티 콜린스는 영국의 인기 가수로서 대중의 농담에 빈번히 올랐다.
55) 모이니한은 콜린스를 경마에 빗대면서 머캔의 주장을 빈정거리고 있다.

스티븐은 낯을 붉히며 외면했다. 머캔은 자기의 주장을 굽히지 않으면서 적대적인 유머를 섞어 말했다.

"삼류 시인들은 세계 평화 같은 시시한 문제를 초월하고 계시는군."

크랜리가 머리를 들고 두 사람 사이에 평화를 제의하는 방편으로 공을 내밀며 말했다.

"Pax super totum sanguinarium globum(이 피투성이의 온 세상에 평화를)!"

스티븐은 구경꾼들을 밀쳐내고, 황제의 사진 쪽을 향해 화난 듯이 어깨를 들이밀며 말했다.

"네 우상이나 잘 지켜. 우리에게 예수 같은 분이 필요하다 하더라도 좀 정당한 예수를 가지도록 하자고."

"야! 그 농담 멋지다!" 집시 학생이 주변에 있는 애들에게 말했다. "거참 멋진 표현이야. 썩 마음에 드는걸."

그는 그 어구를 꿀꺽 삼키기라도 하듯 침을 목구멍으로 삼킨 후, 트위드 모자의 꼭대기를 더듬으며 스티븐을 향해 말했다.

"이봐 선생, 방금 말씀하신 그 표현의 뜻이 뭐요?"

자기 주변에 있는 학생들에게 떠밀리는 것을 느끼며 그는 그들에게 말했다.

"저 친구가 무슨 뜻으로 그런 표현을 썼는지 알고 싶단 말이야."

그는 다시 스티븐을 향해 속삭이듯이 말했다.

"너는 예수를 믿니? 난 인간을 믿어. 물론, 너도 인간을 믿느지 난 모르겠어. 선생, 나는 널 찬양한다고. 나는 모든 종교로부터 독립하고 있는 분의 마음을 찬양하지. 그게 예수의 마음에 대한 너의 의견이니?"

"계속해라, 템플." 그 건장하고 혈색 좋은 학생이 자기의 처음 생각을 버릇대로 되풀이하면서 말했다. "그 한 잔이 너를 기다리고 있다고."

"그는 나를 백치라고 여기고 있어." 템플이 스티븐에게 설명했다. "내가 심령의 힘을 신봉하고 있기 때문이지."

크랜리는 자기 팔로 스티븐의 팔과 그의 찬양자의 팔을 끼면서 말했다.

"Nos ad manum ballum jocabimus(가서 핸드볼 놀이나 하자)."

스티븐은 끌려가면서 상기되고 퉁명스러운 표정을 하고 있는 머캔의 얼굴을 보았다.

"내 서명이야 어차피 중요하지도 않아." 그는 정중하게 말했다. "너는 네 방식으로 살면 돼. 내가 내 방식으로 살게 좀 내버려둬."

"디덜러스." 머캔이 또렷하게 말했다. "나는 네가 훌륭한 애라고 믿어. 하지만 너는 아직 애타주의(愛他主義)의 존엄함과 개개인 간의 책임을 배우지 못하고 있어."

누군가가 말했다.

"지적으로 괴팍한 자들은 이런 운동에 가담하느니 발을 빼는 편이 더 낫다고."

스티븐은 매칼리스터의 목소리가 거친 어조를 띤 것을 알고 소리가 난 쪽을 바라보지 않았다. 스티븐과 템플의 팔을 긴 채 학생들을 헤치고 나가는 크랜리는 마치 부제(副祭)들을 대동하고 제대로 나가는 미사 집전 신부 같았다.

템플은 크랜리의 가슴 너머로 얼굴을 내밀며 스티븐에게 이렇게 말했다.

"매칼리스터가 한 말을 들었니? 그 애는 너를 시기하고 있는 거야. 알고 있니? 정말이지 크랜리는 그걸 모를 거야. 난 그걸 대번에 알았다고."

그들이 안쪽 홀을 지나고 있을 때 마침 학감은 그동안 대화하고 있던 학생을 피해 나오려 하고 있었다. 그는 층계 밑에서 한쪽 발을 첫 계단에 올려놓은 채 닳아빠진 수탄 자락을 여자처럼 조심스럽게 챙기고 올라갈 채비를 하면서 머리를 계속 끄덕이며 같은 말을 거듭하고 있었다.

"의심할 여지가 없어, 해키트 군! 아주 좋아. 의심할 여지가 없다고."

홀 한가운데서는 대학 신심회 회장이 조용한 언쟁 투의 목소리로 한 기숙사생과 열심히 이야기를 하고 있었다. 이야기를 하면서 그는 기미 낀 이마를 약간 찌푸렸고 말하는 틈틈이 작은 골재 연필을 깨물고 있었다.

"문과 신입생들이 모두 와주길 바라네. 1학년 재학생들은 거의 틀림없고, 2학년 재학생들도 마찬가지야. 신입생들에 대해서만 확실히 해놓아야겠어."

그들이 문간을 지날 무렵 템플은 다시 크랜리 너머로 쳐다보며 재빨리 속삭였다.

"저이가 결혼했다는 걸 알고 있니? 개종하기 전에 이미 결혼을 했었대. 어딘가에 아내와 애들이 있다는 거야. 정말이지, 별놈의 얘기를 다 들어봤지, 안 그래?"

그의 속삭임은 차츰 교활한 낄낄 웃음으로 변했다. 그들이 문간을 지나자마자 크랜리는 난폭하게 그의 목을 움켜잡고 흔들며 말했다.

"이 못난 바보야! 이 망할 놈의 세상에 너보다 더 못난 바보는 없다는 것을 성경 앞에서 맹세라도 할 수 있겠다."

템플은 붙잡힌 채 몸부림치면서도 여전히 교활하게 만족스러운 듯 웃고 있었다. 크랜리는 난폭하게 그의 목을 흔들면서 단호한 목소리로 거듭 말했다.

"이 못난 천치 같으니라고!"

그들은 함께 잡초가 무성한 정원을 건넜다. 무겁고 헐렁한 외투를 걸친 총장이 성무일과를 읽으며 보도 중의 하나를 따라 그들 쪽으로 걸어오고 있었다. 보도가 끝나는 곳에서 그는 돌아서지 않고 걸음을 멈추더니 눈을 들었다. 학생들은 인사했고 템플은 이전처럼 자기 모자의 꼭대기를 더듬고 있었다. 그들은 말없이 앞으로 걸어갔다. 그들이 구희장(球戱場)에 가까워지자 스티븐은 선수들의 손이 부딪치는 소리, 공이 젖은 듯이 철썩거리는 소리, 공을 칠 때마다 데이빈이 흥분해서 지르는 소리를 들을 수 있었다.

세 학생은 데이빈이 게임을 구경하기 위해 앉아 있던 상자 주변에서 멈췄다. 얼마쯤 뒤에 템플이 스티븐에게 다가와서 말했다.

"미안하지만 한 가지 물어볼 게 있어. 너 장 자크 루소가 진지한 사람이었다고 생각하니?"

스티븐은 거리낌없이 웃어버렸다. 크랜리는 자기 발 근처의 풀밭에서 부서진 술통에서 나온 통널 조각 하나를 주워들고 날쌔게 돌아와서 준엄하게 말했다.

"템플, 살아 계신 하느님 앞에서 선언한다만, 네가 말을 한마디라도 더 한다면, 누구에게 무슨 말을 하든 상관없이, 네놈을 super spottum(즉석에서) 죽여버리겠다."

"내 생각으로는 그도 너처럼 격정적인 사람이었어." 스티븐이 말했다.

"망할 자식! 우라질 놈의 자식!" 크랜리가 터놓고 말했다. "저 애에게는 말하지 말래도. 템플에게 말을 하느니 차라리 냄새 나는 요강에게 말을 거는 게 낫지. 집으로 갓, 템플. 제발, 집으로 돌아가."

"네가 무어라고 해도 나는 조금도 상관치 않아, 크랜리." 템플은 쳐든 통널 조각의 위협 범위를 벗어난 후 스티븐을 가리키며 대답했다. "내가 알기로는, 저 친구야말로 이 대학에서 개성적인 정신을 소유한 유일한 사람이야."

"대학이라니! 개성적이라니!" 크랜리가 소리쳤다. "돌아가라니까. 망할 자식, 너는 가망 없는 못난 놈이야."

"나는 격정적인 사람이라고." 템플이 말했다. "격정적인 사람이라는 표현은 참 좋은 말이지. 나는 내가 격정적인 사람이라는 것을 자랑스럽게 여긴다고."

그는 교활한 미소를 지으며 구희장을 살금살금 빠져나갔다. 크랜리는 멍하니 표정 잃은 얼굴로 그를 지켜보고 있었다.

"저놈 좀 봐!" 그가 말했다. "저런 미꾸라지 같은 놈을 본 적이 있니?"

이 말을 듣고, 뾰족한 모자를 눈까지 눌러쓰고 한가로이 벽에 기대고 서 있던 학생 하나가 이상야릇한 웃음을 터뜨렸다. 근육질의 체격에서 고음으로 나오는 웃음소리라 코끼리의 울음소리 같았다. 그 학생은 온몸을 흔들며 웃더니 자기의 기쁨을 누그러뜨리기 위해 사타구니 위로 두 손을 문지르고 있었다.

"린치가 정신을 차렸군." 크랜리가 말했다.

이 말에 응답하듯 린치는 몸을 펴더니 가슴을 앞으로 내밀었다.

"린치는 가슴을 내밀어 삶의 비판[56]을 하고 있는 거야." 스티븐이 말했다.

린치는 쩡쩡 울리게 가슴을 치면서 말했다.

"내 가슴둘레에 대해 어느 놈이 불만이라도 있느냐?"

크랜리는 그 말을 액면대로 받아들였고, 두 사람은 씨름을 시작했다. 힘을 쓰느라 얼굴이 붉어지자 두 사람은 헐떡이며 떨어졌다. 스티븐은 게임에 열중하여 다른 애들의 말에 전혀 관심을 보이고 있지 않던 데이빈에게 몸을 굽혔다.

"그런데 내 길든 기러기는 잘 지내고 있는가?" 그가 물었다. "역시 서명은 했는지?"

데이빈은 고개를 끄덕이며 말했다.

---

56) '시는 삶의 비판이다.'라는 매슈 아놀드의 명제를 연상시킨다.

"스티비, 너는?"

스티븐은 머리를 저었다.

"넌 참 끔찍한 애야, 스티비." 데이빈은 짤막한 파이프를 입에서 떼며 말했다. "넌 언제나 혼자라니까."

"이제 만국 평화를 위한 청원문에 네가 서명을 했으니, 네 방에 있던 그 조그마한 공책[57]도 불태우게 되겠구나." 스티븐이 말했다.

데이빈이 아무 대답도 하지 않자 스티븐은 그 책의 내용을 인용하기 시작했다.

"앞으로 갓, 피아나![58] 반우향 앞으로 갓, 피아나! 피아나, 번호순으로 경례, 하나, 둘!"

"그건 별 문제야." 데이빈이 말했다. "나는 무엇보다 앞서 아일랜드 민족주의자라고. 하지만 듣고 보니 꼭 너다운 소리지 뭐냐. 넌 타고난 냉소가니까, 스티비."

"다음에 헐리 채를 들고 다시 폭동을 일으킬 때도 밀고자가 있어야 하지 않겠니." 스티븐이 말했다. "내게 부탁하면 이 대학에서 몇 놈을 구해 주지."

"너라는 사람을 도무지 이해할 수가 없군." 데이빈이 말했다. "언젠가는 영문학을 비방하더니 이제는 아일랜드인 밀고자들을 욕하는구나. 너처럼 괴상한 이름에 괴벽한 사상을 가진 사람도 도대체 아일랜드 사람이라고 할 수 있겠니?"

---

57) 페니언 형제단원의 훈련을 위한 비밀 훈련 교본이다.
58) Fianna. 페니언 단원들을 가리키는 집합명사다.

"나랑 문장기록(紋章記錄) 보관소에 가보자꾸나. 우리 집 가계보(家系譜)를 보여줄게." 스티븐이 말했다.

"그렇다면 우리들 편에 들어야 할 것 아냐." 데이빈이 말했다. "왜 아일랜드 말을 배우지 않니? 게일릭연맹에서 주관하는 어학반에는 왜 첫 시간만 나오고 안 나오니?"

"그 이유를 너도 한 가지는 알고 있잖니." 스티븐이 대답했다.

데이빈은 머리를 치켜들며 웃었다.

"오, 그러지 말래도." 그가 말했다. "그 젊은 여인59)과 모런 신부 때문이니? 하지만, 스티비, 그건 너 혼자의 생각일 뿐이야. 그들은 그저 담소하고 있었을 뿐인데."

스티븐은 가만히 있다가 손을 다정하게 데이빈의 어깨 위에 얹었다.

"우리가 처음 알게 되던 날을 기억하니?" 그는 말했다. "우리가 처음 만나던 날 아침에 너는 나에게 신입생 반으로 가는 길을 물으면서 첫 음절에 아주 심한 강세를 주었더랬어. 기억나니? 그리고 네가 예수회 분들을 신부라고 부르곤 하던 것60)도 생각나겠지? 나는 속으로 생각했어. '이 친구는 말투만큼 천진난만한 사람일까'라고."

"나는 단순한 사람이야." 데이빈이 말했다. "너도 그걸 알고

---

59) 에마 클러리를 가리키는 듯하다.
60) 예수회에서 운영하는 학교에서는 학생들이 사제를 '신부님'이 아니라 '선생님(Sir)'이라 호칭하는 것이 관례였다. 그리고 예수회 계열의 학교에는 사제 이외에도 서품 전의 수련생들이라든가 수사들 혹은 평교사들이 있었다.

있잖니. 그날 저녁에 하코트 가(街)에서 네가 사생활 이야기를 내게 들려주었을 때, 정말이야 스티비, 나는 저녁밥을 먹을 수 없었단다. 아주 마음이 언짢았던 거야. 그날 밤늦도록 나는 자지 못했어. 왜 그런 이야기를 했었니?"

"고맙다." 스티븐이 말했다. "내가 괴물이란 말이군."

"아냐." 데이빈이 말했다. "하지만 그런 이야기는 하지 않는 게 좋았어."

스티븐은 겉으로 잔잔한 우정을 표하고 있었지만, 속으로는 감정이 일기 시작했다.

"이 민족, 이 나라, 이 삶이 나를 만들었어." 그는 말했다. "나는 내 자신을 있는 그대로 표현할 거야."

"우리 편이 되도록 노력해 봐." 데이빈이 거듭 말했다. "너도 마음속으로는 아일랜드인이면서 자존심이 너무 강해서 그만."

"우리의 선조들은 자기네 언어를 버리고 다른 나라의 언어를 택했어." 스티븐이 말했다. "그들은 소수의 외국인들이 자기네를 예속하는 것을 허용했던 거야. 그들이 진 빚을 내가 내 삶과 몸을 바쳐 갚을 것 같니? 무엇 때문에 그렇게 하겠니?"

"우리들의 자유를 위해서지." 데이빈이 말했다.

"톤의 시대에서 파넬의 시대에 이르도록[61] 명예를 아끼는 성실한 사람들이 자신들의 생명과 젊음과 애정을 너희에게 바쳤지만, 너희는 그분들이 곤경에 처했을 때 그분들을 적에게 팔아넘기거나 낙담케 했고 아니면 그분들을 비난하며 다른

---

61) 1790년경부터 1890년대까지다.

사람들 편을 들곤 했었지. 그런데도 나더러 너희 편이 되라는 거니? 나는 차라리 너희 민족이 망하는 꼴부터 보고 싶구나."

"그들은 자기네의 이상을 위해 죽었어." 데이빈이 말했다. "우리의 날이 다가올 거야.[62] 내 말을 믿어줘."

스티븐은 자기 나름의 생각을 좇으며 한동안 잠자코 있었다.

"영혼이란 내가 말했던 그런 순간에 처음 탄생하는 거야." 스티븐이 막연하게 말했다. "그것은 더디고 어두운 탄생이며 육체의 탄생에 비해 더 신비한 거야. 이 나라에서는 한 사람의 영혼이 탄생할 때 그물이 그것을 뒤집어씌워 날지 못하게 한 다고. 너는 나에게 국적이니 국어니 종교니 말하지만, 나는 그 그물을 빠져 도망치려고 노력할 거야."

데이빈은 자기의 파이프에서 재를 떨어내고 있었다.

"그 말은 너무 심오해서 내가 알아듣기 힘들어, 스티비." 그 가 말했다. "하지만 우리에게는 나라가 제일 중요해. 아일랜드 가 가장 중요하단 말이야, 스티비. 나라가 있고 난 후에야 네 가 시인도 될 수 있고 신비론자도 될 수 있는 거야."

"너, 아일랜드가 무엇 같은지 아니?" 스티븐은 냉혹하고 난 폭한 어조로 말했다. "아일랜드는 제 새끼를 잡아먹는 늙은 암 퇘지라고."

데이빈은 앉아 있던 상자에서 일어나 슬프다는 듯이 머리 를 저으면서 선수들 쪽으로 갔다. 그러나 순식간에 그의 슬픔 은 사라졌고 어느새 그는 크랜리와 이제 막 시합을 끝낸 두

---

62) 페니언 형제단이 즐겨 쓰던 모토다.

선수를 상대로 열띤 논쟁을 벌이고 있었다. 4인조 시합이 결정되었으나 크랜리는 자기 공을 쓰자고 고집을 부리고 있었다. 그는 그 공을 두세 차례 자기 손에 리바운드시킨 후 구희장의 베이스 쪽으로 날쌔게 강타하면서 탁하는 소리에 맞춰 외쳤다.

"네 영혼이다!"

스티븐은 스코어가 오르기 시작할 때까지 린치와 함께 서 있다가 그의 소매를 잡고 끌어냈다. 린치는 따라오면서 말했다.

"크랜리의 말투[63]를 빌려 말한다만, 우리도 또한 가자꾸나."

스티븐은 이 농담을 듣고 웃었다. 그들은 정원을 건너 노쇠한 수위가 게시판에 광고를 붙이고 있던 홀을 거쳐갔다. 계단 밑에서 그들은 걸음을 멈췄고 스티븐은 주머니에서 궐련갑을 끄집어내어 친구에게 내밀었다.

"네가 가난하다는 걸 나는 잘 알고 있어." 그가 말했다.

"샛노란 무례를 범할 건가." 린치가 응답했다.

린치의 교양을 가리키는 이 두 번째 증거[64]에 스티븐은 또다시 미소를 지었다.

"네가 '샛노랗다'라는 말로 욕을 해야겠다고 마음먹은 날이

---

63) 원문에서 린치는 크랜리가 '또한' 또는 '역시'라는 뜻의 부사로 구어체 'eke'를 쓰는 것을 흉보고 있다.

64) 첫 번째 증거는 크랜리의 말투를 흉본 것이고, 두 번째 증거는 '무례(insolence)'라는 명사 앞에 '블러디(bloody)'라는 형용사 대신 '옐로(yellow)'라는 형용사를 잘못 붙여서 쓰고 있는 것이다. 두 경우 모두 우리말로 적절히 옮길 수는 없다.

야말로 유럽의 문화를 위해 획기적인 날로 기억될 거야." 그가
말했다.

그들은 궐련에 불을 붙인 후 오른편으로 돌았다. 잠시 후에
스티븐이 입을 열었다.

"아리스토텔레스는 연민과 공포라는 말을 정의하지 않았
어.[65] 그래서 내가 했지. 내 정의로 말하자면……."

린치가 걸음을 멈추고 무뚝뚝하게 말했다.

"그만둬. 듣지 않겠어. 신물이 난다고. 간밤에 호런과 고긴
즈하고 돌아다니며 죽으라고 퍼마셨지."

스티븐은 말을 계속했다.

"연민은 인간의 고통 속에서 볼 수 있는 모든 엄숙하고 항
구적인 것 앞에서 우리의 마음을 사로잡아 그 고통을 겪고 있
는 인간과 결부시키는 감정이야. 공포는 인간의 고통 속에서
볼 수 있는 모든 엄숙하고 항구적인 것 앞에서 우리의 마음을
사로잡아 그 고통의 은밀한 원인과 결부시키는 감정이고."

"한 번 더 말해 봐." 린치가 말했다.

스티븐은 그 정의를 천천히 반복했다.

"며칠 전에 런던에서 어떤 소녀가 마차를 탔어." 그는 말을
계속했다. "그녀는 여러 해 동안 보지 못한 어머니를 만나러
가는 길이었어. 어떤 길모퉁이에서 한 화물차의 끌채가 그 마
차의 창에 부딪쳐 창을 별 모양으로 부숴놓았어. 가늘고도 긴

---

65) 아리스토텔레스는 『시학』에서 비극을 논하면서 연민과 공포를 카타르
시스의 요인으로 거론하면서도 그 뜻을 정의하지 않았다.

바늘 같은 유리 조각이 소녀의 심장을 찔렀거든. 그녀는 그자리에서 숨졌어. 신문기자는 그것을 비극적인 죽음이라고 불렀어. 그러나 그건 틀렸어. 내 정의에 의하면, 그 죽음이 공포나 연민과는 거리가 멀지.

사실, 비극적 정서란 두 방향으로 바라보는 한 얼굴이며 각각 공포와 연민을 향하고 있지. 이 두 가지는 모두 비극적 정서의 면면이야. 나는 방금 '사로잡는다'는 말을 썼는데, 비극적 정서는 정적(靜的)이라는 뜻이야. 아니, 극적 정서가 정적이라고 하는 편이 낫겠군. 부적절한 예술이 자극하는 감정은 욕망이냐 혐오냐를 가릴 것 없이 모두 동적(動的)이거든. 욕망은 우리를 충동하여 무엇을 소유하거나 찾아가게 하는가 하면, 혐오는 우리를 충동하여 무엇을 버리거나 떠나가게 하니까. 그러므로 이 욕망이나 혐오를 자극하는 예술은, 그것이 외설적이냐 교훈적이냐를 막론하고, 모두 부적절한 예술이지. 그러므로 일반적인 술어로 말해 미적 정서는 정적이라고. 마음은 붙잡혀서 욕망이나 혐오를 초월하도록 고양되니까."

"예술이 욕망을 자극해서는 안 된다는 말이군." 린치가 말했다. "어느 날 박물관에서 프락시텔레스의 비너스상[66]의 엉덩이에 내가 연필로 이름을 썼다는 얘기를 한 적이 있지. 그건 욕망이 아니었니?"

"나는 정상적인 성품에 대해 말하는 중이야." 스티븐이 말

---

66) 기원전 4세기 그리스 조각가 프락시텔레스의 비너스상의 석고 모조품이 더블린 국립미술관에 서 있었다.

했다. "너는 카르멜 수도회에서 운영하는 그 멋진 학교에 다니던 시절에 마른 쇠똥 조각까지 먹었다고 했잖니."

린치는 다시 한번 울음 같은 웃음을 터뜨렸고 또다시 두 손을 사타구니 위에 문질렀지만 이번에는 주머니에서 손을 빼내지도 않은 채 문질렀다.

"오, 그래, 그랬었지." 그는 소리쳤다.

스티븐은 그의 친구 쪽을 향했고, 한동안 대담하게 그의 눈을 빤히 쳐다보고 있었다. 린치는 웃음을 거둔 후 기가 죽은 눈으로 스티븐의 응시를 받아들였다. 긴 뾰족모자를 쓰고 있는 그 길고 가늘고 편평한 두개골은 스티븐의 마음속에 두건을 쓴 파충류 동물의 이미지를 떠올렸다. 그의 눈 또한 그 번쩍거림이나 응시하는 모양이 파충류를 연상시켰다. 그러나 그 순간 기가 죽어 경계하고 있는 두 눈에는 한 미세한 인간적 빛이 밝혀졌는데, 그것은 통렬히 자학적으로 시들어버린 한 영혼의 창문이었다.

"그런 걸로 말하자면 우리 모두가 동물이니까." 스티븐은 점잖게 본론에서 벗어난 말을 했다. "나 역시 동물이고."

"그렇지." 린치가 말했다.

"그렇지만 우리는 지금 인간의 정신세계를 논하고 있는 중이야." 스티븐이 말을 계속했다. "부적절한 심미적 수단에 의해 유발되는 욕망과 혐오는 사실 비심미적 정서야. 그 이유는 그 정서가 성질상 동적이기 때문일 뿐만 아니라 육체적인 경지를 넘어서지 못하기 때문이기도 하지. 우리의 육체는 두려워하는 대상을 회피하고 욕망하는 바로부터 오는 자극에 대해서는 반응을 보이지만 그게 모두 신경계통의 순수한 반사작용에 의해서 행해지고 있다고. 파리 한 마리가 눈에 들어오려고 하면 우리가 미처 그것을 인식하기 전에 눈까풀은 벌써 감기는 법이야."

"꼭 그렇지는 않아." 린치가 비판적으로 말했다.

"그와 마찬가지로 너의 육체가 어떤 나상(裸像)의 자극에 반응을 보였지만 나는 그것이 단순한 신경계통의 반사작용에 불과하다고 생각해. 예술가가 표현하는 아름다움은 우리들에게 동적인 정서나 순수히 육체적인 감각을 일깨울 수가 없어. 그 아름다움은 미적 정지 상태를 일깨우거나 일깨워야 하고 혹은 유발하거나 유발해야 하지. 그 상태란 곧 이상적인 연민이나 이상적인 공포로서, 내가 아름다움의 리듬이라고 부르는 바에 의해 환기되고 지속되며 결국 해소되기도 하는 하나의 정지 상태야."

"그게 정확히 말하면 무엇이니?" 린치가 물었다.

"리듬 말이니?" 스티븐이 말했다. "리듬은 어떤 미적 전체 속에서 부분과 부분이 갖는 관계라든지, 어떤 미적 전체가 그 한 부분 또는 여러 부분과 갖는 관계라든지, 혹은 한 부분이 그 미적 전체와 갖는 관계 같은, 최초의 형식적인 미적 관계를 말해."

"만약에 그게 리듬이라면 네가 아름다움이라고 부르는 것도 말해 다오." 린치가 말했다. "그리고 내가 비록 왕년에 쇠똥 조각을 먹어본 적이 있지만, 아름다움만을 찬양한다는 것을 염두에 두라고."

스티븐은 마치 환영 인사라도 하듯이 모자를 쳐들었다. 그러고 난 후, 엷게 얼굴을 붉히며 그는 린치의 두터운 트위드 천 소매에 손을 얹었다.

"우리가 옳아." 그는 말했다. "그리고 다른 사람들이 틀렸어. 이러한 것들을 논하고 그 성격을 이해하려고 애쓰는 것, 그리고 그것을 이해하고 난 후에는 이 조잡한 대지와 그것이 제공하는 것으로부터 또 우리 영혼의 옥문(獄門)이라고 할 수 있는 음향, 형상 및 색깔로부터, 우리가 이해하게 된 아름다움의 이미지를 천천히, 겸허하게, 꾸준히 표현하고 다시 짜내려고 하는 것, 그게 바로 예술이야."

운하에 놓인 다리에 이르자 그들은 방향을 바꾸어 가로수를 따라 계속 걸었다. 느릿느릿 흐르는 운하 물에 비친 음산한 회색빛과 머리 위의 젖은 가로수 가지에서 풍기는 냄새가 스티븐의 사색 방향과 상충되는 것 같았다.

"하지만 너는 내 질문에 답하지 않았어." 린치가 말했다. "예술은 무엇인가? 예술이 표현하는 아름다움은 무엇인가를 물었는데."

"너의 머리는 늘 졸고만 있어, 이 불쌍한 친구야." 스티븐이 말했다. "내가 그 문제를 처음 생각하기 시작했을 때 너에게 말해 주었던 그 첫 정의가 바로 그것 아니었니? 그날 저녁이 기억나니? 크랜리가 화를 내며 위클로 베이컨에 대한 얘기를 시작했잖아?"

"기억나." 린치가 말했다. "그 친구는 그 기름투성이의 형편없는 돼지고기 얘기를 하고 있었지."

"예술이란 말이야." 스티븐이 말했다. "미적인 목표를 위해 감각적인 것과 이지적인 것을 인간적으로 처리하는 것이지. 너는 그 돼지 얘기는 기억하면서도 그 정의를 잊었군. 너하고 크랜리는 딱하기 짝이 없는 녀석들이지 뭐니."

린치는 음산한 잿빛 하늘을 향해 상을 찌푸리며 말했다.

"내게 그 미학 원리를 듣게 하려거든 담배나 한 대 더 줘야 할 것 아니니. 나는 그런 것에 흥미가 없으니까. 나는 여자들에 대해서도 흥미가 없다고. 너 같은 사람과 세상만사는 어떻게 되든 내 알 바 아냐. 내게 필요한 건 연봉 500파운드짜리의 직장뿐이야. 그런 직업을 네가 얻어줄 수는 없을 테고."

스티븐이 그에게 궐련갑을 내밀었다. 린치는 마지막 한 개비를 끄집어내면서 순박하게 말하고 있었다.

"계속해!"

"아퀴나스는 우리가 어떤 것을 인식해서 즐거워지면 그것은 아름다운 것이라고 말하고 있어."

린치는 고개를 끄덕였다.

"나는 기억하고 있어." 그가 말했다. "아퀴나스는 Pulcra sunt quae visa placent(보기에 즐거운 것은 아름다운 것이다)라고 말했지."

"그는 'visa(비사)'라는 낱말을 쓰고 있어." 스티븐이 말했다. "이 말은 시각이나 청각 또는 그 밖의 인식의 수단을 통한 모든 종류의 미적 이해를 총망라하고 있어. 이 말이 비록 모호하기는 하지만 욕망이나 혐오를 유발하는 선과 악을 배제하기에는 충분할 정도로 그 뜻이 분명해. 이 말은 확실히 정지 상태를 가리키며 동적 상태를 가리키지는 않아. 참된 것에 대해서는 무어라고 할 수 있을까? 그것 역시 마음의 정지 상태를 자아내고 있어. 누구나 직각삼각형의 사변(斜邊)을 가로질러 연필로 자기 이름을 쓰지는 않아."

"않고말고." 린치가 말했다. "나는 프락시텔레스의 비너스의 사변에만 관심이 있다고."

"그러니까 정적이지." 스티븐이 말했다. "내가 알기로, 플라톤은 아름다움을 진실의 광채[67]라고 했어. 참된 것과 아름다운 것이 서로 비슷한 것이라는 뜻 이외에 이 말이 무슨 의미를 가진다고 생각하지 않아. 이해 가능한 것들의 가장 원만한 관계에 의해서 충족되는 지성이 포착하는 바가 진실이요, 반면에 지각 가능한 것들의 가장 원만한 관계에 의해 충족되는 상상력이 포착하는 바가 아름다움이야. 진실을 지향하는 첫걸음은 지성 자체의 윤곽과 범위를 이해하고 사유 행위 자체를 포착하는 것이지. 아리스토텔레스의 모든 철학 체계는 그의 심리학 책에 의거하고 있는데, 내가 생각하기에, 그것은 동일 속성이 동일 시간에 동일 관계에서 동일 주체에게 속하기도 하고 속하지 않기도 한다는 것은 불가능하다는 진술에 근거하고 있어.[68] 한편 아름다움을 지향하는 첫걸음은 상상력의 윤곽과 범위를 이해하고 미적 이해 행위 자체를 포착하는 것이야. 알아듣겠니?"

---

67) 플라톤의 『파이드로스』 277~278 또는 『향연』 210~211 참조.
68) 아리스토텔레스 『형이상학』 감마서 III, 105b, 19~20 참조.

"하지만 무엇이 아름다움이니?" 린치가 조바심하며 물었다. "또 하나의 정의를 말해 봐. 우리가 보고 좋아할 만한 정의 말이야! 너와 아퀴나스가 내릴 수 있는 최선의 정의가 그것 이니?"

"여자를 예로 들어보자." 스티븐이 말했다.

"여자를 예로 들자고?" 린치가 열띤 어조로 말했다.

"그리스인, 터키인, 중국인, 콥트인, 호텐토트인 등은 각기 서로 다른 유형의 여성미를 찬양하고 있어." 스티븐이 말했다. "이 사실은 우리가 도저히 빠져나올 수 없는 미궁처럼 보여. 그러나 나는 두 가지 탈출구를 알고 있다고. 그 하나는 이런 가정이야. 즉 남성이 여성에게서 찬양하는 육체적 성질은 모 두 종(種)의 번식을 위해 여성이 수행하는 다양한 기능과 직 접 관련되어 있을 것이라는 가정이지. 그럴지도 몰라. 이 세상 은 린치 네가 생각한 것보다도 더 황량한 곳인 것 같아. 나는 그런 탈출구가 싫다고. 그건 미학이 아니라 우생학으로 통하 니까. 이 탈출구는 우리를 미궁에서 벗어나게 하지만 어떤 천 박한 새 강의실로 우리를 이끌고 가지. 그 강의실에선 머캔이 한 손을 『종의 기원』[69]에 얹고 다른 손은 신약성서에 얹은 채 너에게 강의하고 있을 거야. 네가 비너스의 큼직한 옆구리를 찬미하는 이유는 그녀가 너의 튼튼한 자식을 낳을 수 있으리 라고 생각하기 때문이고, 그녀의 큼직한 젖가슴을 찬미하는

---

69) 찰스 다윈이 진화론을 펴기 위해서 쓴 책(1859)으로서 당대의 기독교도 들에게 큰 충격을 안겼다.

이유는 그녀가 자기와 너 사이에 난 자식에게 양질의 젖을 먹일 수 있을 것이라는 생각을 하기 때문이라고 말이야."

"그렇다면 머캔은 못난 거짓말쟁이야." 린치가 우렁차게 말했다.

"또 하나의 탈출구가 있어." 스티븐이 웃으면서 말했다.

"말하자면?" 린치가 물었다.

"이런 가정이야." 스티븐이 시작했다.

고철을 실은 기다란 짐마차가 패트릭 던 병원 모퉁이를 돌아오자 짤랑대며 부딪치는 금속성 소음으로 스티븐의 말끝이 가려지고 말았다. 그 짐마차가 지나갈 때까지 린치는 귀를 막고 온갖 욕을 퍼부었다. 그러고 나서 그는 뒤꿈치를 축으로 해서 돌아섰다. 스티븐도 돌아서서 친구의 나쁜 감정이 모두 배출될 때까지 잠시 동안 기다리고 있었다.

"다른 하나의 탈출구란 바로 이런 가정이지." 스티븐은 다시 말하기 시작했다. "즉 동일한 물체가 모든 사람에게 아름답게 보이지 않을 수는 있지만, 어떤 아름다운 물체를 찬미하는 모든 사람들은 모든 미적 이해의 단계 그 자체를 충족시키고 또 그것과 합치되는 특정 관계를 그 물체 속에서 보고 있을 거라는 가정이야. 너에게는 이런 형태로 보이고 나에게는 저런 형태로 보이는 이 지각 가능한 것들의 관계는, 따라서, 아름다움의 필수적 성질임에 틀림 없어. 이제 우리는 옛 친구 성 토마스[70]에게 되돌아가서 약간의 슬기를 빌려야겠어."

---

70) 토마스 아퀴나스를 가리킨다.

린치가 웃었다.

"참으로 우습지 뭐니." 그가 말했다. "네가 상당한 수준의 수도승처럼 아퀴나스의 견해를 매번 인용하는 것 말이야. 너도 마음속으로는 우습겠지?"

"매칼리스터라면 내 미학 이론을 응용 아퀴나스 철학이라고 부를 거야." 스티븐이 응답했다. "미학 원론의 이런 측면이 전개되는 한, 아퀴나스는 언제나 나를 이끌어줄 거야. 우리가 예술적 수태(受胎), 예술적 회임(懷妊) 및 예술적 생식이라는 현상을 다루게 될 때에는 나에게 새 술어와 새로운 개인적 체험이 필요할 거야."

"물론." 린치가 말했다. "어쨌든 아퀴나스는 그의 뛰어난 지성에도 불구하고 정확히 한 사람의 상당한 수도승이었던 거야. 하지만 그 새 술어 및 새로운 개인적 체험에 대해서는 훗날 내게 말해 줘. 어서 그 전반부의 얘기나 끝마쳐 봐."

"누가 알겠니?" 스티븐이 웃으며 말했다. "아퀴나스라면 내 견해를 너보다는 더 잘 이해할 텐데. 그분 자신이 시인이었으니까. 그는 세족(洗足) 목요일을 위한 찬송을 쓰기도 했으니까. 그건 Pange lingua gloriosi(혀야, 그리스도의 영광스러운 [몸을] 말하라)라는 말로 시작되고 있어. 사람들은 그것이 찬미가 중에서도 최고의 영광이 될 만하다고 말하지. 난해하나 마음을 어루만져 주는 찬송이야. 나도 그 찬송을 좋아해. 하지만 슬프고도 장엄한 행렬 성가인 베난티우스 포르투나투스[71]의

---

71) 530~600(?). 푸아티에의 주교이자 뛰어난 시인이었다.

「왕의 깃발들(Vexilla Regis)」에 비견할 만한 찬송은 없다고.”

린치는 깊은 저음으로 부드럽고 엄숙하게 노래를 시작했다.

> Impleta sunt quae concinit
>
> David fideli carmine
>
> Dicendo nationibus
>
> Regnavit a ligno Deus.
>
> 진실한 노래로써
>
> 다윗 왕이 예언한 바가 성취되었네.
>
> 만백성 사이에서 그는 노래했으니
>
> 하느님은 나무에서 다스리셨네.

“그 참 멋지군.” 그는 기분이 아주 좋아진 채 말했다. “위대한 음악이야!”

그들은 로어 마운트 가(街)로 들어섰다. 모퉁이에서 몇 발짝 떨어진 곳에 명주 목도리를 한 뚱뚱한 젊은이가 인사를 하며 그들을 세웠다.

“시험 결과 들었어?” 그가 물었다. “그리핀은 낙방했어. 할핀과 오플린은 행정관 시험에 합격했대. 무넌이 인도 근무 행정관 시험에 5등을 했고, 오쇼네 씨는 14등을 했어. 클라크 상회[72]에 드나들던 아일랜드 민족주의 패거리들이 간밤에 그들

---

72) 토머스 J. 클라크의 담배·신문 가게에는 아일랜드 민족주의자들이 자주 모였다고 한다. 클라크는 1916년 부활절 봉기 때 영국군에게 처형되었다.

에게 한턱냈다고. 모두들 카레 요리를 먹었대."

그의 창백하고 퉁퉁 부어오른 얼굴은 선의의 악감을 드러내고 있었다. 그가 시험 합격 소식을 모두 전하고 나자 지방질로 둘러싸인 그 작은 눈은 보이지 않게 되었고 그 씨근거리던 약한 목소리도 들리지 않았다.

스티븐이 무엇을 묻자, 그것에 응답해서 그의 눈과 목소리가 그 숨어 있던 곳으로부터 다시 튀어나왔다.

"응, 맥컬러와 내가 했지." 그가 말했다. "맥컬러는 순수 수학을 택하고 나는 헌정사(憲政史)를 택할 예정이야. 모두 스무 과목이야. 나는 식물학도 택하려고 해. 알다시피 나는 야외 연구 클럽의 멤버거든."

그는 당당하게 두 사람 앞에서 물러서더니 털장갑을 낀 통통한 손을 가슴에 얹었다. 그 가슴에서는 대번에 나직이 씨근거리는 웃음이 터져나왔다.

"다음 번에 야외 연구를 나가거든 스튜 요리를 하게 무하고 양파 좀 갖다줘." 스티븐이 덤덤하게 말했다.

뚱보 학생은 실컷 웃어대더니 말했다. "야외 연구 클럽의 구성원들은 모두 점잖은 사람들이라고. 지난 토요일에는 일곱 사람이 글렌말류어로 나갔었지."

"여자들도 갔었니. 도노반?" 린치가 말했다.

도노반은 다시 한번 손을 가슴에 얹으며 말했다.

"우리의 목적은 지식의 획득에 있다고."

그리고 나서 그는 재빨리 덧붙였다.

"듣자 하니 네가 미학에 대한 무슨 에세이를 쓴다며?"

스티븐은 막연히 그렇지 않다는 몸짓을 했다.

"괴테와 레싱은 고전파니 낭만파니 뭐니 하며 미학 문제를 다루는 글을 많이 썼어." 도노반이 말했다. "「라오콘」[73]을 읽으니까 아주 흥미있더군. 물론 그 책은 관념적이고 독일적이며 극도로 심오해."

다른 애들은 아무도 얘기하지 않았다. 도노반은 예절 바르게 두 사람과 작별했다.

"가봐야겠어." 그는 조용히 정답게 말했다. "오늘 우리 누이가 도노반 가족의 정찬을 위해 팬케이크를 만들 것이라는 내 생각이 거의 확신의 경지에 도달하고 있거든."

"잘 가." 스티븐이 그의 말을 받아서 말했다. "나와 내 친구를 위해 무 좀 가져오는 걸 잊지 말라고."

린치는 그의 등을 지켜보고 있었는데 천천히 경멸을 나타내며 입술을 삐쭉거리자 결국 그의 얼굴은 악마의 마스크처럼 보였다.

"저 팬케이크나 처먹는 똥 같은 녀석이 좋은 직장을 구하는데 나는 값싼 궐련이나 피워야 한다는 것을 생각하면 내 참 더러워서!" 그가 드디어 입을 열었다.

두 사람은 메리온 가(街) 쪽으로 얼굴을 돌리더니 한동안 말없이 걸었다.

"아름다움에 대한 얘기를 끝맺어야겠군." 스티븐이 말했

---

73) 이 논문(1766)에서 고트홀트 에프라임 레싱(1729~81)은 시와 조형예술 사이의 본질적 차이를 논하고 있다.

378

다. "그러니까 감지 가능한 것들의 가장 원만한 관계는 예술적 인식의 필수 단계와 상통하고 있음에 틀림없어. 따라서 이 관계만 찾아내면 보편적 아름다움의 성질을 찾게 되는 셈이야. 아퀴나스는 ad pulcritudinem tria requiruntur, integritas, consonantia, claritas라고 말하고 있어. 이 말을 나는 '아름다움을 위해서는 세 가지가 필요한데, 그것은 전일성(全一性, integritas, wholeness), 조화(consonantia, harmony), 빛(claritas, radiance)이다'라고 번역하겠어. 이 세 가지가 아름다움의 인식 단계들과 상응할까? 내 말을 듣고 있니?"

"물론, 듣고 있어." 린치가 말했다. "만약에 나에게는 똥 같은 지능밖에 없다고 생각하거든 도노반을 뒤쫓아가서 그 애더러 네 얘기를 듣게 하려무나."

스티븐은 푸줏간의 심부름꾼 아이가 머리에 뒤집어쓰고 있는 광주리를 가리켰다.

"저 광주리 좀 봐." 그가 말했다.

"그래." 린치가 말했다.

"저 광주리를 보기 위해서는 우리의 마음이 무엇보다도 먼저 광주리가 아닌 주위의 가시세계(可視世界)로부터 광주리를 분리해야 해." 스티븐이 말했다. "인식의 1단계는 인식 대상체 주위에 그어지는 한계선이지. 미적 이미지는 공간이나 시간을 통해 우리에게 제시되거든. 들을 수 있는 것은 시간을 통해 제시되고, 볼 수 있는 것은 공간을 통해 제시되는 거야. 그러나 시간적인 것이든 공간적인 것이든, 미적 이미지는 우선 그것이 아닌 공간 혹은 시간이라는 무한한 배경 속에서 그 자체의 한계를 긋고 자족적으로 존재하는 것으로 명쾌히 파악되거든. 우리는 그것을 '하나의' 사물로 인식하고, 우리는 그것을 하나의 전체로 보는 거야. 즉 우리는 그 전체성을 인식하게 된다고. 그게 바로 인테그리타스(integritas, 전일성)라는 거야."

"정곡을 찔렀다!" 린치가 웃으며 말했다. "계속해 봐."

"그러고 나서 우리는 그 형식적인 선을 따라 한 지점에서 다른 지점으로 옮겨다니게 되지. 우리는 그 한계 내에서 그 부분과 부분이 서로 균형을 이루고 있는 것으로 인식한다고. 그 구조의 리듬을 느끼게 되는 거야. 다시 말하면, 즉각적 지각의 종합 뒤에 인식 내용의 분석이 따르는 거야. 처음에는 그것이 '하나의' 사물이라는 사실을 느끼다가 이제는 그것을 하나의 '사물'이라고 느끼게 돼. 우리는 그것이 복합적이고, 다원적이며, 구분할 수 있고, 분리할 수 있으며, 여러 부분으로 구성되어 있되 그 부분들과 그 총화의 결과는 조화적이라고 인식하거든. 그게 바로 콘소난티아(consonantia, 조화)라는 거야."

"또 정곡을 찔렀다!" 린치가 재치 있게 말했다. "이제 클라리타스(claritas)의 뜻이 무엇인지 말해 봐. 그러면 여송연을 상으로 타게 돼."

"그 말의 함축적 의미는 아주 애매하지." 스티븐이 말했다. "아퀴나스는 부정확해 보이는 용어를 쓰고 있는 거야. 오랫동안 나는 그 말 때문에 어리둥절했었어. 그 말은 우리로 하여금 아퀴나스가 상징주의나 관념론을 염두에 두고 있었던 게 아니냐는 생각을 하게 해. 아름다움의 최고 성질은 어떤 다른 세상에서 오는 빛이요, 물질도 다만 그 그림자에 불과한 그런 관념이요, 물질도 다만 그 상징에 불과한 그런 실체라는 생각을 하게 한단 말이야. 나는 아퀴나스가 클라리타스라는 말을 가지고서 의미한 것은 다름 아니라 사물 속에 내재하는 하느님의 목적을 예술적으로 발견해서 표상화한 것, 혹은 미적 이미지를 보편적인 것으로 만들고 그 이미지로 하여금 그 본래의 조건을 능가하여 빛을 내도록 하는 일종의 일반화하는 힘이라고 생각했어. 그러나 그것은 어디까지나 문예 이론적인 이야기야. 나는 그것을 그렇게 이해하고 있어. 우리가 저 바구니를 하나의 물체로 인식한 후 그것을 그 형식에 따라 분석하고 그것을 한 물체로 파악할 때 우리는 논리적 미적으로 허용될 수 있는 유일한 종합을 하는 거야. 즉 우리는 그 물체가 바로 그 물체 본연의 것이며 다른 어느 것도 아니라는 것을 알게 돼. 아퀴나스가 말하는 빛(radiance)이란 스콜라 철학에서 말하는 퀴디타스(quidditas) 즉 사물의 본성(whatness)을 가리키지. 예술가의 상상력 속에서 미적 이미지가 처음으로 배태될 때 예술가는 이 지고의 성질을 느낄 수가 있다고. 그 신비로운 순간의 마음을 셸리는 시들어가는 석탄 불에다 아름답게 비유했어.[74] 아름다움의 최고 성질 즉 미적 이미지의 선명한 빛이 그 전일성에 사로잡히고, 조화에 매혹된 마음에 의해 명쾌히 포착되는 순간은 미적 쾌감으로 된 침묵의 밝은 정지

---

74) 셸리는 『시의 옹호』에서 창작 중인 정신은 시들어가는 석탄불 같아서 눈에 보이지 않는 어떤 힘이 바람처럼 불면 순간적으로 다시 밝게 피어날 수 있다고 했다.

상태이며, 이탈리아의 생리학자 루이지 갈바니[75]가 거의 셸리의 비유만큼 아름다운 어구를 사용하여 심장의 황홀경이라고 부른 바 있는 그런 심적 상태와 아주 닮은 정신적 상태이기도 해."

스티븐은 말을 그쳤다. 비록 그의 친구가 아무 말도 하지 않았지만, 그는 자기의 논설이 사색에 도취된 침묵을 그들 주위에 불러들였음을 알았다.

"내가 지금까지 말한 것은 가장 넓은 의미에 있어서의 아름다움, 즉 문예의 전통에서 이 낱말이 가진 의미에 있어서의 아름다움을 말하고 있어." 그는 다시 시작했다. "일반 사회에서는 아름다움의 뜻도 달라지겠지. 우리가 아름다움이란 말을 두 번째 의미로 사용할 때에도 우리의 판단은 우선 예술 그 자체에 의해, 그리고 그 예술의 형식에 의해, 영향받게 되는 거야. 그 이미지가 예술가 자신의 마음 또는 감각과 다른 사람들의 마음 또는 감각 사이에 놓여야 한다는 것은 분명해. 우리가 이 점에 유의한다면 예술이 필연적으로 세 가지 형식으로 나누어지며 한 가지 형식에서 다른 형식으로 발전해 간다는 것을 알게 될 거야. 그 세 가지 형식이란 첫째 서정적 형식 즉 예술가가 자신의 이미지를 자기 자신과 직접적으로 관련해서 제시하는 형식, 둘째 서사적 형식 즉 예술가가 자신의 이미지를 자기 자신 및 다른 사람들과 직접적으로 관련해서

---

75) 1737~1798. 볼로냐 대학교 의과 교수로, 개구리 다리가 전기 자극에 경련을 일으키는 현상을 관찰해 '동물전기'를 주장했다.

제시하는 형식, 셋째 극적 형식 즉 예술가가 자신의 이미지를 다른 사람들과 직접적으로 관련해서 제시하는 형식이야."

"며칠 전에 네가 그걸 내게 말했었지." 린치가 말했다. "그래서 우리가 그 훌륭한 논쟁을 시작했잖아."

"집에 가면 책이 한 권 있다고." 스티븐이 말했다. "그 속에다 나는 너의 물음보다도 더 재미있는 여러 가지 물음들을 적어놓았어. 그 해답을 찾다가 나는 지금 설명하려고 노력하는 이 미학 이론을 찾아내게 되었지. 내가 내 자신에게 제기한 문제 중에는 이런 것들이 들어 있어. '멋지게 만든 의자는 비극적인가 희극적인가' '내가 모나리자의 초상을 보고 싶어 한다면 그 초상은 선한 것일까' '필립 크램프튼[76]의 흉상은 서정적인가 서사적인가 아니면 극적인가' '똥이라든지 아이라든지 이[蝨]도 예술 작품이 될 수 있는가? 될 수 없다면 왜 그럴까'."

"왜 그럴까?" 린치가 웃으며 말했다.

"'어떤 사람이 홧김에 나무토막을 난도질하다가 암소의 상(像)을 만들게 되었다면 그 상도 예술 작품인가?'" 스티븐이 계속해서 말했다. "'아니라면 그 이유는?'"

"그것 참 재미있는 물음이군." 린치가 다시 웃으며 말했다. "그 물음에는 진짜 스콜라 철학의 냄새가 나는데."

"레싱은 일군의 조상(彫像)들[77]을 대상으로 하는 논술을

---

76) 1777~1858. 더블린의 외과의사. 그의 흉상이 트리니티 칼리지 근처에 있었다.

77) 라오콘과 그의 아들들이 뱀에게 휘감겨 있는 조상(彫像)을 말한다. 16세기에 로마에서 발굴된 이 조각품은 오늘날 바티칸 박물관에 전시되어 있다.

하지 말았어야 했어." 스티븐이 말했다. "조각 예술은 저급해서 내가 말하는 세 가지 형식을 서로 뚜렷이 구별해서 제시해 주지 못해. 최고 예술이요 가장 정신적인 예술인 문학에 있어서도 이 형식들은 흔히 혼동되고 있어. 서정적 형식은 사실 한 정서의 순간을 가장 소박하게 언어로 옷입힌 것이고, 옛날에 노를 젓거나 비탈에서 바위를 끌어올리던 사람을 격려하던 율동적 외침 같은 것이기도 해. 이때 발화자(發話者)는 정서를 느끼고 있는 자기 자신보다도 그 정서의 순간을 더 의식하고 있어. 가장 단순한 서사적 형식은 예술가가 서사적 사건의 중심체로서의 자기 자신을 연장하고 심사숙고할 때 서정 문학으로부터 나타나는 것을 볼 수가 있지. 그리고 이 형식이 발전하면 결국 정서적 중심이 예술가 자신과 다른 사람들 사이에서 등거리를 이루는 곳에 놓이게 돼. 이렇게 되면 서술도 이제는 순수히 개인적인 것이 아니야. 예술가의 개성은 서술 그 자체 속으로 빠져들어 가고 마치 생명력 있는 바닷물처럼 인물과 행동의 주위를 돌고 돌며 흐르게 되지. 이런 발전을 우리는 영국의 옛날 담요(譚謠, ballad)인 「터핀 히어로」[78]에서 쉽게 찾아볼 수가 있어. 이 담요는 1인칭으로 시작하여 3인칭으로 끝나거든. 극적 형식은, 각 개인의 주변을 흐르며 소용돌이치던 생명력이 개개인을 활력으로 충만케 한 결과, 그 개인이 그 고유의 무형적(無形的)인 미적 삶을 영위할 수 있을 때 달

---

78) 18세기의 노상강도 딕 터핀을 주인공으로 한 발라드가 여러 편 나돌고 있었다.

성된다고. 예술가의 개성이 처음에는 하나의 외침이요 선율이요 기분에 불과하지만, 다음 단계에는 유동적이고 부드럽게 빛을 내는 서술로 되었다가, 결국은 그 자체를 순화하여 사라지게 하니, 말하자면, 그 자체의 개성을 몰각하게 하는 거야. 이 극적 형식에 있어서의 미적 이미지는 인간의 상상력 속에서 순화되고 거기서 재투사(再投射)된 삶이야. 이런 미적 창조의 신비는 물질적 창조의 신비처럼 완성되지. 예술가는 창조의 신(神)처럼 자기가 만드는 작품의 내면이나 이면 혹은 그 위나 초월적인 곳에 남아서 남의 눈에 띄지 않은 채 스스로를 순화하여 사라지게 한 후 초연히 손톱이나 깎고 있는 거야."

"손톱까지도 순화해서 없어지게 하려고 있겠지." 린치가 말했다.

높다라니 구름이 낀 하늘에서 가랑비가 내리기 시작했다. 그들은 소나기가 시작되기 전에 국립도서관에 도달하기 위해 공작의 잔디밭[79]이라는 곳으로 들어갔다.

"이 하느님의 버림을 받은 비참한 섬나라에서 아름다움이니 상상력이니 하는 것을 떠들고 있다니 도대체 어쩌자는 거니?" 린치가 퉁명스럽게 물었다. "그 예술가가 이 나라에 대해 못할 짓을 한 후에 자기가 만든 작품의 내면이나 이면으로 숨어버린다고 해서 이상할 것이 하나도 없지."

---

79) 레인스터 공작의 저택이었다가 지금은 국회의사당으로 쓰이고 있는 건물로 둘러싸인 잔디밭이다.

비가 더 세차게 내렸다. 그들이 왕립 아일랜드 아카데미 옆으로 난 통로를 지나가고 있을 때 많은 학생들이 도서관의 아케이드 아래서 비를 피하고 있는 것이 보였다. 크랜리는 기둥에 기대선 채 뾰족하게 자른 성냥개비로 이를 쑤시며 몇몇 동료들에게 귀를 기울이고 있었다. 몇몇 소녀들이 출입문 근처에 서 있었다. 린치는 스티븐에게 속삭였다.

"네 애인이 여기 와 있군."

스티븐은 세차게 내리는 비를 아랑곳하지 않고 일단의 학생들 아래쪽 계단에 말없이 서서 이따금 그녀에게 눈길을 던지고 있었다. 그녀 또한 친구들 사이에 말없이 서 있었다. 지난번에 그녀를 보았던 일을 회상하면서 그는 의식적으로 반감을 느끼며 '저 애가 오늘은 시시덕거릴 신부(神父)가 없어서 심심하겠는걸.' 하고 생각했다. 린치의 말이 옳았다. 이론과 용기를 모두 비워버리니까 그의 마음이 다시 굼뜬 평온 상태로 빠져들었다.

그는 학생들이 저희끼리 얘기하는 것을 들었다. 그들은 마지막 의사 시험에 합격한 두 친구라든지, 원양선에서 전속 의사 자리를 얻을 가망이라든지, 개업을 했을 경우의 돈벌이 전망 등을 말하고 있었다.

"그게 모두 허황된 생각이야. 아일랜드의 시골에서 개업하는 편이 낫다고."

"하인즈가 리버풀에서 2년간 지내보더니 같은 소리를 하더군. 개업하기에는 지독히 어려운 곳이라고 했어. 아기를 받는 일밖에 없었다는 거야. 몇 푼 받지 못하는 일이지."

"그렇다면, 그런 부유한 도시에서보다는 이곳 시골에서 개업하는 편이 낫다는 얘긴가? 내가 아는 어떤 녀석은……."

"하인즈에게는 두뇌가 없어. 그 녀석은 죽으라고 공부를 해서 합격한 거야. 순전히 죽어라 공부한 덕이지."

"그 친구를 염두에 둘 필요는 없어. 큰 상업도시에서는 큰 돈을 벌 수도 있다고."

"개업을 어떻게 하느냐에 달렸지."

"Ego credo ut vita pauperum est simpliciter atrox, simpliciter sanguinarius atrox, in Liverpoolio(나는 리버풀에서는 빈민 생활이 그저 끔찍스러우며, 그저 지독히도 끔찍스럽기만 하다고 생각해)."

그들의 목소리는 아득히 단속적으로 고동치듯 그의 귓전으로 울려왔다. 그녀는 친구들과 떠날 채비하고 있었다.

갑자기 불어닥친 가벼운 소나기는 끝나고 시커멓게 젖은 흙이 무럭무럭 김을 뿜는 네모 중정(中庭)의 관목 숲에서 비는 이제 물방울로 남아서 다이아몬드처럼 옹기종기 매달려 있었다. 그들이 주랑(柱廊)의 계단에 말없이 즐겁게 서서 구름을 쳐다본다든지, 마지막 몇 방울의 비를 막기 위해 우산을 교묘한 각도로 받쳐든다든지, 우산을 다시 접고 치마를 조심스럽게 잡고 있을 때, 그네들의 단정한 반장화에서는 보글보글 소리가 났다.

그런데 혹시 그가 그녀에 대해 너무 가혹한 판단을 내리고 있었던 것은 아닐까? 그녀의 시간이 순박하게 묵주처럼 이어지는 것이어서, 새의 삶처럼 순박하고 기이한 그녀의 삶이 아침에는 즐겁다가 온종일 불안하고 해질 무렵에는 지치게 된다면? 그녀의 심정이 새의 심정처럼 그저 순박하고 의지로 가득하다면?

* * *

새벽 무렵에 그는 잠이 깼다. 어쩌면 그토록 아름다운 음악일까! 그의 영혼은 온통 이슬에 젖은 듯했다. 잠자던 그의 육신 위로 파리하고 시원한 빛의 물결이 지나갔다. 마치 그의 영혼이 시원한 물속에 누워 있듯이 그는 가만히 누워서 희미하게 들리는 아름다운 음악을 의식하고 있었다. 그의 마음은 진동하는 아침의 인식, 아침의 영감에 맞춰 서서히 잠을 깨고 있었다. 가장 맑은 물처럼 순수하고, 이슬처럼 아름답고, 음악처럼 감동적인 정령이 그의 육신을 채우고 있었다. 그러나 치품천사들이 그에게 숨결을 불어넣고 있듯이 그 정령은 아주 조용히 아무 열기도 없이 그의 몸으로 흡입되고 있었다. 그의 영혼은 서서히 잠을 깨면서 완전히 깨는 것을 두려워했다. 마침 바람이 자는 새벽 시간이라 광기(狂氣)가 잠을 깨고, 이상한 식물들이 빛을 받아 피어나고, 나방이 말없이 날아가고 있었다.

심장의 매혹이었다! 밤은 매혹되어 있었다. 꿈이 아니면 비전 속에서 그는 천사다운 생활의 황홀경을 맛보았던 것이다. 그것이 한순간의 매혹이었던가, 아니면 여러 시간, 여러 날, 여러 해, 여러 시대에 걸친 매혹이었을까?

이제 그 영감의 순간이 이미 일어났거나 일어났을 수 있는 무수한 일들의 몽롱한 상황으로부터 한꺼번에 사방에서 반영되는 듯했다. 그 순간은 한 점의 빛처럼 번쩍했고, 이제 구름처럼 겹겹이 싸인 모호한 상황으로부터 혼란한 형상이 나타나 그 잔광(殘光)을 부드럽게 가리고 있었다. 오! 상상력이라는 처녀의 자궁 속에서 말씀은 육신으로 변했다. 천사 가브리엘이 그 처녀의 방으로 찾아왔던 것이다. 그의 정신 속에서 어떤 잔광이 깊어졌고, 거기서 하얀 불꽃이 사라지며 장미색의 열띤 빛으로 짙어지고 있었다. 그 장미색의 열띤 빛은 그녀의 그 기이하고도 의지로 가득한 심장이었다. 그것이 기이한 것은 아무도 일찍이 체험했거나 체험하려 하지 않았기 때문이고, 의지로 가득한 것도 이 세상이 시작되기 전부터였다. 그 열띤 장밋빛 불길에 유혹되어 치품천사들의 합창이 하늘에서 내려오고 있었다.

> 그대는 열띤 삶의 방식이나
> 타락한 천사들의 유혹이 지겹지 않은가?
> 이제 미혹(迷惑)의 나날을 더 이상 말하지 말아다오.

이 시구가 그의 마음에서 입술로 떠올랐다. 그것을 거듭 외우면서 그는 빌라넬[80]의 율동이 그 구절을 스쳐 흐르는 것을

---

80) 19행 시로서 다섯 개의 3행 시련(詩聯)과 한 개의 4행 시련으로 구성되어 있다.

느꼈다. 그 장밋빛의 불길이 각운(脚韻)의 빛을 발산했다. 양식(ways), 나날(days), 불길(blaze), 찬양(praise), 치켜들다(raise) 같은 낱말[81]들이었다. 그 빛은 세계를 불태우고 있었고 인간들과 천사들의 심장을 소진하고 있었다. 그녀의 의지로 가득한 심장이었던 그 장미로부터 발산되는 빛이었다.

  그대의 눈은 사내의 마음에 불을 붙이고
  그를 마음대로 하고 있었다.
  그대는 열띤 삶의 방식이 지겹지 않은가?

그다음은? 리듬은 사라졌고, 그쳤다가 다시 움직이며 맥동치기 시작했다. 그다음은? 이 세계의 제대(祭臺)에서 솟는 연기, 향내.

  그 불길 위로 찬미의 연기가 솟는다
  대양의 한쪽 끝에서 다른 쪽 끝까지.
  이제 미혹의 나날을 더 이상 말하지 말아다오.

온 지구로부터, 수증기 자욱한 대양에서, 연기가 솟았다. 그녀를 찬양하는 연기가 솟았다. 지구는, 흔들리며 연기를 흩날리는 향로 같고, 향으로 된 구체(球體)요, 타원형 공이었다. 그 율동은 당장에 사라졌고, 그의 심장의 외침도 깨졌다. 그의 입

---

81) 모두 '에이즈[eiz]' 음을 가지고 있어서 서로 하나의 압운(押韻)을 이룬다.

술은 첫 구절을 몇 번이고 되뇐 후에 좌절한 듯 더듬으며 반행(半行)씩의 시구들을 어렵게 외워 나가다가 중단하고 말았다. 심장의 외침이 깨지고 말았던 것이다.

장막을 두른 듯 바람기 없던 시간이 지나갔고, 헐벗은 창살의 뒤쪽에서 아침의 빛이 모이고 있었다. 먼 곳에서 희미하게 종이 치고 있었다. 새 한 마리가 지저귀고 있었다. 두 마리, 세 마리의 새가 지저귀기 시작했다. 종소리와 새소리가 그쳤다. 그러자 탁하게 하얀빛이 동서로 번지며 온 세계를 덮었고, 그의 마음속에 있던 장미의 빛을 덮었다.

모든 것을 상실하게 될까 두려워 그는 갑자기 팔꿈치에 몸을 기대며 일어나서 종이와 연필을 찾았다. 테이블 위에는 한 가지도 없었다. 오직 간밤에 저녁 삼아 쌀밥을 담아 먹었던 수프 접시며, 덩굴손처럼 수지(獸脂)가 녹아 있고 초가 꺼질 때 그을린 종이 받침이 달린 촛대뿐이었다. 그는 침대 밑바닥으로 지친 듯이 팔을 뻗치고 거기 걸려 있던 저고리 주머니들을 손으로 더듬었다. 손에는 연필 하나와 담뱃갑이 잡혔다. 그는 다시 누웠고, 담뱃갑을 찢어 마지막 한 개비 궐련을 창틀에 올려놓은 후 그 거친 판지(板紙)의 표면에다 깔끔한 잔글씨로 빌라넬 시련(詩聯)을 적기 시작했다.

모두 적고 나서 그는 울퉁불퉁한 베개 위에 누워서 다시 외워 보았다. 머릿밑에 느껴지던 매듭지어진 양털 뭉치들이 그녀의 거실에 있던 소파 속에 울퉁불퉁하게 매듭져 있던 말털 뭉치를 생각나게 했다. 그는 늘 미소를 짓거나 심각한 표정으로 그 소파에 앉아 자기가 왜 찾아왔던가 하고 자문했고, 그녀나 그 자신에 대해서 불쾌히 여겼는가 하면, 텅 빈 찬장 위에 걸려 있던 성심(聖心)을 그린 판화[82]를 보고는 어리둥절했다. 대화가 뜸해지면 그녀가 자기에게 다가와서 그의 신기한 노래나 한 곡 불러보라고 간청하던 일을 마음속으로 그려보았다. 또 그는 자기 자신이 낡은 피아노에 앉아 그 얼룩진 건반을 조용히 치면서 그 방에서 다시 일기 시작한 말소리 사이로 노래를 부르곤 하던 것도 그려보았다. 벽난로 선반에 기대고 있던 그녀에게 그는 엘리자베스 시대의 아름다운 노래랑, 슬프고도 달콤하게 이별을 원망하는 노래랑, 아쟁쿠르 개선가랑, 그린슬리브즈 부인에 대한 즐거운 노래[83] 따위를 불러주었다. 그가 노래하고 그녀가 노래를 듣거나 듣는 척하고 있는 동안은 그의 마음이 평온했지만, 그 아름다운 옛 노래가 끝나고 방 속에서 목소리가 다시 들리게 되면 그 자신의 냉소적 심사가 되살아나곤 했다. 그 집에서는 젊은 사내들을 대할 때 너무 일찍부터 세례명으로 부르며 무관하게 지내려고 하지 않느냐는 것이었다.

어떤 순간에는 그녀의 눈이 그를 신임하려는 듯이 보이기도 했지만, 그의 기다림은 헛되었다. 사육제 무도회가 있던 날 저녁에 그녀의 하얀 드레스는 약간 들려 있었고 하얀 꽃가지가 그녀의 머리카락에서 까딱거리고 있었는데 이제 그녀는 가볍게 춤을 추며 그때의 기억을 스쳐갔다. 그 윤무(輪舞)에서

---

82) 예수가 자기의 사랑을 상징하는 심장을 드러내 보이는 모습을 그린 싸구려 판화다.
83) 엘리자베스 왕조 때 유행했던 영국 민요를 말한다.

그녀는 가볍게 춤을 추었다. 그녀는 춤을 추며 그에게 다가오고 있었는데 가까워지자 그녀는 눈을 약간 외면하고 있었고 뺨에는 희미한 열기가 보였다. 손에 손을 이어 잡고 도는 동작이 멎었을 때 그녀의 손은 부드러운 상품처럼 잠시 동안 그의 손에 놓여 있었다.

"요즈음은 아주 남이 되었군."

"응. 나는 수도승이 될 운명을 타고 난 사람이야."

"혹시 이단자가 아닌지 모르겠는데."

"그게 그렇게 겁나?"

대답 대신에 그녀는 그를 떠나 이어 잡고 있는 손들을 따라 가볍게 조심해서 춤을 추면서 아무에게도 몸을 맡기지 않았다. 그녀가 춤을 출 때 머리에 꽂은 흰 가지는 까딱거리고 있었고, 그녀가 그늘 속으로 들어가자 그녀의 뺨 위에서 열기는 더욱 깊어졌다.

수도승이라고! 수도원의 독신자(瀆神者)요 이단적인 프란치스코회 수도사가 되어 신을 섬기려고도 하고 섬기지 않으려고도 하며 게라르도 디 보르고 산 돈니노[84]처럼 듣기 좋은 궤변의 거미줄이나 치며 그녀의 귀에 대고 뭐라고 속삭이고 있는 자기 자신의 모습이 떠올랐다.

아니, 그것은 그 자신의 모습이 아니었다. 그것은 지난번에 그녀와 함께 있는 것을 본 적이 있었던 그 젊은 사제가 비둘기

---

84) 프란치스코회의 수도승이었지만 이단으로 몰려 1276년에 감옥에서 죽었다.

같은 눈으로 그를 바라보며 그녀의 아일랜드 국어 숙어집의 책장을 만지작거리고 있는 모습이었다.

"네, 네, 부인네들이 우리들에게 동조하고 있어요. 나는 매일 그걸 알 수 있거든요. 부인네들이 우리와 한편이라고요. 국어를 위해서는 최선의 도움이 되는 분들이지요."

"그런데 교회는 어떤가요, 모런 신부님?"

"교회도 마찬가집니다. 우리에게 동조하고 있어요. 교회 쪽에서도 이 사업은 진전되고 있지요. 교회 때문에 걱정을 하진 마세요."

흥! 국어 강습회를 멸시하며 그 방을 떠나길 잘했지 뭐야. 도서관 계단에서 그녀에게 인사를 하지 않은 것도 잘한 것이었어. 그녀가 그 신부와 시시덕거리거나 말거나 또 기독교의 시녀라고나 할 교회를 상대로 장난을 치거나 말거나 내버려둔 것도 잘한 일이었지.

거칠고 사나운 분노가 잔존하고 있던 마지막 황홀의 순간을 그의 영혼에서 몰아냈다. 그 분노는 그녀의 고운 이미지를 난폭하게 부숴서 그 파편들을 사방에 흩어버렸다. 사방에서 왜곡 반영된 그녀의 모습이 그의 기억으로부터 솟아올랐다. 축축하고 거친 머리카락에 말괄량이의 얼굴을 하고 남루한 옷을 입은 채 꽃을 팔고 있던 소녀는 아저씨가 단골손님이니 그날 마수걸이로 꽃 한 송이만 사달라고 애원하고 있었고, 이웃집 식모 아이는 떨그럭거리는 접시 소리 너머로 민요 가수처럼 목청을 길게 빼면서 「킬라니 호수와 언덕에서」라는 곡의 첫 소절들을 노래하고 있었고, 코크힐 근처에서 보도의 쇠살에 그의 찢어진 구두창이 걸려 그가 넘어지는 것을 보고 한 소녀는 좋아라고 웃었고, 제이콥스 비스킷 공장을 나오고 있던 소녀의 잘 익은 작은 입에 매혹된 그가 흘깃 쳐다보자 그녀는 어깨 너머로 그에게 외쳤다.

"내 모습이 마음에 들어? 곧은 머리카락에 곱슬 눈썹이라고."

그러나 그는 아무리 그녀의 이미지를 비난하고 우롱하려 해도 자기의 분노는 역시 일종의 경의일 수밖에 없다고 생각했다. 그는 전적으로 진심이었다고 하기 어려운 경멸을 보이면서 국어 강습 교실을 떠났는데, 그때 그는 기다란 속눈썹이 재빨리 그늘을 던지고 있던 그 시커먼 눈 뒤에 그녀가 속한 민족의 비밀이 숨어 있을지도 모른다는 생각을 했다. 그는 거리를 걸으면서 혼자 마음 아프게 생각했다. 그녀야말로 자기 조국의 여인상이며, 어둠과 비밀과 고독 속에서 자아의 의식을 되찾는 박쥐 같은 영혼이며, 아무 애정이나 죄의식도 없이 자기의 다정한 애인과 잠시 머물다가 결국은 그를 버리고 고해소를 찾아가 쇠살 너머로 고해신부의 귀에 대고 철없는 탈선행위나 고백할 것이라는 생각이었다. 그녀에 대한 그의 분노는 그녀의 정부(情夫)에 대한 야비한 비난을 통해 발산되었고, 그 정부의 이름과 목소리와 모습은 그의 좌절된 자존심을 손상했다. 그는 농부 출신의 사제로서 형제 중의 하나는 더블린에서 순경으로 있었고 다른 하나는 모이컬렌에서 술집 급사로 있었다. 이런 사람에게 그녀는 자기 영혼의 부끄럼을 적나라하게 고백하고 있었다. 경험이라고 하는 일용할 양식을 언제나 살아 있는 빛나는 생명체로 바꿀 수 있는 영원한 상상력[85])을 갖춘 사제인 스티븐 자신을 제쳐두고, 기껏해야 형식적인 의식(儀式)을 수행하는 법이나 배운 그런 자에게 고백을 하고 있었던 것이다.

성찬의 빛나는 이미지가 일순간에 그의 쓰고 절망적인 사념들을 통합하였고, 그 사념들은 감사의 찬송 속에 끊임없이 솟구치며 외치고 있었다.

우리의 단속적 외침이며 슬픈 노래가
성찬의 찬송 속에서 솟는다.
그대는 열띤 삶의 방식이 지겹지 않은가?

미사를 올리는 손이
철철 넘치는 성배를 받드는 동안
미혹의 나날을 더 이상 말하지 말아다오.

그가 그 시구를 첫 줄부터 낭송하니까 결국 그 음악과 리듬이 그의 마음에 배어들어 조용한 탐닉 상태에 들게 했다. 그러고 나서 그는 그 시구를 직접 눈으로 봄으로써 더 잘 느낄 수 있도록 애써 베껴 놓았다. 그는 다시 베개에 누웠다.

이미 날이 훤하게 밝아 있었다. 아무 소리도 들을 수 없었다. 하지만 그는 자기 주변의 삶이 잠을 깨어 늘 듣는 소음과

---

85) 여기서 예술가의 역할은 성찬의 이미지를 통해 비유적으로 부각되고 있다.

거친 목소리와 졸음에 겨운 기도 소리를 내려고 한다는 것을 알고 있었다. 그런 삶으로부터 몸을 움츠리며 그는 벽을 향해 돌아누워 담요를 두건처럼 뒤집어쓰고 찢어진 벽지에 큼직하게 찍혀 있던 만발한 빨간 꽃을 응시하고 있었다. 그는 자기가 누워 있던 곳에서 하늘나라까지 온통 빨간 꽃으로 뒤덮인 장미의 길을 상상해 보면서 그 주홍색 열기 속에서 스러져가는 자기의 즐거움을 데워보려고 했다. 지쳐 있었다. 지쳐 있었다. 그 또한 열띤 삶의 방식에 지쳐 있었다.

서서히 번지는 따뜻함과 나른한 피로감이 그의 온몸을 스치면서 담요를 단단히 둘러쓴 머리로부터 척추를 따라 전해 내려오고 있었다. 그는 그것이 전해 내려오는 것을 느꼈고, 누워 있는 자신의 모습을 보고 웃었다. 그는 이내 잠이 들 것 같았다.

그는 10년이 지난 후 그녀를 위한 시를 다시 썼던 것이다. 10년 전에는 그녀가 숄을 두건처럼 머리에 두르고 있었고, 밤 공기 속으로 따뜻한 숨결을 물보라처럼 뿜으며 유리처럼 반질거리는 길을 또닥또닥 걷고 있었지. 그것은 마지막 궤도마차였어. 그 사실을 알고 있는 듯 깡마른 갈색 말들은 맑은 밤하늘로 방울을 흔들며 경고하고 있었지. 차장은 마부와 얘기를 했고, 녹색 등불에 비친 두 사람은 자주 머리를 끄덕이고 있었어. 그들은 마차의 계단에서, 그는 윗간에 그녀는 아랫간에 서 있었어. 그녀는 말하는 틈틈이 여러 번 그의 계단으로 올라왔다가 내려가곤 했는데 한두 번은 내려갈 줄 모르고 서 있다가 이윽고 내려가지 않았던가. 그만두자. 그만둬.

그 어린 시절의 슬기에서 지금의 이 어리석음에 이르기까지 10년이란 세월이 흘렀군. 만약에 그녀에게 그 시를 보낸다면? 조반 식탁에서 계란 껍질을 톡톡 깨는 소리와 뒤섞여 그 시가 읽혀질 것이다. 얼마나 어리석은 짓인가. 그녀의 오라비들이 웃으면서 그 억세고 단단한 손가락으로 서로서로 그 시를 적은 종이를 빼앗으려 할 것이 아닌가. 그녀에게 숙부가 되는 그 상냥한 신부는 안락의자에 앉아서 종이를 잡은 손을 앞으로 쭉 내밀고는 웃으며 읽을 것이고 그 시의 문학적 형식이 제격이라는 점을 인정할 것이다.

아니, 아니야. 그것은 바보스러운 짓이야. 그녀에게 그 시를 보낸다 하더라도 그녀가 다른 사람들에게 보이지는 않을 거야. 그래, 그래. 그녀가 그럴 순 없어.

그는 그녀에게 못할 짓을 했다는 느낌이 들기 시작했다. 그녀가 순결하리라는 생각을 하자 그는 그녀를 불쌍하게 여기지 않을 수 없었다. 그는 스스로 죄악을 통해 순결을 알게 되기까지 순결을 결코 이해할 수가 없었고, 그녀 또한 자기 스스로가 순결한 동안은, 혹은 생리에 의한 그 이상한 모멸감을 처음으로 당해 보기까지는, 순결을 이해할 수가 없었을 것이다. 그가 처음 죄를 저질렀을 때 그의 영혼이 생기를 얻었던 것처럼, 그녀의 영혼도 그런 일을 겪고 나서야 처음으로 생기를 얻기 시작했을 것이다. 그리고 그녀의 그 여린 창백함이나 여성됨에 대한 그 어두운 수치심 때문에 풀이 죽고 슬퍼진 눈매를 기억하자 그의 마음은 부드러운 연민으로 가득 찼다.

그의 영혼이 황홀경에서 나른함으로 옮아가고 있는 동안

그녀는 어디에 있었을까? 정신적인 삶에서나 볼 수 있는 그런 신비한 체험으로 혹시 그녀의 영혼이 바로 그 순간에 그의 경의(敬意)를 의식하고 있었을까? 그럴 수도 있을 것 같았다.

  욕망의 불길이 다시금 그의 영혼에 불을 붙였고 그의 온몸을 불태우며 충만케 했다. 그의 욕망을 의식한 그녀는 빌라넬 속의 유혹자가 되어 향기로운 잠에서 깨어나고 있었다. 나른한 표정이 감도는 그녀의 시커먼 눈은 그의 눈을 향해 열리고 있었다. 빛을 내고 따뜻하고 향기로우며 팔다리를 헤프게 움직이는 그녀의 나신(裸身)이 그에게 굴복했고, 빛나는 구름처럼 그를 에워쌌으며 물처럼 유동적인 삶으로 그를 감쌌다. 그리고 수증기의 구름처럼, 혹은 허공을 둘러싸고 흐르는 물처럼, 언어의 유동적인 글자들이 정체불명의 원소를 가리키는 기호가 되어 그의 뇌리로 흘러나왔다.

  그대는 열띤 삶의 방식이나
  타락한 천사들의 유혹이 지겹지 않은가?
  이제 미혹(迷惑)의 나날을 더 이상 말하지 말아다오.

  그대의 눈은 사내의 마음에 불을 붙이고
  그를 마음대로 하고 있었다.
  그대는 열띤 삶의 방식이 지겹지 않은가?

  그 불길 위로 찬미의 연기가 솟는다
  대양의 한쪽 끝에서 다른 쪽 끝까지.

이제 미혹의 나날을 더 이상 말하지 말아다오.

우리의 단속적 외침이며 슬픈 노래가
성찬의 찬송 속에서 솟는다.
그대는 열띤 삶의 방식이 지겹지 않은가?

미사를 올리는 손이
철철 넘치는 성배를 받드는 동안
이제 미혹의 나날을 더 이상 말하지 말아다오.

아직도 나른한 표정, 헤픈 팔다리로
그대는 우리의 동경하는 눈길을 사로잡누나!
그대는 열띤 삶의 양식이 지겹지 않은가?
이제 미혹의 나날을 더 이상 말하지 말아다오.

* * *

그게 무슨 새였을까? 그는 지친 듯이 물푸레나무 지팡이에
기대며 도서관 계단에 서서 새들을 바라보고 있었다. 새들은
몰스워어스 가(街)에 있는 어떤 집의 튀어나온 견각(肩角) 주
위를 빙빙 날아다녔다. 힘없이 걸린 뿌연 청색의 얇은 천 같은
저녁 하늘을 배경으로 새들의 시커먼 모습이 바르르 떨며 날
쌔게 날아다니는 것을 3월 하순의 저녁 공기가 또렷이 보여주
었다.

그는 새들이 나는 것을 한 마리씩 지켜보았다. 검은 몸을 번쩍거리는 놈, 휘익 도는 놈, 다시 번쩍거리는 놈, 옆으로 내닫는 놈, 커브를 그리는 놈, 날개를 퍼덕이는 놈. 그는 날쌔게 움직이며 바르르 떠는 새들이 모두 사라지기 전에 몇 마리나 되는지 세어보고자 했다. 여섯, 열, 열하나, 그런데 그 수가 짝수일까 홀수일까 궁금했다. 열둘, 열셋, 두 마리가 높은 하늘에서 돌면서 내려왔다. 그들은 높이 날기도 했고 낮게 날기도 했지만 언제나 직선과 곡선으로 빙빙 돌고 있었고 또 허공 속의 신전[86) 주위를 언제나 왼쪽에서 오른쪽으로 날고 있었다.

그는 새들의 울음도 듣고 있었다. 벽판(壁板) 뒤에서 들리는 생쥐의 끽끽 소리와 비슷한 그 소리는 날카로운 이중음이었다. 그러나 그 소리는 생쥐 소리와는 달리 길었고 날카롭게 윙윙거리며, 3도 혹은 4도쯤 떨어졌고, 날면서 주둥이가 허공을 가를 때는 떨리기도 했다. 그 울음은 날카롭고 또렷하고 가늘었으며 윙윙 돌아가는 실감개에서 풀려나오는 명주실 같은 빛으로 허공에서 떨어졌다.

그 비인간적 새소리가 어머니의 흐느낌이나 나무람이 끈질기게 중얼대고 있는 그의 귀를 무마해 주었고, 엷은 하늘에 지은 공기의 신전 주변을 빙빙 돌거나 퍼덕이며 선회하던 떨리는 여린 몸의 검정 새들은 어머니의 얼굴 이미지가 언제나 어른거리던 그의 눈을 무마해 주었다.

---

86) 로마 시대에는 하늘을 여러 개의 구역 혹은 신전(templum)으로 나누어 거기서 새가 나는 것을 보고 점을 쳤다고 한다.

왜 그는 현관의 계단에서 위를 쳐다보며 날카로운 이중음을 내는 새들의 소리를 듣거나 그들이 날아다니는 광경을 지켜보고 있는 것일까? 길흉(吉凶)의 징조라도 찾기 위해서였던가? 코르넬리우스 아그립파[87]의 책에 나오는 한 구절이 그의 마음을 스쳐갔고 스베덴보리[88]의 저서에 나오는 형체 없는 사상들이 마음속에서 이리저리 날아다녔다. 이 스웨덴의 철학자는 지적인 것들에 대한 새들의 조응(照應)을 주장하면서 이 날짐승들은 제 나름의 인식이 있어서 세월과 계절을 알아맞힐 수 있으며 그것은 새들이 인간과는 달리 삶의 질서를 지키면서 이성으로 그 질서를 뒤집지 않았기 때문이라고 했다.

그가 지금 날아다니는 새를 지켜보듯이 인간은 오랜 세월에 걸쳐 하늘을 지켜보았다. 그의 위쪽에 있는 주랑(柱廊)은 그에게 막연하게나마 고대 사원을 생각나게 했고, 그가 지겹다는 듯이 기대고 있던 그 물푸레나무 지팡이는 점쟁이의 꾸부정한 지팡이를 생각나게 했다. 그가 느끼던 지겨움의 핵심 속으로 미지의 것에 대한 공포감이 스며들었다. 그것은 상징들과 조짐들에 대한 공포요, 버들가지로 엮은 날개를 달고 영어(囹圄) 상태에서 도망쳐 나왔다고 하는 자기와 이름이 같은 매처럼 생긴 사나이[89]에 대한 공포요, 갈대로 서판(書板)에

---

87) 하인리히 코르넬리우스 아그리파 폰 네테스하임(1486~1535). 이 독일 철학자·과학자는 점치는 법을 논술한 바 있다.
88) 에마누엘 스베덴보리(1688~1772). 스웨덴의 신학자이자 과학자로, 세계의 본질적 정신 구조를 논한 신비주의 사상가이기도 했다.
89) 다이달로스를 말한다.

글을 쓰고 따오기처럼 좁은 머리에 끝이 뾰족한 달 모양을 얹고 다니는 작가들의 신(神) 토스[90]에 대한 공포였다.

그는 이 신의 이미지를 생각하며 웃었다. 왜냐하면 그것은 주독이 오른 코에 가발을 쓴 판사가 잔뜩 뻗친 손에 들고 있는 문서에 콤마 구두점을 찍고 있는 광경을 연상시켰기 때문이요, 그 신의 이름이 아일랜드어의 맹세법[91]과 비슷하지 않았던들 그는 결코 그런 이름을 기억하지 않았을 것이기 때문이다. 그것은 어리석은 짓이었다. 하지만 자기가 태어났던 그 기도하고 근신하는 집[92]이라든지 자기의 출신 근거였던 삶의 질서를 그가 이제 영원히 버리고 떠나려는 것도 혹시 그 어리석음 때문이었던가?

새들은 저물어가는 하늘을 배경으로 어둡게 날면서 그 집의 튀어나온 견각 위로 날카로운 울음소리를 내며 돌아왔다. 무슨 새일까? 그는 그 새들이 남쪽 나라에서 돌아온 제비일 거라고 생각했다. 그 새들은 오락가락하면서 인가의 처마 밑에 임시로 집을 지었다가 자기가 지은 집을 버리고 날아가기도 하니까, 그도 떠날 예정이었다.

우나와 알리일이여, 얼굴을 숙여다오.

---

90) 고대 이집트의 학문의 신이다.
91) 토스(Thoth)의 발음과 철자는 아일랜드 말에서 '그걸 누가 알아!'라는 뜻을 가진 thauss ag Dhee의 thauss와 비슷하다. 혹은 Troth(True oath, 진실한 맹세)라는 낱말과 비슷하다는 것을 지적하는 사람도 있다.
92) 아일랜드의 평범한 중류 가정을 가리키는 듯하다.

제비가 요란한 바다 위로 날아가기 전에
처마 밑의 보금자리를 바라보듯
나는 그 얼굴들을 바라본다.[93]

부드러운 유동적 환희가 많은 물결 소리처럼 그의 기억 위로 흘러내렸다. 그는 바다 위로 저물어가는 엷은 하늘의 고요한 공간이며, 대양의 정적이며, 흐르는 바다 위의 어스름 속을 날아다니는 제비 같은 것들의 포근한 평화를 마음속으로 느끼고 있었다.

부드러운 유동적 환희가 그 대사를 통해 흘렀고, 그 대사에서는 길고도 부드러운 장모음(長母音)들이 소리 없이 충돌하며 갈라졌다가 끌어안듯 되흘러 와서는, 소리 없는 선율, 소리 없는 울림, 나직이 부드럽게 기절하는 듯한 외침 속에서 그 물결의 하얀 방울들을 언제까지나 흔들고 있었다. 그리고 그는 선회하는 새들과 머리 위의 파리한 하늘에서 찾고 있던 조짐이 성탑에서 도망쳐 나오는 새처럼 자기 마음속으로부터 조용히 날쌔게 빠져나오는 것을 느꼈다.

출발의 상징일까, 아니면 외로움의 상징일까? 기억의 귓전에서 흥얼거려진 그 시구가 국립극장을 열던 날 밤 홀에서 있었던 장면을 기억의 눈앞에 서서히 구성해 내고 있었다.[94] 그

---

93) 예이츠의 시극 『카슬린 백작 부인』에서 백작 부인이 백성들을 기근에서 구하기 위해 자기 영혼을 악마에게 판 후 임종의 자리에서 유모 우나와 시인 친구 알리일을 상대로 고별 연설을 하는데, 인용문은 그 첫 대목이다.
94) 『카슬린 백작 부인』의 첫 공연은 1899년 5월 8일에 있었는데 이날 아일

는 위층의 가장자리에 혼자 앉아서, 아래층 특별석에 자리 잡
은 더블린의 문화인들이며 번지르르한 무대막(幕)이며 휘황한
무대의 조명으로 인해 틀에 넣은 인형처럼 보이는 인간들을
지쳐 빠진 눈으로 바라보고 있었다. 그의 등뒤에서는 건장한
경관이 땀을 뻘뻘 흘리면서 언제라도 행동을 취할 태세인 듯
했다. 홀 둘레에서는 여기저기 흩어져 있던 학우들의 불만 어
린 휘파람과 성난 소리와 야유 소리가 사나운 바람처럼 일고
있었다.

"아일랜드에 대한 명예훼손이다!"

"독일제(製)다!"[95]

"하느님에 대한 모독이다!"

"우리는 신앙을 팔아넘긴 적이 없다!"

"아일랜드 여자가 그런 짓을 한 적은 없다!"

"우리에게 어설픈 무신론자는 필요없다."

"우리에게 풋내기 불교 신자는 필요없다."[96]

머리 위의 창문에서 돌연 씨익 소리가 들려왔다. 그는 열람

랜드 국립극장협회의 전신인 아일랜드 문예극장이 처음 열렸다. 이 극장은
1904년부터 애비 극장(Abbey Theatre)이라 불리고 있다. 첫 공연 때 아일랜
드 민족주의자들은 거세게 항의했지만, 조이스는 갈채를 보냈고 항의문에
서명하는 것도 거절했다.

95) 어네스트 윌리엄의 책 『독일제』에 대한 언급. 이 책에서 저자는 독일 산
업이 영국에 미치는 충격적 영향을 경고하면서 독일제 상품은 변변치 않다
는 주장을 펴고 있다.

96) 예이츠를 포함하여 당대의 젊은 작가·예술가들이 동양의 사상, 종교
및 철학에 대해 보이던 관심에 대한 불평이다.

실에 전등을 켜는 스위치 소리임을 알았다. 그는 불이 켜져 있고 기둥들이 늘어선 홀 속으로 조용히 들어가 계단을 올라간 후, 철컥 소리를 내며 도는 회전식 출입구를 지났다.

사전들이 있는 곳 가까이에 크랜리가 앉아 있었다. 권두 페이지를 펼쳐놓은 두터운 책 한 권이 그의 앞에 있던 목제 열람대 위에 놓여 있었다. 그는 의자에 등을 기댄 채, 어떤 잡지의 장기란(將棋欄)에 나온 문제를 읽어주고 있던 한 의학도의 얼굴을 향해 고해신부처럼 귀를 기울이고 있었다. 스티븐은 그의 오른쪽에 앉았다. 탁자의 건너편에 앉아 있던 신부가 《타블레트》지[97]를 화가 난 듯이 휙 덮어버리고는 일어섰다.

크랜리는 상냥하지만 영문을 모르겠다는 듯한 표정으로 신부의 뒤를 노려보았다. 의학도는 전보다 더 나지막한 목소리로 읽기를 계속했다.

"왕의 네 칸 앞에 졸을 두어야지."

"가는 게 좋을 것 같군. 딕슨." 스티븐이 경고 삼아 얘기했다. "저이는 우리가 떠든다고 일러바치러 갔어."

딕슨은 잡지를 덮고 위엄 있게 일어나며 말했다.

"우리 편 사람들은 질서정연하게 후퇴했노라."

"총기와 가축을 모두 가지고서." 스티븐은 '소의 질병'이라는 제목이 보이는 크랜리의 책 권두 페이지를 가리키며 덧붙였다.

그들이 탁자들 사이의 통로를 지나갈 때 스티븐이 말했다.

---

97) 영국서 발행되던 보수적인 가톨릭계 잡지다.

"크랜리, 네게 할 말이 있어."

크랜리는 대답하지 않았고 돌아보지도 않았다. 그는 자기 책을 카운터 위에 놓은 후 밖으로 나갔는데, 좋은 구두를 신은 그의 발이 마룻바닥에서 뚜벅뚜벅 소리를 내고 있었다. 계단에서 그는 걸음을 멈추고 멍하니 딕슨을 바라보면서 거듭 말했다.

"장으로부터 망할 놈의 넷째 칸에 졸을 두어야지."

"원한다면 그렇게 하려무나." 딕슨이 말했다.

그의 목소리는 조용하고 억양이 없었으며 태도는 세련되어 있었다. 그리고 그는 통통하고 깨끗한 손가락에 끼고 있던 인장(印章) 반지를 이따금 드러내 보였다.

그들이 홀을 지나고 있을 때 한 땅딸막한 사내가 그들에게 다가왔다. 돔처럼 생긴 작은 모자를 쓰고 있던 그 면도하지 않은 얼굴에 즐거운 미소가 돌기 시작했고, 그가 뭐라 중얼대는 소리도 들렸다. 그의 눈은 원숭이 눈처럼 우울해 보였다.

"안녕하신가, 주장." 크랜리가 걸음을 멈추며 말했다.

"안녕하신가, 여러분." 수염이 덥수룩한 원숭이 얼굴이 말했다.

"3월치고는 따뜻한 편이군." 크랜리가 말했다. "위층에는 창문을 열어놓았으니."

딕슨은 웃으며 반지를 돌리고 있었다. 원숭이처럼 거무레하게 주름잡힌 얼굴이 인간의 입을 비쭉거리며 점잖게 즐거움을 표했고, 고양이가 갈그랑거리는 듯이 말했다.

"3월치고는 상쾌한 날씨야. 정말 상쾌해."

"주장, 위층에는 두 분의 젊고 귀여운 숙녀들이 지루하게 기다리고 계신다네." 딕슨이 말했다.

크랜리는 웃으면서 정답게 말했다.

"주장에게는 애인이 하나밖에 없다고. 월터 스코트[98]야. 그렇지 않은가, 주장?"

"요즈음은 무얼 읽고 계신가, 주장?" 딕슨이 물었다. "『라마무어의 신부(新婦)』라고?"

"나는 스코트를 좋아해." 그는 유연한 입술로 말했다. "그는 아름다운 얘기를 쓰는 작가야. 세상에서 어느 작가도 월터 스코트를 당해 내지는 못해."

그는 스코트에 대한 찬사에 맞춰 가늘게 위축된 갈색 손을 조용히 허공에서 점잖게 흔들었고 그 얇고 날쌘 눈까풀은 슬픈 눈알을 빈번히 덮고 있었다.

스티븐의 귀에 더욱 슬피 들리는 것은 그의 말이었다. 나지막하고 축축이 젖은 듯한 말투는 점잖았지만 말에는 문법 오류가 많았다. 그런 말투를 들으면서 그는 자신이 들었던 얘기가 진실일까, 그리고 그 위축해 버린 체격 속에 흐르고 있다는 엷은 피가 귀족의 피인데 근친상간에서 생겨났다는 소문이 사실일까 궁금했다.

공원의 수목들은 비에 젖어 무거웠고, 방패처럼 잿빛으로 누워 있던 호수에 비가 질기게 내리고 있었다. 한 떼의 백조들

---

98) 1771~1839. 스코틀랜드 출신의 소설가. 그의 『라마무어의 신부』는 1819년에 간행되었다.

이 날고 있었고 그 아래의 호수 물과 기슭은 백조들의 녹백색 오물로 더럽혀져 있었다. 비에 젖은 회색 빛, 말없이 젖어 있는 수목들, 방패처럼 지켜보는 호수 그리고 백조 따위에 충동을 받고 그들은 조용히 포옹했다. 그는 누이의 목에 팔을 감고 있었으나 그들의 포옹에는 아무 환희도 열정도 없었다. 회색의 모직 외투가 어깨에서 허리까지 그녀를 비스듬히 감싸고 있었고, 그녀의 금발 머리는 수치심을 마다않으며 숙이고 있었다. 그의 적갈색 머리카락은 흩날렸고, 얼룩진 손은 부드럽고 잘생겼으나 힘이 있었다. 얼굴은? 얼굴은 보이지 않았다. 비에 젖어 향기로운 그녀의 금발 머리 위로 오라비는 얼굴을 숙이고 있었다. 그 얼룩지고 강하고 잘생기고 또 무마적인 손은 데이빈의 손이었다.

그는 자기가 이런 생각을 하고 있는 데 대해, 그리고 그런 생각을 불러일으킨 그 위축된 난쟁이에 대해 화를 내며 상을 찌푸렸다. 밴트리 일당[99]에 대한 아버지의 욕설이 기억 속에서 툭 튀어나왔다. 그는 그 욕설을 멀리한 채 다시 불안하게 자기 자신의 생각에 몰두했다. 어찌하여 그게 크랜리의 손이 아니란 말인가? 데이빈의 순박함과 순진함이 그를 더 은밀히 자극했던 것일까?

크랜리가 난쟁이에게 정성 들여 하직 인사를 하게 내버려 둔 채 그는 딕슨과 함께 홀을 건넜다.

주랑 아래서 템플이 작은 집단의 학생들에게 둘러싸여 있

---

99) 밴트리 출신으로서 뜻을 모아 파넬을 배반했던 사람들이다.

었다. 그중의 한 학생이 소리쳤다.

"딕슨, 이리 와서 들어보라고. 템플이 오늘은 대단한걸."

템플은 그 검은 집시의 눈을 그에게 돌렸다.

"넌 위선자야, 오키프." 그가 말했다. "그리고 딕슨은 알랑쇠라고. 정말이지 그렇게 말을 해놓고 보니 멋진 문학적 표현인걸."

그는 스티븐의 얼굴을 들여다보면서 교활하게 웃었고 같은 말을 되풀이했다.

"젠장, 그 표현이 마음에 드는걸. 알랑쇠라."

아래쪽의 계단에 서 있던 건장하게 생긴 학생이 말했다.

"그 정부(情婦) 얘기나 해보라고, 템플. 그 얘기를 듣고 싶구나."

"정말이야, 그의 정부였어." 템플이 말했다. "게다가 그는 결혼한 남자였다고. 그런데 사제들까지 모두 거기서 식사를 하곤 했으니. 젠장, 모두 그녀와 관계했을 거야."

"사냥 말을 아끼느라 빌린 말을 타는 격이군." 딕슨이 말했다.

"말해 봐, 템플." 오키프가 말했다. "너 도대체 맥주를 몇 잔이나 마시고 왔니?"

"너의 지적 수준을 죄다 드러내 보이는 말이군, 오키프." 템플이 공공연하게 멸시하며 말했다.

그는 휘청거리는 걸음으로 학생들의 주위를 돌아오며 스티븐에게 말했다.

"포스터 일가가 벨기에의 왕족이라는 사실을 너는 알고 있었니?"

크랜리가 홀로 통하는 출입문을 거쳐 나왔다. 그는 모자를 목덜미까지 밀어붙이고 조심스럽게 이를 쑤시고 있었다.

"아는 체하는 사람이 오고 있군." 템플이 말했다. "너 포스터 일가에 대한 이야기도 알고 있니?"

그는 말을 중단하고 대답을 기다렸다. 크랜리는 잇몸에서 파낸 무화과 씨를 조잡한 이쑤시개 끝에 얹어놓고 곰곰이 들여다보고 있었다.

"포스터 가문은 플랑드르의 왕 볼드윈 1세의 후손이야." 템플이 말했다. "왕의 이름은 포레스터였는데 포레스터나 포스터는 같은 이름이거든. 볼드윈 1세의 후손인 프랜시스 포스터 대위가 아일랜드에 정착하여 최후의 클랜브라실 영주의 딸과 결혼했어. 그리고 블레이크 포스터 일가도 있는데 그건 다른 가계라고."

"플랑드르의 왕, 볼드헤드[100]의 후손이지." 크랜리가 말하면서 번쩍번쩍 드러낸 이를 다시 조심스럽게 후비고 있었다.

"그 모든 역사를 어디서 주워들었니?" 오키프가 물었다.

"나는 너희 집안의 역사도 죄다 알고 있어." 템플이 스티븐을 향해 말했다. "게랄두스 캄브레니스[101]가 너의 가문에 대해서 한 말을 알고 있니?"

"저 애도 볼드윈의 후손이니?" 결핵 환자로 보이는 검은 눈의 키 큰 학생이 물었다.

---

100) 볼드윈과 볼드헤드(대머리)의 유사한 음을 이용한 빈정거림이다.
101) 13세기 웨일스의 역사가다.

"볼드헤드라니까." 크랜리가 잇새를 빨면서 거듭 말했다.

"Pernobilis et pervetusta familia(아주 고귀하고 아주 오래된 집안)이지." 템플이 스티븐에게 말했다.

아래쪽 계단에 서 있던 건장한 학생이 짤막한 방귀를 뀌었다. 딕슨이 그를 향해 나직한 목소리로 말했다.

"천사가 말씀하셨는가?"

크랜리 역시 그에게 노염이 섞이지 않은 격한 어조로 말했다.

"고긴스, 너는 내가 일찍이 만나본 사람 중에서 가장 더러운 놈이야."

"나도 그 말을 할까 했더니." 고긴스가 단호하게 응답했다. "그래서 누가 피해라도 입었다니?"

"사계(斯界)에서 paulo post futurum(곧 있을 상황의 조짐)이라고 알려져 있는 그런 종류의 방귀가 아니길 빌겠어." 딕슨이 점잖게 말했다.

"내가 뭐랬어. 저 애는 알랑쇠라고." 템플이 좌우를 둘러보며 말했다. "내가 그 이름을 붙여주지 않았니?"

"그래, 네가 붙였어. 우리는 귀가 먹지 않았다고." 키 큰 결핵 환자가 말했다.

크랜리는 아직도 자기 아래쪽에 서 있던 건장한 학생에게 상을 찌푸리고 있었다. 그러더니 불쾌하다는 듯이 코방귀를 뀌면서 그를 계단 아래로 난폭하게 밀어버렸다.

"썩 가지 못해?" 그는 무례하게 말했다. "가버리래도, 이 똥통 같은 녀석. 너는 똥통이라고."

고긴스는 자갈이 깔린 길까지 껑충껑충 내려갔다가 곧 기분 좋게 제자리로 올라왔다. 템플은 스티븐을 돌아보며 물었다.

"너 유전법칙을 믿니?"

"너 취했니? 넌 뭐니? 무슨 말을 하려는 거야?" 크랜리는 이해가 안 된다는 듯한 표정으로 그를 향해 돌아서면서 물었다.

"일찍이 씌어진 문장 중에서 가장 심오한 것은 동물학의 마지막 문장이야." 템플이 열렬히 말했다. "'생식은 죽음의 시작이다'라고 되어 있지."

그는 겁을 먹은 듯이 스티븐의 팔꿈치를 건드리며 정성스럽게 말했다.

"너는 시인이니까 그 문장이 얼마나 심오한지를 알겠니?"

크랜리는 기다란 집게손가락으로 가리켰다.

"저 애 좀 봐." 그는 경멸 어린 어조로 다른 애들에게 말했다. "저 아일랜드의 희망을 좀 보라고!"

그의 말과 몸짓에 그들은 웃었다. 템플은 용감하게 그를 향해 말했다.

"크랜리, 너는 늘 나를 비웃고 있어. 나는 그걸 알고 있단 말이야. 하지만 언제든 나도 너에게는 뒤지지 않는다고. 내가 너를 내 자신과 비교해서 뭐라고 생각하는지 아니?"

"이봐." 크랜리가 점잖게 말했다. "네겐 능력이 없어. 사고의 능력이 전혀 없다는 것을 알고나 있니?"

"하지만 내가 너와 내 자신을 서로 비교해서 뭐라고 생각하는지 알고나 있니?" 템플이 계속했다.

"털어놓아 봐, 템플!" 계단 위에 서 있던 건장한 학생이 소리쳤다. "조금씩 털어놓아 보라고!"

템플은 좌우를 둘러보았고, 미약하나마 갑작스러운 몸짓을 하며 말했다.

"나는 개차반(ballocks)이야. 개차반이지." 그는 절망적으로 머리를 흔들며 말했다. "나는 개차반이고, 또 그 사실을 알고 있어. 나는 내가 개차반이라는 사실을 시인하겠어."

딕슨은 그의 어깨를 슬슬 쓰다듬으며 온화하게 말했다.

"그런 점이 너에게는 장점이 되고 있어, 템플."

"하지만 저 녀석 말이야." 템플은 크랜리를 가리키며 말했다. "저 녀석도 나와 마찬가지로 역시 개차반이라고. 오직 저 녀석은 그 사실을 모르고 있을 뿐이지. 내가 알기에, 우리 두 사람 사이의 차이라곤 그것밖에 없어."

웃음소리가 터지며 그의 말을 뒤덮었다. 그러나 그는 다시 스티븐을 향해 갑자기 정성스럽게 말했다.

"개차반이란 낱말은 참으로 기막히게 재미있단 말이야. 영어의 유일한 양수(兩數) 낱말[102]일걸. 그걸 알고 있니?"

"그러냐?" 스티븐은 애매하게 대답했다.

그는 굳은 표정을 짓고 고통스러워하는 크랜리의 얼굴에 거짓된 인내의 미소가 환히 번지는 것을 지켜보고 있었다. 여러 가지 피해를 입고도 꿋꿋하게 참아 나가는 오래된 석상(石像) 위에 퍼부은 구정물처럼 그 야비한 호칭이 그의 얼굴을 뒤덮

---

102) 두 개가 한 쌍을 이루어야 온전해지는 물체를 가리키는 낱말. 여기서 '개차반'이라고 번역한 낱말 ballock의 본뜻은 '불알'인데, 이 말은 보통 복수형으로 쓰되 문법적으로는 단수 취급을 한다. 따라서 'He is a ballocks'라고 할 수 있다.

었다. 스티븐이 그를 지켜보고 있을 때 그는 인사를 하느라 모자를 쳐들고 마치 쇠로 만든 관(冠)처럼 이마 위에 뻣뻣하게 서 있는 검은 머리카락을 드러내고 있었다.

그녀가 도서관의 현관에서 빠져나오더니 스티븐은 외면하고 크랜리의 인사에만 머리를 숙여 답했다. 이 녀석 역시 그녀와? 크랜리의 뺨에 가벼운 홍조까지 떠오르지 않는가? 아니면 템플의 욕설에 얼굴이 붉어진 것인가? 햇빛이 기울었다. 그는 볼 수 없었다.

그것이 그 친구의 무관심한 침묵이라든지, 그 듣기 거북한 논평이라든지, 스티븐의 열렬하고 방종스러운 고백을 그처럼 자주 망가뜨리던 그 무례한 말투의 갑작스러운 참견 같은 언행을 모두 설명해 주고 있는가? 스티븐은 자기에 대한 이런 무례함이 자기 자신에게도 있음을 알고 있었기 때문에 그런 점을 너그러이 용서해 주고 있었다. 그런데 어느 날 저녁에 있었던 일이 생각났다. 그는 말라하이드 근처의 숲속에서 하느님께 기도를 올리기 위해 빌려서 타고 온 삐걱거리는 자전거에서 내렸다. 그는 자기가 거룩한 시간에 거룩한 곳에 와 있음을 알고서 숲으로 둘러싸인 성당처럼 침침한 곳을 향해 황홀한 심경으로 팔을 들어 기도했다. 그런데 두 사람의 순경이 침침한 길모퉁이를 돌아 나타나자 그는 기도를 중단하고 얼마 전에 본 무언극에서 나온 곡조를 요란하게 휘파람으로 불었다.

그는 돌기둥의 밑부분을 물푸레나무 지팡이의 닳아빠진 끝으로 두드리기 시작했다. 크랜리가 그 소리를 듣지 못한 것일까? 아직 기다릴 수는 있었다. 그에 관한 이야기가 잠시 중단되었다. 머리 위 창문에서 다시 나지막하게 씨익 소리가 들려왔다. 그러나 허공에는 아무런 소리도 없었고 그가 그동안 부질없는 눈으로 지켜보고 있던 제비들도 잠이 들었다.

그녀는 땅거미 속을 지나갔다. 그러므로 공기 속에는 그 나지막한 씨익 소리를 제외하고 아무 소리도 들리지 않았다. 말하자면 그의 주위에서 모든 혀들이 재잘거림을 중단했던 것이다. 어둠이 내리고 있었다.

어둠이 허공에서 내리고 있네.[103]

희미한 불빛처럼 환하게 떨리는 환희가 그의 주위에서 요정의 무리처럼 노닐고 있었다. 하지만 어찌된 영문일까? 그녀가 어두워 가는 공기 속을 지나갔기 때문일까, 아니면 어두운 모음들과 풍성한 류트 소리 같은 첫 음을 가진 이 시구 때문일까?

그는 주랑의 끝에 있는 더 어두운 곳을 향해 천천히 걸어가면서 방금 헤어진 학생들에게 자기의 몽상을 감추기 위해 지팡이로 돌바닥을 조용히 두드리고 있었다. 그리고 그는 마음속으로 다울랜드니 버드니[104] 내시니 하는 사람들을 회상하고 있었다.

---

103) 토머스 내시(1567~1601)의 시구 '밝은 빛이 허공에서 내리고 있네'를 잘못 인용한 것이다.
104) 존 다울랜드(1563~1626)는 영국의 작곡가요 류트 연주가이고, 윌리엄 버드(1543~1623)는 종교음악 작곡가다.

욕망의 어둠에서 뜨는 눈, 날이 새는 동녘을 흐리게 하는 눈. 그 눈에 감도는 나른한 우아함은 성적 탐닉에서 나오는 감미로움이 아니고 무엇이란 말인가? 그리고 그 눈에 어른거리는 빛은 어느 단정치 못한 스튜어트 왕궁[105]의 시궁창에 끼인 더러운 거품의 어른거림이 아니고 무엇이란 말인가? 그리고 그는 이 기억의 언어 속에서 용연향(龍涎香)이 감도는 포도주며 아름다운 노래의 사라져가는 가락이며 오만한 파반 춤 따위를 맛보았고, 기억의 눈을 통해서는 코벤트 가든의 숙녀들이 발코니에서 뭔가를 빨아들이는 듯한 입 모양으로 구애하는 광경이며, 매독에 걸린 주막 계집들이며, 겁탈자에게 기꺼이 몸을 내맡긴 채 몇 번이고 허락하는 젊은 유부녀들을 보았다.

그가 마음속에 불러들인 이미지들이 그에게는 조금도 즐겁지 않았다. 그 이미지들은 은밀했고 활활 불탔지만 그녀의 이미지가 그 속에 뒤엉키지는 않았다. 그녀에 대한 생각을 그런 식으로 할 수는 없었다. 또 그가 그녀에 대해 그런 식으로 생각했던 것도 아니었다. 그렇다면 그의 마음이 그 스스로를 신임할 수가 없었단 말인가? 낡아빠진 어구들이 비록 달콤하기는 했지만, 크랜리의 번뜩이는 잇새에서 후벼낸 무화과 씨처럼 발굴된 감미로움일 뿐이었다.

그녀의 모습이 시내를 거쳐 집으로 향해 가고 있다는 것

---

105) 영국 왕 제임스 1세 치하(1603~1625)의 궁정. 이 시기는 엘리자베스 왕조의 영광과 대조되는 암울함과 부패로 특징지어지고 있다.

을 그가 막연히 알고 있었지만 그것은 생각도 비전도 아니었다. 그는 그녀의 체취를 맡았다. 처음에는 그 체취가 막연했지만 차츰 더욱 또렷해졌다. 그의 핏속에서는 불안정한 의식이 뒤끓고 있었다. 그렇다. 그가 맡고 있는 것은 그녀의 체취였다. 야성적이고도 나른한 냄새였다. 그의 음악이 욕망에 겨워 흐르고 있던 그녀의 미지근한 사지, 그리고 그녀의 육신이 자아낸 냄새와 이슬이 밴 그 은밀하고 부드러운 속옷 냄새였다.

그의 목덜미에 이가 한 마리 기어가고 있었다. 그는 엄지와 둘째 손가락을 흐늘한 칼라 아래로 날쌔게 집어넣어 이를 잡았다. 그는 쌀알처럼 부드럽고 터지기 쉬운 이를 엄지와 둘째 손가락 사이에 끼운 채 잠시 동안 굴리다가 땅바닥에 떨어뜨린 후 그놈이 살아남을까 죽을까 생각해 봤다. 코르넬리우스 아 라피데[106]의 책에 나온 기이한 구절 하나가 그의 마음에 떠올랐다. 그 책에서 저자는 인간의 땀에서 생겨난 이야말로 천지창조의 제6일에 하느님이 다른 짐승들과 함께 창조하지는 않았다고 주장했다. 그러나 목덜미의 살갗이 근질근질하니까 그의 마음까지 사나워지고 빨갛게 되었다. 자기 육신 속의 생명이 잘 입지 못하고 잘 먹지도 못하며 이에 뜯기고 있다는 생각에 그는 갑자기 발작적으로 절망하며 눈을 감았다. 그는 어둠 속에서 터지기 쉽고 빛나는 이의 몸뚱이들이 허공으로부터 떨어지며 몇 번이고 곤두박질치는 것을 보았다. 그

---

106) 라피데(1567~1637)는 플랑드르의 예수회 사제로서 이, 파리, 굼벵이 등은 신이 직접 창조한 것이 아니고 자연발생적으로 생긴 것이라는 주장을 했다.

렇다. 허공에서 내리고 있는 것은 어둠이 아니라 환한 밝음이
었다.

　　밝은 빛이 허공에서 내리고 있네.

　그는 내시의 시구를 올바로 기억하지도 못하고 있었던 것이
다. 그 구절이 일깨웠던 모든 이미지들은 헛되었다. 그의 마음
은 이만 키우고 있었다. 그의 사념들은 게으름의 땀방울에서
태어난 이 같았다.

　그는 주랑을 따라 재빨리 학생들 쪽으로 되돌아왔다. 좋다.
그녀가 가게 내버려두자. 가거나 말거나 내 알 바 아니다! 가
서 매일 아침 허리까지 몸을 씻고 가슴에 검은 털이 난 청결
한 체육인이나 사랑하라지! 가게 내버려두는 거다.

　크랜리는 자기 주머니 속에서 말린 무화과를 또 하나 끄집
어내더니 천천히 요란하게 먹고 있었다. 템플은 졸음에 겨운
눈까지 모자를 푹 눌러쓴 채 기둥의 밑둥치에 등을 기대고 앉
아 있었다. 한 땅딸막한 젊은이가 가죽가방을 겨드랑이에 낀
채 현관을 나왔다. 그는 일행이 있는 쪽으로 걸어오면서 구두
뒤꿈치와 묵직한 우산의 쇠 끝으로 판석(板石)을 때리고 있었
다. 그는 인사 삼아 우산을 쳐들면서 모두에게 말했다.

　"안녕들 하냐."

　그는 다시 판석을 때렸고 가벼운 신경질적 동작으로 머리
를 흔들면서 킥킥거렸다. 키 큰 결핵 환자와 딕슨과 오키프는
아일랜드 말로 얘기하며 그에게는 응답도 하지 않았다. 그러

자 그는 크랜리를 향해 말했다.

"안녕하냐, 특히 너 말이다."

그는 우산으로 가리키며 다시 킥킥거렸다. 여전히 무화과를 씹고 있던 크랜리는 요란하게 턱을 움직이며 대답했다.

"안녕하냐고? 그래. 안녕하시다."

땅딸보는 그를 심각하게 바라보더니 점잖게 나무라듯이 우산을 흔들었다.

"보아하니, 너는 뻔한 말을 하려는구나." 그가 말했다.

"음." 크랜리는 반쯤 씹어먹다 남은 무화과를 내밀며 그 땅딸보의 입을 향해 먹으라는 듯이 들이댔다.

땅딸보는 그것을 받아먹지는 않았으나 자기 나름의 특별한 기분에 빠진 채 여전히 킥킥거리면서 자기의 말을 자극이라도 하려는 듯이 우산대로 콕콕 찌르며 무겁게 말했다.

"너의 의도가 궁금하구나……."

그는 말을 중단하고 짓씹어놓은 무화과를 무뚝뚝하게 가리키면서 소리쳤다.

"그것 말이다."

"음." 크랜리가 전처럼 말했다.

"네 의도가 뭐냐?" 땅딸보가 말했다. "ipso facto(사실대로)로 받아들이라는 거니? 아니면 말하자면 그렇다는 뜻이니?"

딕슨이 함께 얘기하고 있던 애들로부터 몸을 돌리며 말했다.

"고긴스가 널 기다리고 있더라. 글린. 그 앤 너와 모이니한을 찾으러 아델파이 호텔로 갔단다. 여긴 무엇이 들었니?" 그는 글린의 겨드랑이에 있던 가방을 톡톡 두드리며 물었다.

"답안지야." 글린이 대답했다. "애들이 나의 수업에서 뭔가 배우는 게 있는지를 알아보기 위해 매달 시험을 치게 한단다."

그도 역시 가방을 톡톡 두드린 후 점잖게 기침을 하며 웃었다.

"수업이라고!" 크랜리가 무례하게 말했다. "듣자하니 너 같은 못난 원숭이에게 배우는 맨발의 아이들 얘기인가 본데. 애들이 불쌍하구나!"

그는 남은 무화과를 물어뜯고 나서 꼭지를 던졌다.

"나는 어린아이들이 나에게 오는 것을 막지 않는다."[107] 글린이 정답게 말했다.

"못난 원숭이 같은 놈." 크랜리가 어조에 힘을 주며 말했다. "신을 모독하는 원숭이!"

템플이 일어나서 크랜리를 밀쳐내고 글린에게 말했다.

"네가 방금 말한 그 어구 말이야." 그가 말했다. "어린아이들이 내게 오는 것을 용납하겠다는 말이 아마 신약성서에 나올걸."

"가서 다시 잠이나 자, 템플." 오키프가 말했다.

"그렇다면 좋다고." 템플은 여전히 글린을 향해 말을 계속했다. "하지만 만약에 예수께서 아이들이 당신께 오는 것을 용납하셨다면, 어찌하여 교회에서는 세례를 받지 않고 죽은 애들을 모두 지옥으로 보내는 거지? 어째서 그럴까?"

"너는 세례를 받았니, 템플?" 결핵 환자가 물었다.

---

107) 「마가복음」 10장 14절 참조.

"예수께서는 모든 아이가 당신께 오는 것을 용납하셨는데, 어찌하여 아이들이 지옥으로 보내지는 걸까?" 템플은 눈으로 글린의 눈을 살피며 말했다.

글린은 기침을 했고 자기 목소리에 섞인 신경질적인 킥킥거림을 어렵게 억제하면서, 또 말끝마다 우산을 움직이며, 점잖게 말했다.

"네 말대로 그게 정말 그러하다면 그게 그러해야 할 이유가 어디 있는지 진심으로 물어보고 싶구나."

"그 이유는 교회가 모든 옛 죄인들처럼 잔인하기 때문이야." 템플이 말했다.

"너는 그 점에 있어서 정통적인 신앙을 가지고 있다고 할 수 있니, 템플?" 딕슨이 상냥하게 물었다.

"성 아우구스티누스가 세례받지 않은 아이들이 지옥으로 간다는 말을 했어." 템플이 대답했다. "그 이유는 그 자신이 예전에 잔인한 죄인이었기 때문이지."

"네 말엔 승복한다." 딕슨이 말했다. "하지만 내가 받은 인상은 그런 경우를 위해 림보[108]가 있다는 거야."

"그 애하고는 다투지 마, 딕슨." 크랜리가 난폭하게 말했다. "그 애에게 말하거나 쳐다보지 말라고. 매애 매애 우는 염소를 끌고가듯 그 애를 새끼줄로 묶어서 집으로 데려가라고."

"림보라니!" 템플이 소리쳤다. "그것도 멋지게 만들어낸 말

108) 지옥의 변두리에 있는 곳으로 기원전에 살았던 사람들이나 세례를 받지 못하고 죽은 아이들이 가는 곳으로 알려져 있다.

이지. 지옥이란 말처럼."

"하지만 지옥의 불쾌감만은 제외된 곳이라고." 딕슨이 말했다.

그는 웃으며 다른 애들을 향해 말했다.

"지금까지 내가 말이 많았지만 이게 모두 여러분의 의견을 대변한 것이라고 생각해."

"그럴 테지." 글린이 단호한 어조로 말했다. "그 점에 있어서만은 온 아일랜드가 통합되어 있으니까."

그는 우산의 쇠 끝으로 주랑의 돌바닥을 두드렸다.

"지옥이라." 템플이 말했다. "사탄의 잿빛 배우자로 만들어낸 지옥을 나는 존중할 수 있다고. 지옥은 로마적인 곳이지. 로마의 성벽처럼 튼튼하고 흉측한 곳이니까. 하지만 림보라니 그건 또 무슨 소리야?"

"저 녀석을 다시 유모차에 태워라. 크랜리." 오키프가 소리쳤다.

크랜리는 템플 쪽으로 날쌔게 한 발 다가섰다가 멈추고는 마치 가금(家禽)을 상대로 외치듯이 발을 구르며 외쳤다.

"쉿!"

템플은 날쌔게 피했다.

"림보가 무엇인지 아니?" 그는 소리쳤다. "로스코먼[109]에서는 그런 생각을 뭐라고 하는지나 아니?"

"쉿! 그만둬!" 크랜리가 소리지르며 손뼉을 쳤다.

---

109) 아일랜드 서부의 한 지역이다.

"내 엉덩이만도 못하고 팔꿈치만도 못하다고 하느니라."[110] 템플이 경멸적인 어투로 소리쳤다. "내가 생각하는 림보는 바로 그런 곳이지."

"그 지팡이 좀 이리 줘." 크랜리가 말했다.

그는 스티븐의 손에서 물푸레나무 지팡이를 난폭하게 빼앗아 들고 껑충껑충 계단을 내려갔다. 그러나 템플은 그가 따라오는 소리를 듣고 들짐승처럼 날쌔고 빠르게 어둠 속으로 도망쳤다. 크랜리의 무거운 구둣발이 네모 중정(中庭)을 가로질러 요란스럽게 추격하는 소리가 들리더니 이윽고 실망한 채무겁게 돌아오며 발걸음마다 자갈을 걸어차고 있었다.

성난 걸음으로 돌아온 그는 성난 몸짓으로 지팡이를 불쑥 스티븐의 손에 들이밀었다. 스티븐은 그가 화를 내는 데는 다른 이유가 있음을 알고 있었지만 모르는 척하고 그의 팔을 가볍게 건드리며 조용히 말했다.

"크랜리, 내가 할 이야기가 있다고 했잖아? 자, 가자."

크랜리는 잠시 동안 그를 쳐다보더니 물었다.

"지금?"

"그래, 지금." 스티븐이 말했다. "여기선 말을 할 수가 없어. 가자고."

그들은 말없이 네모 중정을 함께 건넜다. 현관의 계단에서 누군가가 '지그프리트'[111]의 새소리를 조용히 휘파람으로 부

---

110) '죽도 밥도 아니다'라는 말과 비슷하게 쓰이는 관용어구다.
111) 바그너의 오페라 「지그프리트」를 가리킨다.

는 소리가 들렸다. 크랜리는 돌아섰다. 휘파람을 불고 있던 딕슨이 소리쳤다.

"너희들 어디로 가니? 그 게임은 어떡하고, 크랜리?"

그들은 아델파이 호텔에서 벌어질 당구 시합에 대해서 고요한 공기가 울리도록 큰 소리로 담판했다. 스티븐은 혼자서 계속 걸어 조용한 길데어 가(街)로 나갔다. 메이플스 호텔 건너편에서 그는 다시 참을성 있게 서서 기다렸다. 아무 채색 없이 반질반질 닦은 목재로 된 호텔 이름과 채색 없이 차분한 호텔의 전면이 점잖은 멸시의 눈초리처럼 그를 자극했다. 아일랜드 토호들의 윤택한 삶이 깃들여 있으리라고 여겨지는 그 호텔의 부드럽게 불이 켜진 응접실을 그는 노한 눈초리로 노려보았다. 그들은 육군 장교 임관 문제라든지 토지 관리인 따위를 생각하고 있으리라. 시골길에서 농부들이 그들을 만나면 인사를 하리라. 그들은 특정한 프랑스 요리 명칭을 알고 있을 것이며, 그들의 꽉 짜인 어투를 뚫고 나오는 고음의 지방 사투리로 전세 마차의 마부들에게 명령을 내리리라.

어떻게 그가 그들의 양심을 움직일 것이며, 어떻게 그들의 여식(女息)들의 상상력에 그의 그림자라도 던질 수 있을 것인가? 토호들이 장차 자기네보다 덜 파렴치한 자손들을 키울 수 있으려면 그 여식들에게 아기를 배게 하기 전에 그의 그림자라도 던져야 할 텐데. 점점 짙어가는 어둠 속에서 그는 자기가 속한 민족의 사상과 욕망이 어두운 시골길이라든지 시냇가의 나무 아래라든지 여기저기 물이 고여 있는 수렁 근처에서 박쥐처럼 날아다니고 있는 것을 느꼈다. 데이빈이 밤길을 혼자 걷고 있을 때 어떤 여인은 문간에 서서 그에게 한 잔의 우유를 권한 후에 그를 자기의 침대로 유인하다시피 했다. 데이빈이 비밀을 지켜줄 것 같은 온화한 눈을 가지고 있었기 때문이리라. 하지만 아직껏 그 어느 여인의 눈도 그를 유혹한 적은 없었다.

누군가 우악스럽게 그의 팔을 움켜잡았고, 크랜리의 목소리가 들렸다.

"우리도 가자."

그들은 말없이 남쪽으로 걸었다. 이윽고 크랜리가 말했다.

"허튼소리나 하는 바보 자식, 템플. 두고봐, 언젠가 그 녀석이 죽나 내가 죽나 결판을 내고 말 테니."

그러나 이제 그의 목소리에 노여움은 섞여 있지 않았다. 스티븐은 혹시 그가 현관 아래서 그녀에게 인사받던 일을 생각하고 있지나 않을까 궁금했다.

그들은 왼쪽으로 돌아서 여전히 걷고 있었다. 한동안 그런 식으로 걷고 있다가 스티븐이 입을 열었다.

"크랜리, 나 오늘 저녁에 아주 기분 나쁜 말다툼을 했어."

"가족들하고?" 크랜리가 물었다.

"어머니하고."

"종교 때문이었니?"

"그래." 스티븐이 대답했다.

잠시 가만히 있다가 크랜리가 물었다.

"네 어머니, 연세가 어떻게 되니?"

"많지는 않아." 스티븐이 말했다. "나더러 부활절 성찬을 받으라는 거야."

"그래 받기로 했니?"

"안 받을 거야." 스티븐이 말했다.

"왜?" 크랜리가 말했다.

"나는 하느님을 섬기지 않겠어." 스티븐이 대답했다.

"이전에도 그런 말을 했잖니?" 크랜리가 침착히 말했다.

"이제 다시 한번 말해 두는 거야." 스티븐이 열띤 어조로 말했다.

크랜리는 스티븐의 팔을 누르며 말했다.

"진정해. 너는 너무 쉽게 흥분해서 큰일이야."

그는 이 말을 하면서 신경질적으로 웃었다. 그는 감동받은 우정의 눈으로 스티븐의 얼굴을 쳐다보면서 말했다.

"넌 너무 쉽게 흥분해서 탈이라는 것을 알고나 있니?"

"그런 것 같아." 스티븐도 웃으며 말했다.

그 무렵 소원해졌던 그들의 마음이 이제 갑자기 서로 친밀해진 것 같았다.

"너 성찬을 믿니?" 크랜리가 물었다.

"안 믿어." 스티븐이 말했다.

"그럼, 믿음을 버리겠다는 거니?"

"난 믿지도 않고 믿지 않는 것도 아냐." 스티븐이 대답했다.

"많은 사람들이 의혹을 품고 있어. 심지어는 종교인들까지도 의혹을 품고 있으니까. 하지만 그들은 그 의혹을 극복하거나 제쳐두고 있지." 크랜리가 말했다. "그 점에 대한 너의 의혹이 너무 강한 거니?"

"나는 그 의혹을 극복하고 싶지 않아." 스티븐이 대답했다.

크랜리는 잠시 동안 어리둥절하다가 주머니에서 무화과를 또 하나 끄집어내어 막 먹으려 하는데 스티븐이 말했다.

"먹지 말어. 입에 씹다 만 무화과가 가득해서야 이 문제를 토론할 수 없잖아?"

크랜리는 자기가 서 있던 곳 머리 위에서 비치는 가로등 빛으로 그 무화과를 살펴보았다. 그러고 나서 그는 두 콧구멍으로 무화과 냄새를 맡더니 한 조각 물어뜯어 뱉어버린 후 그 무화과를 냅다 하수구로 던졌다.

"이 저주받은 자들아, 나에게서 떠나 영원한 불속에 들어가라!"[112]

그는 스티븐의 팔을 잡고 다시 걸으며 말했다.

"심판의 날이 되어 네가 그런 말을 듣게 될까 봐 겁나지 않니?"

"내가 믿는다고 치자. 얻게 될 것이 무엇이람?" 스티븐이 물었다. "학감과 더불어 영원한 환희를 누린다?"

"기억해 둬." 크랜리가 말했다. "그분은 영광을 누리게 될 거야."

"그럴 테지." 스티븐이 약간 빈정대는 투로 말했다. "밝고, 날쌔고, 무감각하고 또 무엇보다도 오묘하니까."[113]

---

112) 「마태복음」 25장 41절 참조.
113) 여기서 스티븐이 사용한 네 가지 형용어는 모두 성인의 초월적 속성을 그리고 있다. 즉 해처럼 밝고, 거침없이 움직일 수 있을 정도로 날쌔고, 고통과 불편에는 무감각하고, 전적으로 영혼의 지배를 받는 오묘함이 있다는 뜻이다.

"이상한 일이야." 크랜리가 감정을 죽이고 말했다. "네가 불신한다고 장담하는 그 종교에 실은 네 마음이 푹 젖어 있구나. 네가 대학에 들어오기 전에는 성체를 믿었니? 믿었겠지?"

"믿었어." 스티븐이 대답했다.

"그때가 너는 더 행복했었니?" 크랜리가 조용히 물었다. "가령 지금보다 더 행복했느냐고."

"더러는 행복했고, 더러는 불행하기도 했어." 스티븐이 말했다. "그때는 내가 전혀 다른 사람이었으니까."

"전혀 다른 사람이었다니? 그게 무슨 소리야?"

"지금의 내가 아니었고, 마땅히 변해서 되어야 했던 나도 아니었다는 뜻이야." 스티븐이 말했다.

"지금의 네가 아니었고, 마땅히 변해서 되어야 했던 너도 아니었다고?" 크랜리가 스티븐의 말을 되풀이했다. "하나 물어보자. 너, 어머니를 좋아하니?"

스티븐은 천천히 머리를 흔들었다.

"네 말의 뜻을 모르겠군." 그는 순박하게 말했다.

"너 아무도 좋아해 본 적이 없니?" 크랜리가 물었다.

"여자 말이니?"

"그런 뜻이 아니야." 크랜리는 전보다 더 냉정한 어조로 말했다. "네가 어떤 사람이나 사물에 대해서 애정을 느껴본 일이 있느냐고 물었다."

스티븐은 친구와 나란히 걸으면서 보도를 침울하게 노려보고 있었다.

"하느님을 사랑해 보려고 했었지." 드디어 그가 입을 열었다. "지금 생각하니 그 노력에서는 실패했던 것 같아. 어려운 일이야. 나는 순간순간마다 나의 의지와 하느님의 의지를 결합시키려고 했었어. 그 점에서는 내가 늘 실패만 하지는 않았어. 어쩌면 아직도 그런 것은 할 수 있을지도……."

크랜리가 말을 가로채며 물었다.

"너의 어머니는 그동안 행복하게 살아오셨니?"

"내가 어떻게 알겠니?" 스티븐이 말했다.

"자녀가 몇 명이니?"

"아홉인가 열이야." 스티븐이 대답했다. "몇 명은 죽었어."

"너의 아버지는……." 크랜리는 잠시 말을 중단했다가 얼마 후에 말했다. "너의 집안 사정을 알아보고 싶지는 않아. 하지만 네 아버지가 말하자면 부유하게 사셨니? 네가 성장하고 있던 시절에 말이야."

"그래." 스티븐이 말했다.

"무얼 하셨는데?" 크랜리가 잠시 후에 물었다.

스티븐은 아버지의 됨됨이를 낱낱이 유창하게 열거했다.

"의학도였고, 조정(漕艇) 선수였고, 테너 가수였고, 아마추어 배우였고, 고함이나 지르는 정객이었고, 소지주(小地主)였고, 소투자가였고, 술꾼이었고, 호인이었고, 이야기꾼이었고, 누군가의 비서였고, 어떤 양조장의 무슨 자리를 차지하기도 했고, 세금징수관이었다가, 파산자가 되어 지금은 자기의 과거나 찬미하며 사는 분이지."

크랜리는 웃었고, 스티븐의 팔을 더 세게 잡으며 말했다.

"양조장이라니 멋진데."

"더 알고 싶은 게 있니?" 스티븐이 물었다.

"지금은 형편이 좋으니?"

"내가 형편이 좋아 보이니?" 스티븐이 무뚝뚝하게 물었다.

"그렇다면 말이야." 크랜리가 생각에 잠기며 말을 계속했다. "너는 사치의 치맛자락에 싸여 태어난 셈이구나."

그가 기술적인 표현을 쓸 때 흔히 그랬듯이, 마치 자기가 별 신념도 없이 그런 표현을 쓰고 있다는 사실을 상대방이 이해해 주길 바라기라도 하는 것처럼, 그 '사치의 치맛자락'이란 말도 아주 넓은 의미로 요란하게 썼다.

"네 어머니께서는 아주 고생을 많이 하셨겠구나." 그가 말했다. "모친께서 더 이상 고생을 하시지 않도록 힘을 쓸 생각이 없니? 비록 ……. 아니면 그런 생각이 있니?"

"할 수 있다면야 하지." 스티븐이 말했다. "나에게는 그게 그리 어렵지도 않을 거야."

"그렇다면 그렇게 하지 그러니." 크랜리가 말했다. "모친이 원하시는 대로 해드리라고. 그게 네게 어려운 일이겠니? 믿지 않아도 괜찮아. 그건 하나의 형식일 뿐 그 밖의 아무것도 아냐. 하지만 그렇게 해서 모친의 마음을 편하게 해드릴 수 있지 않겠니?"

그는 말을 중단했고, 스티븐이 대답하지 않자, 묵묵히 있었다. 이윽고 그는 자기 자신의 사고 과정을 표현해 보기라도 하려는 것처럼 이렇게 말했다.

"이 냄새 나는 똥 더미 세상에서 다른 모든 것이 불확실하더라도, 어머니의 사랑만은 확실해. 너의 모친은 너를 태어나게 했고 우선 너를 배 속에 넣고 다니시기까지 했어. 어머니의 심경을 우리가 어떻게 알겠니? 어머니의 심경이 어떠하든 그 심경이 적어도 진실한 것만은 틀림없어. 틀림없다고. 우리의 사상이니 야심이니 하는 것이 다 무엇이니? 다 장난이야. 사상이라니! 그 매애 매애 우는 염소 같은 템플 녀석에게도 사상이라는 게 있으니. 머캔도 사상은 있고, 나돌아다니는 바보들 모두가 자기네 사상이 있다고 생각하지."

이런 말의 이면에 숨은 표현되지 않은 언어에 귀를 기울이고 있던 스티븐은 애써 무관하다는 듯한 태도로 말했다.

"내 기억이 옳다면, 파스칼[114]은 여성과의 접촉을 무서워했기 때문에 모친이 자기에게 키스하는 것마저 허용하지 않으려 했대."

"파스칼은 돼지였어." 크랜리가 말했다.

"알로이시오 곤자가[115]도 같은 생각이었어." 스티븐이 말했다.

"그렇다면 그 또한 돼지 같은 사람이지." 크랜리가 말했다.

"교회에서는 그를 성인이라고 부르는걸." 스티븐은 반대 의견을 말했다.

"다른 사람들이 그를 무어라 부르건 나는 상관치 않아." 크랜리가 무례하게 딱 잘라 말했다. "나는 그를 돼지라고 부를 테니까."

---

114) 블레즈 파스칼(1623~1662)은 프랑스의 철학자다.
115) 이 예수회 사제는 자기 모친을 쳐다보는 것조차 거절했다고 한다.

스티븐은 마음속으로 할 말을 미리 깔끔히 준비한 후 계속해서 말했다.

"예수 또한 자기 어머니를 사람들 앞에서는 별 예절 없이 대했지만,[116] 예수회의 신학자요, 에스파냐의 신사였던 수아레즈[117]는 예수를 위해 변명했어."

"예수가 겉으로는 무례한 척했지만 실은 그렇지가 않았으리라는 생각을 혹시 해본 적이 있니?" 크랜리가 물었다.

"그런 생각을 했던 첫 번째 사람은 아마도 예수 자신이었을 걸." 스티븐이 대답했다.

"예수는 당대의 유대인들을 회칠한 무덤[118] 같다고 했었는데, 혹시 예수 자신이 그런 의식적 위선가였으리라는 생각을 네가 해본 적이 없느냐고 묻고 싶단 말이야." 크랜리가 어조를 굳히며 말했다. "좀더 쉽게 말해 본다면, 예수가 악한이었으리라는 생각을 해본 적이 없니?"

"그런 생각은 해본 일이 없어." 스티븐이 대답했다. "내가 알고 싶은 것은 네가 나를 개종시키려고 하느냐 아니면 네 자신을 배교자(背教者)로 만들려고 하느냐 하는 점이야."

그가 친구의 얼굴을 향하니 거기엔 거친 미소가 감돌고 있었다. 그는 그 미소를 아주 의미 있게 보이려고 억지로 애쓰고 있었다.

갑자기 크랜리가 명백하고 지각 있는 어조로 물었다.

---

116) 「마태복음」 12장 46~50절 참조.
117) 프란치스코 수아레즈(1548~1617)는 에스파냐 예수회 신학자다.
118) 「마태복음」 23장 27절.

"진실을 말해 봐. 내 말을 듣고 너는 조금이라도 충격을 받기나 했니?"

"약간." 스티븐이 말했다.

"만약에 네가 우리의 종교는 허위이며 예수는 하느님의 아들이 아니라고 확신한다면 충격을 받을 이유가 어디 있니?" 크랜리가 어조를 바꾸지 않고 그의 대답을 촉구했다.

"나도 잘 몰라." 스티븐이 말했다. "그분은 마리아의 아들이기보다 하느님의 아들인 것 같아."

"네가 성체를 받지 않겠다는 이유가 거기 있니?" 크랜리가 물었다. "네가 그 점에 대해 확신이 없기 때문에, 그리고 성체 또한 단순한 빵이 아니라 하느님의 아들의 살과 피일지도 모른다고 느끼기 때문이니? 그게 그럴까 봐 두렵기 때문이니?"

"그래." 스티븐이 조용히 말했다. "나는 그걸 느끼고 있고 또 그게 두려워."

"알겠다." 크랜리가 말했다.

스티븐은 말문을 닫는 듯한 친구의 어조에 놀라며 다시 논쟁을 시작하려고 이렇게 말했다.

"나는 여러 가지 것을 겁내고 있어. 개, 말, 총기, 바다, 뇌우(雷雨), 기계, 시골의 밤길을 무서워해."

"하지만 그 빵 조각을 겁내는 이유는 무엇이니?"

"나는 내가 두렵다고 한 것들의 이면에 악의에 찬 현실이 있을 것이라고 생각해." 스티븐이 말했다.

"그렇다면 말이야." 크랜리가 물었다. "만약에 네가 독신적(瀆神的)인 영성체를 한다면 로마 가톨릭교의 하느님이 너에게 죽음을 내리고 너를 지옥으로 보낼까봐 두렵다는 것이니?"

"로마 가톨릭교의 하느님이야 지금이라도 그렇게 하려면 할 수가 있겠지." 스티븐이 말했다. "내가 그것보다도 더 두려워하는 것은 2000년이라는 세월에 걸쳐 뭉쳐진 권위와 존경을 배경으로 하고 있는 한 상징에 대해 내가 거짓된 경의를 표할 때 내 영혼 속에 발생할지도 모르는 화학작용이라고."

"너는 극단적인 위험에 처한다면 하느님을 모독하는 특정한 죄를 범할 거니?" 크랜리가 물었다. "가령 네가 가톨릭교도들이 처벌받던 시대[119]에 살고 있다고 친다면?"

"지나간 일에 대해서는 책임질 수가 없어." 스티븐이 대답했다. "아마도 범하지 않을 거야."

"그렇다면 말이야." 크랜리가 말했다. "너는 신교도가 될 용의는 없군."

"나는 신앙을 상실했다고 했어." 스티븐이 대답했다. "하지만 내가 자존심마저 상실했다고는 말하지 않았어. 논리적이고 이치에 맞는 부조리를 버린 후 비논리적이고 이치에 맞지 않는 부조리를 포용한다면 그게 어떻게 해방이 될 수 있겠니?"

그들은 펨브루크 구역을 향해 계속 걸었다. 그들이 한길을 따라 천천히 걷고 있을 때 가로수와 여기저기 흩어져 있던 대저택의 불빛이 그들의 마음을 무마해 주었다. 그들의 주변에 확산되고 있던 부유함과 안식의 분위기가 그들의 가난을 위

---

119) 1697년에서 1829년까지 가톨릭교도들이 아일랜드에서 법에 의해 박해받던 시절을 가리킨다.

로해 주는 듯했다. 월계수 울타리 너머 어느 부엌의 창에서는 불빛이 깜박이고 있었고 칼을 갈며 노래하는 하녀의 목소리가 들렸다. 그녀는 몇 소절씩 짤막하게 토막 내어 「로지 오그라디」를 노래하고 있었다.

크랜리는 걸음을 멈추고 노래를 들으며 말했다.

"Mulier cantat(한 여인이 노래한다)."

이 라틴어구의 유연한 아름다움이 매혹적인 감촉으로 저녁의 어둠을 건드리고 있었다. 그 감촉은 음악이나 여인의 손길이 주는 감촉보다도 더 가볍고 더 설득력이 있었다. 그들의 마음의 갈등은 가라앉았다. 교회의 예배 의식에 나타나는 여인의 모습이 어둠 속을 조용히 지나갔다. 하얀 의상의 그 모습은 소년처럼 몸집이 작고 가늘었고 거들을 늘어뜨리고 있었다. 소년의 목소리처럼 가늘고 높은 그녀의 목소리는 먼 성가대에서 예수 수난곡의 암울하고 떠들썩한 첫 부분을 꿰뚫으며 첫 몇 마디를 읊고 있었다.

Et tu cum Jesu Galilaeo eras(당신도 저 갈릴리 사람 예수와 함께 있었군요).[120]

그러자 모든 마음이 감동을 받고 그녀의 목소리 쪽을 향했다. 그 목소리는 어린 별처럼 빛났고, '갈릴리'의 마지막 '리' 음에 강세를 주며 읊을 때에는 더욱 맑게 빛나다가 그 선율이

---

120) 「마태복음」 26장 69절. 베드로가 예수를 세 번 부인하는 대목이다.

사라질 무렵에는 더 희미해졌다.

그 노래 부르기는 끝났다. 그들은 함께 계속해서 걸었고 크랜리는 강세를 두드러지게 드러내는 리듬으로 그 후렴의 끝부분을 되풀이했다.

그리고 우리가 결혼하는 날
오, 우리는 행복해지리
나는 아리따운 로지 오그라디를 사랑하고
로지 오그라디 또한 나를 사랑하노니.

"어때, 이런 게 진짜 시가 아니냐." 그는 말했다. "이런 것이 진짜 사랑이기도 하고."

그는 기이한 미소를 섞어 스티븐을 곁눈질한 후 말했다.

"넌 그걸 시라고 생각하니? 넌 그 가사의 뜻을 아니?"

"난 우선 로지부터 만나고 싶다." 스티븐이 말했다.

"그녀를 찾아내기란 쉽지." 크랜리가 말했다.

그의 모자가 이마로 내려왔다. 그는 모자를 뒤로 밀었다. 나무 그늘 속에서 스티븐은 어둠 속에 윤곽이 드러난 그의 창백한 얼굴과 커다란 검정 눈을 보았다. 그렇다. 그의 얼굴은 잘생겼고 그의 몸은 힘 있고 단단했다. 그는 어머니의 사랑에 대해 말했었다. 그때 그는 여인들이 당하는 고통이며 그들의 육신과 영혼의 연약함을 느꼈으리라. 그리고 그는 억세고 단호한 팔로 그들을 지켜주고 마음을 그들 쪽으로 굽히고자 했으리라.

그렇다면 떠나야지. 떠날 때가 되었어. 한 목소리가 스티븐의 외로운 마음을 상대로 부드럽게 말하면서 그에게 떠나라 했고 그의 우정도 끝나고 있음을 일러주었다. 그렇다. 그는 떠나야 했다. 그는 다른 사람을 상대로 다투고 있을 수는 없었다. 그는 자기의 역할을 알고 있었다.

"아마도 나는 떠날 거야." 그가 말했다.

"어디로?" 크랜리가 물었다.

"어디든지 갈 수 있는 곳으로." 스티븐이 말했다.

"그래." 크랜리가 말했다. "네가 여기서 살기는 힘들지도 몰라. 하지만 힘이 들어 떠나려는 거니?"

"나는 떠나야 해." 스티븐이 대답했다.

"가기 싫다면 굳이 네 자신이 쫓겨난다고 생각할 필요가 없고 또 네 자신을 이단자나 무법자로 여길 필요도 없기 때문에 하는 얘기야." 크랜리가 계속해 말했다. "세상에는 훌륭한 신자이면서도 너처럼 생각하는 사람들이 많단다. 그게 너에게 놀라우냐? 교회는 단순히 돌로 지은 건물이 아니고 심지어는 성직자나 그들의 도그마도 아냐. 교회란 그 속에 있도록 태어난 모든 것들의 총집합체이거든. 나는 네가 일생 동안 무엇을 하려는 건지 몰라. 우리가 하코트 스트리트 정거장 밖에서 서 있던 날 밤 네가 내게 말했던 것이 너의 포부냐?"

"그래." 스티븐은 크랜리가 장소와 관련지어 생각들을 기억해 내는 것에 미소 짓고 싶지 않은데도 굳이 미소를 지으며 말했다. "그날 저녁에 너는 샐리갭에서 라라스로 가는 가장 가까운 길을 놓고 도허티와 30분 동안이나 언쟁을 벌였지."

"바보 자식!" 크랜리가 조용히 경멸을 표하며 말했다. "샐리 갭에서 라라스로 가는 길에 대해서 그 애가 뭘 알겠니? 말이 났으니 말인데, 그 애가 도대체 무얼 아니? 넋두리 같은 소리나 하는 바보 자식이니까."

그는 큰 소리로 길게 웃음을 터뜨렸다.

"그래서?" 스티븐이 말했다. "너 그 나머지 것도 기억하니?"

"그날 네가 얘기했던 것 말이니?" 크랜리가 물었다. "그래, 기억하고말고. 너는 네 정신이 구속되지 않은 자유로운 상태에서 그 자체를 표현할 수 있게 해줄 삶 혹은 예술의 양식을 찾아야겠다고 했었지."

스티븐은 그 말을 시인하는 몸짓 삼아 모자를 벗어 들었다.

"자유라고 했지!" 크랜리가 되풀이했다. "하지만 아직도 너는 신을 모독하는 짓을 범할 정도로 자유롭지는 못할걸. 말해봐. 도적질은 할 수 있겠니?"

"도적질을 하느니 차라리 빌어먹겠다." 스티븐이 말했다.

"그런데 빌어먹을 수도 없게 되면 도적질을 하겠니?"

"너는 내가 재산권이란 임시적인 것이며 경우에 따라서는 도적질도 불법이 아니라고 말하기를 바라겠지." 스티븐이 대답했다. "누구나 그런 신념으로 행동할 게다. 그러므로 나는 네게 그런 대답은 하지 않겠어. 예수회 신학자였던 후안 마리아나 데 탈라베라[121]의 책을 펴봐. 그러면 어떤 경우에 임금을

---

121) 1536~1624. 에스파냐의 신학자. 경우에 따라서는 왕을 시해할 수도 있다고 했다.

합법적으로 시해할 수 있는지, 또는 독약을 술잔에 타서 임금에게 먹이는 것이 좋은지 아니면 독을 임금의 옷이나 안장의 앞테에 발라두는 것이 좋은지를 설명해 줄 테니까. 내게 물어보려거든, 다른 사람이 나에게 도적질을 하게 내버려둘 것이냐 아니면 도적질을 당했을 때 내가 그 도적에게 이른바 세속적인 응징을 내리도록 요구하겠느냐 따위나 물어보라고."

"그래, 어떻게 하겠니?"

"내 생각으로는 말이야." 스티븐이 말했다. "도적을 응징하는 것도 도적질을 당하는 것만큼이나 괴로울 것 같아."

"알겠다." 크랜리가 말했다.

그는 성냥개비를 끄집어내더니 두 이 사이의 틈을 닦기 시작했다. 이윽고 그는 무심하다는 듯한 어조로 말했다.

"예를 들어서 말이야, 너 처녀의 순결을 범할 용의가 있니?"

"이렇게 말해서 안됐지만." 스티븐이 정중하게 말했다. "그거야 대부분의 젊은 사내들의 야망이 아니겠니?"

"그러니 너의 견해는 무엇이니?" 크랜리가 물었다.

숯불 냄새처럼 시금하고 기를 죽이는 이 마지막 말이 스티븐의 머리를 흥분시켰고 그 말의 여운이 연기처럼 그의 머리를 덮는 것 같았다.

"이봐, 크랜리." 그가 말했다. "너는 내게 내가 무엇을 할 것이며, 무엇을 하지 않을 것이냐만 물어왔어. 내가 무엇을 할 것이며 무엇을 하지 않을 것인지를 말해 주마. 내가 믿지 않게 된 것은, 그것이 나의 가정이든 나의 조국이든 나의 교회든, 결코 섬기지 않겠어. 그리고 나는 어떤 삶이나 예술 양식을 빌려 내 자신을 가능한 한 자유로이, 가능한 한 완전하게, 표현하고자 노력할 것이며, 내 자신을 방어하기 위해서는 내가 스스로에게 허용할 수 있는 무기인 침묵, 유배(流配) 및 간계를 이용하도록 하겠어."

크랜리는 그의 팔을 움켜잡고 레슨 파크 쪽으로 가기 위해 그를 돌려세웠다. 그는 거의 교활해 보일 정도로 웃으며 연장자가 연소자에게 베푸는 듯한 애정을 가지고 스티븐의 팔을 꾹 눌렀다.

"간계를 쓰겠다고 했겠다!" 그가 말했다. "네가 그런 말을 하다니! 가난한 시인인 네가!"

"네가 나에게 그런 고백을 하게 만들었어." 스티븐은 자기 팔을 누르는 힘에 전율을 느끼며 말했다. "과거에도 나는 너에게 다른 많은 것들을 고백했잖니?"

"그래, 이 녀석아." 크랜리는 여전히 기분 좋게 말했다.

"너는 나에게 내 두려움들을 고백하게 했어. 하지만 나는 너에게 내가 두려워하지 않는 것들도 말해 주마. 나는 외로이 지내는 것, 다른 사람에게 자리를 내어주고 쫓겨나는 것, 그리고 내가 버려야 할 것이 있으면 무엇이건 버리는 것, 이런 것을 두려워하지 않는다. 그리고 나는 어떤 잘못을 저지르는 것도 두려워하지 않는다. 그것이 설사 큰 잘못이고 필생의 잘못, 어쩌면 영원히 계속될 잘못이라고 하더라도 나는 두려워하지 않는다."

크랜리는 다시 심각해져서 걸음을 늦추며 말했다.

"외로운 것, 아주 외로운 것. 너는 그걸 두려워하지 않는다고? 그런데 너는 그 말의 뜻이라도 아니? 그것은 다른 모든 사람들로부터 떨어져서 살아야 한다는 것뿐만 아니라 친구가 하나도 없음을 의미한다고."

"그런 위험 정도야 감수할 용의가 있어." 스티븐이 말했다.

"친구 이상이 되어줄 사람, 가장 귀하고 가장 진실된 친구 이상이 되어줄 사람을 한 사람도 갖지 못하는데도?" 크랜리가 말했다.

그의 말은 그 자신의 천성 속에 숨어 있는 깊은 심금(心琴)을 울린 것처럼 들렸다. 그는 자기 자신에 대한 이야기, 즉 있는 그대로의 자신 혹은 되고자 하는 자신에 대한 이야기를 했었던가? 스티븐은 한동안 묵묵히 그의 얼굴을 지켜보았다. 싸늘한 슬픔이 그 얼굴에 드러나 있었다. 그는 자신에 대해서, 즉 자기가 두려워하는 자신의 고독에 대해 말했던 것이다.

"너는 누구 이야기를 하고 있는 거니?" 드디어 스티븐이 물었다.

크랜리는 대답하지 않았다.

* * *

3월 20일. 나의 반항을 화제로 크랜리와 오랫동안 얘기하다.

그는 의연한 태도였고, 나는 유연하고 상냥하게 굴었다. 그는 어머니를 사랑해야 한다는 근거로 나를 공격하였다. 그의 모친은 어떻게 생긴 분이었을까 상상해 보았지만 생각이 떠오르지 않았다. 언젠가 무심코 얘기하다가 그는 부친이 예순

하나 때 자기를 낳았다고 했다. 그분은 상상할 수 있다. 억센 농부형의 인간. 쑥색의 희끗희끗한 천으로 만든 양복. 널찍한 발. 단정치 못한 잿빛 턱수염. 어쩌면 사냥개를 거느리고 토끼 사냥 시합에도 참가하리라. 라라스의 드와이어 신부에게 규칙적으로 헌금을 하되 많이 하지는 않으리라. 땅거미가 내린 후에 이따금 소녀들에게 말을 걸기도 하겠지. 하지만 그의 모친은? 아주 젊었을까 아주 나이가 들었을까? 아주 젊을 리야 만무하지. 그렇다면 크랜리가 그런 식으로 말하지 않았을 테니까. 그렇다면 늙었으리라. 십중팔구 그러하리라. 그래서 남편에게 무시당하고 있겠지. 그러므로 크랜리의 영혼이 절망하고 있는 것도 이해된다. 지쳐빠진 허리에서 나온 자식.

3월 21일 아침. 간밤에 잠자리에서 이런 생각을 했지만 게으르고 귀찮아 추가 기록을 하지 않았음. 귀찮았고말고. 지쳐빠진 허리라고 한다면 엘리사벳과 사가랴[122]의 허리를 뺄 수 없지. 그렇다면 크랜리는 선지자이군. 요점: 그는 대체로 돼지의 복부(腹部) 베이컨과 말린 무화과를 먹는다. 메뚜기와 들꿀을 알고 있다.[123] 게다가 그를 생각할 때마다 준엄한 표정의 참수당한 머리[124] 또는 잿빛 커튼이나 베로니카 천을 배경으로 윤곽을 드러내는 데스마스크[125]가 마음속에 떠오른다. 교회에

---

122) 세례자 요한의 부모. 「누가복음」 1장 36절 참조.
123) 요한은 은둔 생활을 할 때 메뚜기와 꿀을 즐겨 먹었다고 한다. 「마가복음」 1장 6절 참조.
124) 세례자 요한은 헤롯 왕의 명령으로 참수당했다.
125) 예수가 십자가를 지고 처형장으로 가던 도중에 베로니카라는 노파가

서는 그것을 특히 성도단두(聖徒斷頭)라고 부른다. 라틴문[126]
에서의 성 요한에 대해 잠시 어리둥절하다. 나는 무엇을 보고
있는가? 참수당한 선지자가 자물쇠를 따려고 애쓰는 모습.

3월 21일 밤. 자유롭다. 영혼으로부터 자유롭고 공상으로
부터 자유롭다. 죽은 자들의 장례는 죽은 자들에게 맡겨두
라.[127] 그래, 죽은 자들로 저희 죽은 자와 결혼케 하라.

3월 22일. 린치와 함께 어떤 몸집 큰 병원 간호사의 뒤를 따
랐다. 린치의 생각이었음. 싫다. 두 마리의 비쩍 마른 굶주린
그레이하운드 사냥개가 한 마리의 암소 뒤를 쫓아가는 격.

3월 23일. 그날 밤 이후 그녀를 본 일 없음. 몸이 불편할까?
아마도 자기 어머니의 숄을 어깨에 두르고 난롯가에 앉아 있
으리라. 하지만 심통을 부리고 있진 않겠지. 멋진 환자용 오트
밀이나 한 그릇 든다? 지금 드는 게 어때?

3월 24일. 어머니와의 논쟁으로 시작되다. 논제: 성모 마리
아. 내가 남자요 젊어서 불리했다. 곤경을 모면하기 위해 예수
와 아버지 간의 관계를 들어 마리아와 아들 간의 관계에 맞
세우다. 종교는 산부인과 병원이 아니라고 했다. 어머니는 귀
엽게 보아주었다. 내가 이상한 생각을 하고 있으며 책을 너무
많이 읽은 탓이라고 했다. 사실이 아님. 읽은 것도 적으려니와

그의 땀을 닦아주었더니 그 수건에 예수의 얼굴이 찍혔다는 설이 있다.
126) 복음전도자 성 요한은 로마의 라틴문에서 박해자들을 피해 도망친 일
이 있다. 세례자 요한은 자물쇠를 따고 복음자 성 요한을 석방시켰다. 스티
븐은 서로 이름이 같은 복음전도자와 세례자를 잠시 혼동했다.
127) 「누가복음」 9장 59~60절.

이해한 것은 더욱더 적음. 그러자 어머니는 내 마음이 불안정해서 그러므로 언젠가 신앙을 되찾게 되리라고 했다. 그것은 죄악의 뒷문으로 교회를 빠져나갔다가 회개의 천창(天窓)으로 다시 교회를 찾는 것을 의미한다. 회개할 수는 없다. 어머니께 그렇게 말하고 6펜스를 달라고 했다. 3펜스를 얻다.

그리고 대학으로 갔다. 작고 둥근 얼굴에 악한의 눈을 한 게치[128]와 또 한 차례 논쟁. 이번에는 놀라 사람 브루노[129]에 대한 논쟁이었음. 이탈리아어로 시작해서 이탈리아어가 섞인 영어로 끝맺음. 그는 브루노를 끔찍스러운 이단자라고 불렀다. 나는 그가 끔찍스럽게 화형을 당했다고 했다. 그도 약간 슬픈 기색을 보이며 그 점엔 동의. 그러고 난 후 그는 이른바 리소토 알라 베르가마스카[130]라는 요리를 만드는 법을 가르쳐주었다. 부드럽게 '오' 소리를 낼 때 그는 마치 이 모음에게 키스라도 하듯이 그 육감적인 입술을 내민다. 그가 키스를 한 적이 있을까? 그도 참회할 수 있었을까? 그래, 참회할 수 있었겠지. 그러곤 한쪽 눈에 한 방울씩 동그란 악한의 눈물을 흘리며 울었을 테고.

나의 공원인 스티븐스 그린[131]을 건너면서, 며칠 전 밤에

---

128) 대학 시절 조이스에게 이탈리아어를 가르친 카를로 게치라는 이탈리아 출신의 신부다.
129) 나폴리 인근의 놀라(Nola) 출신인 종교 사상가 조르다노 브루노(1548~1600)는 종교재판에서 이단으로 몰려 화형당했다.
130) 베르가모 지방의 쌀 요리다.
131) 스티븐이 '스티븐스 그린'이라는 더블린의 공원을 '나의 공원'이라 부르는 것은 물론 이름이 같기 때문이다.

크랜리가 우리의 종교라고 불렀던 가톨릭교도 실은 게치 신부의 민족이 발명한 것이며 결코 우리 민족이 발명하지는 않았다는 생각을 했다. 제97보병연대 소속의 병사들 네 명이 십자가 밑에 앉아서 십자가에 못 박힌 분의 겉옷을 차지하기 위해 주사위를 던지고 있었다.[132]

도서관에 갔다. 세 가지의 평론을 읽으려 노력했다. 허사였다. 그녀는 아직도 나오지 않았다. 나는 불안해하는 걸까? 무엇 때문에? 다시는 그녀가 도서관에 나오지 않을까 봐.

블레이크[133]는 이런 시를 썼지.

윌리엄 본드가 죽을까 궁금하네
확실히 그의 병은 위독하므로.

오호라, 가엾은 윌리엄!

언젠가 한번 로턴다 극장에서 디오라마[134]를 구경한 적이 있다. 끝날 무렵에 위대한 인간들의 그림이 나왔는데 그중에는 죽은 지 얼마 안 되는 윌리엄 유어트 글래드스톤[135]도 끼어 있었다. 오케스트라가 「오, 윌리, 우리는 당신이 그립소」를

---

132) 「요한복음」 19장 24절 참조.
133) 윌리엄 블레이크(1757~1827)는 영국의 시인. 인용문은 「윌리엄 본드」라는 시의 구절이다.
134) 반투명한 그림에 여러 가지 색을 투사시키는 환등 장치다.
135) 1809~1898. 영국의 수상을 네 차례나 지낸 정치가. 파넬을 실각시킨 장본인이라 여겨지고 있다.

연주하고 있었다.

촌뜨기 민족 같으니라고!

3월 25일 아침. 어지러운 꿈의 하룻밤. 가슴에서 그 꿈들을 떨쳐내고 싶다.

길게 꾸부러진 회랑(廻廊). 바닥에서 어두운 증기 기둥들이 솟는다. 돌에 새긴 전설적 왕들의 모습이 회랑에 득실거린다. 그들이 무릎 위에 두 손을 모으고 있음은 지겹다는 표시고, 그들의 눈이 어두워진 것은 인간의 잘못이 검은 증기가 되어 영원히 그들 앞에서 솟고 있기 때문이다.

어느 동굴에서 이상한 모습들이 나온다. 그들은 키가 인간만큼도 되지 않는다. 도무지 서로 떨어져 서 있는 것 같지 않다. 비교적 어두운 줄무늬가 보이는 그들의 얼굴은 인광(燐光)을 내고 있다. 그들은 나를 바라보고 있으며, 눈은 나에게 무언가 물어보는 듯하다. 그들은 말이 없다.

3월 30일. 오늘 저녁 크랜리는 도서관의 현관에서 딕슨과 그녀의 오라버니에게 어떤 문제를 내고 있었다. 한 어머니가 자식을 나일강에 빠뜨렸다는 거였다. 아직도 어머니 타령이었다. 한 악어가 그 애를 붙들었는데 어머니가 애를 돌려달라고 하니까, 악어는 자기가 그 애를 잡아먹을 것인지 먹지 않을 것인지를 어머니가 알아맞히면 돌려주겠다고 했다는 거였다.

레피더스라면 말할 것이다. 이런 정신 상태야말로 당신네 나라의 태양이 작용해서 당신네 진흙에서 생겨난 것이라고.[136]

---

136) 셰익스피어의 『앤토니와 클레오파트라』 2막 7장. 29~31 참조.

그런데 나의 정신 상태는? 나의 정신 상태 또한 그렇지 않을까? 그렇다면 그런 정신 상태는 나일강에 빠뜨려야지!

4월 1일. 위의 마지막 구절에 찬동할 수 없음.

4월 2일. 그녀가 존스턴 무니 앤드 오브라이언스[137]에서 차를 마시고 과자를 먹는 것을 보았다. 아니, 우리가 지나올 때 눈치 빠른 린치가 그녀를 보았다. 그는 크랜리도 그녀의 오라버니의 초대로 거기 있었다고 말했다. 오늘도 그 악어 이야기를 하고 있었을까? 이제 그는 환하게 타오르는 등불[138]일까? 좋다, 이제 나는 그의 정체를 알아냈다. 그의 정체를 알아냈다고 공언할 수 있다. 위클로의 밀기울을 재는 됫박 뒤에서 조용히 비치는 불이다.[139]

4월 3일. 핀들레이터 교회의 건너편 담배 가게에서 데이빈을 만났다. 그는 검정 스웨터를 입고 헐리 채를 들고 있었다. 내가 떠나려고 한다는 소문이 사실이냐고 하면서 그 이유를 물었다. 그에게 타라로 가는 첩경은 홀리헤드를 거치는[140] 것이라고 말해 주었다. 바로 그때 아버지가 나타났다. 소개 인사. 아버지는 정중하게 데이빈을 살폈다. 아버지는 그에게 다과 대

---

137) 같은 이름의 비스킷 회사에서 경영하는 체인 다방 중의 한 곳이다.
138) 「요한복음」 5장 35절 참조.
139) 「마태복음」 5장 15절, 「마가복음」 4장 21절 및 「누가복음」 11장 33절 참조.
140) 타라는 고대 아일랜드 민족의 왕도고 홀리헤드는 웨일스의 항구로서 아일랜드와 영국 간의 연락선이 입출항하는 곳이므로, 아일랜드인이 옛 영광을 되찾는 첩경은 아일랜드에 머무는 것이 아니고 해외로 나가는 데 있다는 뜻을 강하게 암시하는 말이다.

접을 해줄 건데 괜찮겠느냐고 물었다. 데이빈은 모임에 가는 길이라면서 사양했다. 우리가 데이빈과 작별하자 아버지는 그 애가 착하고 정직한 눈을 가졌다고 말했다. 내가 조정(漕艇) 클럽에 가입하지 않는 이유를 물었다. 재고해 보는 척했다. 그는 자신이 페니페더를 낙담시키던 일[141]을 얘기해 주었다. 나더러 법률을 전공해 보라고 하면서 내가 법률가의 소질을 타고났다고 했다. 더 많은 진흙에 더 많은 악어들.

4월 5일. 사나운 봄철. 질주하는 구름들. 오 생명이여! 시커먼 물이 소용돌이치며 흐르는 늪에 사과나무들이 고운 꽃잎을 떨어뜨린다. 잎사귀 사이로 계집애들의 눈. 새치름하고 말괄량이 같은 계집애들. 모두가 금발이거나 다갈색의 머리카락을 하고 있고 검은 머리는 하나도 없다. 검은 머리가 얼굴을 더 잘 붉힌다. 별일이지!

4월 6일. 확실히 그녀는 과거를 기억하고 있다. 린치는 모든 여인이 과거를 기억한다고 말한다. 그렇다면 그녀는 자기의 어린 시절을 기억하고, 내게 어린 시절이 있었다면, 내 어린 시절도 기억하리라. 과거는 현재 속에서 소모되고, 현재가 살아 있는 것은 오직 그것이 미래를 초래하기 때문이다. 린치의 말이 옳다면, 여인의 조상(彫像)에는 언제나 천을 완전히 둘러야 하며 한쪽 손은 유감스러운 듯이 자기 뒤를 만지고 있어야 한다.

4월 6일 나중에 계속해서 씀. 마이클 로바츠는 잊혀진 아름다

---

141) 조이스 집안의 과거사와 관계되는 듯하나 내용은 분명히 밝혀진 바 없다.

움을 기억하고 있다. 그래서 팔로 그녀를 감쌀 때면 이 세상에서 사라진 지 오래되는 사랑스러움을 품속에 꼭 껴안는다.[142] 하지만 이건 아니다. 전혀 아니다. 나는 아직 이 세상에 태어나지 않고 있는 사랑스러움을 품속에 꼭 껴안고 싶다.

4월 10일. 아무리 애무해도 일깨울 수 없는 지쳐버린 애인처럼 꿈에서 꿈이 없는 잠으로 옮겨간 이 도시의 정적을 거쳐 무거운 밤의 장막 아래로 희미하게 들리는 도로 위의 말발굽 소리. 다리에 가까워지자 이제는 발굽 소리도 그리 희미하지가 않다. 그 소리가 어두워진 창문들을 지나고 있을 때 순간적으로 정적이 화살을 맞은 듯 놀람으로 갈라진다. 발굽 소리가 이제는 멀리서 들린다. 무거운 밤중에 보석처럼 빛나는 발굽들이 잠든 들을 건너 어딘지 여행의 종착점을 향해 서둘러 가고 있다. 누구의 가슴에 무슨 소식을 전하기 위해 가고 있는 걸까?

4월 11일. 간밤에 써놓은 것을 읽어보다. 모호한 정서를 표현하는 모호한 말들. 그녀가 그것을 좋아할까? 좋아하리라 생각된다. 그렇다면 나도 그것을 좋아해야지.

4월 13일. 그 '턴디시'라는 단어가 오랫동안 내 마음에 걸렸다. 사전을 뒤져보니 영어는 영어로되 무딘 옛말이다. 학감과 그가 쓴 '퍼넬'이라는 단어는 참 고약도 하지. 그가 대학에 재직하는 것이 자기 지방의 방언을 가르치기 위해서인가 아니면

---

142) 예이츠의 시 「그는 잊혀진 아름다움을 기억한다(He Remembers Forgotten Beauty)」의 첫 구절을 대충 인용한 것이다. '내 팔이 그대를 감싸면 나는 세상에서 오래전에 사라진 아름다움 위로 내 심장을 누른다.'

우리에게 배우기 위해서인가? 제기랄, 어느 쪽이든 마찬가지가 아니냐!

4월 14일. 존 알폰서스 멀레난[143]이 방금 서부 아일랜드에서 돌아오다. (유럽과 아시아의 신문들은 베껴서 전하라.) 그는 어떤 산중의 오두막에서 노인을 한 분 만났노라고 우리에게 말했다. 붉은 눈에 짧은 파이프를 문 노인. 노인은 아일랜드 말을 했다. 멀레난도 아일랜드 말을 했다. 그러고 나서 노인과 멀레난은 영어로 말했다. 멀레난은 그에게 우주와 별에 대한 얘기를 했다. 노인은 앉아서, 얘기를 들으며 담배를 피우고 침을 뱉었다. 그러곤 말했다.

"아, 이 세상의 종말에는 무섭고 괴이한 짐승들이 나타날 것임에 틀림이 없어."

나는 그가 무섭다. 나는 그의 그 붉그레한 테가 둘린 흐리멍텅한 눈이 무섭다. 오늘 밤 내내 나는 동이 틀 때까지 그를 상대로 싸워야 한다. 그나 내가 죽어 쓰러질 때까지 나는 그 힘줄이 보이는 목을 움켜잡고 싸워야 한다. 언제까지? 그가 내게 굴복할 때까지. 아냐, 나는 그를 해치려 하지는 않아.

4월 15일. 오늘 그라프튼 가(街)에서 덜컥 그녀와 마주쳤다. 군중 때문에 그렇게 되었다. 우리 둘은 걸음을 멈추었다. 나더러 왜 오지 않았느냐고 물으면서 내게 대한 온갖 얘기를 들었노라고 했다. 그건 시간을 끌자는 것에 불과했다. 내게 시를

---

143) 정체 미상. 조이스 혹은 디덜러스는 여기서 당대의 아일랜드 문예부흥 운동에 대한 그의 냉담한 감정을 간접적으로나마 표현하고 있는 듯하다.

쓰느냐고 물었다. 누구에 관한 시를 쓰겠느냐고 그녀에게 되물었다. 이 물음은 그녀의 마음을 더욱 혼란케 했다. 그래서 나는 미안했고 야비한 짓을 했구나 싶었다. 곧 대화의 안전판을 돌리고, 단테 알리기에리가 발명하여 모든 나라에서 특허를 얻어놓은 그 정신적이고 영웅적인 냉각장치[144]를 틀어놓았다. 내 자신과 내 계획에 대해서 빨리 이야기했다. 그 도중에 불행히도 혁명적 성격의 갑작스러운 몸짓을 했다. 나는 한 줌의 완두콩을 허공에 던지고 있는 녀석처럼 보였을 것임에 틀림이 없다. 사람들은 우리를 쳐다보기 시작했다. 그녀는 잠시 후에 악수를 하고 떠나면서 내가 말한 것을 실천하게 되길 바란다고 했다.

그러니 그걸 우호적이었다고 해야 하지 않겠나?

그렇다, 오늘은 그녀가 마음에 들었다. 약간? 아니면 많이? 모르겠다. 하여간 나는 그녀가 마음에 들었고 그것은 내게 새로운 감정이었다. 그러니 그런 경우에는 그 나머지 것, 내가 생각한다고 여긴 모든 것, 내가 느낀다고 여긴 모든 것, 지금까지 그 모든 나머지 것, 사실은…… 오, 포기해 버려, 이 녀석아! 잠이나 자며 잊어버려!

4월 16일. 가자! 가자!

팔과 목소리의 마력. 하얀 팔처럼 뻗어난 길들, 꼭 껴안아줄 것을 기약하는 길들. 그리고 달을 배경으로 서 있는 높다란

144) 단테(1265~1321)가 『신생』에서 베아트리체에 대해 잘 억제된 플라토닉한 찬미를 하고 있음을 가리키는 듯하다.

배의 검은 팔들과 먼 나라에 대한 그들의 이야기. 그 팔들은 '우리는 외롭다. 이리 오렴.'이라고 말하듯 펼쳐져 있다. 그리고 목소리들은 팔들과 함께 '우리는 그대의 혈친이다.'라고 말하고 있다. 그들이 혈친인 나를 부르고, 떠날 채비를 하며 그 기고만장하고 무서운 젊음의 날개를 흔들 때 허공은 그것들로 가득하다.

4월 26일. 어머니는 내가 새로 구한 중고 옷가지들을 정돈하고 있다. 내가 고향과 친구들을 떠나 내 자신의 삶을 살면서 심정이란 무엇이며 심정으로 느끼는 바는 또 어떤 것인지를 배우게 되도록 어머니는 기도하겠다고 말한다. 아멘. 그렇게 되어야지. 다가오라, 삶이여! 나는 체험의 현실을 수백만 번이고 부닥쳐보기 위해, 그리고 내 영혼의 대장간 속에서 아직 창조되지 않은 내 민족의 양심을 벼려내기 위해 떠난다.

4월 27일. 그 옛날의 아버지여, 그 옛날의 장인(匠人)[145]이여, 지금 그리고 앞으로 영원히, 나에게 큰 도움이 되어주소서.

더블린, 1904년.
트리에스테, 1914년.[146]

---

145) 여기서 스티븐 디덜러스는 영적인 아버지인 다이달로스에게 창작을 위한 영감을 고취해 달라고 호소하고 있다.
146) 조이스는 1904년에 노라 바나클이라는 여인을 만나 함께 더블린을 떠나 사실상의 자기 유배(自己流配)의 길에 나서면서 10년 후에는 기필코 화제가 될 만한 책을 쓰겠다고 선언했으며, 1914년에 이탈리아의 트리에스테에서 『젊은 예술가의 초상』을 완성하여 잡지 연재를 시작했다.

예술가로 가는 자기 유배의 길

'빌둥스로만(Bildungsroman)'이라는 독일어 낱말이 우리말에서는 흔히 '교양소설'로 번역되곤 하지만 이에 정확히 상응하는 영어 낱말은 없다. 이는 아마도 교양소설이라는 소설의한 하부 개념이 영문학에서는 거론되는 일이 비교적 드물고 작품의 예 또한 그리 흔하지 않기 때문일 것이다. 그러므로 주인공이 성장기를 통해 겪는 정신적 편력과 장래의 직업을 찾아내고 정착하는 과정을 줄거리로 삼는 교양소설은 그 개념부터가 독일적이라 할 수 있다. 그리고 그 실례 또한 괴테의 『빌헬름 마이스터의 수업시대』를 비롯한 독일 민족의 문학 유산에서 빈번히 찾아볼 수 있다.

한편, 교양소설이라는 용어의 엄격한 정의를 떠나서 그 뜻을 넓히면, 주인공의 정신적 성장과 자기 인식의 과정을 그리는 많은 소설을 그 속에 포함시킬 수도 있을 것이다. 가령 제인 오스틴의 『에마』(1816)라든가, 찰스 디킨스의 『데이비드 코퍼필드』(1850) 및 『위대한 유산』(1861), 조지 엘리엇의 『아담 비드』(1859), 그리고 사무엘 버틀러의 『육신의 길』(1903) 등을 엄밀한 의미에서의 '교양소설'이라고 할 수는 없다 하더라도, 적어도 넓은 의미의 교양소설 또는 '형성기 소설(the novel of formative years)'이라 간주할 수는 있을 것이다. 현대소설에서는 D. H. 로렌스의 『아들과 연인들』(1913), 제임스 조이스의 『젊은 예술가의 초상』(1916) 같은 소설 속에서 보다 엄밀한 의미에서의 교양소설의 예를 볼 수 있다. 특히 후자는 주인공이 예술가로 입신하는 과정을 그리고 있기 때문에 예술가 소설(Künstlerroman)이라 일컬어질 수도 있지만 이런 소분류도 교양소설이라는 넓은 범주 내에서만 가능하다.

『젊은 예술가의 초상』은 유년기에서 청년기에 이르는 주인공의 정치적 종교적 지적 편력을 다룰 뿐만 아니라, 가정과 종교와 국가를 초탈한 그가 예술가로서의 포부를 실현하기 위해 결국에는 자기 유배의 길을 떠나는 과정까지를 그리고 있다. 그러므로 작가의 서술은 주인공의 자아상 탐색과 정신적 성장에 초점을 맞추고 있고, 결국 이 과정을 살핀다는 것은 곧 이 소설의 가장 중요한 주제를 이해하는 길이기도 하다. 그렇기 때문에 여기서는 장 별로 이 주제를 살펴보기로 한다.

1장에서 작가는 주인공 스티븐 디덜러스의 뇌리에 살아 있는 유년 시절의 기억——어쩌면 그것은 그에게 기억되는 최초의 의식세계인지도 모른다——을 파헤침으로써 소설을 시작한다. 아버지로부터 동화를 듣고 단티 아주머니의 가르침을 받던 유년기의 이야기는 이내 클롱고우스 우드 학교에서 보낸 나날에 대한 기억으로 이어진다. 여섯 살이라는 나이에 이 사립학교에서 가장 어린 학생이 된 스티븐에게 자아의식이 싹트고 있었다는 최초의 괄목할 만한 증거는, 그가 지리책의 권두에 '스티븐 디덜러스, 기초반, 클롱고우스 우드 학교, 샐린스 마을, 킬데어 군, 아일랜드, 유럽, 세계, 우주'라고 적어넣음으로써 자기의 '현주소'라 할 만한 것을 모색했다는 사실이다.

어린 시절부터 자아의식이 너무 강해 그는 학교생활에 잘 적응할 수 없었을 뿐만 아니라, 동료 학생들이나 교사들로부터 부당한 박해를 받기도 한다. 이 점이 명료히 드러나는 대목은 스티븐이 교실에서 학감 선생에게 부당하게 매를 맞은 후 교장을 찾아가는 장면이다. 그러나 첫 장에서도 하일라이트라 할 수 있는 이 장면이 우리에게 각별히 의미심장한 것은, 이것을 계기로 그가 학생들 사이에서 영웅으로 대접받게 되기 때문이 아니다. 오히려 그 일은 앞으로 있게 될 스티븐의 거부적이고 반항적인 자세를 예견케 해주기 때문에 주목할 만하다.

학교생활 이외에, 그의 의식세계에서 심상찮게 중요한 위치를 차지해 온 것은 가정, 정치 및 종교다. 첫 장에서부터 우리는 그의 주위 환경을 이루고 있던 종교 생활과 정치적 분위기의 편모들을 볼 수 있다. 가령 크리스마스 만찬 장면을 통해서 우리는 아일랜드 민족의 정신세계에 깊이 뿌리내리고 있는, 가톨릭 교회의 요구와 영국 통치로부터의 독립을 지향하는 정치적 갈망 사이의 갈등이 심상치 않음을 여실히 엿볼 수 있는데, 이 두 가지 현실은 스티븐이 언젠가 예술가적 자아를 찾아 나서려고 마음먹는 날 모두 버리거나 극복하지 않으면 안 될 장애물들이기도 하다.

2장은 스티븐의 부친이 파산한 어느 해 여름의 얘기에서 시작된다. 가을에 클롱고우스 우드 학교로 되돌아갈 수 없게 된 것을 안 스티븐은 동네 아이들과 전쟁놀이를 하거나 우유 마차를 따라다니거나, 찰스 아저씨와 심부름을 다닌다. 한편 꿈속의 여인 메르세데스를 찾아다니거나 현실의 여인 에마 클러리를 만나면서 그는 자기 존재를 확인하기 위한 정신적 노력을 계속한다. 뿐만 아니라, 스티븐은 자신의 성장을 기다리고 있다고 생각되던 '커다란 자기 몫의 역할'을 담당하기 위해 남몰래 준비하기 시작한다. 그리고 또 자기야말로 다른 애들과는 다르다는 생각을 하며 '자기 영혼이 그동안 꾸준히 지켜보고 있던 그 실체 없는 이미지'를 실세계에서 마주쳐 보기 위하여 마음을 가다듬기도 한다. 또 이 이미지와 마주치는 순간에 '연약함과 소심함과 무경험이 그로부터 떨어져 나가게 될 것'이라는 믿음이 이 무렵 그의 정신세계에서 은연중에 확립된다.

이런 믿음은 그로 하여금 세속적으로 중요시되곤 하는 많은 것들에 대해 손을 떼거나 적어도 거리를 두게 한다. 더블린 시내의 벨비디어 학교에 입학하여 학업을 계속하게 된 스티븐은 학업 성적이 우수하고 신앙심이 돈독하다 하여 존경의 대상이 되지만 그의 마음 한구석에는 자신도 모르는 새에 이단 (異端)의 요소들이 싹튼다. 이 이단은 교실에서 영작문 선생에 의해 처음으로 지적되며, 바이런과 테니슨 중에서 누가 19세기의 대표적인 시인이 될 수 있는가 하는 문제를 놓고 그가 동료 학생들과 격돌하는 대목에서 두드러지게 표면화된다. 이 충돌에서 스티븐은 19세기의 전형적 반항아였던 바이런이 대표적인 시인이라고 주장했다가 이를 이단으로 모는 동료 학생들에게 뭇매를 맞기까지 한다. 한편, 학교의 시험과 작문에서 우수한 성적을 올린 그는 막대한 상금을 받은 후 한동안 돈을 쓰는 재미에 열중해 보기도 한다. 그러나 이 장의 클라이맥스는 그가 더블린의 사창가에서 그 돈의 일부를 써서 순결을 잃는 장면이라 할 수 있는데 이때 그의 나이는 열여섯이었다.

3장에서 스티븐은 자신이 저지른 죄악 때문에 고민하기 시작한다. 아이로니컬하게도 학생 신심회(信心會)의 회장직까지 맡게 된 그는 동료 학생들 앞에서 거짓된 역할을 해야 하기 때문에 그의 고뇌는 그만큼 더 커진다. 마침 벨비디어 학교에서는 성 프란치스코 사베리오를 추념하는 피정 기간이 시작되어 학생들은 죄인이 받게 될 저주와 파멸에 대한 강론을 듣게 된다. 지옥의 정경 및 죄인의 처벌에 대한 아놀 신부의 묘사는 어떻게 보면 이 소설에서 너무 길게 늘어져 있는 듯하지만, 그 자체로 상상된 세계에 대한 묘사문학으로는 압권(壓卷)이라 할 수 있다. 뿐만 아니라 이 강론이 스티븐에게 끼치는 심리적 영향의 무게를 고려한다면 이 장면을 결코 지루하게만 읽을 수는 없다. 스티븐은, 지옥의 처절한 정경이나 최후의 심판 날에 죄인들이 받게 될 영원한 벌에 대한 신부의 생생한 묘사에 너무 큰 충격을 받은 나머지 결국 고해신부를 찾아가서 오랜

만에 자기 죄를 고백하기에 이른다.

　3장에서 죄악에 대한 고백을 한 끝이므로 스티븐이 4장에 이르러 벨비디어 학교의 교장으로부터 성직자가 될 생각이 없느냐는 물음을 받게 된다는 것은 아주 자연스럽고 적절한 플롯의 진전이라 할 수 있겠다. 고백 이후에 경건한 신앙의 나날을 보내고 있던 그에게 교장은 성소(聖召) 여부에 대한 질문을 던져왔던 것이다. 스티븐은 자기가 그동안 예수회의 신부가 될 생각을 더러 해보았음을 회상하지만 이내 그것이 '자기야 말로 다른 사람들과는 동떨어진 존재라고 생각하게 하던 그 오만한 정신'을 위배하는 길이며 따라서 자기의 갈 길이 아님을 확인한다. 오히려 그는 죄악이라는 '세상의 함정'에 기꺼이 빠져보고 '영혼이 겪게 될 말없는 타락'까지 마다하지 않음으로써 삶의 요체를 배워보리라 마음먹는다.

　이윽고 그는 대학에 진학하게 되고 그가 아직 '그 정체를 파악하지 못하고 있던 [삶의] 목표'가 자신에게 손짓하고 있음을 본다. 그리고 그는 그 목표란 바로 그 자신이 예술가로 입신하는 것이라는 사실을 깨닫는다. 한편 그는 자기가 그때까지 살아온 소년 시절이라는 무덤에서 일어나, 그 시절을 친친 감고 있던 죽음의 옷을 벗어버릴 것이며, 자기와 같은 이름을 가진 그리스 신화 속의 전설적 명장(名匠) 다이달로스처럼 '그도 이제는 영혼의 자유와 힘을 밑천으로 하나의 살아 있는 것, 아름답고 신비한 불멸의 새 비상체를 오만하게 창조해 보리라'고 마음먹는다.

　이와 같은 사명감의 의식은 이 장의 끝, 그가 개울에 서 있는 한 소녀와 마주치게 되는 대목에 이르러 상징적으로 확인된다. 관능적인 묘사를 받고 있는 이 낯선 소녀의 헐벗은 다리는 학(鶴)의 다리를 연상시키고 그의 가슴은 비둘기의 가슴을 생각나게 하거니와, 이 평화롭고 아름다운 새들의 이미지는 어린 시절에 그를 위협했을 뿐만 아니라 사실상 그의 전 소년 시절을 통해 그를 예속해 왔던 독수리가 지배하는 세계 즉 종교와 가정과 국가라고 하는 구속체들이 이루는 세계와 의미심장한 대조를 이룬다. 이 소녀 앞에서 스티븐은 독신적(瀆神的)인 환희의 폭발을 느끼고 그의 영혼은 그녀의 눈으로부터 모종의 부름을 받고 기뻐 날뛴다. 이내 바닷가 모래언덕에서 잠이 든 그는 꿈속에서 자기의 예술적 장래를 상징하는 듯한 꽃처럼 화려한 빛의 세계를 본다.

5장은 스티븐이 대학 생활을 통해서 부단히 현실 거부의 몸짓을 강화하고 있음을 보여준다. 첫째로 그는 아일랜드라는 조국을 거부한다. 그가 보기에, 아일랜드에서는 한 영혼이 태어나는 순간부터 그물을 뒤집어쓰게 되어 평생 날지 못하며 따라서 아일랜드는 각 개인에게 '제 새끼를 잡아먹는 늙은 암퇘지' 같은 존재에 불과하다. 조국을 거부하는 그의 자세는 아일랜드 민족문화 부흥운동의 일환에서 진행되고 있던 모국어 학습을 단호히 거절하는 데서도 드러난다. 그는 또, 대학의 학감과 같은 실리적이고 실용적인 지식을 숭상하는 교육자들에 의해 대표되는 불모의 교육에 대해서도 환멸을 느낀다. 뿐만 아니라 혼란의 극에 빠져 있는 아일랜드의 정치 현실 및 국제 평화를 위한 캠페인 따위를 외면함으로써 그는 애타주의를 모르는 개인주의자라는 비난을 받기도 한다. 한편 그는 '어둠과 비밀과 고독 속에서 자아의 의식을 되찾는 박쥐 같은 영혼'을 가진 아일랜드의 여성들에 대해서도 환멸을 느끼면서 에마 클러리에 대한 애착을 미련 없이 떨쳐버린다. 또 부활절에 성찬을 배수하라는 모친의 요구를 거부함으로써 그는 자기의 의식 속에 깊이 뿌리박고 있던 종교를 거부하는 한편 종교와 가정생활을 통해 그에게 꾸준히 압력을 가해 오던 어머니의 애정마저 매정하게 외면한다.

이리하여 정치와 종교와 가정을 모두 떨쳐버린 그는 토마스 아퀴나스의 철학을 근거로 한 자기 자신의 예술가적 신념을 이론적으로 확립한 후 이를 실천하려는 결의를 다진다. 이 결의는 다음 구절 속에 잘 요약되어 있다.

내가 믿지 않게 된 것은, 그것이 나의 가정이든 나의 조국이든 나의 교회든, 결코 섬기지 않겠어. 그리고 나는 어떤 삶이나 예술 양식을 빌려 내 자신을 가능한 한 자유로이, 가능한 한 완전하게, 표현하고자 노력할 것이며, 내 자신을 방어하기 위해서는 내가 스스로에게 허용할 수 있는 무기인 침묵, 유배(流配) 및 간계를 이용하도록 하겠어.

이렇게 선언한 후 그는 '내 영혼의 대장간 속에서 아직 창조되지 않은 내 민족의 양심을 벼려내기 위해' 조국을 버리고 자기 유배의 길을 나선다.

조이스는 이 자전적 소설에서 자기 자신을 스티븐 디덜러스라는 가명으로 등장시킴으로써, 자신의 이야기를 서술할 때 작가가 자칫 범하기 쉬운 감정적 개입을 성공적으로 피하고 있다. 다시 말하면 조이스는 자기와 자기의 소재 사이에 적당한 미적 거리를 유지하고 있다. 이것은 곧 작품 속에서 스티븐이 주장하는 예술이론, 즉 '예술가는 창조의 신처럼 자기가 만드는 작품의 내면이나 이면 혹은 그 위 또는 초월적인 곳에 남아서 남의 눈에 띄지 않은 채 스스로를 순화하여 사라지게 한 후 초연히 손톱이나 깎고 있는' 자세로 창작에 임해야 한다는 소신을 실제로 적용한 사례이기도 하다. 그리고 이 소설은 3인칭 소설인데도 불구하고 소설가의 관점이 신과 같은 전지전능한 입장을 취하기보다는 스티븐의 의식이라는 좁은 세계에 대체로 국한되고 있는데, 이는 스티븐이 작가 자신의 눈, 입, 귀 노릇을 하고 있기 때문이기도 하다.

이 소설의 서술 방법에 있어서 우리의 주목을 끄는 다른 한 가지 중요한 점은, 이른바 '의식의 흐름'이라는 기법이 조잡하게나마 여기서 시도되고 있다는 것이다. 외형상 완벽한 3인칭 소설의 형식을 취하고 있으므로 이론적으로 '의식의 흐름' 기법이 본격적으로 구사될 수는 없겠지만 이 소설 도처에서 스티븐의 의식세계는 이 현대적 기법을 연상시키는 방법으로 표출되곤 한다. 이러한 방법이 뒤이어 나온 조이스의 문제작 『율리시스』 속에서 본격적으로 구사되고 있음은 말할 필요조차 없다.

이 『젊은 예술가의 초상』은 유년기로부터 대학 시절에 이르기까지 주인공이 겪는 지적 종교적 예술적 부딪힘들을 연대순으로 기록하고 있지만, 그 기록이 고도로 선택적이기 때문에 실제로 다루어진 에피소드의 수는 그리 많지 않다. 그러나 일단 선택된 에피소드들은 정교하게 다루어지고 있고 또 더러는 '플래시백' 수법을 통해 회고되기도 하기 때문에, 실제로는 여러 날에 걸친 사건 및 장면 들이 복잡하게 기록되고 있는 듯한 인상을 남긴다.

이러한 스포트라이트 식의 서술 방법에 있어서 특히 우리의 주목을 끄는 점은 조이스 자신이 에피파니(epiphany)라고 부른 바 있는 상징적 장면들이 지닌 계시적(啓示的) 의미이다. 『스티븐 히어로』라는 미발표 작품 속에서 조이스는 에피파니를 '언어나 몸짓과 같은 범속한 방법을 통하거나 마음 자체의 기억할 만한 순간을 통하여 갑자기 정신적인 표출이 이루어지는 것'이라고 정의 내리면서 이런 에피파니들을 조심스럽게 기록하는 것이 작가가 할 일이라고 말했다. 여기서 에피파니의 대표적인 예로, 3장에서 아놀 신부의 지옥에 대한 강론을 듣고 난 후에 걷잡을 수 없는 죄의식에 휘말린 스티븐이 자기 침실에서 보게 되는 그 잡초 무성한 들판과 그 속에서 뛰노는 염소 비슷한 괴물들을 들 수 있다. 이 장면은 색욕에 희생된 자신의 구제받기 힘든 죄악을 상징적으로 나타내는 에피파니로서 이 계시적 장면을 보고 기겁한 스티븐은 곧 고해신부를 찾아 집을 나서게 된다.

조이스를 현대적인 작가로 만드는 동시에 이 소설을 현대적인 소설로 만드는 또 하나의 요소는 이 소설에서의 현실 파악

방법이다. 스티븐의 현실 파악에서 종래의 소설에서는 그 유례를 찾아보기 힘든 새로운 방법을 찾을 수 있는데, 그것은 어린 시절부터 그가 감각기관을 통해 경험적으로 현실을 수용하고 있다는 점이다. 심한 근시안으로 인해 시각적 이해력에 있어서 남달리 불리한 상황에 처해 있었기 때문에——어쩌면 이런 이유에서 그가 에피파니 같은 심상(心象)을 많이 보거나 그려내게 되었는지도 모를 일이거니와——그는 주로 촉각, 청각 및 후각에 의한 현실 접근을 하려고 했던 것 같다. 1장에서 스티븐은 '길고 희고 가늘고 차고 부드러운' 아일린의 손을 만져봄으로써 '상아탑' 같은 성모 마리아를 인식할 수 있고, 픽, 팩, 퍽, 폭 소리를 내는 크리켓 방망이 소리에서 분수대에 솟은 물방울이 낙수반(落水盤)에 떨어지는 청각적 이미지를 느끼기도 한다. 2장에서 스티븐은 마음속으로 오만과 희망과 욕망이 약초처럼 향기를 뿜어올리는 것을 느끼기도 한다. 이렇게 남달리 민감한 감각의 소유자였기에 스티븐이 죄악을 고백한 이후에 자신의 모든 감각 기관들을 엄격히 규제함으로써 육체적 고행을 감수하는 한편 속죄 및 파계 방지의 길을 모색하는 것도 이해할 만하다.

이러한 감각적 현실 파악을 바탕으로 한 조이스의 산문에서 우리는 현대문학에 있어서의 감수성(感受性)의 혁명이라고 일컬어질 만한 새로운 취향의 스타일을 볼 수가 있다. 그리고 이런 스타일은 지금까지 약술한 바 있는 이 소설 고유의 서술 기법들과 어우러져 뒷날 『율리시스』 속에서 최대한으로 활용되고 있으며, 현대소설의 발전에도 지대한 영향을 끼쳤음을 새삼스럽게 지적할 필요는 없다.

　이 번역본은 1976년에 박영문고 중의 한 권으로 처음 간행된 바 있으나 이번에 전면적으로 개고(改稿)하였다. 자질구레한 잘못을 바로잡는 데 그치지 않고 글의 문체까지 고쳤다는 뜻이다. 그러므로 새로이 번역했다고 해도 과언이 아닐 것이다. 처음 번역할 때는 예수회 수련원의 고(故) 김태관 신부님과 진교훈 교수 내외분께 신세진 바가 많았다. 가톨릭교 특히 예수회의 의식이나 풍습에 대해서는 문외한이나 다름없어 자연히 이분들께 전화로 여러 가지를 물어볼 수밖에 없었다. 성경 구절의 번역문은 애당초 개역 성경을 따르는 것을 원칙으로 했으나, 이번에 개고하면서 가톨릭용 공동번역 성서도 가능한 한 많이 참조했다.

2001년 2월*

이상옥

　2024년 5월 재쇄한 판본부터 여러 대목을 바로잡았는데, 그 과정에 이종일 교수의 자상한 지적들을 고맙게 참고했음을 밝혀 둔다.

작가 연보

1882년   2월 2일 아일랜드의 더블린에서 태어났다.

1888년   예수회 계열의 클롱고우스 우드 학교에 입학했다.

1891년   가정 사정으로 학교를 중퇴했다.

1893년   벨비디어 학교에 수업료 면제생으로 입학했다.

          성모 마리아 신심회장에 선출되었다.

1898년   더블린의 유니버시티 칼리지에 입학했다.

1900년   평론 「입센의 새 연극」을 《포트나이틀리 리뷰》지에 발
          표했다.

1902년   현대어문학 전공으로 학위를 받고 유니버시티 칼리지
          졸업, 의학 공부를 위해 파리로 갔다.

          W. B. 예이츠 등의 도움으로 신문에 서평을 쓰기 시작
          했다.

1903년	《데일리 익스프레스》지에 21편의 서평을 발표했다.
	어머니가 별세해 더블린으로 돌아왔다.
1904년	6월 노라 바나클이라는 여인을 만나, 10월 함께 유럽 대륙을 여행했다.
	벌리츠 어학연수원에서 영어 교사로 일하기 시작했다.
1905년	이탈리아의 트리에스테로 이주, 아들 조지가 태어났다.
1906년	로마로 이주해 은행에서 근무했다.
1907년	트리에스테로 돌아와 영어 교습으로 생계를 이어갔다.
	시집 『실내악』을 출간했다.
1908년	딸 루시아 아나가 태어났다.
1909년	두 차례 더블린을 방문했다.
1910년	트리에스테로 돌아왔다.
1912년	마지막으로 더블린을 방문했다.
1913년	에즈라 파운드와 친분을 쌓기 시작했다.
1914년	《에고이스트》지에 『젊은 예술가의 초상』 연재를 시작했다.
	『더블린 사람들』을 출간했다.
	『율리시스』 집필을 시작했다.
1915년	스위스의 취리히로 이주했다.
	영국 왕립문예기금의 지원을 받았다.
1916년	『젊은 예술가의 초상』을 출간했다.
	영국 정부 지원금을 받았다.
1917년	1차 안과 수술을 받았다.
	미스 해리에트 쇼 위버의 후원금을 받았다.

1918년   『율리시스』를 《리틀 리뷰》지에 연재하기 시작했다.

해럴드 매코믹 부인의 월정(月定) 급여금을 받았다.

1919년   트리에스테로 돌아왔다.

1920년   에즈라 파운드와 만난 뒤, 파리로 이주했다.

1922년   파리에서 『율리시스』를 출간했으나, 이내 영국과 미국
에서는 판매 금지 처분을 받았다.

1923년   『피네간의 경야』 집필을 시작했다.

1926년   판매 금지된 『율리시스』의 해적판이 한 잡지에 연재되
었다.

1930년   취리히에서 백내장 수술을 받았다.

잉글랜드와 웨일스를 방문했다.

1931년   런던을 방문, 그곳에서 노라 바나클과의 결혼식을 정
식으로 올렸다.

아버지가 별세했다.

1932년   손자가 태어났다. 딸 루시아가 정신분열 증세를 보이기
시작했다.

1933년   미국에서 『율리시스』가 판매 허가를 받았다.

루시아가 취리히의 요양원에 입원했다.

1939년   『피네간의 경야』를 출간했다.

2차 세계 대전이 발발했다.

1940년   프랑스가 독일에 함락되자, 마지막으로 취리히로 돌아
왔다.

1941년   1월 13일 십이지장 천공으로 세상을 떴다.

세계문학전집 45

젊은 예술가의 초상

1판 1쇄 펴냄 2001년 3월 5일
1판 62쇄 펴냄 2024년 5월 20일

지은이 제임스 조이스
옮긴이 이상옥
발행인 박근섭, 박상준
펴낸곳 (주)민음사

출판등록 1966. 5. 19. (제 16-490호)
서울특별시 강남구 도산대로1길 62(신사동) 강남출판문화센터 5층 (우편번호 06027)
대표전화 02-515-2000 팩시밀리 02-515-2007
www.minumsa.com

© 이상옥, 2001. Printed in Seoul, Korea

ISBN 978-89-374-6045-6 04800
ISBN 978-89-374-6000-5 (세트)

세계문학전집 목록

세계문학전집은 계속 간행됩니다.